HEYNE BÜCHER



Fantasy

Herausgegeben von Friedel Wahren

Ein vollständiges Verzeichnis aller
im HEYNE VERLAG erschienenen Romane aus
der aventurischen Spielewelt
finden Sie am Schluss des Bandes.

Das Schwarze Auge

HEIKE KAMARIS
JÖRG RADDATZ

# BLUTROSEN

***Aranische Nächte***
TEIL 2

*Fünfundfünfzigster Roman*
*aus der*
*aventurischen Spielewelt*

begründet von
ULRICH KIESOW

**Originalausgabe**

WILHELM HEYNE VERLAG
MÜNCHEN

HEYNE SCIENCE FICTION & FANTASY
Band 06/6055

*Umwelthinweis:*
Dieses Buch wurde auf chlor- und
säurefreiem Papier gedruckt.

Originalausgabe 5/2001
Redaktion: Uta Dahnke

http://www.heyne.de
Printed in Germany 2001
Umschlagbild: Oliviero Berni
Kartenentwürfe: Ralf Hlawatsch
Umschlagbild: Tibor Szikszai, Zoltan Boros/Agentur Kohlstedt
Umschlaggestaltung: Nele Schütz Design, München
Technische Betreuung: M. Spinola
Satz: Schaber Satz- und Datentechnik, Wels
Druck und Bindung: Ebner Ulm

ISBN 3-453-17900-5

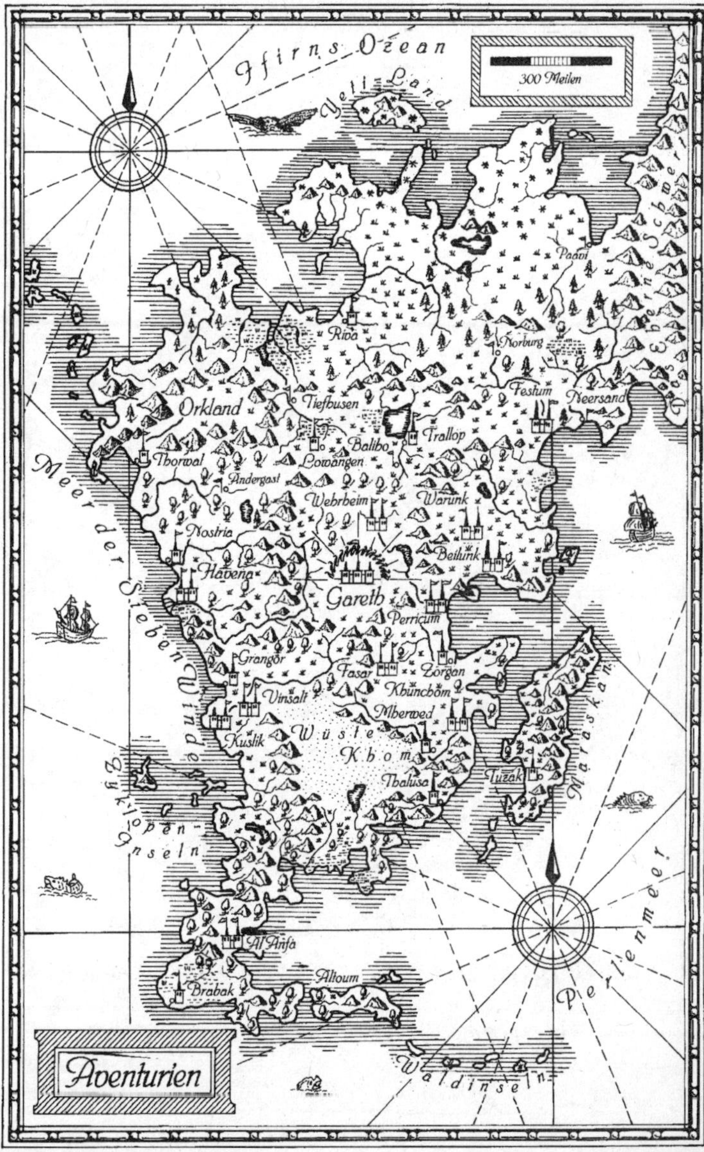
Ifirns Ozean
300 Meilen
Yeti-Land
Orkland
Riva
Norburg
Paavi
Festum
Neersand
Tiefhusen
Balibo
Trallop
Thorwal
Lowangen
Andergast
Wehrheim
Warunk
Nostria
Beilunk
Havena
Gareth
Perricum
Grangor
Fasar
Zorgan
Khunchom
Vinsalt
Mherwed
Kuslik
Wüste
Khom
Thalusa
Tuzak
Meer der Sieben Winde
Zyklopen-Inseln
Al'Anfa
Brabak
Altoum
Waldinseln
Perlenmeer
Maraskan
Das Ehernes Schwert
Aventurien

Gareth
Rommilys
Wandleth
Garetien
Darpat
Trollzacken
Perricum
Mittel=Reich
Baburin
Baburin
Palmyramis
Raschtulswall
Ragath
Yaquir
Punin
Almada
Barun-Ulah
Fasar
Gadang
Gorien
Anchopal
Samra
Borbra
Mhanadi
Mherwed
Rashdul
Khoram-Gebirge
Khom=
Wüste

Beilunk
Perricum
1 Löwenburg, 2. Akademie, 3. Kriegshafen, 4. Ordenshochburg 5. Markt
Elburum
Llanka
Elburum
Keshal Taref
Jergan
Maraskan
Boran
Gen Firun
Aranien
und das
Oestliche Mittel=Reich
sowie das
Eiland Maraskan
100 Meilen

# Was bisher geschah

Nach Jahrhunderten der magischen Verbannung kehrt der gefürchtete Dämonenmeister Borbarad zurück und beginnt erneut mit der Eroberung Aventuriens. Auf der Insel Maraskan und in der Provinz Tobrien erheben sich seine Anhänger und überziehen das Land mit Krieg.

Der geckenhafte Magier und Dämonenkundler Tarlisin von Borbra wird unterdessen zeitweilig von Borbarads Geisteskraft kontrolliert und erfährt auf diese Weise in Visionen vom Sphärenschlüssel, einem uralten Artefakt, das je nach seiner Verwendung Borbarads Macht erheblich vermehren oder entscheidend schwächen würde. Daraufhin wird es Tarlisins vordringlichstes Ziel, den Sphärenschlüssel zu entdecken und mit ihm Borbarad zu bekämpfen, sich zu rächen und Ruhm zu ernten.

Dabei führt ihn sein Weg unter anderem in die lebensfeindliche Ödnis der sturmgepeitschten Gorischen Wüste, wo er mit borongläubigen Rittern vom Golgaritenorden die Ruinen von Borbarads Schwarzer Zitadelle erforscht und gemeinsam mit jenen vom untoten Drachen Rhazzazor, einem Diener Borbarads, angegriffen wird. Die letzte Golgaritin, die junge Khalidai, stirbt in Tarlisins Armen, und als einziger Überlebender verlässt er durch verbotene Pforten die Gorische Wüste, um seine Suche fortzusetzen.

Bevor er jedoch dieses hehre Ziel weiterverfolgen kann, bringen ihn zunächst seine zahlreichen Brüche des Gildenrechts während seiner Queste vor das Gericht der Grauen Magiergilde. Zusätzlich hat ihm die

Magierin Alvina, Borbarads heimliche Agentin im ›Orden der Wächter Rohals‹, weitere schwere Verbrechen untergeschoben. Tarlisin gelingt es zwar, die Spionin zu überführen und die schwerwiegendsten Anklagen zu widerlegen, doch wird er wegen der übrigen Vergehen verurteilt: Er muss seine Gildenämter ruhen lassen, sich in der ›Perricumer Akademie der Austreibung‹ einer seelenkundlichen Examination unterziehen und den Sphärenschlüssel finden – oder auf immer aus der Gemeinschaft der Magier ausgestoßen werden.

# 1. Kapitel

*Zorgan,*
*im Praiosmond*
*des Jahres 28 Hal*

Von den verschiedenen Möglichkeiten, die Hochzeit der besten Freundin zu feiern, entschied sich Mara für die Eroberung und Zerstörung des Schwarzen Turms des Dämonenmeisters. Auf beide Ereignisse hatten die Zorganer, ja, alle Aranier, seit geraumer Zeit gewartet. Ihren jungen Prinzen Arkos endlich vermählt und die Thronfolge gesichert zu sehen war den meisten nicht weniger wichtig als ein Sieg (und sei er auch rein symbolischer Natur) über den düsteren Schwarzmagier Borbarad, dessen Horden bereits die Nachbarländer im Norden und Osten verheerten.

Die ganze aranische Hauptstadt war zu diesem Anlass mit Flaggen, Wimpeln und Blumen geschmückt, und in den Gassen und auf den Basaren prahlten die Frauen und Männer damit, zu welchem Teil der Festlichkeiten sie jeweils eine Einladung ergattert hatten – denn wie es sich in einem tulamidischen Fürstentum gehörte, wurde dem Anlass entsprechend drei Tage lang gefeiert, wobei sich die zahlreichen kleinen Veranstaltungen der verschiedenen Stadtteile, der Großsippen und Stämme zu einem gewaltigen Spektakel verbanden.

Den Höhepunkt des ersten Tages bildete eine farbenprächtige Darbietung augenschmeichelnder Zauberkunst, bei der sich Fabelwesen zu fremdartigen Blumen umformten, um danach in einem Funken- oder Sternenmeer zu vergehen, wobei jede neue Erscheinung von den Betrachtern mit lauten Beifallsbekundungen begrüßt wurde. Die Illusionisten der Magierschule des Seienden Scheins taten an diesem Abend ihr Bestes, um den Zuschauern eine Unterhaltung zu bieten, wie sie sonst den Reichen und dem Adel vorbehalten war.

Währenddessen hielten die Gesandten des aranischen Hochadels ihrerseits Hof und pflegten die diplomatischen Beziehungen. Im Mittelpunkt der allgemeinen Aufmerksamkeit stand natürlich die Braut, in ihrer Würde als Gräfin von Gorien, doch auch die Delegationen von Baburin – vertreten durch den stolzen Graf Merkan –, von Palmyramis und dem Lande Yalaiad glänzten in ihren jeweiligen Zelt- und Pavillondörfern. Sogar vom Kalifenhofe waren edle Gäste erschienen, aus der Stadt Rashdul gar die Shanja Eshila selbst.

Nur die Zelte für die Gesandten der Grafschaft Elburum standen leer. Diese hatten Nachricht geschickt, dass sie durch Gerüchte von einem maraskanischen Truppeneinfall an der Elburischen Küste aufgehalten worden seien, die sich erst im letzten Augenblick als unwahr erwiesen hätten, denn dieser Teil Araniens lag der verfluchten Insel am nächsten, die nun von den Schergen des Dämonenmeisters beherrscht wurde.

Der zweite Tag war dem eigentlichen Anlass des Festes vorbehalten. Inmitten von allerlei ausgelassenen Feierlichkeiten war es an Prinz Arkos, dem einzigen Sohn der geliebten Fürstin Sybia, seine Braut Eleonora, die Gräfin von Gorien und Tochter des Grafen von Baburin, zur Ersten Gemahlin Araniens zu erheben, zur ›Shahi Haranija‹. In einem Land, das seit jeher von Frauen regiert wurde und in dem die adligen Männer allenfalls dem Namen nach herrschten, war dies eine Würde, die ihr das Nachfolgerecht sicherte. Einst war die Zeremonie ganz auf die Erhabenheit des Fürsten ausgerichtet gewesen. Auf einem vornehmen Diwan, durch einen Vorhang vor den zudringlichen Blicken des gemeinen Hofstaates geschützt, wartete der Monarch während jener Zeremonie darauf, dass die Auserwählte gesenkten Blickes den Saal betrat und das Wort nicht etwa an ihn direkt, sondern über eine Fürsprecherin an seine Mutter richtete. Diese musterte die Bittstellerin prüfend und legte schließlich das Ersuchen der Braut dem Monarchen zur Entscheidung vor, der großmütig seine Zustimmung erteilte.

Eleonora, die sonst eher schlicht und nüchtern auftrat, war zu ihrer Hochzeit in prunkvolle Gewänder gekleidet: Vom Fez auf den kastanienbraunen Haaren floss ein silberner Schleier herab, der das Seerosensymbol Araniens aufnahm. Über grünen Hosen aus Zhatan trug die fünfundzwanzigjährige Adlige eine Ghala, ein Ehrengewand im tulamidischen Stil, aus grünem Brokat, mit achatbesetzten Knöpfen. Ihre Brüste waren noch vollständig bedeckt, denn erst am nächsten Tag würde die Fürstgemahlin sich erstmals ihren zukünftigen Untertanen mit dem übernommenen Brustschmuck der Shahi Haranija präsentieren.

An ihrer Seite schritt ihre Vertraute Mara, eine junge und ungebärdige Hexe, gebürtig aus dem Norden und nun Herrin über die Grenzbaronie Samra. Sie war gemäß der alten Sitten in derselben Farbe wie die Braut gekleidet, wenn auch in Gewänder von schlichterem Stoff und gewagterem Schnitt: Die Rothaarige trug eine Hose aus ungeschmückter Seide, und ihr golddurchwirktes Brokatwestchen mit dem Wappen Goriens gab bei jedem Schritt den Blick auf die entblößten Brüste frei, deren Spitzen mit juwelenbesetzten Ringen geschmückt waren und von goldenen Seerosenblättern umkränzt wurden.

Keine der beiden jungen Frauen hielt den Blick gesenkt, wie es dem Brauch entsprochen hätte. Im vollen Bewusstsein ihrer zukünftigen Stellung hielt die Braut stolz und fest den Blick auf das gewaltige Himmelbett gerichtet, hinter dessen schweren Brokatvorhängen ihr Prinz und zukünftiger Gemahl verborgen lag.

Vor dem Himmelbett, flankiert von ihren Leibwächterinnen, saß Ihre Durchlaucht Sybia auf dem Fürstinnenthrone, in ein weich fließendes Gewand gehüllt, dessen grauer Stoff im Licht in allen Regenbogenfarben schillerte, und schaute mit wohlwollender Miene ihrer Schwiegertochter entgegen. Auch mit fast sechzig Jahren war die Fürstin Araniens noch eine ansehnliche Frau und nur einige wenige Silberfäden durchzogen das volle rotblonde Haar.

Auf dem kostbaren Tulamidenteppich mit dem Großen Wappen Araniens, der in respektvollem Abstand zu der Fürstin ausgelegt worden war, kniete Gräfin Eleonora nieder. Mara trat hinter sie und wartete, bis Sybia das Wort an sie richtete: »Wie ist Euer Name?«

»Mara ay Samra, Freigräfin zu Anchopal, Euer Durchlaucht.« Obgleich jede Einzelheit der Zeremonie seit langem festgelegt und oft durchgesprochen worden war, hätte sich die Stimme des rothaarigen Wildfangs vor Aufregung fast überschlagen.

»Was führt eine Tochter Goriens vor den Fürstenthron?« Sybia nickte der Fürsprecherin ihrer auserwählten Nachfolgerin beruhigend zu.

»Euer Durchlaucht, meine Gräfin Eleonora von Gorien wünscht die Erste Gemahlin des Fürsten zu werden.«

»So soll sie hervortreten.« Bei diesen Worten erhob sich Gräfin Eleonora und Mara trat einen Schritt zurück. Für heute hatte sie ihre Aufgabe erfüllt.

Sybia hingegen fuhr fort: »Dreht Euch um, auf dass ich Euch betrachten kann.« Voller Anmut drehte Eleonora sich einmal um die eigene Achse, eine Bewegung, die sie wochenlang eingeübt hatte. Die Fürstin wandte sich dem Himmelbett zu: »Mein Sohn, ich kann keinerlei Fehl an ihr feststellen und empfehle Euch daher, die Gräfin Eleonora von Gorien, Alyanur Sherefi ay Gorija, zu Eurer Ersten Gemahlin zu erwählen, zur Shahi Haranija.«

Darauf rauschten die Brokatvorhänge wie von Dschinnenhand gezogen auseinander, und jeder im Saal wurde des jungen Fürsten ansichtig, der, auf seine Seidenkissen gestützt, mit überraschend kraftvoller und weit tragender Stimme erklärte: »So soll es geschehen!« Mit einem zweiten Rauschen schlossen sich die Vorhänge wieder – des Prinzen Aufgabe in dieser Darbietung war erfüllt.

Während die Hörner schmetterten und der Hofstaat in Jubel ausbrach, vermochten die älteren der Höflinge im Gesicht der Fürstin Sybia deutliche Anzeichen von Erleichterung zu erkennen. Immerhin war damals, bei ihrer eigenen Erhebung zur Fürstgemahlin, während der ganzen Zeremonie ein lautes Schnarchen hinter den Vorhängen ertönt, wo sich Fürst Muzaraban mit Pfeife und Weinschlauch verschanzt hatte … »So habe ich nun eine neue Tochter.« Mit diesen Worten zog die Fürstin ihre Schwiegertochter und Erbin Eleonora zu sich heran und küsste sie auf die Wangen, ehe sie ihr die Schmuckstücke der Ersten Gemahlin und den sinnbildlichen Schlüssel des Fürstenpalastes übergab.

In der Nacht trafen schließlich auch die Gesandten aus Elburum ein, zu spät, um an der Huldigung teilzunehmen, wofür sich ihre Anführerin Reshemin, die noch jugendliche Abgesandte und Enkelin der greisen elburischen Gräfin, wortreich entschuldigte. Doch wie um die Verspätung wieder gutzumachen, stürzten sie sich umso eifriger in den Trubel der Feiern, denn für den dritten Tag war eine Reihe von Spektakeln und Darbietungen vorgesehen, einige dem Adel des Hofes und des Landes zum Wohlgefallen, andere dem Volk zum

Ergötzen. Am Morgen hatte Fürstin Sybia ihre erwählte Nachfolgerin Shahi Eleonora, die in einer blumengeschmückten Sänfte saß, den Untertanen vorgestellt. Später fanden verschiedene Belustigungen statt, von denen das Reiterspektakel im alten tulamidischen Stile den Höhepunkt bildete, eine ›Fantasija‹, die alle bisherigen in den Schatten stellen sollte.

Den Araniern liegen derartige wilde Schauspiele sehr, und in diesem Jahre hatte sich die oberste Zeremonienmeisterin etwas einfallen lassen, was die meisten Teilnehmer begeistern würde, auch wenn es in manchen Goriern eher Widerwillen weckte: Als Thema hatte man die ›Bezwingung des Schwarzen Turmes‹ gewählt.

Folglich war schon viele Wochen zuvor vor den Toren der Stadt ein gewaltiger Zitadellturm aus ungebrannten Ziegeln errichtet worden, schwarz angestrichen und groß genug, um eine ganze Reiterschwadron aufzunehmen. Dieses Bauwerk sollte nun als Turm des Schwarzen Magus dienen, der von den Rittern Araniens bezwungen werden musste, und dass es nicht längst von einem Sommerregen hinweggeschwemmt worden war, nahmen viele als Zeichen göttlicher Billigung dieses Plans.

Eigentlich hätte das Los darüber entscheiden sollen, welche Grafschaften die Besatzung für den Turm stellen musste – einzig die Gorier, die direkten Gefolgsleute der neuen Shahi, sollten davon ausgenommen sein, da man ihnen, die gleichsam im Schatten der echten Schwarzen Zitadelle leben mussten, nicht einmal zum Scherze zumuten wollte, den Schwarzen Turm zu bemannen. Doch aus Verlegenheit über ihr Versäumnis boten sich die Elburier freiwillig für die Rolle der Feinde an, ein großmütiges Angebot, das die Zeremonienmeisterin nur allzu gern annahm.

Mara ay Samra war von der Shahi gebeten worden,

die Gorier in den Kampf zu führen, eine Ehre, die die hitzige Frau freudig annahm, denn sie hatte sich nur aus Freundschaft gegenüber ihrer Gräfin und um jener nicht das Fest zu verderben vor schärfsten Protesten gegen das Thema des Spektakels zurückhalten können. Eleonora hingegen nahm das Ganze sehr gelassen: Für die neue Erste Gemahlin zählten Wirklichkeiten viel mehr als jeder Schein und vermutlich sah sie den Turm tatsächlich nur als Ziegelbau von befristeter Lebensdauer und nicht als Symbol für Unterdrückung und Dämonenkult.

Insgeheim schwor sich Mara, das ihre zu tun, um diesen schandbaren Schwarzen Turm umzulegen und zu zerstören. Während in einer feierlichen Zeremonie die Anführerinnen und Anführer der Grafschaftstruppen gemeinsam schworen, nicht zu wanken noch zu weichen im Kampf gegen die schwarze Magie, kreisten Maras Überlegungen einzig um eine Frage: Wie sie es anstellen sollte, in diesem Schaukampf mit ihren Goriern den Sieg zu erstreiten. Das war mitnichten eine leichte Aufgabe, denn all die Adligen ringsumher beschäftigten sich mit dem gleichen Gedanken.

Da war Reuther Raimon von Revennis, Eleonoras Bruder, der den Mangel an Humor mit rondrianischem Mut wettmachte, als Anführer der Baburiner Recken. Da stand Reutherin Rashpatane von Palmyrabad, die ungestüme Erbin der palmyrenischen Gräfin, und da wartete Gräfin Alwidja saba Mhirija aus dem Yalaiad, jeder Fingerbreit eine furchtlose tulamidische Streiterin in Spiegelpanzer und Spitzhelm. Auch wenn es nur um die Belustigung der Wettkämpfer und ihrer Zuschauer ging, würde keiner dem Nachbarn ohne Gegenwehr den Sieg schenken.

Während sich die ›Belagerer‹ bereitmachten, besetzten die Elburier unter Führung der Reutherin Reshemin den Schwarzen Turm und hissten die eigens für das Spektakel entworfene Fahne mit dem Drachenhaupt.

Dann ertönte der Schrei: »Für die Zwölfe, für Aranien!«, und auf ging es ins Getümmel.

Als Erste stürmten die Gorier heran, zähe Kriegerinnen und Krieger, ein jeder auf einem leichten, von einem oder zwei Straußen gezogenen Streitwagen. Allein standen sie in den Wagen, die Zügel in der einen Hand, in der anderen eine Garbe leichter Wurfspeere, die Hiebwaffe noch umgegürtet.

Ein größerer Unterschied zu den leichten Straußenwagen Goriens war kaum denkbar, als danach die schweren, bronzebeschlagenen Streitwagen der Baburiner Streiter erschienen. Wie Ungetüme aus einer längst vergessenen Zeit polterten sie heran, gezogen von Zwei- oder Viergespannen, edlen Rössern von schwerem Schlag und weißer Farbe, allein die Mähnen wehten fuchsrot. Rot waren auch Zaumzeug und Zügel, die die Knappen der hohen Herrinnen und Herren in den Händen hielten, während sie die seltene Rolle als Wagenlenker gekonnt meisterten. Hinter ihnen standen gelassen ihre Ritterinnen und Ritter, die Sprünge und Stöße des Gefährtes in den Knien abfedernd, die Stoßlanze oder das Schwert sicher im Griff. Reuther Raimon führte sie mit lauten Rufen an.

Zu beiden Seiten der Baburiner ritten die Streiter der beiden übrigen Grafschaften. Zur Rechten sah man die wilden Plänklerinnen aus Palmyramis. Die dürftig gerüsteten Töchter dieser rahjatreuen Grafschaft führten nur leichte Waffen, Wurfspeer, Schleuder oder Fangschlinge, vollführten jedoch während des gesamten Rittes akrobatische Kunststücke auf ihren ungesattelten Pferden, derer sich keine Sharizad hätte schämen müssen.

Ganz anders die Kämpfer aus dem Yalaiad: Sie strahlten vor allem Würde aus, wie sie nach alter tulamidischer Art heranritten, in blitzende Spiegelpanzer gehüllt, die blinkenden Khunchomer Zweihänder über den Spitzhelmen schwenkend.

Die Zuschauer mühten sich, die Kämpfer noch an Lautstärke zu übertreffen, und jeder jauchzte den Streitern seiner Grafschaft zu. Selbst die eifrigsten Speichellecker wurden von dem Spektakel mitgerissen und vergaßen, für die Grafschaft der neuen Fürstgemahlin zu jubeln, wenn sie nicht gerade selbst aus Gorien stammten.

Während sich die Streiter dem Turme näherten, wurden von oben allerlei Dinge auf sie herabgeschleudert – von Wassergüssen über stumpfe Speere bis zu ›Feuerbällen‹, farbigen Sandbeutelchen aus Seidentuch. Doch plötzlich zuckten auch scheinbar echte Blitze vom Turm herab, und den Angreifern stockte der Atem, denn Magie kam bei einem solchen Reiterspektakel sonst nie zum Einsatz.

Zwar entpuppten sich die Blitze bei zweitem Hinsehen als Illusionen, doch der Schaden war schon angerichtet: Die Tiere gerieten in Verwirrung, ja, fast in Panik, und während die Reiter ihre Pferde mit viel Geschick, aber auch Mühen zügig wieder in den Griff bekamen, hatten die Wagenlenker alle Hände voll zu tun, dass die Zugtiere nicht ausbrachen und die Streitwagen auf dem richtigen Weg blieben. Vor allem die Gorischen Strauße waren verschreckt, und teils wütende, teils schmerzerfüllte Schreie verrieten, dass manch einer der leichten Rennwagen umgestürzt und zerbrochen war.

Als die Gorier ihre schnellen, aber dummen Laufvögel endlich beruhigt hatten, waren die übrigen Wagen längst an ihnen vorbeigeprescht, getrieben von der wilden Lust am Getümmel, und auch das Publikum begrüßte die unerwartete Einlage mit Jubel.

Inzwischen hatte sich der erste Tumult gelegt und

das Reitergefecht zu Füßen des Turmes begonnen. Lautes ›Ah!‹ und ›Oh!‹ erklang von den Schaulustigen auf der Tribüne, während Reiterinnen und Streitwagenfahrerinnen atemberaubende Kunststücke vollbrachten, einander in einem farbenprächtigen, aber völlig ungeordneten Turnier bekämpften und allgemein ein Abbild der heldenhaften Schlachten ihrer stolzen tulamidischen Vorfahren zum Leben erweckten. Dass inzwischen gar illusionäre ›Dämonen‹ mit gehörnten Drachenköpfen erschienen waren, heizte die Kampfeslust nur noch mehr an, zumal die Illusionen, so unerwartet sie auch waren, zumindest dem Geiste des Kampfes gehorchten und nach zwei, drei Treffern mit der stumpfen Turnierwaffe verschwanden. Manch eine der Kämpferinnen trug im Eifer des Gefechtes Verletzungen davon, viele andere schieden gemäß der vorab vereinbarten Bestimmungen als ›getroffen‹ aus, und nach zwei Stunden des prächtigsten Getümmels hatte sich das Publikum heiser gebrüllt und sich das Feld so weit gelichtet, dass der Eingang des Turmes nur noch von wenigen elburischen Elitekämpferinnen bewacht wurde, nach deren Bezwingung die Erstürmung des Bauwerkes beginnen konnte.

Nun war es niemand anderes als der Grafensohn Raimon von Revennis, der nach heftigem Klingenspiel als Erster in das Innere des Turmes vordringen konnte, um die Fahne einzuholen und als Ehrenpreis seiner Schwester, der neuen Shahi, zu überbringen. Damit sollte, so war es vereinbart, die Schlacht entschieden sein, die Macht des Schwarzen Turmes gebrochen.

Kämpferinnen wie Zuschauerinnen jubelten aus vollem Halse, als die Fahne verschwand; doch das Jubeln blieb ihnen im Halse stecken, als jene unmittelbar danach wieder aufgerichtet wurde.

Unter den Zeugen dieser Szene war wohl niemand so verärgert wie Mara: Eigentlich liebte sie raue und wilde Spielereien und die Aufregung der Jagd, aber ihr Widerwille gegen das Thema des Spektakels hatte jede Begeisterung erstickt. Der jungen Frau war heiß, der Schweiß körperlicher Anstrengung, der sonst ihren schlanken Körper noch geschmeidiger zu machen schien, klebte ihr mit Staub und Sand vermischt am ganzen Körper, die Raufereien hatten sie eher ermüdet als aufgestachelt. Sie wollte nur noch, dass das gedankenlose Spiel ein Ende nahm, verließ kurz entschlossen und mehr als unvorsichtig ihren Straußenwagen und eilte ihrerseits in den finsteren Turm.

Das Innere des Gebäudes war leer, nur ein großer Stapel Heuballen lag bereit für den letzten Akt, der geplant war: die Vernichtung der Schwarzen Bastion durch reinigende Flammen. Zwei Reihen hölzerner Treppenstufen führten empor zu den Galerien, die sich unter den Fensterreihen erstreckten.

Die meisten der Verteidiger waren erschöpft zusammengesunken und kümmerten sich nicht um Mara, die die steilen Treppen emporfegte. Doch als sie die von Zinnen umgebene Plattform betrat, die das Dach des Turmes darstellte, sah sie sich Reshemin, der Enkelin der Gräfin von Elburum, gegenüber. Der Baburiner Grafensohn aber lag reglos zu deren Füßen.

Während sich die beiden jungen Frauen für einige Augenblicke anstarrten, hätte ein Beobachter zahlreiche Gemeinsamkeiten zwischen ihnen festgestellt: Beide waren von zierlicher Gestalt, mit langem Lockenhaar, heller Haut und großen Augen, die kindliche Unschuld zum Ausdruck bringen konnten, im Moment jedoch voller Wut und Erregung funkelten. Auch Reshemin, so wurde gemunkelt, sollte mit magischen Kräften geboren worden sein, und beide Frauen waren zu unbeherrscht und leidenschaftlich, um ihre Zauberkünste wirklich zu schulen.

Natürlich gab es auch Unterschiede. So war Mara

rothaarig, wohingegen Reshemin schwarze Haare besaß. Der entscheidende Unterschied aber lag in der Natur ihrer Zornesmiene: Während die Gorierin ganz offensichtlich mit der Geduld am Ende war, leuchte in den himmelblauen Augen der Elburierin die Wut einer Besessenen, die keine Niederlage akzeptieren will, sei diese auch noch so lange vorhergeplant.

Fauchend wich sie zurück, stellte sich zwischen den Fahnenmast und die Angreiferin und hob drohend die stumpfe Waffe.

Mit äußerster Selbstbeherrschung zwang sich Mara, Ruhe zu bewahren: »Was soll das, Reshemin? Eure Aufgabe ist erfüllt, Ihr habt uns beinahe stärker zugesetzt als einem Spiel angemessen ist.«

Die Verteidigerin des Dämonenbanners antwortete mit einem überspannten Lachen. Beim Klang dieses fast unmenschlichen Gelächters riss der mühsam zusammengehaltene Geduldsfaden der Rothaarigen endgültig entzwei und mit einem katzenhaften Sprung warf sie die Gegnerin zu Boden.

Kaum war Reshemin gestürzt, riss Mara das Banner herunter. Schon wollte sie es über die Zinnen schleudern, da fiel ihr Blick auf Raimon von Revennis, der sich mit schmerzverzerrtem Gesicht aufrichtete – offenkundig hatte Reshemin ihn mit einem Tiefschlag gefällt, wie er vielleicht dem Kriegsgetümmel, nicht aber einem Schaukampfe angemessen war.

Nach kurzer Beratung nahm der noch immer leicht benommene Grafensohn die Siegesbeute an und erklomm mit ihr schwach schwankend die Zinnen, während Mara die gestürzte Reshemin beobachtete. Der übertriebene Siegeswille schien der Elburierin durch den Sturz ausgetrieben, und als der Beifall für den siegreichen Raimon schließlich abgeebbt war, rang sie sich auch einige Worte der Beglückwünschung ab, doch keinerlei Entschuldigung für ihren regelwidrigen Angriff.

Mara knirschte mit den Zähnen, da sie ihre bösen Vorahnungen derart bestätigt fand. Die unselige Grundidee des Spektakels hätte selbst aufrechte Streiterinnen mit einer ganz und gar unheiligen Besessenheit zu erfüllen vermocht, und als der Sieger und alle ›Besiegten‹ den Turm verlassen hatten, ließ die Gorierin es sich nicht nehmen, als Letzte die Fackel an Fahnenmast, Treppenstufen und auch an den Heuhaufen zu legen.

Währenddessen trug der stolze Raimon das erbeutete Banner zur Ehrentribüne, wo er als siegreicher Heerführer aus der Hand seiner Schwester und zukünftigen Fürstin einen wunderschön verzierten Reitersäbel und eine prächtige Ghala erhielt. Aus den Reihen der Baburiner erklang erneut lauter Jubel, in den schnell auch die übrigen Zuschauer einfielen.

Auf dem Kampfplatz aber loderte der Schwarze Turm inzwischen lichterloh und die wenigen, die ihm mehr Aufmerksamkeit schenkten als dem Strom von Raschtulswaller Rotwein, der nun dargereicht wurde, übersahen zumeist die erschöpfte kleine Frau, die sich, ohne noch einmal zurückzublicken, auf den Weg zum nächsten Badehaus machte.

So feierte das Land Aranien voller Prunk seine Edlen und Recken, während sich jenseits der Grenzen Übles zusammenbraute.

## 2. Kapitel

*Rashdul, zur Mittagsstunde am 16. Rondra des Jahres 28 Hal*

Mit einem lauten Knall zerbarst die Karaffe, als der weite Ärmel der Magierin sie zu Boden riss. Generationen von Dienstboten hatten diese Kostbarkeit aus der Zeit der Magiermogule vorsichtig gereinigt, doch Belizeth bemerkte überhaupt nicht, dass sie das Gefäß zerstört hatte. Später würde sie den Verlust begreifen und sie würde noch sehr viel wütender werden.

Die Mittdreißigerin war eine gepflegte Tulamidin und trotz ihrer standesgemäßen Robe und des Magierstabes wirkte sie mit den langen schwarzen Haaren, dem sanften Gesicht und den fließenden Bewegungen ihres schlanken Körpers eher wie eine Tänzerin als wie ein Magierin. Aber Belizeth Dschelefsunni war die rechtmäßige Spektabilität der Rashduler Akademie, denn sie hatte ihrem Vater diesen Rang gemäß den alten Gesetzen im magischen Zweikampf abgerungen. Dennoch war sie nicht die unumstrittene Herrscherin. An der Akademie gab es zwei Fachrichtungen: Eine Gruppe der Magier hatte sich auf die Beschwörung von Dämonen festgelegt, während die Übrigen sich mit der Dschinnenkunde beschäftigten. Sie selbst war zwar in der Herbeirufung der elementaren Kräfte versiert, ihr Interesse hatte jedoch von jeher der Dämonologie gegolten.

Während sie auf dem Konvent in Punin gewesen war, hatte ihr Stellvertreter Dschaladir, einer der Dschinnologen, keine Zeit verloren, um sich bei seinen Kollegen ins rechte Licht zu setzten. Nach ihrer Rückkehr hatte es keinen offenen Aufruhr gegeben, aber es gab kleine, untrügliche Zeichen, dass Magister Dschaladir beabsichtigte, Belizeth in absehbarer Zeit zum Kampf um die Herrschaft herauszufordern.

Der heutige Tag hatte bereits äußerst übel angefangen. Ihre Leibsklavin Tariba hatte bei der täglichen Handpflege einen von Belizeths Nägeln derart zugerichtet, dass die eitle Maga alle Nägel kürzen musste. Bei der anschließenden Züchtigung hatte Tariba so schrill gebrüllt, dass die Magierin starke Kopfschmerzen bekam. Um sich abzulenken, war Belizeth in die Bibliothek gegangen, nur um dort festzustellen, dass zahlreiche wichtige Bücher verschwunden waren. Dscherine, die Bibliothekssklavin, hatte zuerst nicht mit der Sprache herausrücken wollen, ihr aber letztendlich doch verraten, wer die Folianten entfernt hatte: niemand anderes als Magister Dschaladir.

Nun, glücklicherweise war für den heutigen Tag ohnehin eine Besprechung mit dem Dschinnenkundler anberaumt, sodass Belizeth ihn schon bald um die Herausgabe der Werke ersuchen konnte.

Das Gespräch mit Magister Dschaladir war ein Musterbeispiel geheuchelter Freundlichkeit. Magistra Belizeth konnte den umtriebigen Dschinnenmeister nicht leiden und er hetzte nachweislich gegen sie. Dennoch hatten sie ein loses Bündnis geschlossen, denn den meisten anderen Lehrmeistern an der Akademie traute die Dämonologin noch weniger – und Dschaladir besaß, so hervorragend er auch sein mochte, eine deutliche Schwäche: Er war derart eingenommen von seiner Leistung, dass er manchen Winkelzug seines Gegenübers übersah. Ihm gegenüber spielte sie meist die Rolle der unerfahrenen Scholarin, die dringend den Rat eines älteren, väterlichen Freundes benötigt.

Sie hatte schon vor vielen Monden begonnen, ihm Hinweise darauf zu geben, dass womöglich ein Aufstand der Dämonologen geplant war, und dadurch so manches wertvolle Wissen über die Verteidigungs- und Angriffspläne der Dschinnenbeschwörer gewonnen.

Nachdem sie einen – zweifellos sehr geschönten – Bericht über die Geschehnisse der letzten Wochen erhalten und an den richtigen Stellen ein ›Oh weh!‹, ›Kaum zu glauben!‹ und ›Wenn ich Euch nicht hätte!‹ eingeworfen hatte, lächelte Belizeth Magister Dschaladir an. »Was mir gerade noch einfällt, Magister«, sagte sie mit weicher Stimme, »ich bin Euch wirklich dankbar, dass Ihr die Sphärologica Exempta, die Mhadischen Fragmente und die Annales Academiae in Eure Obhut genommen habt. Ich verstehe auch, dass diese Werke in der Bibliothek kaum noch sicher sind – aber nun brauche ich sie, um gewisse reichlich absonderliche Theorien einiger Konventsbesucher zu überprüfen. Seid doch so gut und stellt die Folianten bereit, dass ich sie im Laufe des Nachmittags abholen lassen kann.«

Magister Dschaladir hielt dem Blick der Magierin stand. »Ich verstehe leider nicht ganz, worauf Ihr hinauswollt, Collega. Die von Euch genannten Bücher befinden sich mitnichten in meinem Besitz.«

Belizeth schenkte dem Magier ein süßes Lächeln. Magister Dschaladir hielt sich nicht schlecht. Wer ihn nicht gar so gut kannte wie sie, hätte seiner Lüge gewiss Glauben geschenkt. Aber sie hatte schon oft genug beobachtet, wie sich in angespannten Situationen auf der Stirn des Magus eine steile Falte bildete. »Nun, Collega, selbst wenn Ihr sie nicht in Eurem persönlichen Besitz habt, werdet Ihr ja wohl wissen, wem Ihr die Bücher anvertraut habt.«

Der Dschinnenbeschwörer schüttelte den Kopf. »Es tut mir Leid, aber Ihr missversteht mich. Mir war bis eben nichts davon bekannt, dass die Bücher nicht in der

Bibliothek sind. Vielleicht sollte ich mich einmal bei den Kollegen oder Schülern umhören, wer die Werke entliehen hat. Wenn es jedoch einer von Magister Durenalds Leuten war, habe ich wenig Hoffnung, etwas zu erfahren.«

Die Akademieleiterin schaute ihr Gegenüber nun aus weit aufgerissenen Augen an. »Eigenartig. Meister Murabisar hat eindeutig ausgesagt, dass Ihr diese Bücher mitgenommen habt.«

Am Haaransatz des Magus bildete sich ein einzelner Schweißtropfen, der langsam die Stirn herunterlief. Meister Murabisar, der Bibliothekar, gehörte eigentlich zu seinen Verbündeten im alltäglichen Gerangel um Macht und Einfluss.

»Ich fürchte, dass mich da jemand verleumden will, Eure Spektabilität«, antwortete Dschaladir so unbekümmert wie möglich. »Vermutlich handelt es sich wirklich um eine Verschwörung einiger Dämonologen.«

Belizeth schenkte ihrem Kollegen einen anbetenden Augenaufschlag, als sie sich von seinen Worten ›überzeugen‹ ließ: »Da werdet Ihr Recht haben. Ich gestehe, es fiel mir auch schwer zu glauben, dass ausgerechnet Ihr mich derartig hintergehen würdet. Ich werde mir heute Abend Murabisar einmal näher vorknöpfen.«

Der Schweißtropfen hatte die Nasenspitze des Magiers erreicht. Ärgerlich wischte er ihn beiseite, während sein Lächeln keine Spur schwächer wurde: »Ich glaube, das wäre eine gute Idee. Ich werde meinerseits versuchen, die Bücher zu finden. Können wir uns morgen zur gleichen Zeit noch einmal unterhalten?«

Belizeth nickte Magister Dschaladir dankbar zu: »Es wäre mir ein Vergnügen. Doch nun muss ich mich um meine Rosen kümmern!« Wie ein verzogenes Kind wechselte sie den Gesprächsgegenstand und schwärmte ihm von den geliebten Blumen vor – ein Feld, das ihr sehr lag – und brachte ihn so dazu, sich eine Entschuldigung auszudenken, um den Raum verlassen zu können.

Danach stand auch Belizeth auf und ging in den Rosengarten. Dort, inmitten ihrer geliebten Pflanzen, konnte sie ein wenig zur Ruhe kommen. Nun würde sich zeigen, ob Magister Dschaladir etwas im Schilde führte. Nach dem Bericht dieses Tarlisin von Borbra war ihr wieder eingefallen, dass sie vor Jahren etwas über ein Artefakt gelesen hatte, das nach den Magierkriegen von Magister Moffasan, der den heutigen Boronheiligen Khalid al Ghunar auf einer Forschungsreise in die Gor begleitet hatte, zur näheren Untersuchung in die Akademie mitgenommen worden war. Als sie zum ersten Mal davon gelesen hatte, war ihr das Ganze völlig belanglos erschienen; nun aber, da sie berechtigte Vermutungen hegte, dass es sich bei dem Artefakt um das Desiderat handeln könnte, waren die Aufzeichnungen verschwunden.

Die Gewölbe der Akademie waren unüberschaubar weitläufig, und es würde Monde, wenn nicht gar Jahre dauern, bis sie das Desiderat dort finden würde. In der Zwischenzeit hatte Magister Dschaladir alle Zeit der Welt, um es mittels der von ihm entwendeten Schriften zu orten und möglicherweise mit seiner Hilfe, wenn es denn derartig mächtig war, Belizeth die Herrschaft über die Akademie zu entreißen. Sie würde rasch handeln müssen.

Die Magierin streichelte sanft über die samtige Blüte einer tiefroten Rose. Der aufsteigende Duft wirkte berauschend und entspannend zugleich. Die Minuten, während sie versonnen die Rosen liebkoste, sammelten sich zu Stunden.

Belizeth öffnete erst wieder die Augen, als eine Stimme aus der Ferne aufgeregt ihren Namen rief. Die Magierin schaute in die Richtung, in der eine bleiche

Scholarin stand. »Eure Spektabilität, bitte, Ihr müsst in die Bibliothek kommen. Meister Murabisar ist ums Leben gekommen.«

Belizeth hauchte einen Kuss auf die Rose. »Überall Verschwörungen und Betrug. Nur ihr werdet mich niemals verraten!« Dann hatte sie sich auch schon erhoben und folgte der zitternden Scholarin. Die Falle war früher zugeschnappt, als sie gedacht hatte. Magister Dschaladir verlor anscheinend die Nerven.

# 3. Kapitel

*Rashdul, zur Mittagsstunde am 18. Rondra des Jahres 28 Hal*

Der Konventssaal der Pentagramm-Akademie war bis auf den letzten Platz besetzt. Ihre Spektabilität Belizeth Dschelefsunni hatte vollständiges Erscheinen befohlen, da sie eine wichtige Verlautbarung bekannt geben wollte. Die meisten der Anwesenden rechneten damit, dass die Leiterin einen ausführlichen Bericht über den Konvent in Punin abliefern wollte, denn es gab zahlreiche Fragen, die noch ungeklärt waren. Vielleicht würde sie heute die lange erwartete Grußbotschaft des Weisen Rohal verlesen.

Die Anordnung der Plätze war allerdings etwas ungewöhnlich. Üblicherweise standen die Stühle in einem großen Fünfeck, doch am heutigen Tag hatte man fünf Stühle auf einem kleinen Podium aufgestellt, sodass die dort Sitzenden über den übrigen Zuhörern thronten.

Nach einer Weile öffnete sich die Tür und Ihre Spektabilität Belizeth Dschelefsunni betrat in Begleitung vierer Magister den Raum, um mit ihnen zusammen auf dem Podium Platz zu nehmen. Bei ihren Begleitern handelte es sich ausnahmslos um Lehrmeister der Dämonologie, was zu erstauntem Gemurmel führte – zumal Magistra Sarafina saba Terlina, Magister Oswald Durenald, Magister Rashid ben Sourad und Magistra Cassandra ya Devalli von den elf Dämonologen der Akademie zum harten Kern derer gehörten, die für ihre Beschwörungsform die Vorherrschaft erstreiten wollten.

Schließlich brachte Belizeth die Anwesenden mit

einer energischen Geste zum Schweigen: »Collegae, ich habe diese Versammlung einberufen, weil diese ehrwürdigen Hallen an einem Wendepunkt stehen. Gerade hier, im Umland der Gorischen Wüste, ist die diesseitige Präsenz dämonischer Wesenheiten erheblich angestiegen, und wir müssen der Tatsache ins Auge sehen, dass sich die Dschinne aus diesem Gebiet zurückziehen und wir uns am Anfang eines neuen Zeitalters befinden. In Anbetracht der derzeitigen sphärologischen Veränderungen wird sich die Akademie bis auf weiteres ganz der Erforschung, Beschwörung und Beherrschung von Dämonen widmen.«

Eine junge Scholarin, Belizeth erkannte sie als diejenige, die den toten Murabisar entdeckt hatte, fand als Erste die Sprache wieder, während die Übrigen den Sinn dieser Ankündigung anscheinend nicht begriffen hatten: »Aber Eure Spektabilität, was soll denn dann aus uns werden?«

Belizeth lächelte der jungen Frau ermutigend zu. »Seid unbesorgt, ich habe mir ausgiebig Gedanken darüber gemacht, wie man das Potenzial der Dschinnenbeschwörer nutzen kann. Für jeden von Euch habe ich Aufgaben, die Euch gewiss unsterblichen Ruhm einbringen werden.« Magistra Belizeth machte eine Pause, um das Gesagte auf die anwesenden Dschinnenkundler wirken zu lassen.

Die anfangs erschrockenen Gesichter blickten nun aufmerksam, ja geradezu erwartungsvoll auf die schöne Tulamidin. Belizeth strich sich bedächtig die schimmernden Haare zurück, bevor sie sich einem Stapel Pergamente zuwandte, die vor ihr auf einem Tischchen lagen. Müßig nahm sie das erste auf und für einen Augenblick studierte sie es sorgfältig, dann sah sie eine beleibte fünfzigjährige Frau unverwandt an: »Magistra Renaya, Ihr habt Euch bereits seit einiger

Zeit mit der besonderen Magie der zwergischen Druiden befasst?«

Die Angesprochene errötete leicht, als sie sich nickend erhob: »Das ist richtig, Eure Spektabilität. Es ist überaus bemerkenswert, wie diese magiekundigen Zwerge, die sich selbst Geoden nennen, die elementaren Kräfte manipulieren und dabei …«

»Danke, das genügt!«, unterbrach Belizeth mit einem Wink den Redefluss. »Magistra Renaya, Ihr werdet spätestens morgen Mittag mitsamt Euren persönlichen Scholaren aufbrechen und sämtliches Wissen der verschiedenen Traditionen zwergischer, hm, Geoden archivieren.«

Die beleibte Magierin blickte Belizeth fassungslos an: »Aber, Eure Spektabilität, das würde mehrere Jahrzehnte, wenn nicht gar Jahrhunderte in Anspruch nehmen …«

Belizeth bedachte die Frau mit ihrem süßesten Lächeln und gab sanft zur Antwort: »Dann fangt Ihr am besten sofort mit dem Packen an, denn umso eher könnt Ihr mit Eurer Arbeit beginnen.« Sie griff nach dem nächsten Pergament. »Was haben wir denn hier? Ach ja: Magister Naramir, Ihr werdet mit Euren Schülern das Geheimnis der Zitadelle des Elementarherren der fruchtbaren Erde ergründen, die sich in der Krone der himmelhohen Bäume im südlichen Güldenland befinden soll. Ihr werdet Grundrisspläne erstellen und die Bände der dortigen magischen Bibliothek auflisten …« Dem Magister blieb nichts anderes übrig, als verwirrt nach Luft zu schnappen, war er doch ein behäbiger Freund des guten Lebens.

So ging es Schlag auf Schlag. Nacheinander erhielten die neun Lehrmeister der Dschinnologie verbindliche Forschungsaufträge, die sie in alle Winde zerstreuen würden.

»Magistra Teraminas, Euch ist die Zitadelle des Feuers zugewiesen, die im Herzen eines Vulkanes im südöstlichen Riesland liegen soll, jenseits des großen Ozeans …«

Die rothaarige Elementaristin war selbst dem elementaren Feuer zugewandt, und man konnte sehen, wie der Zorn in der heißblütigen Feuermagierin aufloderte, während Ihre Spektabilität fortfuhr.

»Magister ya Lezzeroni, die Zitadelle des Elementarherren der Lüfte wartet auf Euch – da sie ja angeblich auf einer Wolke über dem höchsten Gipfel des Ehernen Schwertes liegt, solltet Ihr Euch am besten von Dschinnen tragen lassen.«

Der flatterhafte Horasier sprang sogleich auf, verführt von der schieren Kühnheit der Mission, während sich an seiner Seite langsam auch Magistra Teraminas von den Flammen erhob. Belizeth beachtete sie gar nicht, sondern sprach weiter:

»Magister Irnulf, Ihr reist gen Havena und schifft Euch dort ein, denn die Zitadelle des elementaren Wassers soll am Grunde des Meeres der Sieben Winde liegen …« Der schlaksige Mittelreicher ließ sich kraftlos in den Sessel sacken, als wolle er zerfließen. Die Feuermagierin hingegen begann laut Einspruch zu erheben, ohne dass Belizeth innehielt.

»Die Zitadelle des Herrn des Eises soll direkt unter dem Nordstern liegen, vom Ewigen Eis umringt. Magistra Neryaki, dorthin werdet Ihr Euch mit Euren Schülern wenden …« Bevor die Angesprochene reagieren konnte, schlug schwarzblaues Dämonenfeuer aus dem Boden und hüllte die schreiende Magistra Teraminas ein. Als ihre Kollegen und Scholaren ihr zur Hilfe eilen wollten, wurden sie von den Dämonologen mit unmissverständlichen Drohgesten zurückgehalten. Es war unzweifelhaft, dass den überrumpelten Elementaristen keine Wahl blieb. Sie würden sich der Macht der Dämonologen fügen müssen.

»Magister Alarich, die Zitadelle des Erzes harrt darauf, von Euch und den Euren untersucht zu werden. In den tiefsten Kavernen unter dem Raschtulswall solltet Ihr sie finden können.« Wie es seinem Element entsprach, nickte der stämmige Magier unerschütterlich, während gerade seine Kollegin Teraminas im Dämonenfeuer ums Leben kam und sich die Elementaristen in heillosem Aufruhr befanden.

»Adeptus Magnus Cassidorus, Ihr übernehmt vertretungsweise Amt und Mission der verblichenen Frau Teraminas. Magistra Ioranina, Ihr werdet mit Euren Schülern die Festung Drakonia der Elementarmagier vom Raschtulswall aufspüren und kartographieren.«

Längst war das offene Aufbegehren einer stillen Schicksalsergebenheit gewichen, als Belizeth für Magister Dschaladir eine Überraschung bereithielt: »Magister Dschaladir, für Euch habe ich etwas ganz Besonderes. Ihr wisst ja, dass vor Madas Frevel einst eine siebte Zitadelle in dieser Sphäre existierte, die des verschwundenen Elementarherren der Magie, von dem manche munkeln, er sei damals in die feindlichen Zwillinge Rohal und Borbarad geteilt worden. Findet heraus, wo diese Zitadelle lag, und rekonstruiert ihre Form.« Durch die steile Falte auf Dschaladirs Stirn, tief wie mit dem Messer geschnitten, rann gut sichtbar der Angstschweiß herab.

Belizeth lächelte in die Runde. »Meine Damen und Herren, ich danke für die Aufmerksamkeit und möchte noch einmal ausdrücklich darauf hinweisen, dass wir in Anbetracht der verstärkten dämonischen Präsenz nur bis zum morgigen Nachmittag für Eure Sicherheit garantieren können. Wer sich bei Anbruch der Dämmerung noch in der Akademie befindet, tut dies auf eigene Gefahr. Werte Collegae, ich möchte mich für die jahrelange gute Zusammenarbeit bedanken und wünsche Euch allen eine angenehme Reise.«

# 4. Kapitel

*Rashdul, zur zehnten Morgenstunde am 24. Rondra des Jahres 28 Hal*

Die Rosen brauchen unbedingt wieder Kamelmist, Ayshulibeth. Sag Assaf Bescheid, dass er welchen vom Basar besorgt.« Belizeth betrachtete den Rosenbusch kritisch. »Und die hier müssten wieder beschnitten werden, hörst du.«

Die Sklavin nickte der Magierin zu: »Kamelmist und beschneiden, ich höre und gehorche. Haben Eure Spektabilität schon gesehen, dass die Azila Ghala neue Knospen treibt?«

Belizeth erhob sich von der Mauer: »Lass sehen … wie schön, meine Kleine …« Die schlanken Finger der Magierin glitten liebkosend über die dornigen Stiele, dann ergriff sie ihren Skizzenblock und begann eifrig, den Strauch abzuzeichnen. Auf dem Kiesweg näherten sich eilige Schritte, doch Belizeth blickte nicht auf. Wenn sie bei den geliebten Rosen war, vergaß sie Raum und Zeit.

Die Schritte verstummten an ihrer Seite. »Verzeiht, Eure Spektabilität, aber diesmal müsst Ihr wirklich kommen.« Mit funkelnden Augen wandte sich Belizeth dem jungen Scholaren zu, der zusehends errötete. »Ich *muss* gar nichts, Alishar«, antwortete sie ungehalten. »Hast du verstanden?« Der junge Mann hielt dem strafenden Blick stand. »Ich bedaure, aber Magister Durenald sagte, dass sich draußen vor der Akademie über dreihundert Berittene zusammengerottet haben.«

Über die ebenmäßigen Gesichtszüge der Tulamidin glitt ein breites Lächeln. »Warum hast du das denn nicht gleich gesagt? Ist Scheich Almut auch persönlich anwesend?«

Der junge Scholar zuckte die Schultern. »Das weiß ich leider nicht, ich sollte Euch nur diese Nachricht überbringen.«

Belizeth nickte der Sklavin Ayshulibeth noch einmal zu und drohte ihr halb scherzhaft mit dem Finger: »Vergiss nur nicht, was ich dir aufgetragen habe. Falls es später wird, bis Assaf zurückkommt, musst du heute die Rosen wässern.« Dann folgte sie dem Scholaren ins Innere der Pentagramm-Akademie. Ein Blick durchs Fenster bestätigte die Meldung. Belizeth war äußerst zufrieden.

Seit dem einundzwanzigsten Rondra suchte der Wesir von Rashdul den Kontakt mit den Magiern. An jenem Tag war ein einzelner Bote vor den verschlossenen Toren erschienen und hatte Belizeth eine ›Einladung‹ zum Gespräch überbracht. Diese Aufforderung, deren Wortlaut zufolge die Magierin allein in den Palast kommen sollte, roch förmlich nach einer Falle. Im besten Falle hätte der Wesir vermutlich versucht, aus ihr eine ebensolche Marionette zu machen wie aus der eigentlichen Fürstin oder Shanja von Rashdul, seiner Nichte Eshila. Belizeth wusste, dass Scheich Almut ben Saajd die Meinung zahlreicher Novadis teilte, dass der Platz einer Frau im Harem sei, aber gegen derartige Ansinnen hatte sie sich stets erfolgreich zur Wehr gesetzt. Selbst ihr eigener Vater Dschelef hatte stets versucht, seine Tochter von den wirklich mächtigen Ämtern fern zu halten, bis er von ihr zum magischen Zweikampf herausgefordert worden war.

Am zweiundzwanzigsten Rondra hatte der Wesir einen Hauptmann der Garde mit fünfzig Kriegern der Rashduler Reiterei zur Pentagramm-Akademie geschickt, doch auch diesen war weder Zugang noch eine Antwort gewährt worden. Und gestern war der Wesir persönlich mit einhundert Reitern erschienen, aber selbst er erhielt keine Reaktion aus der Akademie. An diesem schönen Sommertag war er jedoch mit seiner gesamten Armee aufmarschiert und nun sollte er auch die ihm gebührende Antwort erhalten.

Belizeth rief eilig die übrigen Magister in den Koventssaal, um mit der Invocation zu beginnen. Die Magierin hatte bereits damit gerechnet, dass es zu einem großen Angriff kommen würde, und daher schon vor Tagen den Saal in einen Beschwörungsraum umgewandelt. Die heptagrammförmige Einlegearbeit am Boden war täglich mit neuer Kreide nachgezeichnet worden, Kerzen und andere Hilfsmittel standen in ausreichender Menge bereit. Außerdem trug Belizeth wie die übrigen Magier bereits seit Tagen das Beschwörungsgewand, sodass man sofort mit dem eigentlichen Ritual beginnen konnte. Die Akademieleiterin empfand es als passend, die erste dämonische Machtdemonstration mit Kreaturen aus der Domäne Agrimoths, des Erzherrn des dämonischen Humus, Erzes, Feuers und Windes, zu bestreiten – denn das war eine angemessene Abkehr vom Elementarismus der nunmehr vertriebenen Dschinnenbeschwörer.

Auf die Anrufung hin erschien ein Dharai, ein gewaltiger schwarzgrauer Gallertklumpen, so groß wie eine Lehmhütte, aus dessen blasenübersätem Rücken sich zwei nach vorne gebogene Hörner erhoben. Auf Belizeths Befehl bewegte sich die Monstrosität eilig zu einem der fünf Portale, die seit der Priesterkaiserzeit versiegelt waren. Seit mehr als einem halben Jahrtausend hatte niemand diese Tore durchschritten – eine lästige Sperrung, die Belizeth schon immer ein Dorn im Auge gewesen war. Auch die übrigen Magier waren nicht untätig geblieben, und so waren binnen kürzester Zeit alle fünf Portale mit Dharayim besetzt, die auf ein weiteres Kommando hin die Tore nahezu gleichzeitig aufsprengten und die schweren Steinquader auf die Reiter schleuderten, die am Fuße der Mauer lagerten.

Die zerschmetterten Krieger schrien in Todesqualen, doch bevor sich die hinteren Reihen auch nur in Sicherheit bringen konnten, erschien in jedem der Tore ein übermannsgroßer, flammenumloderter Feuersalamander, dessen Haupt von einer Krone aus drei gewundenen, weiß glühenden Hörnern umkränzt wurde – Azzitayim, mächtige Diener des Agrimoth. Lichterloh brennend marschierten diese Dämonen in die Reihen der vor Schreck starren Reiter und setzten sie bei lebendigem Leibe in Brand. Allenfalls eine Viertelstunde später war die gesamte Armee zerschlagen und die wenigen Überlebenden Hals über Kopf geflüchtet.

Scheich Almut ben Saajd saß regungslos im Sattel und musste das Ende seiner stolzen Reiterei aus nächster Nähe miterleben. Die vielen Jahre als Regent der reichen Stadt hatten den Novadi träge und unbeweglich gemacht, und nun musste er erkennen, wie wenig von der ungestümen Kraft seiner Jugend ihm geblieben war, als neben ihm, von einem heftigen Windstoß begleitet, eine grau geschuppte Schlangenkreatur mit Widderkopf aus dem Himmel stürzte. Der Dämon packte den Wesir, der erst jetzt die Kraft zu einem schrillen Entsetzensschrei fand, und trug ihn geradewegs in die Akademie.

Erschöpft, aber glücklich blickte Belizeth aus dem Fenster. Auf den mit Blut und Leichen bedeckten Straßen und Plätzen ringsumher hatten weder Mensch noch Tier überlebt. Die wenigen Bürger, die den Anfang des Spektakels beobachtet hatten, hockten längst in fest verrammelten Häusern. Es würde lange dauern, bis sie sich wieder hervortrauten – und dann würden sie aller Welt berichten, wie mächtig die Magier waren. Anschließend würde es niemand mehr wagen, sich ihr entgegenzustellen, ihr, der neuen Herrin von Rashdul, Shanja Belizeth Dschelefsunni, unangefochtene Herrscherin über Stadt, Land und Akademie.

# 5. Kapitel

*Rashdul, zur neunten Morgenstunde am 24. Efferd des Jahres 28 Hal*

Shanja Belizeth I. von Rashdul kochte vor Wut.

Sie hatte sich jetzt drei Wochen lang mit den Annalen der Akademie und anderen Texten befasst, die außer im vertrauten Tulamidya und Garethi nicht nur im gelehrten Bosparano oder in Alt-Tulamidisch abgefasst waren, sondern auch in derart fremdartigen Sprachen wie der ›Dämonenzunge‹ Zhayad oder dem verrufenen Zelemja. Schließlich hatte sie herausgefunden, dass sich der Großmeister der Grauen Stäbe fürwahr auf der falschen Fährte befand, da das Desiderat niemals in den von Khalid al Ghunar geschaffenen Gräbern in der Gor gelegen hatte und daher auch nicht durch Liscom von Fasar hatte geraubt und verkauft werden können.

Stattdessen hatte Magister Moffasan aus Rashdul das Objekt gefunden und nicht beim boronischen Leiter der Forschungsreise abgeliefert, sondern heimlich in seine Akademie gebracht. Doch dann wurde es rätselhaft: Ihre ferne Vorgängerin, die damalige Spektabilität, hatte festzustellen geglaubt, dass das Objekt allmählich zu regelrechten Wahnvorstellungen führte. Prompt hatte sie Magister Moffasan gemaßregelt und das Fundstück in die Obhut des Rashduler Borontempels gegeben.

Alles sprach dafür, dass diese Magier nicht besonders stark im Geiste gewesen waren, denn vermutlich schützte das Artefakt sich lediglich selbst gegen Unwürdige. Es hatte Belizeth weitere fünf Tage gekostet herauszufinden, in welchem der beiden Tempel des

Raben der Sphärenschlüssel heute liegen musste, denn eine Kirchenspaltung hatte zu einer Verdoppelung der boronischen Einrichtungen in der Stadt geführt, und neben den alten Tempel, der weiterhin dem Raben von Punin die Treue hielt, war ein zweiter getreten, der dem Patriarchen von Al'Anfa gehorchte.

Boron war als Gott des Schweigens bekannt, und entsprechend schweigsam hatten sich seine Diener gezeigt, als es um die Frage ging, wer nun der Hüter des Sphärenschlüssels sei. Erst als Belizeth begonnen hatte, die beiden Sekten gegeneinander auszuspielen, und ihnen im Falle einer Zusammenarbeit versprochen hatte, die jeweils andere Glaubensgruppierung aus der Stadt zu vertreiben, war ein übereifriger Tempeldiener gesprächig geworden und hatte zugegeben, dass sich der Sphärenschlüssel im Tempel des al'anfanischen Ritus befand.

Doch dann, vor vier Tagen erst, waren alle Bemühungen an einem toten Punkt angelangt. Der Tempelvorsteher, der arrogante Al'Anfaner Borondrigo Bonareth, hatte angeblich ein Traumgesicht des Boron empfangen, vermutlich eher einen wirren Rauschtraum nach dem Genuss von Schwarzem Lotos, für den der Al'Anfaner Ritus so bekannt war.

Auf jeden Fall hatte er das Desiderat vor wenigen Tagen aus der Stadt fortgeschafft und sich dann einem boronischen Ritual unterzogen, um diese Geschehnisse zu vergessen. Belizeth fluchte, als sie daran dachte. Selbst unter Folter oder dem Einfluss von Hellsicht- oder Beheherrschungszaubern würde er sich jetzt nicht mehr erinnern, wem er das Artefakt anvertraut hatte. Die Stadtherrin würde also ihre Späher ausschicken müssen und Zeit verlieren, die sich vielleicht noch als unersetzbar erweisen würde.

Aber so leicht sollte Hochwürden Bonareth ihr nicht davonkommen. Wesir Almut ben Saajd hatte neun

Tage unendliche Qualen erlitten, bis Belizeth seiner überdrüssig wurde und seinen Kopf auf einem Minarett aufspießen ließ. Der Tod des Geweihten jedoch sollte ein Schauspiel werden, von dem die Rashduler noch ihren Urenkeln erzählen würden.

Sie hatte ihn noch einige Tage in Freiheit, aber unter ständiger Aufsicht gehalten und Hochwürden hatte sie nicht enttäuscht. Er hatte eifrig versucht, das Volk gegen die neue Herrscherin aufzuwiegeln und gegen die Dämonologen zu hetzen, obgleich jene, da war sich Belizeth sicher, dem Problem der zunehmen Dämonenpräsenz wesentlich wirksamer entgegentraten als die Geweihten mit ihrem Singsang.

Genau einen Mond nach dem Ende der Rashduler Armee marschierten dann die Gardisten der neuen Herrscherin vor dem Tempel auf und verhafteten den Tempelmeister erneut. Shanja Belizeth hatte in der Arena der Stadt eine öffentliche Gerichtsversammlung einberufen und das Erscheinen sämtlicher Rashduler Bürger befohlen. Entsprechend gut besetzt waren die Ränge, da die neuen Stadtgardisten, raue, kampferprobte Söldner, bereits dafür gefürchtet waren, dass sie die Befehle der Herrscherin ohne zu zögern durchsetzten – nachdem der erste bestechliche Wachweibel dazu verurteilt worden war, von einem Dämonen zerrissen zu werden, wurde jeder Bürger, der seine Pflichten gegenüber der Shanja vernachlässigte, mit unerbittlicher Härte bestraft.

Die eingeschüchterten Bewohner der Stadt harrten nun des Prozesses gegen Hochwürden Borondrigo Bonareth, der unter dem Vorsitz von Shanja Belizeth I. stattfinden würde. Fanfarenstöße kündigten den Einzug der Herrscherin an, die sich von Elitekriegern des früheren Wesirs – allem Anschein nach zum Leben erweckten Leichen – auf einer Sänfte zum Thronpodest tragen ließ. Nachdem sie ihre Macht erneut eindrucksvoll zur Schau gestellt hatte, winkte Belizeth der Anklägerin, die mit lauter Stimme die Vorwürfe gegen den Geweihten verlas. Sie hatte Magistra Cassandra ya Devalli für diese Aufgabe ausgesucht, weil die Nekromantin eine weit tragende Stimme besaß und weil die Totenbeschwörerin Ihrer Spektabilität für das Vergnügen, die Rollen zu verkehren und ausgerechnet einen Borongeweihten zu beschuldigen, einige kleine, aus Magiergräbern geraubte Artefakte angeboten hatte.

»Borondrigo Bonareth, Ihr habt Eure Pflichten als Hüter der Adelsgräber sträflich vernachlässigt. Statt Euch, wie es die alten Vereinbarungen erfordern, täglich um die Grüfte zu kümmern, auf dass den Seelen der Großen Alten der Stadt nichts fehle, habt Ihr Euch dem Rausch des Vergessens hingegeben!« Der schwarzhaarige Al'Anfaner ließ sich vor dem Thron der Shanja auf die Knie fallen, eine Geste, die ein Lächeln auf Belizeths Gesicht malte. Dieses Schmunzeln allerdings gefror zu einer Maske, als deutlich herüberklang, dass der Geweihte nicht etwa das Knie vor ihr beugte, sondern laut zu seinem Gott betete.

Die Magierin gewann jedoch schnell wieder die Fassung zurück, als die von ihr bezahlten und angeheuerten Zeugen auftraten und einer nach dem anderen der Anklägerin bestätigte, was für ein verdammungswürdiger Geselle der Boronpriester war.

Belizeth beobachtete währenddessen das Publikum. Mittlerweile wurden auf den Zuschauerrängen bereits die ersten Schmährufe gegen den immer noch betenden Geweihten ausgestoßen. Und das lag nicht nur an der Furcht vor ihrer Macht. Die Bürger Rashduls betrachteten ihre Ahnen als wichtigen Teil ihres Lebens, und wer die herrlichen Grabhäuser und Grüfte aus dreißig Jahrhunderten vernachlässigte, der beschwor den Zorn der Altvorderen auf die Stadt herab.

Die Magierin war zufrieden. Spätestens nach dem

nächsten Zeugen würde sie die Zuschauer restlos auf ihrer Seite wissen. Vor ihr warf die leichenblasse Magistra Cassandra das vorzeitig ergraute Haar nach hinten, sodass der schwere Duft ihres Parfüms zu Belizeth herüberwehte – es erinnerte die Tulamidin stets an Balsamierungselixier und sollte wie dieses den Leichengeruch überdecken, von dem die Magistra allzeit umgeben wurde –, und rief mit lauter Stimme: »Als nächsten Zeugen der Anklage rufe ich den Höchsten in den Zeugenstand, den diese Stadt je erblickt hat. Sieh, oh großer Raschtul, welch ein Frevler hier, in der von dir gegründeten Stadt weilt!«

Bereits einige Zeit zuvor hatte die Magierin von ihren Getreuen eine Mumie vorbereiten und von einem Nephazz aus der Domäne der Erzdämonin Thargunitoth, der Herrin der Untoten, beleben lassen. Diese Mumie trat nun, als der legendäre Raschtul selbst, scheinbar aus dem Nichts in die Arena und schritt auf den betenden Geweihten zu.

Als die Zuschauer den legendären Stadtgründer in seiner goldenen Königstracht erblickten, brach allgemeines Gelärme aus. Die Mumie griff mit ihren riesigen Händen nach dem Al'Anfaner und zerriss ihn, ohne sich um dessen Gebete zu scheren, in der Luft, dass die Gedärme auf den Boden der Arena fielen.

Belizeth hoffte unterdessen inständig, dass sich die Binden um den Leib der Mumie nicht lösen würden, denn da die Legenden übereinstimmend berichteten, dass der erhabene Raschtul weit größer gewesen war als ein Mensch, hatten sie sich einen toten Oger besorgen müssen.

Doch das Publikum war viel zu geblendet von der strahlenden Erscheinung und dem blutigen Schauspiel, um irgendwelche Zweifel zu hegen. Nachdem sie den zerfetzten Leichnam des Geweihten zur Seite geschleudert hatte, trat die ›Fürstenmumie‹ auf Belizeth zu, kniete vor ihr nieder und nahm sich mit einem kräftigen Ruck den goldenen Kronhelm vom mit Binden umwickelten Kopf, um dieses Zeichen der Macht der neuen Shanja zu Füßen zu legen. Aus den Augenwinkeln konnte die huldvoll lächelnde Belizeth die Anspannung auf dem Gesicht Magistra Cassandras erkennen, die den Untoten bei dieser schwierigen Bewegungsfolge lenkte.

Das Volk jubelte. Nun war auch dem Letzten deutlich, dass Belizeth die Auserwählte war, und als die ersten bestellten Beifallklatscher mit Hochrufen begannen, fielen die restlichen Zuschauer eifrig mit ein.

Belizeth schloss erleichtert die Augen. Das war geschafft! Jetzt galt es nur noch, den Sphärenschlüssel zu finden, und dann würde sie sich den übrigen Tulamidenlanden zuwenden.

# 6. Kapitel

*Perricum, am Abend des 26. Efferd des Jahres 28 Hal*

Über der Stadt Perricum erhob sich mächtig und unnahbar die Löwenburg, das Zentrum der Schwertkirche der Kriegsgöttin Rondra. Seit vielen Monden wehte das Kriegsbanner über der Festung, denn seit der Rückkehr des Dämonenmeisters lebte die Kirche im Krieg. Viele Häuser der Göttin hatte sie schon an den Feind verloren, doch nach dem festen Willen der Kriegerpriester sollte kein Einziges weiteres mehr fallen.

Über der Löwenburg ragte der trutzige Rote Turm auf, ein runder Bau von mehr als fünfzig Schritt Höhe, die beste und letzte Bastion – doch noch nie war die Löwenburg gefallen und die Befestigungen des Turmes waren unerprobt geblieben. Vom kreisrunden ebenen Dach hatte man einen guten Blick über die Stadt Perricum im Norden, aber auch über das Hinterland und die offene See des Golfes von Perricum. In der Mitte der freien Dachfläche allerdings erhob sich ein kleines Birkenwäldchen, das in Friedenszeiten angelegt worden war und fallen würde, sobald sich ein Feind der Festung näherte; bis dahin aber spendete es Schatten und Kühle.

Vier Leute hielten sich dort oben auf, drei Menschen und ein Zwerg, drei Rondrageweihte und ein Gildenmagier. Zu dem Treffen im kleinen Kreis hatte Ihre Erhabenheit Ayla von Schattengrund geladen, das Schwert der Schwerter, die höchste Rondrageweihte Aventuriens und Herrin der Löwenburg. Die hoch gewachsene, schlanke Enddreißigerin hatte sich mit der

Gelassenheit der erfahrenen Kriegerin auf ihrer Sitzbank zurückgelehnt und lauschte aufmerksam.

Neben ihr saß, mit finsterer Miene, der Erzkanzler der Rondrakirche. Seine Exzellenz Thorgrim, Sohn des Tuwar, war ein Zwerg von mürrischem Gebaren, das sich noch verstärkte, wenn er, wie jetzt, aus seinen unterirdischen Gewölben gerissen wurde, in denen er über die Dokumente, Urkunden und Archivalien der Kirche wachte. In ganz Aventurien gab es niemanden, der sich so umfassend in den alten Gebräuchen und Überlieferungen der Kirche auskannte, und Thorgrim diente bereits unter dem fünften Schwert der Schwerter – doch im Augenblick war er sehr unzufrieden, mit der Welt im Allgemeinen und seiner erhöhten Position im Besonderen, denn wie viele Angroschim misstraute er großen Höhen und dem offenen Himmel; und den hier oben deutlichen Geruch der See verabscheute er.

Der dritte Geweihte war Ucurian von Quellensprung. Der massige und kräftige Mittfünfziger diente seit langem Ihrer Erhabenheit als ständiger Begleiter und oberster Leibwächter, und seitdem sie hier heraufgestiegen waren, um die laue Luft des warmen Herbstnachmittages zu genießen, hatte der grauhaarige Recke noch kein Wort gesprochen, sondern angespannt die Umgebung beobachtet. Ucurian, so ging das Wort in der Löwenburg, schlief nie, wenn es um das Wohl seiner Hochgeweihten ging.

Die vierte Person auf dem Roten Turm war ein Fremder, der offensichtlich nicht hierher gehörte: Tarlisin von Borbra, in Ungnade gefallener Großmeister der Grauen Stäbe von Perricum, hob sich von den Geweihten ab wie ein Pfau unter Adlern. Er trug nur eine dünne Robe aus silbergrauer Seide, bedeckt mit einem fast durchscheinenden roten Seidenskapulier, das mit allerlei magischen Symbolen bestickt war, doch diese Kleidung war ohne Zweifel kostspieliger als die Tracht der drei anderen Anwesenden, die Kettenhemden eingeschlossen. Er, nicht etwa seine Gastgeberin, war der Einzige, dessen Gesicht – wenn auch dezent – geschminkt war. Nach tulamidischer Art lag ein Hauch von Rot auf seinen Wangen und Lippen und ein schwarzer Kohlstrich umrandete die dunklen Augen. Das gepflegte schwarze Haar war parfümiert und nur das Funkeln in seinem Blick brach mit dem Bild eines vollendeten Gecken und Weichlings.

Ayla von Schattengrund hatte sich mit ihrem Gefolge und ihrem Gast zur Mittagsstunde hier heraufbegeben, und es hatte viel zu berichten gegeben, von der Zwölfgöttertjoste der Rondrakirche und der Wahl eines neuen Heermeisters, von den Heldentaten der sieben Gezeichneten und der Neuerschaffung des göttlichen Schwertes Siebenstreich. Der Magier erzählte von seinen Erlebnissen in Punin und Al'Muktur und von seiner Reise ins Bornland und zurück, einer gefahrvollen Schifffahrt über die Blutige See, auf der die Dämonenarchen Borbarads ungehindert Unheil verbreiteten. Wenig hatte ihm diese Reise eingebracht, nur die Gewissheit, dass auch der reiche und gut informierte Handelsprinz Stoerrebrandt nichts über einen Käufer des sagenhaften Sphärenschlüssels wusste und nichts darauf hinwies, dass das Artefakt im Norden zu finden sei.

Ihre Erhabenheit aber ließ dem Magier keine Ruhe, fragte nach den Zuständen in Festum und Umgebung, wollte schier alles wissen über die Zustände in jenem nördlichen Land, das vor wenigen Monden nur mit knapper Not der Herrschaft des schwarzen Borbarad und seines Vasallen Uriel von Notmark entronnen war.

Das Gespräch verlief so offen und umgänglich, wie es zwischen einer Kriegerpriesterin und einem Zauberer nur möglich war, denn die beiden kannten sich seit vielen Jahren. Doch sie blieben die Einzigen, die sprachen, denn während Ucurian in unerschütterlicher Schweigsamkeit die Umgebung beobachtete, beschränkte sich der unzufriedene Kanzler darauf, hin und wieder Notizen zu machen und gelegentliche Anmerkungen über die raue Luft, das grelle Licht und die Möglichkeit eines Einsturzes des Turmes in den Raum zu stellen.

Zwischendurch hatten Novizen Krüge mit Wasser und Bier und Platten mit Brot, Obst, Käse und kaltem Widderfleisch herbeigetragen, und als endlich die dringlichsten Fragen gestellt und beantwortet waren, der Imbiss verzehrt und die Platten beiseite geräumt, hatte der Erzkanzler mit unmissverständlichem Schnauben den Inhalt seiner abgegriffenen Ledermappe auf dem steinernen Tisch ausgebreitet: »Vielleicht sollte man alles Weitere auf morgen verschieben ... Da soll es übrigens regnen.«

Ayla von Schattengrund lachte. »Wenn Ihr es so wünscht, Meister Thorgrim ...«, erwiderte sie spöttelnd. Schnell wurde sie wieder ernst und blickt zu Tarlisin herüber: »Nun, Euer Bericht hat uns und der ganzen Kirche wichtige Kenntnisse gebracht. Aber der eigentliche Grund, Euch zu rufen, war ein anderer.« Das Schwert der Schwerter legte die Fingerspitzen aufeinander und maß den Magier mit einem nachdenklichen Blick. »Ihr wisst sicherlich, dass es der Kirche und ihren Kampfgenossen gelungen ist, in den letzten Wochen eine Waffe namens Siebenstreich, ein Schwert der alten Legenden, wiederherzustellen und einem würdigen Träger zu übergeben.

Aus diesem Anlass habe ich mich zwangsläufig damit befassen müssen, welche legendären Waffen irgendwann einmal in der Obhut der Kirche waren. Dabei bin ich – sind wir – auf den Namen ›Famerlîn‹ gestoßen.«

Tarlisin hob die Augenbrauen; ein Ausdruck des

Wiedererkennens huschte über sein dunkles Gesicht: »Eine Gabe der Rondrakirche an meinen Orden, das stimmt. Als kurz vor den Magierkriegen die Gemeinschaft der Grauen Stäbe gegründet wurde, überreichte das damalige Schwert der Schwerter dem ersten Hochmeister Asteratus Deliberas diese Waffe, als Geste des kirchlichen Wohlwollens. Ich brauche Euch nicht zu sagen, dass der löwenhäuptige Drache Famerlor vielen als Schutzpatron der Kampfzauberei gilt.«

Er schwieg, während der alte Thorgrim unüberhörbar knurrte, was keinen der Anwesenden überraschte. Der Zwerg zählte zu den Traditionalisten der Kirche und achtete die geistigen Fähigkeiten und das Wissen der Magier, soweit es die Wissenschaften betraf. Aus Kämpfen aller Art, auch gegen Dämonen, sollten die Magier sich seiner Ansicht nach allerdings heraushalten, da ihm alles Eingreifen mit Zauberei als unehrenhaft und unrondrianisch galt. Außerdem trug er als Zwerg einen Hass auf alles Drachische in sich, den auch Jahrhunderte des Kirchendienstes nur schwach zu mildern vermocht hatten.

Wieder einmal war Tarlisin dankbar dafür, dass zumindest das Schwert der Schwerter hier andere Ansichten vertrat. Ayla von Schattengrund glaubte sehr wohl, dass auch Magier zu rondragefälligem Handeln und Kämpfen in der Lage waren. Nicht die natürliche Begabung eines Wesens bestimmte über dessen Ehrenhaftigkeit, sondern sein bewusstes Handeln, so sah es die Kriegerpriesterin, die einst selbst an der Seite von Zauberern durch Aventurien gezogen war. Ein Segen für die Kirche, dass eine Frau wie sie an der Spitze stand, denn getrennt und verfeindet in den Kampf gegen den Dämonenmeister zu ziehen würde Magier wie Geweihte zu Fall bringen.

Ayla von Schattengrund riss ihn jäh aus seinen Überlegungen. In all den Jahren in Amt und Würden hatte sie nichts von ihrer Direktheit verloren. »Symbol hin oder her, wie die Unterlagen zeigen, hat das Schwert die meiste Zeit in irgendeiner Artefaktenkammer Eures Ordens verbracht – in die Schlacht getragen hat es jedenfalls keiner Eurer Ordensmeister.« Sie beugte sich ein wenig vor und sah den Brabaker Magier durchdringend an: »Das scheint mir kaum die richtige Art, mit einem Schwert umzugehen. Tarlisin, wenn sie bei Euch doch nur Staub ansammelt, wollt Ihr die Waffe nicht lieber der Kirche zurückgeben? Wir würden eine angemessenere Verwendung für sie finden, da bin ich mir sicher.«

Der Zauberer lehnte sich zurück und wandte geziert den Blick himmelwärts: »Meine Erhabenste Ayla ...« Thorgrim schien für einen Moment das Meer und die Höhe zu vergessen und knurrte den Gast für diese Unverschämtheit an und auch der Leibwächter warf Tarlisin einen warnenden Blick zu. Nur das Schwert der Schwerter wartete völlig unbeeindruckt darauf, dass der Magier fortfuhr. »Wenn es sich bei Famerlîn um eine so gewöhnliche Waffe handelte wie bei Euren Rondrakämmen und sonstigen Zweihändern, würde ich dem sofort zustimmen. Aber wie der große Gelehrte Thorgrim hoffentlich bestätigen kann, hat seinerzeit das Schwert der Schwerter diese Waffe weder aus Gutherzigkeit noch aus Ritterlichkeit an den Orden gegeben. Damals wollte, unverblümt gesagt, die Kirche das Drachenschwert wohl eher loswerden.«

Zügig sprach der Magier weiter, ehe die anderen etwas einwenden konnten: »Denn Famerlîn ist eine sehr mächtige magische Waffe. Große Zauberei ist untrennbar in ihre eherne Gestalt eingewoben, und nicht nur große, sondern auch uralte. Wir wissen nicht einmal, wann Famerlîn geschmiedet wurde, und mit Verlaub, die Kirche wird es auch nicht wissen, zumindest nicht genau. Das Schwert ist von archaischer Gestalt, und nach allem, was wir schätzen können, stammt es wohl aus den Jahrhunderten vor der Zeitzählung.« Während die menschlichen Geweihten noch den Worten des Magisters nachhorchten, warf der Erzkanzler bereits scharf ein: »Welche Zeitrechnung? Die nach Hal? Dann ist das Schwert jung. Oder die nach Bosparans Fall vor gut tausend Jahren? Dann will ich es als alt gelten lassen.«

Der Brabaker lächelte den Zwergen spöttisch an: »Oh, Euer Gnaden, ich wollte mich lediglich Euren Gepflogenheiten anpassen und sprach natürlich von der Berufung des Ersten Schwertes der Schwerter gemäß des Baburiner Rondrarium vor etwa zweieinhalb Jahrtausenden.« Als er sich wieder seiner Gastgeberin zuwandte, verlor seine Stimme viel von ihrer Schärfe: »Nicht wahr, Erhabene Ayla, Ihr seid das dreihundertelfte Schwert der Schwerter?«

Die Kriegerpriesterin gab ein knappes Nicken zur Antwort und sagte: »Wollt Ihr mir einreden, wir würden das Schwert nicht mehr haben wollen, weil es etwa dreitausend Jahre alt ist? Ich habe zu viel gesehen, um das jetzt rundheraus einen Unsinn zu nennen, aber …«

»… aber es ist schwer zu glauben«, griff Tarlisin den unvollendeten Satz auf. »Dennoch stammt Famerlîn aus dieser Zeit, und wir wissen nicht einmal, ob es überhaupt für Menschen gemacht wurde. In jenen Urzeiten kämpften Drachen gegen Trolle, Trolle gegen Elfen, Elfen gegen Zwerge, Zwerge gegen Drachen«, er nickte Thorgrim zu, »und während man annehmen kann, dass die Waffe mit ihren zwei Schritt Länge bestimmt nicht für Zwerge geschmiedet wurde, wissen wir sonst sehr wenig. Nur dass sie immer noch so scharf ist wie am ersten Tag und dass daran zu einem Gutteil ihre Magie schuld ist. Und eines wissen wir zudem …« Der Magier senkte die Stimme, und es war nicht zu erkennen, ob es ihm um den theatralischen Effekt ging oder ob das Thema ihn tatsächlich beunruhigte. »… dass Famerlîn eine beseelte Waffe ist, dass irgendetwas … Lebendiges in ihr haust wie ein Geist in einem Körper. Ob jenes ›Etwas‹ zusammen mit ihrem Leib, der Klinge, erschaffen wurde oder ob es herbeibeschworen und in die eherne Gestalt gezwungen wurde, können wir schon nicht mehr erraten, geschweige denn erschließen. Aber ich wage zu behaupten, dass auch den ehrwürdigsten Hochgeweihten beim Gedanken an diese Waffe unwohl war.« Die Worte des Magiers hatten die Zuhörer beeindruckt und keiner widersprach ihm. »Wie dem auch sei, seitdem das einstige Schwert der Schwerter die Waffe dem Orden übergeben hatte – wohl um ein rätselhaftes Zauberschwert bei Zauberern unterzubringen statt hier in der Löwenburg –, gab es zwei Hochmeister unseres Ordens, die versuchten, sich Famerlîn wirklich zu Eigen zu machen. Sie setzten sich dazu mit der Seele der Waffe auseinander und versuchten sich zu deren Meister zu machen.« Tarlisin seufzte. »Einer davon starb, die andere verlor ihren Arm und beinahe das Leben. Danach ist es nie wieder versucht worden, und ich denke, Ihr wisst jetzt, weshalb mein Orden Famerlîn irgendwo – im Konventssaal der Ordensburg von Anchopal, genau gesagt – ›verstauben‹ lässt. Vor allem da wir nach der unseligen Abspaltung der so genannten ›Wächter Rohals‹ keine Ordenshochmeister mehr berufen, scheint uns das das Sicherste zu sein.«

Tarlisin nahm einen Schluck. »Stattdessen entscheiden die Großmeister der vier Ordensburgen alle wichtigen Fragen gemeinsam und haben zugleich jeweils eines der Ordensämter inne. Als Großmeister der Anchopaler Ordensburg bin ich zugleich der Ordensmarschall und darum ist die Waffe auch mir anvertraut.«

Er blickte das Schwert der Schwerter an: »Erhabene, wollt Ihr die Waffe immer noch ›zurückhaben‹?«

Ayla von Schattengrund betrachtete ihn eine Weile prüfend. »Nein, Tarlisin. Offensichtlich glaubt Ihr Eure Worte, und da ich Euch nicht als jemanden kenne, der sich von Ammenmärchen beeindrucken lässt, schenke auch ich ihnen Glauben.« Die Kämpferin gestatte sich ein Seufzen und einen kurzen Blick zum Himmel. »Also ist auch diese Hoffnung hinfällig, hier eine Waffe zu finden, die für den Kampf wider den Sphärenschänder zur Verfügung steht.« Mit einer unwirschen Geste stopfte sie die bereitliegenden Dokumente und Urkunden wieder in die altersbraune Ledermappe, die sie dem sich widerspruchslos fügenden Erzkanzler vor die breite Brust drückte. »Nächstes Thema: Die Löwinnenschwerter. Tarlisin, was wisst Ihr darüber?«

Erleichtert grinste der Magier sie breit an: »Erst einmal, dass der Orden nie eine dieser zwölf Waffen besaß. Ansonsten ... Das sind die Schwerter, die von den Zwölf Recken in den Ruinen des Theaters zu Arivor getragen wurden, als sie den Trutzbund wider die Rotpelze ins Leben riefen, nicht wahr?« Als die Erhabene nickte, sprach er weiter: »Zwölf unterschiedliche Klingen, einige davon wurden damals neu geschmiedet, andere waren bereits ehrwürdige Heldenwaffen aus eigenem Recht. Lasst mich überlegen – Schalljarß, das norbardische Breitschwert, die Firunswaffe, auch Bergkristalllöwin genannt, trägt heute der tobrische Kanzler. Ein fähiger Mann am richtigen Platz.« Tarlisin nickte dem Leibwächter zu, der ihn geradewegs anschaute. Einst war Delo von Gernotsborn Ucurians Vogt gewesen, als dieser noch das tobrische Lehen Quellensprung innehatte, das längst in Feindeshand gefallen war.

»Die anderen sind, hm, zum Teil verschwunden. Die Bernsteinlöwin des Praios, ein ehemaliges Richtschwert, hat man gefunden, ebenso die Smaragdlöwin der Rondra. Opallöwin und Türkislöwin befinden sich in Albernia, wenn ich nicht irre. Und die Amethystlöwin Rahjas, der Zweihandsäbel der alten aranischen Könige, ist bekannt und sichtbar, aber unerreichbar für jeden Sterblichen, wie es heißt. Über die anderen weiß ich nichts.«

Während er sich in seinen Stuhl zurücksinken ließ und sich eine Hand voll Trauben nahm, beugte sich die Hochgeweihte vor. »Über die Hälfte der Schwerter fehlt. Ich will sie nicht für die Kirche, denn sie sind für weltliche Recken gedacht, so heißt es, in jedem Falle jedoch für treue Diener der Zwölfe und der göttlichen Ordnung. Aber eines ist sicher: Wenn der Feind sie in die Hände bekommt, kann er sie verderben und zu unserem Schaden gegen uns kehren. Das dürfen wir nicht zu …«

»Erhabenheit!« Eine raue Stimme unterbrach das Schwert der Schwerter. Es war Ucurian, der gerufen hatte, mit einer Stimme, die eher an den Lärm des Schlachtfeldes als an Gespräche gewöhnt war. »Dieser Schatten am Horizont erscheint mir bedrohlich.«

Sofort war Ayla von Schattengrund auf den Beinen und eilte zur Brüstung des Turmes, wo schon ihr Leibwächter stand. Als die beiden angespannt in die Ferne starrten, statt sogleich Alarm zu schlagen, nahm sich der Magier die Zeit, die letzten Weinbeeren zu essen, bevor er sich ebenfalls erhob und zu den beiden Geweihten gesellte. Allein der Zwerg blieb im schützenden Halbdunkel des Birkenhaines zurück, und während Tarlisin zu den Zinnen schritt, hörte er noch Thorgrims Grummeln: »Sagt mir in einem Jahr, was es war, dann archiviere ich den Vorfall …«

Inzwischen ließ sich die Natur des Schattens deutlicher erkennen: Wer oder was sich auch immer da näherte, es flog durch die Luft, und der schmalen Gestalt mit langem Hals und Schwanz und den mächtigen Schwingen nach zu urteilen, konnte es nur ein Drache oder aber ein dämonischer Karakil sein – von diesen Schlangendämonen mit den ledernen Fledermausflügeln machte der Feind häufig Gebrauch. Von Osten kommend, flog er schnurstracks auf die Löwenburg zu, zweifellos mit einer gefährlichen Fracht in den Klauen.

Mehr brauchte das Schwert der Schwerter nicht zu sehen, und statt ein weiteres unnötiges Wort zu verlieren, eilte sie die Brüstung entlang zur hofwärts gelegenen Turmseite und donnerte mit befehlsgewohnter Stimme: »Alle auf ihre Posten! Der Feind kommt vom Meer!« Mit geübtem Griff lockerte sie das Schwert in der Scheide, ohne es zu ziehen, ehe sie auf der schmalen Treppe nach unten stieg, dicht gefolgt von Ucurian und dem Archivar, der all seine Urkunden zusammengerafft hatte und nun eilig in die Sicherheit der Gewölbe strebte, nicht aus Angst um sich selbst, sondern um die unersetzlichen Dokumente und Archivalien.

Im Gerichtssaal im obersten Stock des Roten Turmes hielten sich Wachen auf. Ihnen gab Ayla den Befehl, mit Spieß und Lanze das Dach zu bewachen, ehe sie sich weiter um die Organisation der Verteidigung kümmerte.

Auf dem Turmdach blieb der Magier zurück, der nach einigen schnellen Schritten zur Treppe innehielt. Der Dämon war von seinem Weg abgewichen und steuerte ein anderes Ziel an, weiter nördlich, auf einer Klippe vor der eigentlichen Stadt gelegen. Tarlisin kannte die Gebäudeansammlung, die aus einem hohen Fünfeckturm, einem langen Wohntrakt im Villenstil und einigen Nebengebäuden bestand, gut: Die Magierakademie der Austreibung wurde angegriffen, nicht die Löwenburg. Schon näherte sich die Kreatur dem Fünfeckturm, der die Leitung der Akademie und alle Unterlagen und Artefakte beherbergte.

Während vom Burghof Rufe und Schritte heraufklangen und das Getrappel vieler Stiefel auf der Treppe erklang, zögerte der Magier einen Augenblick lang. Nun den Turm hinab und über den Hof zu eilen, um sich dann den Weg durch das Mythraeltor und über die Langen Mauern hin zur Stadt freizuargumentieren, war viel zu zeitaufwendig. Tarlisin seufzte und verschränkte die Arme vor der Brust. Als die erste Wächterin mit emporgereckter Lanze auf dem Turmdach erschien, murmelte der Magier schon: »TRANSVERSALIS TELEPORT«, und einen Atemzug später war er verschwunden.

Beinahe im gleichen Augenblick erschien seine hoch gewachsene Gestalt unweit des Turmeingangs im Innenhof der Akademie. Vom Dach des Turmes her waren deutlich die wuchtigen Hiebe der Angreifer zu hören. Zwischen dem Turm als eigentlichem Akademiegebäude und dem als Sanatorium genutzten Südgebäude erstreckte sich der offene Hof.

Der Neuankömmling kannte die Örtlichkeiten gut, hatte er doch bis vor gut einem Monat hier selbst einige Wochen gelebt, wie es seine Gilde befohlen hatte, und sich allerlei Untersuchungen unterzogen. Doch jetzt war dieser früher so friedliche Ort jäh zum Schauplatz eines kleinen Krieges geworden.

Als Tarlisin gerade in den Turm stürmen wollte, durch eilig gewebte Schutzzauber gepanzert, verstummten die Schläge über ihm. Er blickte unwillkürlich nach oben und konnte erkennen, wie sich die mächtige geflügelte Kreatur vom flachen Dach des Turmes in die Luft erhob. Es handelte sich unverkennbar um einen Drachen, nicht einen Dämonen, doch an seiner feindseligen Absicht bestand kein Zweifel: Schon flog er mit einigen Schwingenschlägen hinüber zum breiten, palazzoartigen Sanatorium und brach dort unter lautem Krachen durch das Dach.

Auf dem Hof war kein einziger Wächter zu sehen –

vermutlich hielten sich die meisten, wenn nicht alle im Turm auf, um ihn und seine Schätze zu verteidigen. Der Feind hatte einen Scheinangriff geführt und alle waren darauf hereingefallen.

Tarlisin sammelte seine arkanen Kräfte, um einen wohlbekannten elfischen Verständigungszauber zu wirken und den anderen seine Beobachtung mitzuteilen. Erst im letzten Augenblick wurden ihm die möglichen Folgen seines Vorhabens klar: Mit diesem Elfenzauber konnte man Nachrichten nicht gezielt verschicken, nein, vielmehr würde ein jeder, der die Formel kannte, seine Warnung empfangen, und das in einer Akademie, die sich der Heilung besessener oder seelenkranker Magier verschrieben hatte. Wie viele der geistesgestörten Zauberer im Südflügel würden seinen Ruf empfangen und in wilde Wut oder rasende Angst ausbrechen? Zu viel in jedem Fall. Schon ein einziger konnte eine Massenpanik auslösen. Tarlisin konnte nur hoffen, dass die Wachen bald herbeieilen würden.

Fluchend rannte er auf das Tor des Sanatoriums zu. Auf den Gängen liefen bereits erregt kreischende Pfleglinge umher, die zum Teil erst vor kürzester Zeit den tobrischen Gräueln entronnen waren und sich nun der dämonischen Schreckensfratze eines Braggu gegenüber glaubten. Tarlisin musste aufpassen, dass er nicht von den ziellos flüchtenden Kranken umgestoßen und überrannt wurde oder selbst der Panik erzeugenden Ausstrahlung der Wesenheit unterlag.

Er hielt einen Moment lang inne und wirkte nun doch den Verständigungsspruch: »In den Südflügel, sofort! Der Feind ist hier!« Kein Name – die knappen Worte würden ausreichen und konnten auch nicht mehr Schaden anrichten, als ohnehin schon entstanden war.

Als er endlich im dritten und obersten Stock angekommen war, zuckte eine Flammenlanze geradewegs an ihm vorbei. Tarlisin presste sich gegen die Wand und gab den Zauber mit größter Kraft zurück. Sein Gegner brach auf der Stelle zusammen. Tarlisin erkannte in ihm einen der Pfleglinge, einen ruhigen Kampfmagier aus Beilunk, der erst vor zwei Monden eingeliefert worden war. Die Schlacht auf den Vallusanischen Weiden hatte ihm den Verstand geraubt, und der Mann hatte sich schon die ganze Zeit über äußerst seltsam verhalten, was freilich auf die meisten Patienten zutraf.

Der Brabaker hielt sich nicht lange auf, sondern hastete eilig weiter den Gang hinab, wo weite Teile des Daches zertrümmert am Boden lagen, doch er kam zu spät. Durch das klaffende Loch konnte er gerade noch erkennen, wie der Drache mit einigen Reitern davonflog. Obwohl Tarlisin wusste, dass es sinnlos war, konnte er seiner Wut auf die Feinde nicht Herr werden und schleuderte ihnen eine Flammenlanze hinterher, die schon nach sieben Schritt zischend erlosch, wie es nun einmal die Art dieses Zaubers war.

Als es Nacht wurde, hatte Tarlisin die letzten Stunden damit verbracht, gemeinsam mit den Wächtern die teils verängstigten und verwirrten, teils jedoch auch angriffslustigen Patienten zu versammeln und zu beruhigen, und jetzt gönnte er sich etwas Ruhe – doch nicht, ohne sich zuvor auf magischem Wege die verschmutzte und zerrissene Kleidung gesäubert und geflickt zu haben und sich nicht nur mit dem schlichten Seifenwasser, das die Akademie bot, sondern auch mit einem Hauch magischen Wohlgeruchs zu erfrischen.

So saß er nun wie aus dem Ei gepellt im Offizium des Akademieleiters Olorand von Gareth-Rothenfels. Der weise alte Mann hatte ihm geholfen, sich gegen die Lügen und Finten der verräterischen Weißmagierin Alvina zu verteidigen, hatte allerdings an diesem Abend selbst Zuspruch nötig. Der Angriff auf sein geliebtes Sanatorium, das den kranken Opfern des Krieges eine geschützte Zuflucht sein sollte, war für den Seelenheiler wie ein Stich ins Herz. Glücklicherweise waren unter den Patienten und Betreuern nur zwei Tote und ein Dutzend Verwundete zu beklagen. Der Beilunker Magier, der Tarlisin angegriffen hatte und von ihm getötet worden war, hatte wirren Berichten anderer Pfleglinge zufolge die Eindringlinge zu bestimmten Zellen geführt, und drei Patienten waren verschwunden. Zwei davon waren eher alltäglich Fälle, junge Leute ohne erkennbare Bedeutung für die zweifellos borbaradianischen Angreifer. Der Dämonologe argwöhnte, dass man sie nur mitgenommen hatte, um ihre reiche Lebenskraft zu opfern und damit verbotene Rituale zu wirken.

Die dritte Person hingegen war Prinzessin Dimiona von Zorgan, die Tochter der aranischen Fürstin Sybia. Vor Jahren hatte die Prinzessin, mit den Kräften einer Hexe geboren, unter dämonischem Einfluss versucht, ihren Bruder Arkos zu ermorden. Tarlisin hatte zu jenen gehört, die diese Pläne vereitelten, und damit hatte auch er zum Zusammenbruch der Prinzessin beigetragen, der dazu führte, dass sie schließlich unter einem falschen Namen hier einquartiert wurde. Warum die zuvor so allgegenwärtige Prinzessin sich jäh aller Verpflichtungen entledigt hatte, musste Außenstehenden ein Rätsel sein, und darum war bewusst das Gerücht ausgestreut worden, sie habe sich in ein Kloster zurückgezogen.

Dimiona war noch immer eine sehr schöne, aber auch ungemein launenhafte Person. Die hochmütige Hexe hatte in den Wochen, die sie beide hier verbracht hatten, immer wieder Kontakt zu Tarlisin gesucht, doch ihr Verhalten war nie vorauszusehen gewesen. An manchen Tagen hatte sie ihn verführerisch umschmeichelt, um ihn wenige Augenblicke später mit den Fingernägeln zu traktieren; dann hatte sie ihn geküsst und gleich darauf zugetreten.

Wenn die Schergen Borbarads sie gezielt befreit hatten, mochte Aventurien, besonders jedoch Aranien noch eine unangenehme Überraschung bevorstehen.

## 7. Kapitel

*Baburin, am Abend*
*des 5. Travia*
*des Jahres 28 Hal*

Na, wie war es, Mara?« Prinzgemahlin Eleonora blickte ihrer Freundin erwartungsvoll entgegen, die gerade den Turm der Baburiner Befestigung zu ihr emporgestiegen war.

Die rothaarige Frau zog einen Schmollmund: »Gar nichts war, ich hab ihn wieder verpasst. Er hatte fünf Tage Vorsprung, und die hat er gut genutzt, um sich irgendwohin zu verdrücken.«

Eleonora legte ihrer Freundin die Hand auf den Arm: »Das verstehe ich nicht. Hast du ihm denn keine Nachricht geschickt?«

Mara schüttelte heftig die üppigen Locken. »Nein, ich habe ja auch nur durch Zufall erfahren, dass er jetzt wieder in Perricum war. Wenn der Mistkerl sich schon nicht von sich aus meldet, wollte ich ihn halt überraschen. Aber er ist einfach abgehauen.«

»Wenn er doch nicht wusste, dass du kommst …«, versuchte Eleonora, ganz die sachliche Landesmutter, zu beschwichtigen.

»Er hätte ja auch von sich aus nach Hause kommen können. Ich habe ihn nicht mehr gesehen, seit er in die Gor gezogen ist. Das sind zwei verfluchte lange Jahre, und wenn sein Bursche Halef mir nicht wenigstens hin und wieder schreiben würde, wüsste ich nicht mal, ob er noch lebt oder ob er sich endlich irgendwo umgebracht hat.« Eleonora bemerkte, wie sich Maras Augen zu schmalen Schlitzen verengten, während sich die Hexe in Raserei redete: »Verflucht soll er sein, so hatte ich mir das alles nicht vorgestellt! Ich will einen schmucken Mann, der abends auf mich wartet, mir die Füße massiert, mich wärmt, mir im Bett Freude macht, mir hübsche Geschenke mitbringt und mich bewundert. Stattdessen bin ich mit einem Herumtreiber verheiratet, der immer nur kurz auftaucht, mir einen dicken Bauch macht und dann wieder verschwindet.«

Eleonora seufzte. »Du hast wenigstens Kinder ... Ich bete in einem fort zur Herrin Peraine, dass sie meinen Leib segnen möge, aber bislang war alles vergebens. Meinen Gemahl scheint das Ganze weniger zu bedrücken als mich – obwohl er sich durchaus Mühe gibt ...«

»Hm ...« Mara blickte ihre Freundin fragend an. »Bislang ist mir Arkos eigentlich auch nicht wie ein Kostverächter vorgekommen. Aber wenn ihr darin nicht zusammenpasst, warum suchst du dir nicht einfach einen anderen schmucken Burschen?« Die Hexe schaute sich rasch um, und da sie immer noch allein waren, fuhr sie keck fort: »Mich würde es ja überraschen, wenn sich unsere Fürstin im Hinblick auf Kinder auf ihren bezechten Gemahl verlassen hätte ...«

»Mara, wie kannst du nur!« Eleonora blickte ihre Freundin strafend an, aber ganz gegen ihren Willen musste sie dennoch lächeln, ehe sie das Thema wechselte. »Hast du unterwegs etwas von unseren Gästen gesehen? Ob sie auch eine gute Reise haben?« Diese Sorge war kennzeichnend für die mütterliche Eleonora, die ihre Fürsorge gern auf alles und jeden ausdehnte.

Mara hatte die Reisegruppe aus Gareth tatsächlich überholt, die mit ihren langsamen Pferden und schwerfälligen Wagen derart hartnäckig den Weg blockiert hatte, dass die stürmische Hexe um ein Haar ihren Jagdgeparden Shiko losgeschickt hätte, um den schweren Rittergäulen ein wenig Beine zu machen. »Hm, ja, die habe ich gesehen. Sie schienen ziemlich mitgenommen zu sein.«

Dass die Garether die Frau, die in gewöhnlicher Reitkleidung allein unterwegs gewesen war, mit hochmütigen Worten verjagen wollten und Mara daraufhin mit beißendem Spott ihre Trägheit und Schwerfälligkeit verhöhnt und frivole Schlussfolgerungen im Hinblick auf andere Lebensbereiche gezogen hatte, ließ die Hexe lieber unerwähnt. Es handelte sich immerhin um eine Delegation des Garether Kaiserhauses, die eine wichtige Gabe überbrachte.

Die sorgenvollen Worte der Prinzgemahlin rissen sie aus den Gedanken: »Gütige Peraine, dann sollten wir Nachricht zum Ordenshaus der Anconiter senden, dass sie sicherheitshalber alle Heilmittel bereithalten.«

»Ja, kann wohl nicht schaden.« Maras Mitgefühl war spärlicher gesät.

Doch ihre Freundin bemerkte es nicht, sondern sinnierte: »Eigentlich hätte sie ja der Al'Dabar schützen müssen. Immerhin ist er der Stein der Herrin Peraine.«

Die Hexe schaute Eleonora irritiert an: Wie sollte ein Stein, der der Göttin der Heilung heilig war, gegen Überfälle und Schwertwunden schützen? Aber dann begriff sie, dass Eleonora wohl wirklich nicht bedacht hatte, dass der Weg von Gareth nach Baburin bedenklich nah an den Vorposten der borbaradianischen Horden verlief. Eleonora würde eine gute Landesmutter abgeben, doch falls Aranien in einen Krieg verwickelt werden sollte, brauchte sie unbedingt eine bessere Strategin an ihrer Seite, als sie selbst oder auch Mara es war.

Vorsichtig lenkte die Hexe das Gespräch in diese Richtung: »Wenn es zum Kampf kommt, können die Gaben Peraines erst einmal nicht so viel nützen. Gibt es nicht außer dem Al'Dabar auch ein Schwert, das als Symbol der aranischen Macht gilt?«

Eleonora lachte: »Du hast wohl zu viel Zeit mit

Arkos verbracht! Mit seinen Heldenmären und romantischen Liedern setzt er dir nur Flausen in den Kopf. Auch wenn ihr gewiss gut zueinander passt, so jugendlich und unbekümmert wie ihr beide seid, unwillens, wirklich erwachsen zu werden.« Ihr neckender Ton verriet, dass ihre Worte ohne Arg waren und sie sich nichts bei dem engen Verhältnis zwischen ihrem Gatten und ihrer besten Freundin dachte. »Aber tatsächlich gibt es so ein Schwert, einen amethystgeschmückten Krummsäbel, glaube ich, den schon sein heiß geliebter Namenspatron König Arkos geführt hat. Allerdings ist diese Waffe götterlob vor Ewigkeiten verschollen, als damit ein Dämon getötet wurde. Und ich trauere ihr nicht nach, denn ist nicht ein heilkräftiger Achat die weitaus bessere Verkörperung der fruchtbaren aranischen Landschaft?«

Das ferne Geräusch von Signalhörnern enthob Mara der Verpflichtung, eine Antwort zu finden. »Das dürften die Gäste aus Gareth sein«, bemerkte sie. Eleonora pflichtete ihr bei und begann mit dem Abstieg, um sich für den Empfang der Delegation bereit zu machen. Ihre Vertraute folgte ihr nach leisem Zögern und nutzte dann die erste Gelegenheit, sich für diesen Abend von der Gräfin, Prinzgemahlin und Freundin zu verabschieden.

Mara war sich nicht sicher, ob die Garether Gesandtschaft sie als die freche Reiterin vom Nachmittag wieder erkennen würde, hielt es jedoch für besser, bei dem Empfang nicht anwesend zu sein – so viel war sie ihrer Stellung und der Freundin schuldig. Außerdem stand ihr am Abend eines anstrengenden Reisetages der Sinn nach mehr Unterhaltung und Kurzweil, als das recht steife Hofzeremoniell des Grafen Merkan von Baburin zu bieten hatte.

Es war etwa zur achten Abendstunde, und die junge Hexe entschied sich, ein Zimmer im Gästehaus der

Fürstlich Aranischen Handelskompanie zu mieten, denn sie verspürte Lust auf nächtliche Gesellschaft und wollte eine Abendbekanntschaft nur ungern in den Grafenpalast mitnehmen. Dann rief sie ihren treuen Pardel herbei und stürzte sich in das Gewühl der engen Gassen.

Auf dem Basar war das ewige Spiel zwischen Händlern und Besuchern noch in vollem Gang, und auch Mara betrachtete die Süßigkeiten, die an einem der Stände dargeboten wurden, mit gut gespieltem Gleichmut.

Die alte Frau wies mit einer weit ausladenden Geste auf ihre Auslage hin: »Allerfeinstes Marzipan, edle Effendi. Besseres Rosennaschwerk werdet Ihr nirgendwo bekommen. Oder mögt Ihr lieber kandierte Mandeln? So zart, dass sie selbst einer zahnlosen Frau wie mir auf der Zunge zergehen.«

Mara krauste die Stirn, das übliche Zeichen des Unglaubens gegenüber Basarhändlern. »Challawalla, ich wette, es ist nichts als gefärbter Zucker, den Ihr feilbietet.«

Die Krämerin fing mit der nächsten Runde des Handelns an. »Selbst im Grafenpalast isst man ausschließlich meine Waren«, eine Ehre, die jeder Händler des Basars für sich beanspruchte, »hier, kostet selbst.«

Ehe Mara sichs versah, hatte ihr die Händlerin ein Stück Naschwerk zwischen die Lippen gedrückt. Es schmeckte wirklich hervorragend. Doch noch durfte sie nicht nachgeben. »Ja, ganz annehmbar. Aber ...«

Nach und nach kostete die junge Hexe sämtliche Spezereien und Süßigkeiten, die der Stand zu bieten hatte, bis sie schließlich beschloss, das Spiel zu beenden, und eine große Schale verschiedenster Nachereien erstand, um sie wenige Augenblicke später einer Gruppe Straßenkinder zu schenken. Dann machte sich Mara auf, die Nacht zu erobern.

Die Schankstube der Karawanserei ›Fürst Muzaraban‹ war gut besucht, aber dank des Pardels an ihrer Seite fiel es Mara leicht, einen freien Tisch zu finden. Sie war nicht die Einzige in der Stadt, die einen solchen jagderfahrenen Begleiter zur Schau stellte, doch alltäglich war der Anblick eines Geparden in Baburin nicht, wo man eher nach garetischem Vorbild mit Windhunden jagte.

Vor sich einen Krug schweren Raschtulswaller, Shiko unter dem Tisch an ihre Beine geschmiegt, schaute sich die junge Hexe müßig in der Schenke um. Die meisten der anwesenden Männer waren mittleren Alters und hatten den bei wohlhabenden Tulamiden so verbreiteten feisten Bauch, der mit kostbaren Schärpen noch zur Schau gestellt wurde, dazu buschige, geölte Schnurrbärte und goldblitzende Zähne. Nicht unbedingt die Art von Bekanntschaft oder gar Bettgefährten, die Mara sich wünschte.

Doch als die Hexe ihren Krug fast zur Hälfte geleert hatte, betrat endlich ein viel versprechender Gast die Schankstube. Mara zwinkerte dem jungen garetischen Soldaten aufmunternd zu und deutete auf einen freien Platz an ihrem Tisch, eine Einladung, die der gut gebaute Bursche bereitwillig annahm. Der junge Garetier kam Mara bekannt vor und auch er schien sie wieder zu erkennen. Konnte es sein, dass sie vor wenigen Stunden noch über ihn gespottet hatte? Wie doch ein Bad und etwas Ruhe einen Krieger aufwerten konnten! Der Soldat mochte allenfalls zwanzig Götterläufe zählen, und eine Schönheit war er nicht, aber er hatte strahlend blaue Augen, die wie ein Bergsee leuchteten, und eine allerliebste hellrote Zungenspitze, die häufiger als nötig über die zu einem schüchternen Lächeln verzogenen Lippen huschte. Aber bevor sie ihre Bekanntschaft vertiefen konnten, öffnete sich die Tür erneut, und ein schmucker Südländer trat in den Raum.

Der Tisch war groß genug und so zögerte Mara nicht lange und lud auch diesen Gast an ihre Seite.

Sie musterte auch den neuen Tischgefährten ungehemmt. Der Südländer war älter als der Garetier, er zählte wohl dreißig Götterläufe, doch in seinen Locken und dem kecken Schnurrbärtchen fand sich kein einziges graues Haar; vielleicht zupfte sich der Bursche aber auch jeden Morgen die Spuren des Alters fort. Seine etwas gezierten Gesten und der Duft nach schwerem Parfüm erinnerten Mara an ihren Gatten Tarlisin, auch wenn der Südländer hellhäutiger war und weniger fremdartig wirkte.

Die Hexe wusste noch nicht, wem von beiden sie schließlich den Vorzug geben würde und ob sie überhaupt eine Entscheidung treffen wollte. Sie hatte eigens darauf geachtet, dass ihr Zimmer ein großes Bett besaß.

Kichernd bemerkte sie, dass ihr der Wein schon ziemlich zu Kopfe gestiegen war, und entschloss sich, erst einmal die Artigkeiten und Schmeicheleien der beiden zu genießen und dann eine Wahl zu treffen. Vielleicht würden die beiden ja auch um sie wetteifern oder gar streiten, das würde ihr besonders gefallen.

Der Südländer entpuppte sich als Magier aus Al'Anfa mit dem klangvollen Namen Lucidio Bonareth, während sich der Mittelreicher als Stipen Südbauer, Korporal der garetischen Garde vorstellte. Mara hob den Becher und prostete ihren Begleitern gut gelaunt zu. Ihr waren die neiderfüllten Blicke nicht entgangen, die die beiden einander zuwarfen, und sie machte sich insgeheim auf einen Ansturm von Schmeicheleien gefasst, als sich der Magier Lucidio unvermittelt an den Soldaten wandte und ihm tief in die Augen schaute: »Sag mal, Bursche, unter *Freunden* will ich dir empfehlen, du solltest dein Glück dort drüben bei der Hübschen versuchen, die dich schon die ganze Zeit mit ihren Blicken verzehrt.«

Der Mittelreicher erhob sich gehorsam und ging, dem ausgestreckten Finger des Magus folgend, zur Schankmaid hinüber.

Lucidio rutschte näher an Mara heran und grinste sie selbstbewusst an. »So, nun sind wir beiden Schönen ungestört.« Auf einmal roch sein Parfüm nicht mehr erregend, sondern süßlich-betäubend, und die gepflegten Finger und geschminkten Lippen erinnerten sie an alle enttäuschten Hoffnungen, die sie mit ihrem Gatten verband.

Mara fletschte die Zähne. So war das Spiel nicht geplant, und auch Shiko knurrte unter dem Tisch leise im Halbschlaf, ohne zu wissen, warum. »Das finde ich nicht nett, dass Ihr ihn weggezaubert habt.«

Der Al'Anfaner legte ihr beschwörend den Zeigefinger auf die Lippen. »Pst, Mädel. Hier in Aranien ist das Zaubern streng reglementiert. Aber für dich habe ich es gewagt, also mach jetzt bloß keinen Ärger.«

Maras Zähne gruben sich in den nach Duftöl schmeckenden Finger, den Lucidio sogleich fluchend zurückzog: »Eine Wildkatze, was? Na, Mädel, wenn du erst gezähmt werden willst – das schaffe ich schon.« Der Magier legte den Arm um Maras Schulter und seine Hand tastete unbeholfen nach ihrem Busen. Als sich einen Herzschlag später die Kiefer des Geparden um seinen Fußknöchel legten, schrie der Al'Anfaner auf vor Schmerzen und rückte von ihr ab. »Bei Boron, verdammte Bestie!«

Dann schaute er Mara finster an. »Ich verstehe.« Er griff in die Tasche, und Mara spannte ihre Muskeln an, bereit, einem Angriff auszuweichen, doch warf er nur eine blitzende Golddublone auf den Tisch: »Hier, Mädel, das ist mehr, als dir diese schlappen Kerle in einer Woche zahlen. Und da, wo das herkommt, ist noch mehr.«

Für einen Augenblick wich Maras Ärger der Fassungslosigkeit, dann hatte sie sich wieder im Griff. So etwas passierte ihr nicht zum ersten Mal, aber keiner der Kerle war bislang so dummdreist gewesen wie dieser Magus. Leise zischte sie ihm zu: »Geh, Mann, und such dir ein Kamel. Vielleicht kannst du dem mit deinen Elfenzaubern kommen.«

Nun hatte der Al'Anfaner endlich begriffen. Er zischte ihr hasserfüllt zu: »Hexe!« Mara deutet eine spöttische Verneigung an und erwiderte: »Magier!« Sie selbst war überrascht, wie viel Hass und Wut in ihrer Stimme lagen, die das einfache Wort zu einer treffenderen Schmähung machten als jedes Schimpfwort.

Lucidio Bonareth versuchte Mara bei den Locken zu packen, doch die Hexe entwand sich ihm und sprang auf, während Shiko unter dem Tisch hervorschoss. Die anderen Gäste blickten aufmerksam oder neugierig herüber und das brachte den Al'Anfaner zur Besinnung. Als sich auch noch der Wirt den beiden näherte, drohte ihr der Südländer noch einmal mit der Faust und verließ danach eiligst die Schankstube.

Natürlich war auch der junge Soldat mittlerweile verschwunden, vermutlich hatte die Schankmaid wirklich Gefallen an ihm gefunden. Mara schüttelte den Kopf. Der Abend war ihr gründlich verdorben worden, und sie hatte jetzt keinerlei Lust mehr, sich nach einer neuen Bekanntschaft umzuschauen. Nun, wenn sich schon kein Gefährte für Taverne und Bett finden ließ, konnte sie den Ärger immer noch auf andere Weise ausschwitzen.

Die Graf-Merkos-Thermen waren ein trutziges Gebäude aus rotem Backstein, ohne jede Ähnlichkeit mit den verspielten Badepalästen von Zorgan oder Anchopal. Doch die junge Hexe suchte einfach die Entspannung im Dampfbad und im Wasser, auf den Luxus einer Speisestube oder einer Liegewiese konnte sie getrost verzichten. Sie hoffte nur, dass Shiko in ihrem

Zimmer im Gästehaus nicht allzu viel Unheil anrichtete.

Mara hatte erst eine Weile im Dampfbad geschwitzt, bis es ihr schien, als sei der ganze Ärger aus ihrem Körper entwichen, und sich dann ins warme Wasser gelegt, um zu dösen. Sie hatte gehofft, dass es hier einen Massagesaal und schmucke Badediener mit geschickten Händen gab, aber die Bediensteten waren längst nach Hause gegangen, und es hatte sie ein üppiges Bestechungsgeld gekostet, überhaupt noch eingelassen zu werden.

Doch plötzlich riss sie ein fremdes Geräusch aus dem Halbschlaf. Irgendetwas stimmte nicht. Als sie den fremd-vertrauten Geruch erkannte, der den Duft von Sandelholz und Rosenöl überlagerte, war es beinahe schon zu spät.

Eine Hand legte sich fest auf ihren Mund, ein Arm um ihren schlanken, verletzlichen Hals: »So, Hure, wo ist deine Bestie jetzt? In meiner Heimat bin ich ein Fürst, und nun gehörst du mir – wie die letzte Mohasklavin in meinem Palast!«

Der Al'Anfaner redete zu viel. Nackt wie sie war, wand sich die nasse Hexe aus dem Griff des Magiers. Ihre spitzen Fingernägel suchten und fanden sein Gesicht, und während er sich noch das Blut aus den Augen zu wischen versuchte und dabei sein Opfer mit einer Hand am Haar festhielt, packte Mara bereits die Kohlenpfanne, auf der heißes Wasser für ihr Bad dampfte.

Das Metall versengte ihr die Hand, doch Pfanne und glühende Kohlen trafen den Angreifer an Kopf und Brust. Der Südländer schrie gellend auf, ließ sein Opfer los und stürzte sich kopfüber ins nächste Wasserbecken, um den Schmerz zu lindern.

Mara schickte ihm eine Verwünschung hinterher: »Mögest du allen Tieren, groß oder klein, Jagdwild,

Beute, Mahlzeit sein!« So viel zu einer amüsanten Abendgestaltung … Ihr Entschluss stand fest. Sie würde gleich auf der Stelle Shiko im Gästehaus abholen und zum Palast zurückkehren. Dort schützte ein gutes Dutzend Wachposten ihr Bett vor den Barbaren der Außenwelt.

# 8. Kapitel

*Tobrien,*
*im Traviamond*
*des Jahres 28 Hal*

Dimiona von Zorgan genoss ihre neu gewonnene Freiheit ebenso sehr wie den Respekt, der ihr erwiesen wurde. Endlich erkannte man an, dass ihr, nur ihr, die Würde einer Königin von Aranien gebührte, und behandelte sie dementsprechend. Noch lebte sie im Exil, doch sie wurde bereits als Staatsgast bewirtet und mit allen Aufmerksamkeiten bedacht: Ihr Zelt trug Wappen und Banner Araniens, und man hatte ihr die Aranischen Söldner gezeigt, die in der Armee ihrer Gastgeber dienten und ihrem Befehl unterstellt werden sollten, sobald sie ihren Platz auf dem aranischen Thron eingenommen hatte.

Und heute war sie endlich eingeladen worden, mit dem Gebieter ihrer Gastgeber zu speisen, in dessen schwarz-rotem Feldherrenzelt in der Mitte des Heerlagers. Es gelang ihr bemerkenswert gut, ihre Neugier zu verbergen, während sie über den breiten Tisch hinweg den schlanken, schwarzhaarigen Jüngling beobachtete, der es sich nicht nehmen ließ, ihr eigenhändig die Speisen vorzulegen und von dem köstlichen Wein einzuschenken. Er selbst aß nichts und begnügte sich mit klarem Quellwasser.

Dimiona lächelte still in sich hinein. Ihr Gastgeber war dermaßen dämonisiert und mit Schmähnamen belegt worden, man hatte ihn den Sphärenschänder und den Zwölffach Verfluchten genannt. Dabei war er ein ganz gewöhnlicher Mann. Nun, so gewöhnlich vielleicht doch nicht, denn dass er an jeder Hand sechs Finger trug, hatte sie schon bemerkt. Aber ihm sprossen weder Hörner aus dem Kopf, noch verbarg seine schwarze und rote Kleidung eine Schuppenhaut oder Bocksfüße, dessen war sie sich sicher. Und er übertraf jeden Menschen an gutem Benehmen und gewinnendem Wesen. Der Wein war so gut, fast hätte sie laut gekichert. ›Gewinnend‹, ja, das war er, hatte er doch weitaus mehr gewonnen als verloren seit seiner Wiederkehr.

Sie hatten leichthin über ihre Rückkehr auf den Thron geplaudert, und der Jüngling hatte sie ohne jede Beteuerung davon überzeugt, dass er ihr sehr wohl dazu verhelfen könne. Sein Angebot klang gut und sie erwog es ernsthaft. Immerhin war ihr Gegenüber bereits Herr über Maraskan und Tobrien sowie einige andere, unbedeutende Randprovinzen. Alles in allem hatten diese Länder jedoch weniger Einwohner als ihr Aranien, und sie vergab sich nichts, wenn sie sich für die Freundschaft zum zukünftigen Sieger über das Mittelreich entschied.

Es war seltsam, sie wusste genau, wovon er gesprochen und wie überzeugend er es vorgebracht hatte, doch sie wollte verwünscht sein, wenn sie sich an den Wortlaut seiner Rede erinnern konnte.

Dimiona lachte, zum ersten Mal etwas unruhig geworden. Besser, sie achtete genau darauf, was er sagte.

Gerade begann er vom gegenseitigen Nutzen ihrer Freundschaft zu sprechen: »Wenn ich Euch auf den Thron verhelfe, der Euch zusteht, werdet Ihr mir natürlich auch mit Rat und Tat danken. Aranien ist reich und fruchtbar und die Sterblichen unter meinen Soldaten benötigen immer noch Nahrung, Kleidung und Ausrüstung. Ihr werdet aus den Vorratskammern Araniens all das an Verpflegung liefern, was ich für meine Armee benötige.«

Das klang vernünftig. Aranien war reich, sie war die Königin, sie konnte es sich leisten. Was schmerzte schon ein solches Versprechen angesichts des Respekts, der ihr hier gewährt wurde?

Der Jüngling sprach bereits weiter: »Wenn nötig, wird Eure Armee unserem gemeinsamen Ziel dienen. Vielleicht benötige ich sie, um Perricum und Rommilys einzunehmen oder die Übernahme Gareths zu unterstützen, vielleicht schicke ich sie auch südwärts, damit sie uns die Tulamidenlande unterwirft.«

Welch eine Kühnheit der Planung! Davon hatte Dimiona schon immer geträumt, die Tulamiden zu vereinigen und die Garetier für ihren Hochmut bluten zu lassen. Wie einfach doch alles war.

»Stimmt Ihr mir zu, Majestät? Werdet Ihr getreulich alle Dinge ausführen, wie ich Euch geboten habe?«

Dimiona schreckte wie aus einem Traum hoch: »Selbstverständlich, mein Sohn. Alles ist weise und gut und ich werde danach handeln … wenn ich auf dem Seerosenthron sitze«, schränkte sie sogleich ein.

»Das werdet Ihr, wenn Ihr Euch nicht selbst darum bringt.« Der Jüngling war nicht zu erschüttern. »Aber Ihr versteht auch, wie wichtig es ist, dass wir einander völlig vertrauen können, dass ich sicher sein muss, dass Ihr Eure Zusagen haltet, von ganzem Herzen?« Er beugte sich vor und nahm ihre rechte Hand in die Seinen, siebzehn Finger eng aufeinander gelegt. Seine Berührung war heißer, als sie es für möglich gehalten hätte. Irgendwo in ihrem Hirn erwachten ferne Erinnerungen an spiegelglatte Schlangenhaut.

Als ihr Gastgeber und nunmehriger Verbündeter weitersprach, klang seine Stimme traurig: »Ich hatte schon einmal einer Frau vertraut. Sie hatte mich überzeugt, dass ich ihr etwas bedeute, dass sie nur unser Bestes anstrebte, doch sie war schwach. Ich habe ihr geglaubt, doch dann hat ihre Unfähigkeit alles zunichte gemacht. Majestät, Ihr solltet sehen, in welche Lage sie sich damit gebracht hat.«

Ein leichtes Zucken seiner Finger genügte, damit eine ganze Seitenwand des Zeltes lautlos beiseite glitt und den Blick auf den Nebenraum freigab.

Dort erblickte Dimiona zunächst eine nackte Frau. Die Fremde war mittelgroß, und ihr Gesicht mit der etwas zu plumpen Nase hätte üblicherweise als reizlos gelten müssen, wäre es nicht zu einem erlesenen Bild des Schmerzes verzerrt gewesen, das Dimiona ausnehmend gut gefiel. Die Arme der Frau waren hochgestreckt, die Hände in plumpe Fäustlinge gehüllt, und sie hielt ihren Körper unnatürlich gerade. Nur gelegentlich durchlief ein Schauder den schmutzigen, zerkratzten Leib und ließ ihn tanzen.

»Alvina war eine kluge, wenn auch fantasielose Magierin und eine begnadete Zeichnerin, sehr begabt für die Brustbildmalerei. Es ist ein Jammer, wie wenig sorgsam sie mit diesen Begabungen umgegangen ist.«

Nun erst erkannte Dimiona, was die Haltung der Nackten zu bedeuten hatte. Jene stand nicht etwa, sie schwebte eine Handbreit über dem Boden, mit zehn Schnüren an den Fingern aufgehängt. Ein jeder Finger war gebrochen, mehrfach, wie es schien, und auf das Vielfache seiner gesunden Größe angeschwollen – das waren die ›Fäustlinge‹, die Dimiona zu sehen geglaubt hatte.

Um die Gefangene herum hockte ein halbes Dutzend abscheulicher Wesen von Kindergröße, nicht höher als einen Schritt, mit faltiger grauer Haut und aufgeblasenen greisenhaften Wasserköpfen. Als die Kreaturen die Zuschauer bemerkten, erwachte ihre Unternehmungslust, und sie begannen an der Magierin emporzuspringen und sich mit klauenartigen Händen in ihrem Fleisch, an ihren Hüften, in den Brüsten festzukrallen und emporzuziehen, um ihre tierische Lust an ihr zu befriedigen. Schon krabbelten drei dieser Wesen am nackten Leib ihres Opfer empor, während die anderen sie wieder zu Boden zu reißen versuchten, um Platz für sich selbst zu schaffen.

Die zum Teil bereits vernarbten Male am Körper der Gefangenen ließen erahnen, wie lange diese Tortur schon anhielt.

Die rechtmäßige Herrin Araniens gestattete sich ein heimliches Lächeln, abgeklärt und wissend. Dann war ihr Gastgeber also doch ein gewöhnlicher Mensch, ganz gleich, wie seine Macht beschaffen war. Ihr gefiel, was sie da sah, und wenn es ihn auch befriedigte, sich so für erlittenes Unrecht zu rächen, konnte er letztlich nicht anders sein als sie.

Aber eines vermochte Dimiona in ihrem Wahn nicht zu erkennen: Dass ihrem Gastgeber die Qualen seines Opfers nichts bedeuteten, dass er der Magierin nicht einmal die Genugtuung schenkte, dass er sich an ihrem Schmerz ergötzte, und ihr ausdrücklich verwehrte, ihm durch ihr Leid Freude zu bereiten. Das war die größte Qual für die gefolterte Magierin, denn jeder, der nicht so sehr in Träumen gefangen war wie die aranische Prinzessin, konnte in Alvinas Augen lesen, dass sie ihren Peiniger noch immer mehr liebte als ihr Leben und ihr Seelenheil und leichten Herzens gestorben wäre, hätte ihn das erheitert.

Doch eben dies war ihr noch nicht vergönnt. Der schöne Jüngling entschied, dass sie für seine Zwecke hinreichend gestraft worden war und nun einer neuen Bestimmung zugeführt werden konnte. »Es ist genug.« Die beiläufig gesprochenen Worte überzeugten Dimiona sofort, die tierhaften Kreaturen hingegen hörten sie nicht oder wollten sie nicht hören.

Als ihr Gastgeber sich zu seiner Gefangenen umdrehte, erhaschte die Aranierin einen Blick auf sein Lächeln – und was an ihrer Seele noch gesund war, schrie auf wie ein getretener Hund. Der Jüngling aber wiederholte nur seine Worte: »Es ist genug!«, und sogleich stürzten die sechs Monstrositäten mit einem letzten Pfeifen zu Boden. Blut lief ihnen aus Nase, Mund, Augen und Ohren, und ihre krummen Glieder zuckten noch eine ganze Weile, nachdem ihr Blick längst gebrochen war.

Auf einen Wink des Schwarzhaarigen hin lösten sich die Knoten und die Gefangene stürzte zu Boden. Das Blut begann wieder durch die vielfach gebrochenen, fast toten Finger zu strömen, doch der Jüngling schenkte dem keine Bedeutung. »Was ist Eure Meinung, Majestät?« Das hatte wirklich interessiert geklungen.

Dimiona zögerte nur einen Augenblick, ihm die Wahrheit zu sagen. »Es ist fesselnd. Erregend.«

Sie konnte sein Gesicht nicht sehen und so entging ihr sein neuerliches, feines Lächeln. Er hatte die Menschenfrau richtig eingeschätzt, die richtigen Saiten gestrichen. Wieder ein Sieg. Selbst der Triumph wurde schal.

Der schöne Schwarzhaarige wandte seine Aufmerksamkeit der Menschenfrau zu, die vor ihm auf der Erde lag. Sie litt Schmerzen, wie nur ein Mensch sie leiden konnte, der einen Körper hatte, um zu fühlen, und eine Seele, um zu verstehen. Der Schmerz zählte zu den Dingen, von denen selbst der Jüngling nicht wusste, ob er die Sterblichen darum beneiden sollte.

Es hätte ihn weniger Kraft gekostet, sie völlig wiederherzustellen, als es einem Menschen Mühe abverlangte, einen Flohbiss zu kratzen. Doch darum ging es nicht, es war eine Frage des Prinzips. Strafe musste sein, sonst geriet die Welt aus den Fugen, und er war nicht dazu da, den reuigen Sündern Vergebung zu gewähren. Das war die Aufgabe anderer Wesenheiten, die allerdings hatten es in letzter Zeit zu ihrem eigenen Schaden mit der Gnade übertrieben.

»Nun?« Er wartete. Jetzt entschied sich, ob sie noch

zu gebrauchen war. Natürlich enttäuschte sie ihn nicht. Wie vorhersehbar.

Alvinas geschwollene Lippen bewegten sich mühsam: »Ich danke Euch.« Da war Schmerz in ihrer Stimme, sehr viel Schmerz, aber auch Angst, Abscheu – und Liebe. Vor allem Liebe, nach dem Schmerz. Sterbliche waren wirklich bemerkenswert.

Der schöne Jüngling wandte sich jäh um. »Gut. Ich habe eine Aufgabe für dich. Du wirst dich, sobald du reisen kannst, nach Mendena begeben und nach Zorgan einschiffen …«

# 9. Kapitel

*Zorgan, zur zehnten Morgenstunde am 22. Travia des Jahres 28 Hal*

Bislang war der größte Basar der Stadt Zorgan noch sehr spärlich besucht. Die alltäglichen wie die luxuriösen Waren lagen weitgehend unbeachtet in den Auslagen der kleinen Läden, und die reifen Früchte, fremdländischen Gewürze und verführerischen Parfüms woben ihren sinnenverwirrenden Geruchsteppich für nur wenige Nasen.

Die meisten derer, die umherschlenderten, widmeten ihre Aufmerksamkeit anderen Waren, als das sonst der Fall war. Die Berichte über Untotenarmeen im tobrischen Norden, über widernatürliche Kreaturen in Maraskan hinter dem Perlenmeer und Dämonenscharen in der nur wenige Tagesreisen entfernten Gorischen Steppe hatten Kriegsangst geweckt. Jahrzehntelang war es in Aranien ruhig gewesen und Handel und Gewerbe hatten geblüht und sich vor allem den Luxusgütern gewidmet. Aber nun suchten die Kunden Lebensnotwendiges, und während Nahrungsvorräte begehrt waren, blieben Edelwaren und Tand liegen.

Der Tuchhändler Achman ibn Assaf sann darüber nach, ob er vielleicht den Augenblick nutzen sollte, um einen Krug Arangensaft zu erstehen, als ihn eine helle Stimme aus seinen Gedanken riss.

»Was meint Ihr, passt der grüne oder der blaue Stoff besser zu mir?« Achman ibn Assaf betrachtete die Fragestellerin mit unverhohlener Bewunderung – schon allein, weil sie seit Tagen die Erste war, die seinen Seidentüchern Aufmerksamkeit schenkte.

Die zierliche Rothaarige war fast noch ein Mädchen,

auch wenn ihr Körper bereits deutlich weibliche Rundungen aufwies. Unbekümmert schob die junge Frau ihr ohnehin sehr luftiges Oberteil zur Seite und hielt sich den anschmiegsamen Stoff über den entblößten Oberkörper: »Er ist doch nicht zu durchsichtig, oder?«

Der Tuchhändler fühlte, wie ihm der Schweiß über die Stirn lief. Die dünne Seide betonte die wohlgeformten Brüste eher, als dass sie etwas verbarg. Die helle Haut, die roten Haare und die giftgrünen Augen ließen sein Herz schneller schlagen. Achman straffte sich und brachte seinen wohlbeleibten Körper in eine vorteilhaftere Haltung. Rasch strich er sich den beeindruckenden Schnurrbart glatt. Auch wenn sich sein Haupthaar bereits lichtete, war der Bart doch umso auffälliger, und mit seinen vierundvierzig Jahren war er ja auch ein Mann in den besten Jahren. Achman schenkte der schönen Fremden ein strahlendes Lächeln, sorgfältig darauf bedacht, dass sie seine Goldzähne sehen konnte. Derweil er noch überlegte, wie er sein Verlangen nach einer näheren Bekanntschaft bekunden konnte, hatte sich die junge Frau den anderen Stoff genommen und übergeworfen. Für einen Augenblick sah Achman die goldenen Ringe an den Brustwarzen der Fremden blitzen und fühlte, wie sich Enttäuschung in ihm breit machte. Die Kleine trug den traditionellen Brustschmuck der verheirateten Aranierinnen – vermutlich war sie mit irgendeinem uralten Tattergreis vermählt.

Während er noch über diese Enttäuschung nachsann, war ein Mann in der Uniform der fürstlichen Tigergarde an die Seite der Fremden getreten: »Herrin Mara, ich habe Euch überall gesucht. Die Maharani Shahi und Ihre Durchlaucht erwarten Euch umgehend im Spiegelpalast.«

Mara wandte sich dem Gardisten zu. »So? Ist es schon so spät? Na ja, dann folge ich Euch wohl besser.« Gleichmütig zupfte sie ihr Oberteil zurecht. Ein letztes

Lächeln galt dem Händler. »Ich komme später noch mal wieder.«

»Harani, wartet bitte einen Augenblick.« Achman eilte hinter seinen Tuchballen hervor und hielt der jungen Frau die von ihr bewunderten Stoffe entgegen. »Nehmt dies bitte als ein Geschenk von Eurem untertänigsten Diener.«

Die junge Frau trat einen Schritt auf den Händler zu und hauchte ihm einen Kuss auf die hochroten Wangen. »Vielen Dank.« Anschließend strahlte sie den Gardisten an: »Es macht Euch doch sicher nichts aus, diesen Stoff für mich zum Palast zu bringen?« Bevor der Soldat antworten konnte, war Mara bereits losgehastet. Mit seiner Last konnte er der leichtfüßig Davoneilenden kaum folgen und gab dieses nutzlose Unterfangen recht bald auf, den Weg zum Palast kannte die junge Adlige ohnehin gut genug.

Plötzlich fühlte die Hexe eine Bewegung an ihrer Seite. Ein großer Gepard war lautlos neben sie geglitten, während die Umstehenden respektvoll zur Seite wichen. Mara schenkte dem Neuankömmling jedoch keinen Blick. »Da bist du ja, Shiko. Ich habe mich schon gewundert, wo du dich wieder herumtreibst … Ich weiß, wir wollten auf die Jagd gehen, aber jetzt müssen wir erst zu dieser langweiligen Zeremonie, herumstehen und würdevoll dreinschauen. Also los! Wer zuerst beim Palast ist, hat gewonnen.«

Natürlich erreichte die Raubkatze das Ziel als Erste, doch ihre Herrin traf nur wenige Minuten später ein.

Der Thronsaal war mit Höflingen, adligen Gästen, ausgewählten Kaufleuten und Ältesten aus den Städten und Dörfern Araniens gut gefüllt, hinzu kamen noch die Vertreter der Kirchen.

Entgegen ihren Befürchtungen führte der Herold die junge Hexe zu einem Sitzplatz im Bereich der übrigen

Grafenkinder und -vertrauten, der Unterhaltung verhieß, doch ausgerechnet der steife Reuther, Raimon von Revennis trennte sie von ihrer Freundin, Reutherin Rashpatane von Palmyramis. Die Zeremonienmeisterin kannte ihre Schäfchen wirklich gut, denn der Palmyrerin waren steife Empfänge ebenso zuwider wie Mara selbst, und die beiden Frauen hatte durch ihr angeregtes Schwatzen bereits die eine oder andere höfische Zeremonie gestört. Neben der Reutherin saß die kindhafte Reshemin von Elburum bereits jetzt mit deutlich gelangweiltem Gesichtsausdruck.

Auf dem altehrwürdigen Seerosenthron saß Fürstin Sybia, zu ihrer Rechten Prinz Arkos und zu ihrer Linken Prinzgemahlin Eleonora. Fürstin Sybia wandte sich an die mittelreichische Gesandtschaft, die perlenbestickte Ghalas trug, die man den Gästen gemäß tulamidischer Sitte geschenkt hatte. »Wir sind stolz auf diesen geschichtlichen Augenblick, in dem Aranien nicht länger ein unwilliger Diener des Neuen Reiches, sondern dessen hilfsbereiter Freund sein kann. Ein besonderer Dank gilt dabei der geehrten Reichsbehüterin Königin Emer, die sich für Araniens Rechte eingesetzt hat.«

Fürstin Sybias Bemerkung wurde von den meisten mit einem wissenden Lächeln aufgenommen: Obgleich Aranien das Mittelreich seiner Treue und Freundschaft versichert und großzügige Kornlieferungen für den Kampf gegen die borbaradianischen Angreifer versprochen hatte, gab es in Gareth noch immer einige alte Kanzlisten, die an der Untertänigkeit Araniens festhalten wollten und damit die Einigung verzögert hatten. Erst ein Machtwort Königin Emers hatte vor einigen Monden die Verzögerungen beseitigt und es ermöglicht, dass nun der aranische Sinnbildstein überbracht werden konnte.

Nachdem die Herrscherin ihre Worte einen kurzen

Moment wirken lassen hatte, sprach sie weiter: »Vom aranischen Achat ›Al'Dabar‹ werden die meisten nur wissen, dass er die Krone des Kaisers in Gareth geziert hat, seit unser Mutterland Teil des Kaiserreiches wurde. Doch seine Geschichte ist älter, wenn man den Legenden glauben will. So soll eine junge Tulamidenmaid namens Arania einst vor Feinden geflohen sein und in unwegsamer Gegend ein Höhle entdeckt haben, in der zahlreiche Schätze lagen und die von einer grimmigen Sphinx bewacht wurde. Diese habe ihr drei Rätsel oder Aufgaben gestellt, und nachdem Arania jene gelöst hatte, sei sie mit einem prächtigen Juwel beschenkt worden. Mithilfe dieses Steines habe Arania ihr Volk geeint und die Wunden geheilt, die die Feinde ihm geschlagen hatten, und so soll das nach ihr benannte Reich entstanden sein.« Die Fürstin gestattete sich ein feines Lächeln. Die meisten Anwesenden wussten, dass diese Geschichte in erster Linie ein Märchen war, doch das heißblütige Volk Araniens glaubte fest daran und betrachtete den Al'Dabar als das Symbol früherer Größe. Dass er jetzt wieder in Zorgan ruhen würde, erfüllte selbst den ärmlichsten Wasserträger in den Gassen Alt-Zorrigans mit Stolz.

Nachdem die Fürstin geendet hatte, trat eine junge Garetierin vor, das kostbare Kleinod auf einem silbernen Teller. Das Gesicht der Gesandten zeigte große Anspannung ob dieses geschichtlich bedeutenden Augenblicks. Man hätte eine Nadel auf die Fliesen fallen gehört, so ruhig war es im Saal. Die junge Frau kniete vor dem Thron nieder und bot der Fürstin das Tablett dar. Fürstin Sybia nahm das Kleinod lächelnd entgegen, warf einen Blick auf den Stein … und erbleichte.

Mara wusste, dass Sybia nun eigentlich die Botin hätte entlassen und den Al'Dabar an Prinz Arkos weiterreichen sollen. Stattdessen sprang die Fürstin auf, legte den Stein achtlos auf den Thron und raunte ihrer

Schwiegertochter etwas zu, während sie hastig aus dem Saal eilte. Nur wenige Herzschläge später hatte auch das Herrschaftliche Paar den Raum verlassen.

Es herrschte Totenstille, doch Mara spürte bereits, wie der Sturm heranzog. Die junge Garetierin, die vor dem nunmehr leeren Thron kniete, wagte vorsichtig den Kopf zu heben und blickte fragend zu der nicht minder verstört wirkenden Zeremonienmeisterin hinüber, die beinahe hilflos mit den Schultern zuckte. Schon wurden die ersten Stimmen laut, die Mutmaßungen darüber anstellten, was eigentlich gerade geschehen sei. Angesichts dessen, wie achtlos die Fürstin den Stein zur Seite gelegt hatte, gab es im Grunde nur eine Deutung: Die Garetier hatten versucht, Aranien zu betrügen, und ihm das Symbol früherer Größe einmal mehr vorenthalten. Die meisten Bemerkungen fielen auf Tulamidya, doch die Garether Gesandtschaft verstand genug, um zu merken, wie feindselig die Stimmung wurde, während immer mehr Gäste aufgeregt den Saal verließen.

Mara blickte zu Reuther Raimon, der sich sichtlich um eine ausdruckslose Miene bemühte, während die leidenschaftliche Rashpatane bereits Vorschläge machte, wie man mit den unzuverlässigen, verlogenen Garetiern verfahren solle. Nur die zuvor so gelangweilte Reshemin genoss allem Anschein nach die Aufregung ringsumher, und ihre langen, spinnenhaft schlanken Finger spielten angeregt mit dem Mittelreichswappen auf der kleinen Kokarde, die die meisten Aranier angelegt hatten, um sich als höfliche Gastgeber zu zeigen, und von denen jetzt immer mehr am Boden lagen. Schon hatte sie dem aus Seide und echtem Flaum gestickten roten Greifen sämtliche Schwungfedern ausgerissen.

Mittlerweile war die fürstliche Garde zur Gesandtschaft getreten und hatte die Gäste hinausgeleitet. Nun konnte auch Mara ihre Neugier nicht mehr länger zügeln und verließ den Saal. Im Vorraum wurde hitzig diskutiert. Gerade war der Befehl ergangen, dass niemand den Spiegelpalast verlassen solle, doch eine Reihe von Gästen waren bereits verschwunden.

Mara schaute sich um. Vor der Treppe, die zu den herrschaftlichen Gemächern führte, waren Gardisten aufgestellt, die die Regenten vor neugierigen Fragen schützen sollten, und auch die Zeremonienmeisterin wurde freundlich, aber bestimmt abgewiesen.

Nach ihrem Rang bei Hofe zu urteilen, hatte Mara erst recht keinen Anspruch darauf, vorgelassen zu werden, aber einen Versuch war es wert. Sie lächelte den grimmig dreinblickenden Wächterinnen aufmunternd zu: »Scheußliche Geschichte, was? Aber Nora, äh, die Maharani Shahi, wird mit der Fürstin schon eine Lösung finden.« So, das sollte der Wache noch einmal in Erinnerung gerufen haben, dass sie, Mara, eine persönliche Freundin der zukünftigen Herrscherin war. Wie erhofft, nickten die Wachposten pflichtschuldig und nahmen ihre Hellebarden zur Seite, um Mara passieren zu lassen, die leichtfüßig die Treppe hinaufeilte.

Die Hexe fand die Fürstin und deren Schwiegertochter im Mondsilbernen Salon, dem privaten Wohnraum Sybias, der anstelle des prächtigen, aber unbequemen Seerosenthrones zwei seidene Ottomanen sowie etliche bequeme Sessel und Tischchen mit Einlegearbeiten aufwies. Boden und Wände waren mit weichen Aranierteppichen in den Landesfarben bedeckt. Fürstin Sybia schritt auf und ab, während Eleonora kerzengerade in ihrem Sessel saß. Mara machte einen Knicks vor der Fürstin und flüsterte: »Euer Durchlaucht.« Als sie sich vor Eleonora ebenfalls verneigen wollte, winkte diese nur ab und murmelte: »Lass gut sein, Mara, wir sind hier unter uns.« Unpassenderweise machte Maras

Magen ausgerechnet jetzt mit lautem Knurren auf sich aufmerksam – und wirklich, in Erwartung des Festessens hatte die Hexe schon seit geraumer Zeit nichts mehr zu sich genommen.

Die Fürstin nickte ihr zu: »Möchtest du etwas Obst?«

Mara errötete. Sybia hatte sie, wie so häufig, durchschaut. Sie begutachtete die gut gefüllte Obstschale, kostete ein paar Trauben und tippte prüfend auf Pflaumen und Aprikosen, ehe sie sich für eine Arange entschied. Die schlanken Finger der jungen Hexe glitten fast liebkosend über die Schale, doch die spitzen Nägel hinterließen eine Spur, aus der blutroter Saft quoll.

Die Maharani Eleonora kniff die Augen zusammen. »Ich bedauere jeden, der sich auf einen Streit mit dir einlässt.«

Mara schob sich grinsend das saftige Fruchtfleisch in den Mund. »Irgendeinen Vorteil muss ich ja auch haben, wenn ich schon so klein und hilflos bin.«

Eleonora maß die eifrig kauende Freundin mit nachdenklichem Blick. Mara mochte zwar klein sein, aber sie war zäh und wehrhaft wie die Aranierkatze, das Wappentier des Landes.

»Wie ist die Lage unten?« Fürstin Sybias Frage zwang Mara, den Bissen schneller als geplant hinunterzuschlucken, und sie begann heftig zu husten. Mit hochrotem Kopf wandte sie sich der Fürstin zu und antwortete: »Alle sind aufgeregt und es gehen die wildesten Gerüchte um.«

»Was sagen die Leute?«

»Dass die Garetier uns betrogen hätten.«

Sybia blickte Mara ernst ins Gesicht. »Das ist kein Gerücht, sondern die Wahrheit. Ich weiß nicht, ob sie es wissentlich oder unwissentlich getan haben, aber der Stein, den sie brachten, ist eine Fälschung. Bis zur Klärung dieses unschönen Vorfalls werden die Gesandten hier bleiben. Zunächst einmal ist es wichtig, dass die Gerüchte nicht nach draußen dringen.«

»Nun, ich fürchte, Euer Durchlaucht, das ist bereits geschehen, denn nachdem Ihr den Raum so hastig verlassen hattet, sind noch eine Reihe von Gästen aus dem Palast gestürmt, ehe die Wachen die Tore schlossen.«

»Chara, wir müssen sofort die Garde alarmieren.« Nach diesen Worten hastete die Fürstin aus dem Raum.

Eleonora erhob sich ebenfalls. »Die Mehrzahl der Gäste trifft keine Schuld an dem, was geschehen ist. Also werde ich mich darum kümmern, dass jetzt das Essen serviert wird«, verkündete sie entschlossen und schritt von dannen.

Das Essen war ausgezeichnet gewesen, doch selbst die ausgetüftelte Speisenfolge aus gebratenem Huhn, in Milch gesottenem Lamm, Zorgangarnelen, geräuchertem Fisch, Sahnespeisen und Halva konnten nicht darüber hinwegtäuschen, dass etwas Ungeheuerliches geschehen war. Die Gesandtschaft war ebenso wenig zu sehen wie Fürstin Sybia und Arkos. Nur Prinzessin Eleonora versuchte – vergeblich – den Anschein von Normalität zu wahren, und selbst den Gauklern und Musikanten gelang es nicht, die angespannte Stimmung aufzulockern. Als die ersten Meldungen von Bränden in der Stadt eintrafen, zog sich auch Eleonora zurück.

Mara stand auf dem Balkon vor ihren Gemächern und betrachtete den Feuerschein, der aus dem Kaiser-Reto-Park emporloderte. Anscheinend hatte das aufgeregte Volk die Schreiberschule angezündet, die dem Willen des einstigen Garether Kaisers gemäß dafür sorgen sollte, dass man in den tulamidischen Reichsbesitzungen der garetischen Sprache mächtig war. Mit unzähligen Büchern und Pergamenten über Rechtschreibung, Stil und Grammatik angefüllt, war sie nun den Flammen unwiederbringlich zum Opfer gefallen.

Mara wusste, dass es gefährlich war, jetzt in die Stadt zu gehen, aber sie war zu neugierig, um sich auf die Erzählungen anderer verlassen zu wollen. Ihr würde schon nichts geschehen, sagte sie sich leichthin und zog los. Die Torwachen wollten die zierliche Rothaarige zurückhalten, doch die Hexe missachtete all ihre Warnungen und eilte ins Getümmel. Vor den Wohnhäusern und Kontoren der garetischstämmigen Bevölkerung hatten sich wütende Menschen versammelt, die lautstark forderten, dass die ›Diebe und Beutelschneider‹ ein für alle Mal aus Stadt und Land gejagt werden sollten.

Die Stadtwachen hatten alle Hände voll zu tun, dass der Pöbel nicht einfach die Häuser und Geschäfte stürmte, während schon hier und da die ersten Basarstände lichterloh brannten. Durch die dünnen Zeltbahnen und leichten Bretterverschläge fraßen sich die Flammen munter ihren Weg, unbeeindruckt davon, ob es sich um tulamidisches oder garetisches Eigentum handelte.

Auch die aufgehetzte Menge selbst schien längst den Anlass des Aufruhrs vergessen zu haben. Den meisten ging es schon lange nicht mehr allein darum, sich an den Wahrzeichen der Garether Macht zu rächen – inzwischen wurden alle möglichen Händel, Feindschaften und Fehden mit Fäusten und Fackeln ausgetragen. Immer wieder sah Mara kleine Gruppen oder einzelne Menschen, die mehr oder minder erfolgreich vor den Stöcken, Steinen und Tritten ihrer Verfolger flüchteten, und manch einer wurde dabei jämmerlich verprügelt. Nur der Einfluss der Götter schien bislang verhindert zu haben, dass der blanke Stahl gesprochen hatte.

In einer dunklen Seitengasse erblickte die Hexe eine Hinkende, die vom wütenden Pöbel gehetzt wurde.

Die Frau war wohl ebenso alt wie Mara selbst und wirkte hilflos und Mitleid erregend wie ein Küken, das aus dem Nest gefallen war und sich nun mit viel zu schwachen Flügeln über den Boden schleppte. Ihr Mantel bauschte sich um den mageren, ja knochigen Körper und die verkrüppelten Hände umklammerten verzweifelt einen Wanderstab.

Die Fremde war Mara unbekannt, in der Menge jedoch entdeckte sie ein vertrautes Gesicht. Am Morgen dieses Tages noch hatte sie dem freundlichen, molligen Stoffhändler gegenübergestanden. Nun war dessen Gesicht zu einer zornigen Fratze verzerrt. Die allgemeine Erregung hatte aus dem friedlichen Mann ein rasendes Tier gemacht. Mara lebte nun seit vielen Jahren in Aranien, doch den Sinn der tulamidischen Flüche, die ihm aus dem Mund quollen, vermochte sie nur am Tonfall zu erraten – irgendetwas über garetische Hexen, die erschlagen gehörten wie räudige Hündinnen.

Mara überlegte nicht lange. Mit einem Satz sprang sie in die Menge und landete dem tobenden Händler auf dem Rücken. Während ihre Krallen durch sein Gesicht fuhren, hatte sie ihm die Beine um den Leib geschlungen und grub ihm die Fersen ins Gemächt. Der Händler ging mit einem Aufschrei zu Boden und Mara sprang behände zur Seite.

Der dicke Krämer wand sich gurgelnd im Staub, und so klein die Hexe auch war, mit ihrer wehenden roten Mähne, den blitzenden grünen Augen und den langen, scharfen Fingernägeln strahlte sie etwas aus, das die Menge zurückweichen ließ.

»Euer Spiel ist vorbei. Ich beanspruche diese Beute für mich!« Widerspruchslos machten sich die Leute davon, während sich zwei mitfühlende Burschen bemühten, den dicken Stoffhändler fortzuziehen. Die wenigen, die sich Mara entgegenstellen wollten, wurden von ihren jäh ernüchterten Begleitern mitgezerrt.

Als sich das Volk aus der Gasse verzogen hatte – auf einmal waren es nur noch einige Burschen und Maiden, die sich verlegen und kleinlaut aus dem Staub machten –, half Mara der Fremden aufzustehen. Die Kleidung der Frau war besudelt, und sie hatte zahlreiche Schrammen davongetragen, doch die schlimmsten Verletzungen zeigten die geschwollenen, verkrüppelten Hände – Wunden, die viele Tage oder Wochen alt waren. Anscheinend war sie nicht zum ersten Mal in eine solche Lage geraten. Kaum aufgerichtet, wandte sie sich wortlos ab und humpelte auf ihren Stock gestützt davon.

Ihre Retterin blickte ihr eher verblüfft als verärgert nach. »He, zu viel des Dankes! Nun beherrsch dich mal wieder!«, rief sie der unscheinbaren Mittelreicherin hinterher.

Die Fremde wandte sich um und warf der Rothaarigen einen kühlen Blick zu: »Alvina Viburnian-Crassula weiß sich gegen dieses Pack allein zu helfen.«

»Das hat man gesehen!« Die Worte waren kaum heraus, da hätte Mara sich am liebsten auf die Zunge gebissen. Was brachte es schon, wenn sie jetzt zu zanken anfing wie eine Teppichhändlerin. Sollte diese undankbare Person doch sehen, wo sie blieb! Achselzuckend wandte die Hexe sich um und suchte sich einen Weg aus dem Gewirr der Gassen und Gässchen heraus.

Als Mara wieder in ihrem Zimmer war, ließ sie sich auf den dichten, weichen Teppich sinken und streckte die Glieder aus. Die Ereignisse des Tages waren erst einmal vergessen – natürlich erinnerte sie sich noch daran, aber es spielte keine Rolle, was geschehen war, nicht für sie und vor allem nicht jetzt.

Während Mara sich auf dem Teppich räkelte, blickte

sie Shiko erwartungsvoll an. »Ich hatte einen harten Tag, doch morgen gehen wir jagen. Jetzt allerdings ...«

Die Hexe rollte sich zur Seite und schlang ihre Arme um den großen Geparden, schmiegte sich an ihn und grub ihr Gesicht in sein Fell. Schon begann ihre Magie zu fließen und kleine astrale Entladungen prickelten auf ihrer und Shikos Haut. Der Gepard ließ ein Knurren hören, das tief aus seiner Kehle kam, doch es war kein abwehrendes Knurren. In ihrer Umarmung veränderte er seine Gestalt, streckte sich hin und wuchs, während sie miteinander balgten und schmusten.

Einige Lidschläge später war es kein Gepard mehr, der auf der kleinen Hexe lag und im Licht des Mondes auf sie hinablächelte: Er hatte die Gestalt eines jungen Mannes angenommen, mit langen, sehnigen Gliedern, einer goldenen Haut mit seidigem Flaum und vereinzelten dunkleren Flecken. Während die beiden dunklen Linien, die rechts und links der schmalen Nase und der vollen Lippen verliefen, ihm einen Anflug von Schwermut verliehen, lächelten seine schräg stehenden bernsteinfarbenen Augen Mara herausfordernd an, und er zog sie in seine Arme.

# 10. Kapitel

*Vinsalt,*
*im Boronmond*
*des Jahres 28 Hal*

Ordensgroßmeister Adaon von Garlischgrötz-Veliris tupfte sich mit einem Seidentüchlein die blutigen Lippen ab, eine Geste, die ihm in den langen Jahren seiner Krankheit so selbstverständlich geworden war wie das Atmen selbst.

Sein Freund und Gast Tarlisin konnte sich nicht erinnern, den Amtskollegen jemals ohne ein solches Seidentuch gesehen zu haben. Obwohl Adaon nur wenige Jahre älter war als er selbst, wirkte der Liebfelder doch wie ein bejahrter und verbrauchter Mann, Folgen eines Fluches, den er sich durch eine Torheit in seiner Jugend eingehandelt hatte und vor dem ihn selbst seine einflussreiche Tante, Prishya von Garlischgrötz, das Oberhaupt der Grauen Gilde, nicht hatte bewahren können.

Doch die zusammengesunkene Gestalt und das totenbleiche Gesicht mit den fiebrig glänzenden Augen täuschte viele über den eisernen Willen hinweg, der in dem schwächlichen Leib wohnte. Daher unterschätzten die meisten den Neethaner, eine Tatsache, die Adaon gewiss nicht angenehm war: Anders als Tarlisin, der manchmal, um eines Vorteils willen, sein geckenhaftes Verhalten noch übertrieb, wünschte sich der Liebfelder von jedermann aufrichtige Bewunderung. Verdient hatte er sie jedenfalls. Der liebfeldische Magus war nicht nur ein hervorragender Illusionist und Kenner der Alchimie, sondern auch ein gerissener Politiker und Ränkeschmied, der seine Verwandtschaft mit der herzöglichen Familie von Grangor stets geschickt genutzt hatte, um seiner Ordensprovinz den nötigen weltlichen Einfluss zu sichern. Zumindest in seinen eigenen Augen war Adaon für jedes Gildenamt geeignet und nicht zuletzt für das des Sprechers der Grauen Stäbe.

Seitdem der Orden keinen Hochmeister mehr berief, teilten sich die vier Großmeister die Ordensführung, was seit Generation mehr schlecht als recht funktionierte. Zwar hatten die Großmeister auch ein zumindest dem Namen nach bestehendes Führungsamt für den Gesamtorden inne, doch im Alltag mußten sie sich vor allem um die Belange ihrer eigenen Provinz kümmern. So war der Hohe Ordensarchivar Adaon vor allem Neethaner Ordensgroßmeister, so wie sein Amtskollege Tarlisin weit mehr der Großmeister von Anchopal als der höchste Ordensmarschall war.

In den letzten Wochen, in denen sich Tarlisin hier als Gast im Vinsalter Ordenshaus aufgehalten hatte, hatte Adaon ihn jedoch vorbehaltlos unterstützt, denn auch dem Neethaner Großmeister konnte es nur nützen, wenn der Orden durch seine Mithilfe eine mächtige Waffe gegen den Dämonenmeister gewönne.

»Hast du irgendwelche vernünftigen Hinweise auf den Sphärenschlüssel finden können?« Die Frage des Liebfelders klang geradezu mitfühlend, auch wenn er die Entscheidung seiner Tante, Tarlisin diese Queste aufzuerlegen, natürlich stets verteidigt hatte.

Wie dem auch sei, der Brabaker hatte wenig zu berichten und schüttelte verneinend den Kopf: »Nein, nichts Nützliches. Ich habe Nutzen daraus gezogen, dass eine langjährige Bekannte, eine Magierin in Alt-Bosparan, mir noch einen Gefallen schuldete und von ihr einiges über die Unterweltgrößen erfahren, aber da hat niemand je von einem Sphärenschlüssel gehört oder ihn gar gesehen oder erworben. Was die andere Seite angeht, habe ich ein mittleres Vermögen an Granduco d'Alentino bezahlt, aber dafür konnte mir der alte

Fuchs wenigstens glaubhaft versichern, dass sich das Ding ganz bestimmt nicht im Besitz eines vornehmen Sammlers oder Adligen hier im Horasreich befindet.«

Adaon nickte verständnisvoll: »Ich weiß, wie sehr du gehofft hast, bei einem der vielen Sammler fündig zu werden, die es hierzulande gibt. Hast du schon eine Idee, was du tun wirst, falls du scheiterst?«

Tarlisin seufzte. »Eigentlich gestatte ich mir nicht, dafür Pläne zu machen. Aber wenn du es genau wissen willst: Manchmal denke ich an einen letzten ruhmreichen Angriff auf den Feind, doch ebenso oft habe ich darüber nachgedacht, ob ich mich in Belhanka oder Grangor nach einem Schiff mit einem verrückten Kapitän umschauen sollte, der ins Güldenland fährt. Wenn hier alles den Bach runtergeht und der Dämonenmeister wirklich die Herrschaft ergreift … Ich würde nicht unter jemandem leben wollen, der stinkende und vermodernde Untote als Verwalter einsetzt.« Als die Erinnerung an den untoten Drachen Rhazzazor in ihm wach wurde, verzog er schmerzlich das Gesicht. »Manchmal denke ich, ich habe hart genug gegen ihn angekämpft und kann mein Leben ebenso gut darauf setzen, dass die Überfahrt in die Neue Welt gelingt.«

Adaon wirkte kaum überrascht und entgegnete hilfsbereit: »Ja, warum eigentlich nicht. Wenn du das wirklich vorhast, dann komm zu mir. Ich habe so meine Verbindungen und kann dir einen zuverlässigen Schiffer empfehlen.« Der Liebfelder lachte und musste sich umgehend Blut von den Lippen tupfen. »Nicht so zuverlässig, dass ich eine sichere Ankunft im Güldenland versprechen kann, aber zumindest so vertrauenswürdig, dass er nicht gleich hinter der ersten Woge seine Fahrgäste über Bord wirft und die Handelswaren in Brabak oder sonst einer Piratenstadt des Südens verhökert.«

Tarlisin war verwirrt, und das gewiss nicht nur wegen des Spottes über seine Heimatstadt. Abwehrend hob er die dunklen Hände. »Immer langsam, mein Freund. Ich sagte doch, vorerst will ich an ein Scheitern gar nicht denken und schon gar nicht dafür planen. Und dich würde ich bestimmt nicht in die Sache mit hineinziehen.«

Der Liebfelder zuckte mit den Schultern: »Dafür sind Freunde doch da. Du solltest schlichtweg wissen, dass sich im Ernstfalle jemand um dich und deine ›Hinterbliebenen‹ kümmern wird.«

Der Brabaker grinste: »Ich werde es mir merken. Vor allem für die Zurückbleibende, was?« Es war ihm nicht verborgen geblieben, dass auch Adaon die Schönheit von Tarlisins Gattin zu schätzen wusste. Dann wurde er wieder ernst: »Aber ich will den Bericht des Granduco noch einmal genauer durchgehen, vielleicht finde ich ja doch einen weiteren Anhaltspunkt.«

»Natürlich. Immer zuversichtlich bleiben, nicht wahr?« Adaon erwiderte das Grinsen und verließ Tarlisins Gästezimmer.

Tarlisins Sekretär und Diener Halef Okharim saß derweil in der Küche und trank aus einer großen Schale Tee. Das Ordenshaus war gut ausgestattet und er hatte zu seiner Freude einen Vorrat ›Ongalo-Hochland-Blattspitzen-Auslese‹ entdeckt. Der Koch allerdings war auf dem Gebiet der warmen Luxusgetränke nur an das Mischen von schwerer, fetter Schokoladenmilch gewöhnt, und so hatte der Tulamide ihm schließlich das Recht abgetrotzt, sich seinen Tee selbst zuzubereiten.

Mit nur halber Aufmerksamkeit hörte er Emilio, dem stämmigen Diener des Herrn Adaon, zu, der aus der Neethaner Niederlassung erzählte. Die so genannte Ordensburg verdiente diesen Namen kaum. Denn während es in Anchopal immerhin eine mächtige Torburg im Ordensbesitz gab, war die Neethaner Niederlassung ein einfaches Haus, dem gegenüber auch noch das Ordenshaus der Badilakaner untergebracht war. Diese frömmelnde Bruderschaft der Travia, die lautstark ihre Mission unter Dirnen, leichtlebigem Volk und eigentlich allen verfolgte, die nicht die Ansichten ihrer Kirche zur ehelichen Treue teilten, war für Großmeister Adaon ein steter Quell des Ärgers.

Gerade eben noch hatte sich der hoch gewachsene Mittdreißiger ausgiebig über ihre frühmorgendlichen Gesänge beklagt. »Ansonsten kann man sie ganz gut nicht beachten, und wenn ich mich in den wenigen Freistunden vergnügen möchte, die mir bleiben, gehe ich sowieso lieber in die Stadt. Mein Meister hingegen hat als Großmeister schon deutlich mehr unter ihnen zu leiden und empfängt darum nur sehr selten Damenbesuch.«

Halef grinste breit. »Das kommt mir aber, mit Verlaub, eher wie eine Ausrede vor.«

Emilio erwiderte das Grinsen, fühlte sich allerdings dennoch genötigt, die Ehre seines Dienstherrn zu verteidigen: »Oh, Meister Adaon könnte eine ganze Reihe von Liebschaften haben, denke ich, aber er achtet wohl vor allem darauf, was ihm in der feinen Gesellschaft weiterhilft. Angeblich …«, raunte er Halef zu und brach, in gespielter Unsicherheit, ob er weitersprechen sollte, ab.

Nun war Halefs Neugierde geweckt, und er fragte – ganz, wie von ihm erwartet wurde – nach: »Ja?«

Emilio fuhr fort: »In Neetha ist die vornehme Gesellschaft ja nicht eben unüberschaubar zahlreich und so treffen immer die gleichen Leute aufeinander. Zudem ist bekannt, dass Erzherzog Timor eine Vorliebe für Burschen hat, und ich habe mich bereits gefragt, ob Meister Adaon sich diese Möglichkeit zum Aufstieg entgehen lassen würde, wenn Seine Hoheit ein Auge auf ihn würfe.«

Halef lachte auf. »Aber, aber … Wir sind uns ja wohl einig, dass selbst ein Kaisersohn nicht einen so, hm, ausgefallenen Geschmack entwickeln würde. Hoffe ich zumindest …«

Der Liebfelder nickte: »Tja, dem alltäglichen Geschmack entspricht Herr Adaon nicht gerade. Dabei gibt er einiges an Geld dafür aus, seiner Eitelkeit Genüge zu tun. Schmuck, Perücken, teure Kleidung, Duftwässerchen … Mit viel Puder, einer schönen Haarpracht und dergleichen gibt er jedoch eine stattliche Erscheinung ab. Aber was eitle Dienstherren angeht, muss ich dir wohl nichts erzählen.«

Halef schauderte. Seitdem vor allem seine Beharrlichkeit seinen Herrn aus dem Kerker gerettet hatte, waren sie beinahe Freunde geworden, doch das hieß nicht, dass er nicht auch Tarlisins Schwächen sah. »Oh ja, eitel ist gar kein Wort! Mein Effendi hatte von seiner Zeit in Al'Muktur Narben davongetragen, und statt sie wie jeder andere Mensch unter Schmuck und Schminke zu verbergen, hat er dem Anatomischen Institut zu Vinsalt fast tausend Goldstücke gezahlt, um sie verschwinden zu lassen. Und als ob das nicht genug wäre, hat er noch einmal weitere zweihundert Goldstücke auf den Tisch gelegt, damit sie seine Haare wieder wachsen lassen.«

Der kräftige Kammerdiener nickte verständnisvoll. »Dafür hätte er verdammt viel Schmuck bekommen – und lass mich raten: Du wirst von ihm dafür mehr als knapp gehalten?«

Der Sekretarius schüttelte den Kopf: »Nein, das kann ich wirklich nicht sagen. Im Gegenteil, mein Effendi lässt mich sein gesamtes Vermögen verwalten und sagt, ich soll mir einfach nehmen, was ich brauche.«

Emilio pfiff durch die Zähne. »So etwas sollte Meister Adaon mir einmal sagen … Er hält mich wirklich kurz, und allein sein neuer Kragen aus Drôler Spitze hat so viel gekostet, wie ich in hundert Jahren bekäme.« Er beugte sich verschwörerisch vor: »Aber bald, in ein, zwei Jahren, werde ich mir meine Empfehlungsschreiben geben lassen und damit woanders anfangen. Vielleicht gar beim Erzherzog selbst, die ersten guten Bekannten habe ich schon an seinem Hofe.«

Halef lachte: »Und da hast du keine Angst, dass der Erzherzog an dir Gefallen finden könnte?«

Schlagfertig gab Emilio zurück: »Das musst du gerade sagen! Ich denke, fast jeder glaubt, dass du deinem Herrn auch im Schlafgemach zu Diensten sein musst.«

Halef seufzte tief. An derartige Gerüchte war er gewöhnt, und er hatte keine Lust, sich kämpferisch zu geben. »Ich muss Meister Tarlisin nicht auf diese Weise ›zu Diensten‹ sein. Nur weil mein Effendi bisweilen auch Vergnügen an Männern findet, heißt das noch lange nicht, dass er über jeden herfällt.« Dann wechselte er das Thema: »Doch vielleicht solltest du deinen Herrn auch einmal bitten, deine Empfehlungsschreiben bei einem Notarius zu hinterlegen. Ich meine, er ist zwar nicht gerade ein Abenteurer, der sein Leben ständig bei irgendwelchen Questen in der Wildnis aufs Spiel setzt, aber mit seiner Gesundheit steht es ja wohl dennoch nicht zum Besten.«

Der Liebfelder stimmte ihm zu: »Eine schreckliche Sache, dieser Fluch. Wenn es ihn einmal so richtig gepackt hat …« Als er gerade zu einer Beschreibung ansetzen wollte, schlug er sich auf den Mund: »Wenn mein Herr erfährt, dass ich darüber etwas erzählt habe, ist es Essig mit Empfehlungen, dann kriege ich stattdessen nur einen Stiefelabdruck auf den Hosenboden.«

Während der Horasier mit unverfänglicheren Themen fortfuhr, fluchte Halef im Stillen vor sich hin. Die

Krankheit des Großmeisters war ein Gesprächsstoff, für den auch sein Effendi bestimmt ein offenes Ohr gehabt hätte.

Kaum hatte er das Zimmer des Freundes verlassen, eilte Adaon in sein eigenes Gästezimmer, das die gegenüberliegende Seite des Korridors einnahm. Das Vinsalter Ordenshaus war hochrangige Gäste gewöhnt, doch zwei Großmeister zur gleichen Zeit unterbringen zu müssen hatte dem guten Dom Phedro durchaus Kopfschmerzen bereitet. Als sein unmittelbarer Vorgesetzter hatte Adaon ihm allerdings unüberhörbar zu verstehen gegeben, dass er die bessere der beiden Unterkünfte erwartete.

Auch in anderen Dingen verschaffte es Adaon von Veliris Vorteile, sich gewissermaßen als übergeordneter Hausherr fühlen zu können. Vom tiefen Süden bis Punin im Norden reichte seine Provinz und der Großmeister verließ sie so selten wie möglich.

An diesem Morgen hatte er sich das Recht genommen, die eingegangenen Briefe zu untersuchen. Und wie es der Zufall wollte, war auch ein kleines Päckchen aus dem fernen Aranien dabei gewesen, von niemand anderem abgesandt als von Tarlisins Gattin Mara ay Samra.

Adaon kannte die Frau seines Amtsbruders – sozusagen seine Amtsschwägerin, haha – seit deren Hochzeit und verfluchte das Schicksal, dass er sie nicht etwas früher kennen gelernt hatte. Seit damals hatte er ein Auge auf die rassige Schönheit geworfen, auch wenn jene ihm ihre Gunst bislang verweigert hatte, und dies war einer der Gründe, weshalb er die Treuepredigten der Badilakaner so verabscheute. Wenn doch diese Aranierin nicht so viel Wert auf die eheliche Treue legen würde! Natürlich gab es um eine derart schöne Frau immer wieder Gerüchte über Liebschaften, aber wie er aus eigener leidiger Erfahrung wusste, dachte sie nicht daran, ihr Gemach mit jemand anderem zu teilen als mit ihrem Gemahl.

Die arme Frau wusste nicht, was ihr entging. Gut, er war nicht mehr der Kräftigste, und man brauchte etwas guten Willen, um unter dem vom Fluch entstellten Äußeren seine innere Schönheit zu erkennen, doch er kannte nicht nur Tränke und Elixiere, die seine Kraft und Ausdauer stärkten, er wusste auch um Tinkturen und Tropfen, die höchsten Genuss ins Liebesspiel brachten und, richtig angewandt, den Widerstand allzu züchtiger Menschen hinfortwehten, wie schon manch eine spröde Schöne erkennen musste.

Mara indessen wollte er nicht auf diese Weise gewinnen, sondern durch die Kraft seiner Persönlichkeit. Aber dafür musste er erst noch auf die passende Gelegenheit warten. So wild sich die Rothaarige auch gab, für sein Werben würde sie nur als verlassene Ehefrau ein offenes Ohr haben – oder als Witwe …

Adaon schüttelte erschrocken den Kopf, spie etwas Blut, tupfte sich die Lippen ab und wandte sich anderen Gedanken zu. Fort mit diesen düsteren Überlegungen! Lieber schaute er ganz vorsichtig nach, was die Schöne denn so dem Gatten schickte. Immerhin musste er die Gefahr abwenden, dass es etwas gar zu Persönliches war, das seinen Freund von dessen Queste ablenken und ihn so der Verdammung aussetzen würde.

Als er mit geschickten Fingern die Verpackung gelöst und den Brief gefunden hatte, knirschte er mit den Zähnen. Natürlich, ein Geschenk. Auch in der Ferne gedachte die hübsche Aranierin ihres Gatten. Vom besten Goldschmied des Zorganer Basars sandte sie ihm einen Schmuck, als Zeichen der Liebe. Und wirklich, das Päckchen enthielt einen goldenen Fingerring, verziert mit aranischen Rosen und Seerosen, die den

Schriftzug ›Meinem Schönsten und Liebsten‹ umkränzten.

Verflucht! Für einen Augenblick überlegte der Liebfelder, ob die Sendung nicht einfach verschwinden sollte. Falls Mara irgendwann ihren Gatten darauf ansprach, würde sie kaum mehr nachprüfen können, ob das Päckchen je wirklich im Vinsalter Ordenshaus abgegeben worden war.

Aber das war zu gefährlich. Besser, er würde das Ganze wieder einpacken – nur einmal wollte er noch kurz sehen, wie der Ring wohl ihm selbst stünde …

Als der Brabaker in seinem Zimmer allein war, legte er den Bericht aus der Feder des Granduco und Salonlöwen achtlos beiseite. Jucco d'Alentino wusste nicht nur viel über die Mächtigen des Horasreiches (und strich mit seinem Wissen stattliche Summen ein), er schrieb auch eine sehr klare Prosa, und jeder weiterführende Hinweis wäre Tarlisin schon beim ersten Lesen aufgefallen. Aber die übergroße Hilfsbereitschaft seines Amtsbruders hatte Tarlisin ziemlich an den Nerven gezehrt, und er genoss die Möglichkeit, einmal ungestört nachzudenken. Nachdem sowohl im Bornland, mit seinem weit gespannten Netz des Handelsfürsten Stoerrebrandt, als auch hier im Horasreich, mit all seinen Informanten, die Nachforschungen in der Sackgasse geendet hatten, wusste er kaum noch, wie er fortfahren sollte. Eigentlich hasste er es, aufzugeben und sich geschlagen zu zeigen, doch nun wurde ihm eine Hoffnung nach der anderen zerstört.

Das mit dem Güldenland war nur ein Einfall des Augenblicks gewesen, und er hatte sehr wohl auch auf Beteuerungen gehofft, wie unverzichtbar er sei. Dass selbst sein Rangbruder so eifrig und hilfsbereit war, wenn es darum ging, ihn loszuwerden …

Natürlich gab es andere Möglichkeiten, wenn Gilde

und Orden ihm ihre Gunst entziehen sollten. Er hatte vor ein paar Tagen ein Gespräch geführt, von dem er dem ehrgeizigen Adaon lieber gar nichts erzählt hatte. Mit viel Geschick und Glück hatte er eine Audienz beim horaskaiserlichen Staatsminister Abelmir von Marvinko erlangt. Der konnte ihm zwar auch mit allem Wissen seines aufgeblähten Verwaltungsapparates nicht weiterhelfen, hatte ihm aber noch einmal vor Augen geführt, wie weit man es auch ohne die Gilde, ja, ohne seine Zauberkräfte bringen konnte: Nach dem Verlust der Astralkraft war jener frühere Magier über ein Amt in der Hesindekirche bis zum führenden Staatsmann der bildungsbeflissenen Kaiserin aufgestiegen. Abelmir von Marvinko war allerdings auch nie ein ausgestoßener Geächteter gewesen, sondern galt als Held, der seine Kräfte geopfert hatte, eine Entscheidung, die Tarlisin nicht im Geringsten nachvollziehen konnte. Lieber ein zaubermächtiger Gesetzloser als ein machtloser Held.

Ein gellender Schmerzensschrei schreckte den Brabaker aus seinen Gedanken hoch. Irgendwo ganz in der Nähe war etwas Schreckliches geschehen, und nachdem er sich mit einem Schutzzauber umgeben hatte, stürmte Tarlisin in den Korridor und dann weiter in Adaons Räume, aus denen die Schreie kamen.

Er fand den Liebfelder in Flammen stehend vor. Von Adaons linker Hand leckten schrittlange, bläuliche Feuerzungen über den ganzen Körper und tasteten nach dem Herzen. Tarlisin blickte sich suchend um und konzentrierte sich auf einen Abwehrzauber, doch es war kein Feind auszumachen. Selbst mit magischen Sinnen war nur ein Ring an Adaons Hand als Quell des Feuers zu erkennen und so wandte Tarlisin sich seinem Freund zu. Borbaradianisches Dämonenfeuer, und darum handelte es sich hier, war eine magische

Transformation und durch die entsprechende Antimagie aufzuheben – wenn genügend Zeit blieb.

Die nächste Minute, als düsteres Feuer und Tarlisins Zauberei miteinander um Adaons Leben rangen, wurde zu einem Wettlauf mit Satinav, dem unerbittlichen Herrn der Zeit. Doch schließlich war der Schadenszauber gebrochen und der Brabaker sackte schweißüberströmt zusammen. Erst dann bemerkte er, dass sich der Raum um ihn mit anderen Bewohnern des Ordenshauses gefüllt hatte, und registrierte dankbar, dass Dom Phedro ya Mezzani, ein Absolvent der hiesigen Magierschule, sich darum bemühte, den schwer verwundeten Großmeister zu heilen. Offenes Fleisch schloss sich wie von Geisterhand genäht, und die zahllosen verbrannten Stellen wurden kleiner und blasser, bis alle Verletzungen durch das Dämonenfeuer wieder verschwunden waren.

Verwundert bemerkte Tarlisin, wie sein Diener Halef ihm etwas zusteckte, einen fast verbrannten Brief, anscheinend aus der Feder seiner Gattin Mara, gerichtet an Tarlisin selbst. Aber weder die Handschrift noch der Stil passten zu dem, was er von seiner Gattin kannte, auch wenn der Fälscher wirklich gute Arbeit geleistet hatte. Unter anderen Umständen hätte er die Täuschung vielleicht gar nicht bemerkt.

Inzwischen hatte eine Magierin – Tarlisin kannte sie flüchtig und wusste, dass sie eine begabte Analytikerin war – den Ring untersucht und bestätigt, dass es sich dabei wohl um ein Mordartefakt borbaradianischer Natur handelte: »Die Fraternitas Uthari verwendet so etwas – Vasallen und Speichellecker des Dämonenmeisters, die hierzulande leider noch immer nicht ausgerottet sind.«

Sobald der wieder genesene, obgleich noch sichtlich erschütterte Adaon die helfenden und stützenden Hände abgeschüttelt hatte, wandten sich auch die übrigen Anwesenden dem Ring zu. Tarlisin hingegen trat an seinen Rangbruder heran und flüsterte: »Scheußliche Sache, fürwahr. Hätte dich fast das Leben, zumindest jedoch die Hand gekostet und was ist schon ein Magier ohne Hände wert?« Seine Stimme wurde merklich kälter: »Und als dein Freund und, wie es scheint, dein Retter gestattete ich mir die Frage: Wie bei allen namenlosen Dämonen kommt ein Brief meiner Frau in dein Zimmer und ihr Geschenk für mich an deinen Finger?«

Der Liebfelder richtet sich stolz auf und warf Tarlisin einen vernichtenden Blick zu, jeder Fingerbreit ein Stück verletzte Unschuld: »Sei nicht so undankbar. Ich habe für dich mein Leben riskiert! Ich hätte tot sein können, so wie du tot gewesen wärst, und da fragst du nach Erklärungen?«

Ohne ein weiteres Wort verließ er den Raum, während Tarlisin ihm sprachlos hinterherstarrte.

# 11. Kapitel

*Im Raschtulswall,*
*in der letzten Boronwoche*
*des Jahres 28 Hal*

Die letzten Sonnenstrahlen erleuchteten die Lichtung im Bergwald, auf der einige Rehe friedlich grasten. Etwa zweihundert Schritt von ihnen entfernt weideten ein Rappe und ein Schecke. Weder die Rehe noch die Pferde hatten bislang die Witterung der beiden Geparden aufgenommen, die im Unterholz des Waldes lauerten.

Plötzlich stürmte der Größere der beiden geradewegs auf die Rehe los, dicht gefolgt von seiner Gefährtin. Ein Bock erkannte die Gefahr und stieß ein warnendes Meckern aus, bevor er davonstob. Der Rest der Gruppe folgte ihm, nur einige Jungtiere hatten die Gefahr zu spät erkannt und wurden nun von den Raubkatzen erbarmungslos verfolgt. Die geschmeidigen Jäger hetzten die Kleinen in den Wald, und es war nur eine Frage von wenigen Herzschlägen, bis das erste Tier strauchelte. Das Gepardenmännchen war sofort zur Stelle und schlug seine Zähne in den Nacken des Opfers. Wenige Augenblicke später gelang es auch dem etwas zögerlicheren Weibchen, ein Jungtier zu erbeuten. Von dem Rest der Herde war keine Spur mehr zu sehen.

Nachdem die Raubkatzen ihre blutige Mahlzeit beendet hatten, lag das Männchen noch eine Weile dösend im Gras. Das Weibchen hingegen wälzte sich lustvoll im Gras, reckte und räkelte sich mit blutverschmierter Schnauze, und einige Augenblicke später lag anstelle des Tieres eine klein gewachsene Menschenfrau im niedergedrückten Grün.

Mara schüttelte die roten Locken und lief nackt zu den Pferden, dicht gefolgt von ihrem Vertrauten Shiko. Hier überprüfte die Hexe die Bündel, die auf dem Sattel der Stute Zulhamin fest geschnürt waren, bevor sie nach den Zügeln des Hengstes Zahir griff. Erst Shikos spielerischer Tatzenhieb auf ihr bloßes Gesäß erinnerte sie daran, sich rasch am Bach zu säubern und ihre Reisekleidung überzustreifen – die häufigen Ausflüge in Tiergestalt hatten ihr manch eine recht ›unmenschliche‹ Verhaltensweise beigebracht, und mitunter waren die langen Stunden bei Hofe ein wahre Qual. Nun, wenigstens war das aranische Zeremoniell ungewöhnlich offen und anpassungsfähig, was die Vorlieben und Schrullen des Adels anging, unter dem steifen Protokoll des Garether Kaiserhofes wäre sie gewiss erstickt. Doch Vertraute der Prinzgemahlin hin oder her – dass die Zeremonienmeisterin es guthieße, wenn Mara nackt durch den Spiegelpalast eilte, wagte sie zu bezweifeln …

Aber hier war sie götterlob viele Tagesreisen von Zorgan und jeder anderen Residenzstadt entfernt. Die Bitte der Fürstin hatte sie nach Gareth geführt und von dort in den Raschtulswall. Während sie auf ihrem Rappen durch den Gebirgswald ritt, dachte sie an die brodelnde Kaiserstadt zurück. Wenn sie schon nicht allzu viel Erfreuliches in Gareth erreicht hatte, so hatte sie den Besuch dort zumindest zu einem ausgiebigen Einkaufsbummel genutzt, ganz zu schweigen von den zahlreichen Geschenken, die man ihr gemacht hatte. Mit den Absichten der Garether Männerwelt zu spielen hatte ihr große Freude bereitet. Und auch die Begegnung mit dem verknöcherten Pelion Eorcaïdos war höchst unterhaltsam gewesen.

Der Kaiserliche Reichsrat, oder wie immer sein genauer Titel lautete, hatte sie zunächst sehr herablassend behandelt. ›Kindchen‹ hatte er sie genannt und deutlich betont, wie wenig er als kaisertreuer Aranier von den Unabhängigkeitsbestrebungen Fürstin Sybias hielt.

Aber irgendwann hatte die heißblütige Hexe die Geduld verloren, und dann hatte der Reichsrat unter ihren Krallen gezittert und gebibbert – und doch war es ihm bis zuletzt peinlich gewesen, die Wachen zu rufen, nur weil ihm, dem fast zwei Schritt großen Aktenmeister, ein zwei Kopf kleinerer rothaariger Wildfang an der Robe hing und ihm die scharfen Nägel vors Gesicht hielt.

Mara lachte. Es hatte ihr großes Vergnügen bereitet, die Wahrheit aus ihm herauszuzwingen. Tatsächlich war er beauftragt worden, den Aranischen Achat sicher nach Zorgan zu schicken. So sehr ihm das widerstrebte, hatte er doch gehorcht – um sich zu widersetzen und seinen Rücktritt einzureichen, hatte er einfach zu wenig Rückgrat. Aber die Art und Weise, wie er seine Aufgabe erfüllte, grenzte schon an Hochverrat. Überschlau, wie er war, wollte er Phex selbst mit seiner List schlagen. Er hatte seinen eigenen Boten, der kaiserlichen Garde, nicht getraut oder sie für zu auffällig und angreifbar gehalten. Den kaiserlichen Gesandten hatte Meister Pelion darum eine Fälschung mitgegeben und einen Trupp ›vertrauenswürdige‹ Abenteurer mit dem Original des Al'Dabar losgeschickt.

Mara schüttelte sich. Wenn Männer schon anfingen zu denken … Sie hatte wenig Zutrauen zum Stand der Abenteurer, Söldner und Glückritter, und vermutlich hatten Herrn Pelions Vertrauensleute den Stein an den nächstbesten Hehler verkauft, was gerade in Gareth nicht schwierig sein durfte. Doch ein Stelldichein mit Esindio Lastrano, einem – rahjalob recht attraktiven – Mitglied der Diebesgilde, hatte deutlich gemacht, dass ein derart bekanntes Juwel niemals auf dem allgemeinen Hehlermarkt aufgetaucht war.

Stattdessen war sie auf eine Fährte durch das Gebirge in Richtung Aranien aufmerksam geworden, denn die Glücksritter hatten Maultiere und Bergkleidung gekauft. Mara war ihr gefolgt, auch wenn die Spur mehr als zwei Monde alt war, da die Abenteurer Aranien eigentlich vor der kaiserlichen Gruppe hätten erreichen sollen. Zumindest hatten sie sich in die richtige Richtung bewegt; in drei Dörfern auf dem Weg zum Gebirge hatte man sie gesehen. Dann war die Spur abgerissen, und so ritt Mara wieder zurück, um den Punkt zu finden, an dem die Abenteurer einen anderen Weg eingeschlagen hatten.

Sie schüttelte den Kopf. Irgendetwas sagte ihr schon die ganze Zeit, dass hinter diesem Fall mehr steckte als nur die Torheit eines überschlauen Höflings und die Unredlichkeit gedungener Abenteurer. Vielleicht sollte die aranische Fürstin auch das andere Machtsymbol bewachen lassen, von dem die Rede gewesen war, dieses sagenumwobene Schwert.

Als es allmählich Abend wurde, war Mara bereits seit einigen Stunden unterwegs. Doch hier wollte sie kein Nachtlager aufschlagen, denn wenn sie noch ein, zwei Stunden schärfer ritt, konnte sie am späten Abend wieder in Al'Chabajj sein. Wie sehnte sich Mara nach dem geräumigen Badezuber in der kleinen Herberge, die sich hochtrabend ›Karawanserei‹ nannte … Shiko streifte wie üblich irgendwo im Unterholz herum, aber sie wusste, dass der Pardel beizeiten wieder auftauchen würde.

Plötzlich bemerkte die Hexe allerdings, wie sich ihr die Nackenhaare sträubten und sie von einer eigenartigen Unruhe befallen wurde. Auch wenn sie noch nichts sehen konnte – es war schon fast dunkel –, lockerte sie den Bogen im Köcher. Möglicherweise hatte der Gepard etwas Befremdliches bemerkt. Dass sich die Stimmung ihres Vertrauten auf sie übertrug, war ihr nicht neu.

Mara ließ den Rappen langsam weiterschreiten, bis sie am Wegesrand eine unförmige Gestalt entdeckte. Mit äußerster Vorsicht schaute sie sich um und zügelte den nervös tänzelnden Shadif-Hengst. Durch magische Katzenaugen erkannte sie, dass es sich um die Überreste eines menschlichen Körpers handelte, eines sehr zernagten Körpers, um genau zu sein. Als sie Tage zuvor hier vorbeigekommen war, war ihr nichts Derartiges aufgefallen, aber womöglich hatte sie damals einen anderen Pfad gewählt.

Mara zügelte den Hengst und stieg vorsichtig ab. Ein kurzer Blick in die Runde zeigte ihr, dass im Umkreis weitere Leichen unter Büschen und Bäumen lagen, nur wenige Schritt von der ersten entfernt. Ein schwacher Geruch nach Verwesung hing in der Luft. Fünf Leichen mit zerrissener Reisekleidung und zwei tote Maultiere ... Allem Anschein nach hatte sie Herrn Pelions zuverlässige Sondertruppe gefunden, die hier gut und gern zwei Monde liegen mochte.

Auf den ersten Blick sah es nicht danach aus, als ob die zerfetzten Kleidungsstücke noch etwas Wertvolles enthalten würden. Aber sie musste sichergehen, denn wenn ein wildes Tier – oder eher ein Rudel Ungeheuer – die Gruppe so zugerichtet hatte, dann mochte der Al'Dabar trotz allem vielleicht noch da sein.

Sie schaute sich noch einmal um, aber so fleischlos, wie die Toten inzwischen waren, durften die Raubtiere ihnen allmählich keine Aufmerksamkeit mehr schenken wollen. Dann nahm sie ein Seidentuch aus der Packtasche, tränkte es mit dem sündhaft teuren Parfüm, das sie in Gareth erstanden hatte, und machte sich an die Untersuchung der ersten Leiche, in der Linken eine Öllampe, den mit Rosenschmuck verzierten Kampfstab immer in Reichweite. Zu Lebzeiten mochte der Bursche recht ansehnlich gewesen sein, zumindest bevor ihm jemand, oder etwas, den Kiefer abgerissen hatte. An seiner Kleidung waren die Nähte aufgeplatzt, an ihnen quollen zwei Goldketten heraus, wohl eine Rücklage für Notfälle. Mit spitzen Fingern packte Mara die Kostbarkeiten und legte sie zur Seite. Man konnte sie reinigen und den Erlös auf eine angemessene Bestattung verwenden.

Das nächste Opfer war eine Frau, die etwa in Maras Alter gewesen war. Auch hier bot sich der Hexe das gleiche Bild. Wer oder was auch immer die Fremde umgebracht hatte, hatte sein Augenmerk nicht auf wertvolle Dinge gerichtet. Die Hexe untersuchte eine Leiche nach der anderen und fand dabei zwar einiges an Wertgegenständen, der dunkelgrüne Al'Dabar aber blieb verschwunden.

Der letzte Tote war offensichtlich ein Magus gewesen; zumindest trug er ein Siegel in der ledrigen Handfläche, auch wenn die Hexe nicht wusste, von welcher Akademie es stammte.

Mittlerweile war die Dämmerung zur Nacht geworden. Mara würde sich wirklich sputen müssen, wenn sie Al'Chabajj noch erreichen wollte, ehe die Tore des befestigten Dorfes für die Nacht geschlossen wurden; nach dieser gruseligen Untersuchung hatte sie ein warmes Bad mit reichlich Seifenschaum mehr als nötig.

Als sie sich bückte, um die letzten Fundstücke einzusammeln, schloss sich ihr etwas mit festem Griff ums Handgelenk. Der Leichnam, den sie zuerst untersucht hatte, war zum Leben erwacht. Mag sein, dass ihr Angreifer früher ein Schwächling gewesen war, nun jedoch schien er geradezu über stählerne Muskeln zu verfügen. Eiseskälte kroch ihr den Rücken hoch, und nach der ersten lähmenden Bestürzung handelte Mara blitzschnell, wie es ihr in den Sinn kam. Ohne einen Gedanken an die damit verbundenen Gefahren zu verschwenden, goss sie sich Öl aus der Lampe über Unterarm und Handgelenk. Mit einer schnellen Drehung konnte sie die glitschige Hand nun aus dem Griff des Untoten entwinden, und im nächsten Augenblick schleuderte sie ihm die brennende Öllampe an den fauligen Schädel, der sofort Feuer fing.

Mara packte ihren Stab und rannte zu den Pferden. Doch mittlerweile waren auch die übrigen Toten erwacht und auf die Tiere zugewankt.

Unmittelbar vor ihr stand die Leiche der jungen Frau. Mara stieß noch im Laufen den Kampfstab in den Boden, drückte sich zu einem gewaltigen Sprung ab und prallte mit ausgestreckten Beinen gegen die Untote, die dumpf aus leeren Augenhöhlen glotzend nach hinten stürzte. Bei der Landung aber glitt Mara der Stab, ihre einzige Waffe, aus den öligen Händen.

Gerade da ließ die Wirkung ihres Nachtsichtzaubers nach und ringsumher schien es finsterer zu werden. Das Madamal war noch nicht aufgegangen, und so bückte sich Mara, um nach dem Stab zu tasten. Im nächsten Augenblick erhielt sie einen heftigen Stoß in den Rücken und stürzte zu Boden.

Zuerst spürte sie ein flammendes Stechen in der linken Brustwarze, wo der mondsilberne Schmuckring auf das Holz ihres Kampfstabes prallte, dann einen sengenden Schmerz auf dem Rücken, als sich Gepardenkrallen durch dünne Kleidung und Haut bohrten. Shiko drehte sich auf dem Rücken seiner Freundin um, die er gerade aus der Reichweite eines angreifenden Untoten fortgestoßen hatte, und seine Krallen drangen noch tiefer ein, als er sich zum Sprung abdrückte. Mit einem mächtigen Satz warf er den Angreifer um, direkt gegen dessen lichterloh brennenden Kumpanen.

Maras Körper empfahl ihr, ohnmächtig zu werden, doch die Hexe wusste, dass sie nicht aufgeben durfte. Auf den Stab gestützt, schleppte sie sich zu Zahir, der sich nach wie vor mit wilden Huftritten die Widersacher vom Hals hielt. Das treue Tier war noch nicht geflohen, sondern schien auf sie gewartet zu haben.

Als sich die Hexe mit schmerzenden Gliedern in den Sattel zog, sah sie undeutlich, wie drei Untote der scheuenden Zulhamin in die Zügel und an die Mähne packten und die angstvoll wiehernde Stute zu Boden zwangen; doch Mara musste froh und dankbar sein, wenn sie es schaffte, ihr eigenes Leben und das von Zahir zu retten. Shiko konnte sich selbst helfen, und während die wandelnden Leichen das Packtier zerrissen, schaffte Mara es mit letzter Kraft, aus dem Kreis der Verfolger auszubrechen und davonzugaloppieren.

## 12. Kapitel

*Bei Baburin, zur achten Abendstunde des 16. Hesinde des Jahres 28 Hal*

Tarlisin räkelte sich. Es war ein harter Ritt gewesen, und er streckte die schmerzenden Glieder aus, auch wenn die Bettstatt wie üblich zu kurz für ihn war. Außerdem hatte er Hunger. Der Brabaker blickte zu Halef hinüber, der wie üblich damit beschäftigt war, die überall im Raum verstreuten Kleidungsstücke seines Dienstherren einzusammeln. Gerade hatte er den zweiten Stiefel des Magiers säuberlich neben die Truhe gestellt.

»Challawalla, Effendi. Irgendwann wird sich noch einer von uns wegen deiner Schlampigkeit den Hals brechen.«

Tarlisin winkte lässig ab. »Ordnung ist nur etwas für Kleingeister … Aber sag einmal, mein allerbester Halef …«

Der Sekretarius blickte Tarlisin misstrauisch an. Wenn der Effendi derartig zuckersüß säuselte, dann wollte er irgendetwas.

»… würde es dir etwas ausmachen, uns in der Schankstube etwas Essen und Wein zu besorgen? Ich bin von dem langen Ritt erschöpft.«

Halef funkelte den Magier an. Sofern sie unter sich waren, nahm er inzwischen kein Blatt mehr vor den Mund. »Ja, es würde mir etwas ausmachen, ich bin nämlich genauso lange geritten wie du.«

»Nun, ich will dich nicht zwingen, also lassen wir Phexens Glück entscheiden.« Der Magier holte einen abgegriffenen Dukaten hervor. »Kopf oder Wappen?«

Halef winkte ab. Natürlich gewann der Magier bei solchen Spielchen immer. Der Tulamide war sich sicher, dass sein Effendi dem Glück mit geschickten Fingern nachhalf. Lieber ging er also gleich und sparte sich die Niederlage. Und außerdem war Tarlisin immer noch sein Dienstherr.

Halef stellte schnaufend das Tablett auf den Tisch und ließ sich auf sein Bett fallen. »Effendi, Ihr … du rätst nie, wer unten in der Schankstube sitzt und eine Suppe isst.«

Der Magier nahm sich ein Stück Käse. »Hm, Adaon dürfte noch in Neetha sitzen und schmollen, Nahema würde keiner von uns erkennen, und wenn es mein holdes Weib wäre, wärst du nicht allein zurückgekehrt.« Tarlisin trank einen Schluck Wein. »Bisschen wässrig, aber was will man hier schon erwarten. – Also, wer ist es?«

Halef konnte sein Frohlocken nicht verbergen. »Belizeth von Rashdul«, verkündete er stolz.

Der Brabaker verschluckte sich an seinem Wein. Von Hustenkrämpfen unterbrochen, entgegnete er: »Du hast dich vertan! Belizeth ist derzeit fünfhundert Meilen von hier entfernt, in Rashdul. Die Graue Gilde will sie für ihren kleinen Staatsstreich festnehmen; und hier in Aranien würde sie ebenso schnell verhaftet, immerhin hat sie die Shanja von Rashdul um Oheim und Thron gebracht.«

Der junge Tulamide blickte Tarlisin an. »Das mag ja sein, doch ich kenne Frau Belizeth gut genug, um sie zu erkennen.«

Sein Dienstherr mochte es noch immer nicht recht glauben. »Bist du dir ganz sicher?«

Halef zuckte gereizt mit den Schultern: »Also gut. Da unten sitzt eine verschleierte Reisende, die zumindest mich sehr an die Akademieleiterin von Rashdul erinnert. Mehr kann ich nicht beweisen. Aber wenn du nicht so erschöpft wärst, könntest du ja auch selbst nachschauen.«

Mit theatralischem Seufzen erhob der Magier sich und schlüpfte barfuß aus dem Raum. Nachdem er vorsichtig vom Gang hinunter in die Schankstube gelugt hatte, kehrte er zurück, sichtlich verstört. »Du hattest Recht, es ist wirklich Belizeth. Tut mir Leid, dass ich an deinen Worten gezweifelt habe.«

Halef war besänftigt. »Es ist ja auch schon ziemlich dreist von ihr, sich hierher zu wagen.« Der Sekretär schmiegte sich in seine Decke. »Kann ich sonst noch etwas tun, Effendi?«

»Ja.«

Halef verfluchte sich; er musste wirklich lernen, den Mund zu halten. Der Sekretär setzte sich im Bett auf, als Tarlisin weitersprach: »Hör zu, Halef. Ich bin verpflichtet, sie anzuhalten und der Grauen Gilde auszuliefern, und es würde meinem Ruf gewiss nicht schaden. Aber ich kann unmöglich hinuntergehen und sie dort festnehmen. Du weißt, wie unberechenbar sie ist, und ich will nicht riskieren, dass Unbeteiligte zu Schaden kommen. Bitte versuch herauszufinden, in welchem Zimmer sie schläft.«

Leise murrend schlüpfte der Tulamide wieder unter der Decke hervor, um kurze Zeit später mit der gewünschten Auskunft zurückzukehren: »Sie wohnt in dem Zimmer mit den geschnitzten Rosen am Türpfosten. Allein. Und sie ist noch bei der Hauptspeise. Kann ich jetzt schlafen?«

Tarlisin warf Halef einen zerstreuten Blick zu. »Fürs Erste ja, unter Umständen brauche ich dich später noch.«

Während der Magier sich nackt auszog, beschloss Halef, sich lieber bekleidet hinzulegen. Er raunte seinem Effendi noch: »Viel Vergnügen!«, hinterher, als dieser das Zimmer verließ, und war nur wenige Herzschläge später eingeschlafen.

Tarlisin schlich vorsichtig in das angegebene Zimmer. Es war mit einem einfachen Hakenschloss von außen verriegelt, und er brauchte nur einen winzigen Bruchteil seiner Kraft, um die schlichte Sicherheitsvorkehrung magisch zu öffnen.

Der schmucklose Raum bot, wie Tarlisin bereits vermutet hatte, keinerlei Versteckmöglichkeiten. Aber er hatte ja zum Glück seine Vorkehrungen getroffen. Der Magier verschloss die Tür wieder, trat vor den Spiegel und betrachtete noch einmal geschmeichelt seinen entblößten Körper, ehe er die Formel intonierte: »VISIBILI VANITAR!«

Ein erneuter Blick zeigte, dass der Zauber gelungen war. Nunmehr unsichtbar, suchte der Magier sich einen möglichst entlegenen Winkel; jetzt musste er nur noch Geduld haben.

Doch eben diese Tugend wurde auf eine harte Probe gestellt, bis die Rashdulerin endlich erschien. Belizeth blickte sich suchend um und schien zufrieden zu sein. Aber sie war auch vorsichtig. Mit erstaunlicher Kraft zog sie die Kleidertruhe vor die bereits verschlossene Tür, dann überprüfte sie die Verriegelung der Läden. Die Tulamidin blickte sich erneut um und trat vor das Bett. Die langen Finger der Maga lösten vorsichtig die hochgesteckten Haare, die wie ein Wasserfall über ihre Schultern fielen. Ein weiterer Griff ließ die Verschlüsse des Ober- und Untergewandes aufspringen, anschließend trat sie nackt vor den Spiegel und bürstete sich die dunklen Haare aus.

Tarlisin betrachtete Belizeth voller Bewunderung. Die Maga war wahrlich eine wunderschöne Frau, und er hätte sich nie träumen lassen, sie einmal derart in ihrem Schlafgemach zu beobachten. Ein letzter Bürstenstrich und dann legte sich die Schöne aufs Bett. Als sich die Maga genüsslich streckte, hielt Tarlisin den richtigen Zeitpunkt für gekommen.

Er schlug sich mit der Faust in die Handfläche und sprach: »PARALÜ PARALEIN!«

Einen Lidschlag später wurde sein Opfer von magischer Lähmung befallen. Starr wie die Statue einer sinnlichen Haremssklavin lag die Magierin auf dem Bett, ihr Gesicht zeigte noch immer den entspannten Ausdruck wohliger Zufriedenheit. Der schlanke Leib war unbeweglich und unverletzlich wie Stein, auch wenn sie alles sah, was sich vor ihren Augen abspielte.

Tarlisin hob den Unsichtbarkeitszauber auf und trat neben das Bett. Er hatte genügend Zeit, denn die Maga würde für die nächsten anderthalb Stunden in ihrem eigenen Körper gefangen sein. »Meine Teuerste, ich freue mich außerordentlich, Euch hier angetroffen zu haben, und bedaure zutiefst, dass ich Euch auf diese Weise überrumpeln musste, doch Euer verdienter Ruf eilte Euch dergestalt voraus, dass ich Euch keinen offenen Kampf zugestehen konnte. Zumindest dann nicht, wenn wir von einigen Dutzend Leuten umgeben sind.«

Nach diesen Worten kehrte der Brabaker schnell in sein eigenes Zimmer zurück, um sich wieder anzukleiden. Der selig schlummernde Halef wachte nicht einmal auf, als Tarlisin polternd einen Stiefel fallen ließ. Er würde sich in Zukunft gründlich überlegen, ob er seinem Sekretarius noch einmal die Nachtwache überließ.

Der Magier holte rasch ein paar Lederriemen und huschte ins Rosenzimmer zurück. Belizeth lag unverändert regungslos da, Arme und Beine weit von sich gestreckt. Tarlisin umschlang die Hand- und Fußgelenke der Rashdulerin mit den Lederschnüren und band sie an den Bettpfosten fest. Das würde eine Flucht verhindern, selbst wenn die Starre nachließ.

Mit einem Tuch bedeckte er ihre Blöße, ein weiteres

Stück Stoff vor den halb geöffneten Lippen würde dafür sorgen, dass Belizeth weder laut um Hilfe rufen noch eine Zauberformel aussprechen konnte. Der Magier schätzte, dass ihm noch eine Stunde blieb. Wenn der Zauber nachließ, würde er es schon merken, aber bis dahin konnte er sich gewiss auch ein wenig Ruhe gönnen. Nachdem er noch einmal die Fesseln überprüft hatte, zog er die Decken vom Bett, legte sich daneben auf den Fußboden und schlief überraschend schnell ein.

Als Tarlisin erwachte, war nur wenig Zeit vergangen. Lediglich das wütende Blitzen in Belizeths Augen verriet, dass die Dämonologin inzwischen nicht mehr unter dem Zauberbann stand.

Er lächelte verhalten: »Nun, Belizeth, ich denke, du weißt, dass jetzt Pflichten auf mich zukommen, die ebenso notwendig sind wie die Untersuchung meiner Person damals in Punin es war.« Ohne ein weiteres Wort zog er ihr Tuch beiseite und machte sich an die gründliche Erfassung des herrlichen Körpers. Er versuchte den Liebreiz der vollen Brüste, der schlanken Gürtellinie, der elfengleich geschmeidigen Arme und Beine ebenso nüchtern zur Kenntnis zu nehmen wie die seidige Fülle des schwarzen Haares oder die sorgsam enthaarte, nach fremdländischen Ölen duftende Scham. Denn eigentlich suchte er nach einem geradezu abstoßenden Zeichen: dem Dämonenmal, das jeder erhielt, der mit einem Erzdämonen paktierte. Dieses Siegel würde ihm verraten, ob vor ihm ›nur‹ eine machtbewusste Thronräuberin lag oder aber jemand, der sich auf einen Bund mit den chaotischen Mächten jenseits des Sternenwalles eingelassen hatte.

Seine schmalen, aber kraftvollen Finger glitten über jeden Punkt ihres Körpers, während er zum Spott den sachlichen Ton aufgriff, den die Magierin einst gebraucht hatte, als sie ihn selbst aus dem gleichen Grund untersucht hatte. Die Geschehnisse damals in Punin erschienen ihm jetzt ein halbes Leben entfernt.

»Gesicht und Hals: normal, keinerlei Hautunreinheiten, keine Narben, überaus schön anzusehen, volle Lippen, hohe Wangenknochen, etc. pp. Ob ein Mal auf der Kopfhaut vorliegt, kann endgültig nur eine Rasur zeigen.« Einst hatte sie das Gleich für ihn empfohlen, und ihre Eitelkeit stand der seinen in nichts nach. Doch statt empört Einspruch zu erheben, blickte die Magierin nur schicksalsergeben vor sich hin. Nur ein unbeherrschtes Blitzen in ihren Augen verriet ihm, dass sie ihn vermutlich bei der ersten Gelegenheit töten würde, wenn er sich an ihrem Haar vergriffe.

Also genoss er stattdessen das Gefühl, sich ihre seidenweichen Strähnen durch die Hände gleiten zu lassen, während er im Licht einer Öllampe vorsichtig ihre Kopfhaut untersuchte. Kein Mal konnte so klein sein, dass es von ein paar Haaren verdeckt würde.

Dann ging es mit ihrem Körper weiter. Er versuchte, ritterlich zu bleiben und seine forschenden Finger wie leblose Untersuchungswerkzeuge zu führen. Anders als er selbst hatte Belizeth keine Kampfnarben am Körper, und so sehr er sich auch bemühte, sachlich zu bleiben – es war ein Genuss, ihre samtige Haut unter den Fingerkuppen zu spüren.

Belizeth lag ganz still da, nur manchmal schien sie ein Schauer der Erregung zu durchlaufen und ein Stöhnen drang über ihre Lippen, unzweifelhaft ein geschickter Versuch, ihn abzulenken oder für sie einzunehmen. Eines aber war unverkennbar: So machtgierig oder gerissen sie auch sein mochte, eine Dämonenpaktiererin war Belizeth Dschelefsunni ay Rashdul nicht. Kein Zeichen entstellte ihren wohlgeformten Körper, und wenn sie sich auch der Dämonen bedienen mochte, um ihre Ziele zu verfolgen, so hatte sie doch keinem der zwölf unheiligen Gebieter ihre Seele verkauft.

Schließlich nickte ihr Tarlisin erleichtert zu, allerdings ohne ihre Fesseln zu lösen. »Also hast du den letzten Schritt doch noch nicht getan, Belizeth. Das macht es einfacher für mich, mit dir umzugehen, denn ehrlich gesagt, ich würde es hassen, dich in Ketten zu legen und in einem eisenbeschlagenen Wagen befördern zu müssen, ehe ich dich ausliefern kann.«

Belizeth räkelte sich, so gut die Riemen das zuließen, und reckte ihm herausfordernd den Leib entgegen. Ihre Stimme war rauchig, von verführerischer Heiserkeit, als sie ihm antwortete: »Du willst mich nicht an die Gilde ausliefern.« Die Worte der Rashdulerin klangen selbstsicher, als ob gar kein Zweifel daran bestünde, dass sie die Wahrheit sprach.

Tarlisin blickte die Tulamidin an. »So, will ich das nicht? Ich bedaure, dass ich dich enttäuschen muss, meine Teure. So viele Gefallen schulde ich dir nicht, dass ich es mir deinetwegen noch mehr mit dem Gildenrat verderbe; und wenn das ein Angebot sein soll, vergiss es. So dumm wie früher bin ich heute nicht mehr, und die Lage ist zu ernst, um mich für ein paar Augenblicke der Lust zu verkaufen.« Ihm kam ein Gedanke. »Und falls du glaubst, dass du mich unter einen Zauberbann gezwungen hast, dann hast du dich geirrt.«

Belizeth schnaubte verächtlich. »Ich habe gar nicht versucht, dich mit einem Beherrschungszauber zu belegen. Du wirst mich aus eigenem Interesse nicht ausliefern.«

Tarlisin verschränkte die Arme vor der Brust und betrachtete die Magierin mit hochgezogenen Augenbrauen: »Was kannst du mir schon bieten, damit ich meine Pflicht verletze?«

Nach einer theatralischen Schweigeminute platzte die Dämonologin auftrumpfend damit heraus: »Das Wissen, wo sich der Sphärenschlüssel befindet.«

Tarlisin stutzte und lachte dann laut auf, halb bitter, halb spöttisch. »Was für ein billiger Kniff! Belizeth, das ist deiner nicht würdig.«

Die Tulamidin funkelte ihn an. »Verflucht, Tarlisin, ich sage die Wahrheit! Glaubst du im Ernst, ich wäre in diesem verlorenen Nest, wenn ich nicht einer heißen Spur nachgehen würde?«

Der Magier betrachtete die Rashdulerin nachdenklich. »Angenommen, du weißt wirklich, wo der Sphärenschlüssel ist – warum willst du es mir dann verraten?«

Belizeth besaß die Stirn, ihn auszulachen: »Sofern du mich jetzt an die Gilde auslieferst, werde ich den Sphärenschlüssel niemals zu Gesicht bekommen. Es mag sein, dass du die gleiche Spur entdeckst, der auch ich folge, aber wenn ich dir mein Wissen mitteile, wird es deutlich leichter für dich. Außerdem kann ich als eine deiner Richterinnen dir dann höchstselbst bestätigen, dass du deine Aufgabe erfüllt hast.«

Tarlisin warf Belizeth seinerseits einen spöttischen Blick zu. Das Wortgefecht begann ihm Spaß zu machen. »Mit Verlaub, meine Liebe, ich wage zu bezweifeln, dass dein Wort im Gildenrat noch viel zählt, aber lass mich hören, was du weißt.«

So leicht gab Belizeth nicht nach. »Erst schwörst du mir, dass du mich mitnimmst und nicht ausliefern wirst.«

Tarlisin schüttelte den Kopf. »Ich denke, dass du es dir wohl kaum erlauben kannst, Forderungen zu stellen.«

Aber die Tulamidin grinste nur wie ein Wüstenwolf: »Oh doch ... Wir wissen beide, dass magische Verhöre nicht immer die ganze Wahrheit zu Tage fördern und zu Gewalt wirst du gegenüber einer Frau nicht greifen.«

Der Magier fluchte leise. Die Rashdulerin kannte ihn

wirklich gut. »Also schön. Belizeth, ich schwöre, dass ich dich auf die Suche nach dem Sphärenschlüssel mitnehme, wenn du schwörst, dass du kein Aufsehen erregst und vor allem nicht zu fliehen versuchst.«

Die Dämonologin lächelte Tarlisin an. »Ich schwöre – schon aus eigenem Interesse –, dass ich mich in Gesellschaft anderer Leute sehr bedeckt halten werde. Ebenso schwöre ich, bei allem, was mir heilig ist, dass ich nicht fliehe, bis wir den Sphärenschlüssel gefunden haben. Bindest du mich jetzt los?«

Der Magier nickte. »Warum nicht. Einen Geweihten, der bereit wäre, diesen Eid zu segnen, werden wir wohl kaum finden, also muss es so gehen … « Mit flinken Fingern entfernte er die Fesseln.

Die Rashdulerin richtete sich halb auf und rieb sich die taub gewordenen Gliedmaßen, dann legte sie ihm die Hand auf den Unterarm. »Danke, ich weiß es zu schätzen, dass du mich nicht ausliefern willst. Da wir jetzt für eine Weile Reisegefährten mit gleichem Ziel sind, kannst du mich gern Beli nennen!«

Tarlisin grinste. »Das, meine Teure, muss ich mir noch überlegen …« Obgleich Brabaker, hatte er sich ins Studium des Ur-Tulamidya gestürzt, als er Großmeister im Tulamidenland geworden war, und ›Beli‹ war in dieser Sprache der traditionelle Ausdruck für ›Gebieterin‹, der auch in manchen Dämonennamen wiederkehrte.

Belizeth zuckte die Schultern und schenkte ihm ein wortloses Lächeln.

Zwei Stunden später hatte die Dämonologin ihren Bericht beendet und Tarlisin fasste noch einmal die Kernstücke zusammen. »Also, du hast durch deine, hm, eigenen Methoden herausgefunden, dass der Sphärenschlüssel ursprünglich im Borontempel zu Rashdul gewesen ist.« Tarlisin seufzte. »Kein Wunder, dass ich nirgendwo eine Spur zu finden vermochte. Borbarads Schergen konnten damals den Sphärenschlüssel gar nicht in der Gor finden und unerkannt weiterverkaufen, weil er schon von den Boronis gefunden worden war, die vor Jahrhunderten die Überreste von Rohals Armee bestattet hatten...« Der Magier seufzte erneut, dieses Mal noch theatralischer, um seine Wut auf das Schicksal im Allgemeinen und im Besonderen auf die hübsche Frau, die vor ihm stand, zu verbergen. Auch wenn Belizeth es nicht ausdrücklich zugegeben hatte, waren es wohl seine eigenen Worte damals in Punin gewesen, die sie erst auf die richtige Spur gebracht hatten. All ihr Treiben danach, selbst dieser Thronraub, über den er nur wenige Einzelheiten wusste, war aus ihrem Streben nach der Macht entstanden, die sie sich von dem Sphärenschlüssel erhoffte.

Fast um sich abzulenken, fuhr er fort: »Der Geweihte des dortigen Tempels war klug genug, deine Absichten zu erahnen – ja, so würde ich es nennen – und hat den Sphärenschlüssel einem seiner Verwandten gegeben, einem Magier namens Lucidio Bonareth, der ihn nach Al'Anfa schaffen sollte. Du folgst nun seit geraumer Zeit seiner Spur, aber er hätte dich beinahe abgeschüttelt. Und du vermutest, daß er nach Perricum will, um dort unter dem Schutz des Grafenhauses, das immerhin selbst al'anfanischer Herkunft ist, ein Schiff in seine Heimat zu besteigen, aber du bist dir nicht völlig sicher.«

Belizeth, längst wieder in eine Robe gehüllt, stimmte ihm zu: »Ich habe in Baburin nur herausgefunden, dass er wohl einer jungen Frau gegen deren Willen nachgestiegen ist und anschließend eine Woche lang bettlägerig war – und das nicht, weil sie ihn erhört hätte. Natürlich ist er inzwischen doch weitergereist, aber nach allem, was ich weiß, trägt er den Sphärenschlüssel immer noch bei sich.«

## 13. Kapitel

*Zorgan,*
*am 29. Hesinde*
*des Jahres 28 Hal*

Das sind keine besonders erfreulichen Nachrichten, die du mir gebracht hast, mein Kind.« Fürstin Sybia betrachtete Mara, die ihren Bericht beendet hatte, mit einem nachdenklichen Blick. »Ich denke, wir müssen wohl davon ausgehen, dass es ein magischer Angriff war, der die Garether Glücksritter umgebracht hat. Nach deiner Beschreibung war es womöglich sogar etwas Dämonisches, das ihre Seelen verflucht hat.«

Mara nickte heftig. »Ja, denn gewöhnliche Wegelagerer wie Tiros Artag und seine Bande hätten nicht all die Wertgegenstände zurückgelassen.« Sie ärgerte sich noch immer, wenn sie an die schönen Dinge dachte, die jetzt von den Untoten ›bewacht‹ wurden.

Die Fürstin seufzte. »Ich meine, so schwer es auch ist, wir müssen davon ausgehen, dass der Al'Dabar verloren ist.«

»Genau wie meine kostbaren Einkäufe«, dachte Mara, ohne die Worte laut auszusprechen. Dabei hätte die ältere Frau diesen praktischen Einwurf bestimmt verstanden, denn trotz ihres mütterlichen Auftretens neigte Sybia nicht im Geringsten zu Gefühlsduselei. Mara hätte geschworen, dass auch der Al'Dabar, der altehrwürdige Märchenstein, für Sybia vor allem ein Symbol war, das für die Nachgiebigkeit des Mittelreiches stand, für den endgültigen Verzicht auf dessen frühere Besitzung Aranien und damit für die Erfüllung von Sybias Lebensziel. Dieser Plan war schief gegangen, und irgendjemand würde für dieses Scheitern bezahlen müssen – im wahrsten Sinne des Wortes. Sybia hielt nicht viel von Rache und Wut, stattdessen würde sie in den Verhandlungen, die zur Zeit über ihre Unterstützung der Mittelreicher im Krieg gegen Borbarad geführt wurden, der Gegenseite immer wieder deren sträfliche Nachlässigkeit vorhalten, die am Verlust des Reichsjuwels schuld war. Die Garetier würden sich mit spärlicherer Hilfe zufrieden geben müssen, als sie sich je hätten träumen lassen, und obendrein das Gefühl vermittelt bekommen, noch einmal billig davongekommen zu sein.

Sybia wechselte das Thema: »Nun ist es leider nicht so, dass dies unser einziges Problem wäre. Es gibt beunruhigende Berichte aus Elburum, dass Gräfin Merisa mit Strafmaßnahmen gegen alle Barone begonnen hat, die sich nicht völlig ihrem Willen unterwerfen. Ausgerechnet die drei Baronsfamilien, deren Vorfahren aus dem Mittelreich stammen, haben sich an uns gewandt.« Die Fürstin schenkte Mara Wein nach. »Es mag sein, dass es sich bei all dem nur um Vorsichtsmaßnahmen der Gräfin handelt, denn immerhin liegt die Provinz Elburum der Insel Maraskan am nächsten ...« Jenes große Eiland im östlichen Meer stand derzeit unter der Herrschaft des Dämonenmeisters Borbarad und der Überläufer Helme Haffax führte die Besatzer an. Einst war er der Oberste Marschall des Mittelreiches gewesen, und niemand wusste, wie viele Kontakte er noch zu den Garetiern unterhielt. »Ich muss dir nicht sagen, dass wir insbesondere in der Grafschaft Elburum schon oft genug Schwierigkeiten mit Garetiern hatten, aber gerade die Vorsichtsmaßnahmen der Gräfin könnten bei der Bevölkerung Unruhe hervorrufen, und manch einem, den sie zu harsch behandelt hat, mag vielleicht plötzlich eine Verschwörung mit Haffax verlockend erscheinen. Ich möchte deshalb dich, Mara, bitten, dass du nach Elburum reist und dich dort ein wenig umschaust. *Nur umschaust, nicht mehr.*«

Wieder einmal stellte die junge Hexe fest, wie gut Sybia sie mittlerweile kannte, wenn sie ihr derartig einschärfte, dass sie nur als Beobachterin reisen sollte, denn Mara konnte sich sehr schnell ereifern, wenn sie irgendwo Unrecht witterte. »Aber was soll ich tun, wenn wirklich etwas faul ist? Soll ich etwa Anzeichen für eine Verschwörung der Gräfin selbst melden?« Miene und Tonfall der Hexe machten keinen Hehl daraus, dass sie die strenge, selbstherrliche Greisin nicht mochte.

Sybia schüttelte den Kopf. »Nein, dann kommst du umgehend zurück und erstattest Bericht. Das ist eine Sache für den Fürstenthron.«

# 14. Kapitel

*Im Raschtulswall,*
*am 2. Firun*
*des Jahres 28 Hal*

»Bis hier ist er also gekommen – und nun?« Tarlisin und Belizeth blickten sich an. Die beiden Magier waren allein, denn Tarlisin hatte Halef mit Vollmacht und Siegel nach Zorgan geschickt, um als sein Vertreter an den Frühlingsfeiern teilzunehmen, da er bezweifelte, dass er Anfang Tsa in der aranischen Hauptstadt sein würde, wenn sie jetzt den Sphärenschlüssel fänden.

Vor ihnen lag ein steinernes Plateau inmitten der hoch aufragenden Gipfel des Raschtulswalles. In den vergangenen zwei Wochen, die sie der Spur des Al'Anfaners gefolgt waren, hatten sie viele solcher Plätze gesehen, mit verkrüppelten Pinien und wucherndem Ginster bewachsen, doch kein anderer hatte einen verwesenden Unterarm aufzuweisen, der mit einer rostigen Handschelle von einem steinernen Torbogen aus grün-schwarzem Marmor herabbaumelte. Außer dem Bogen war nichts von dem früheren Bauwerk übriggeblieben.

Der Brabaker hatte den Arm mit der Linken gegriffen, an der er einen Handschuh trug, und musterte nun das Gildensiegel auf der Handinnenfläche. »… Die Magische Fakultät der Universität von Al'Anfa, kein Zweifel«, verkündete er.

Belizeth blieb kritisch. Die Seidenroben schützten sie nur unzureichend vor dem Winterwind und wie so oft in den letzten Tagen hatte sie sich darum an den größeren Begleiter geschmiegt. Anfangs hatte Tarlisin diese Annäherung genossen, jetzt störte sie ihn nur noch, denn die Maga hatte ihm nachdrücklich deutlich gemacht, dass er genau eines durfte: sie wärmen und nicht mehr. Und ihre Stimme war so kühl wie der Wind, als sie einwarf: »Das allein nutzt uns nicht allzu viel. Dieser Arm hier hat den Sphärenschlüssel nicht bei sich, also müssen wir den Rest finden, sofern da überhaupt noch etwas zu finden ist. Zum Glück müsste es möglich sein, mithilfe der Hand einen erfolgreichen *Nekropathia* zu wirken, nicht war?«

Tarlisin warf Belizeth einen zweifelnden Blick zu. »Das ist zwar theoretisch möglich, aber auch sehr gefährlich. Ich möchte nicht derjenige sein, der seinen Geist auf die Reise ins Totenreich schickt, um dort ausgerechnet einen Al'Anfaner zu verhören ...« Die Tulamidin lächelte spöttisch. »Mit Feigheit und unnötigen Hemmungen wirst du es nie zu etwas bringen.« Ihr Begleiter zuckte nur mit den Schultern: »Und irgendwie missfällt mir die Idee, meinen Geist auf *irgendeine* Reise außerhalb des Körpers zu schicken, wenn du die einzige Wächterin meines Leibes bist, Teuerste.« Belizeth grinste, erwiderte jedoch nichts.

In den letzten beiden Wochen hatten sie sich vom Baburiner Land aus stetig emporgearbeitet, bis sie die Baumgrenze des gewaltigen Raschtulswallmassives hinter sich ließen. Anscheinend hatten die Grenzkontrollen, die nach dem Verschwinden des Al'Dabar verschärft worden waren, dafür gesorgt, dass der flüchtige Al'Anfaner sich mit seinem kostbaren Besitz durchs Gebirge geschlagen hatte, statt auf dem normalen Weg durchs Flachland nach Perricum zu reisen. Diese Entscheidung war wohl sein Tod gewesen und auch für die beiden Magier hatte sich die Strecke oftmals als gefährlich erwiesen. Mehrfach hatten Belizeth und Tarlisin eng zusammenarbeiten müssen, um voranzukommen, und obgleich sie einander noch immer misstrauten, waren sie nun aufeinander angewiesen. In diesem

Augenblick, als sie über ihr weiteres Vorgehen nachdachten, ertönte es hinter ihnen in gebrochenem Tulamidya: »Frevler, ihr habt den heiligen Ort entweiht! Dafür werdet ihr sterben!«

Der Brabaker wandte sich um und sah etwa ein Dutzend Ferkinas, die mit hölzernen Speeren und schartigen Schwertern auf sie deuteten. Diese nomadischen Eingeborenen des Raschtulswalles waren ein wilder Menschenschlag, nur entfernt mit den kultivierten Tulamiden verwandt und ebenso sehr Räuber und Banditen wie Hirten und Bauern. Der Sippenzusammenhalt und die Blutrache waren ihre höchsten, wenn nicht gar einzigen Gesetze, und sie gaben nichts auf die blutarmen Adligen des Flachlandes, die darin übereingekommen waren, ihre Ländereien zu beanspruchen.

Einige unerfreuliche Zusammenstöße in den letzten Tagen hatten die Reisenden gelehrt, dass die Ferkinas nur eines achten: Tarlisin tat einen Schritt von Belizeth fort und zog noch in der Bewegung Famerlîn. Erst das Treffen mit dem Schwert der Schwerter hatte ihn daran erinnert, dass er als Großmeister und Ordensmarschall die Drachenklinge bei sich tragen durfte, und nun leistete sie ihm gute Dienste. Selbstverständlich hatte er nicht den Versuch gewagt, die magische Waffe an sich zu binden, und konnte darum auch in keiner Weise auf ihre sagenumwobenen Zauberkräfte zurückgreifen, doch allein der Anblick des zwei Schritt großen Mannes und seines ebenso langen, drohend emporgereckten Zweihänders genügte schon, um die Selbstsicherheit der Hirten sichtlich zu erschüttern.

Die Rashdulerin rief währenddessen mit einem stummen Befehl den Stab in ihre Rechte, um ihn nur einen Augenblick später als Flammenschwert gegen den vordersten Ferkina zu schicken. Dieser Angriff reichte aus, um die Wilden in die Flucht zu schlagen. Belizeth lachte angesichts ihres Sieges auf: »Rennt, ihr

Schafe! Ich habe das Heer des Kalifen geschlagen und euch werde ich auch in Stücke reißen.«

Tarlisin fluchte. Nicht, dass er der Begleiterin die Genugtuung missgönnte, aber es gab so viel, was er über diesen ›heiligen Ort‹ hätte wissen wollen. Eilig legte er die Waffe beiseite und setzte den fliehenden Ferkinas nach.

Ein ungewöhnlicher Ferkina, der neben den stämmigen, wettergegerbten Hirten wie ein Sperling unter Krähen wirkte, hatte von Anfang an seine Aufmerksamkeit erregt. Der Mann war schmächtig, ja, regelrecht gebrechlich und mit allerlei merkwürdigen Glücksbringern behängt, anscheinend der Priester oder Schamane der Sippe und vermutlich derjenige, der am meisten wusste und am meisten erzählen würde – wenn man ihn erwischen konnte, denn der Alte rannte um sein Leben, den Hang hinunter und auf die Bäume zu, und sobald er erst einmal den Wald erreicht hatte, würde er vermutlich verschwunden sein.

Im Rennen ging Tarlisin seine Möglichkeiten durch. Es waren erschreckend wenige. Für einen Lähmungszauber war der Kerl zu weit weg, und wie sich ein Kampfzauber auswirken würde, war einfach zu schwer abzuschätzen. Wenn er den Greis versehentlich ums Leben brächte, hätten sie keine weitere Erkenntnis gewonnen, aber erst recht die rachsüchtigen Ferkinas am Hals. Und seinen Magierstab, den er zu einem Seil hätte umformen können, hatte ihm die Gilde weggenommen.

Der Fliehende gewann zusehends an Boden. Anders als sein Verfolger schien er sich um keine Unebenheit, kein Hindernis kümmern zu müssen, sondern stürzte flink wie ein Springbock bergab. Dann aber wendete eine Laune des Schicksals das Blatt zu Tarlisins Gunsten. Der fliehende Greis stolperte über eine Wurzel am Waldrand und prallte geradewegs gegen den Stamm eines Baums. Bevor er sich aufrappeln konnte, war Tarlisin bereits über ihm und packte ihn am Genick. Die übrigen Ferkinas rannten weiter, als sei ihnen das Schicksal des Mittlers zwischen ihnen und den höheren Mächten völlig gleichgültig.

Der Alte zitterte wie Espenlaub, und ein scharfer Geruch verriet, dass er sich eingenässt hatte. Der Brabaker betrachtete ihn angewidert. »Hör mir gut zu, ich frage nur einmal: Was habt ihr mit dem Mann gemacht, dem der Arm dort oben gehört?«

Der Schamane stotterte, der Panik nahe: »Freund von dir?«

Tarlisin starrte ihn finster an: »Das spielt keine Rolle. Was ist mit ihm geschehen?«

Der Alte wollte noch immer nicht mit der Sprache heraus: »Du Bote der Hohen Alten? Mächtiges Schwert!«

Der Magier nickte grimmig: »Ja, Bursche, ich bin ein Sendbote von Mächten, die weit stärker sind, als du dir auch nur träumen lassen kannst.« Er schüttelte ihn. »Und ich und meine Hohen Alten, wir wollen wissen, was ihr mit dem Mann da oben gemacht habt.«

Der Schamane grinste ihn verschreckt an und entblößte dabei ein paar verbliebene Zähne, die von Dreck und Blut fast schwarz gefärbt und obendrein spitz zulaufend gefeilt waren. ›Wenn er mir jetzt erzählt, dass sie ihn gegessen haben, dann bringe ich ihn um‹, schoss es Tarlisin durch den Kopf.

»Sei nicht so nett zu der kleinen Kröte, der lügt doch sowieso.« Nun war auch Belizeth herangekommen, immer noch ihr Flammenschwert haltend. Der Brabaker warf der Tulamidin einen warnenden Blick zu.

Der Ferkina schaute von einem Magier zum anderen. »Haben ihn Altem vom Berg geopfert«, antwortete er zögerlich.

Dem Alten vom Berg natürlich, das passte. »Und

was habt ihr mit seinen Sachen gemacht? Wo habt ihr sie hingebracht?«

Ihr Gefangener schüttelte energisch den Kopf: »Nicht Sachen weggebracht, Alter vom Berg hat alle Sachen.« Seine Augen leuchteten, als sei ihm eine Idee gekommen: »Alter vom Berg schickt Euch, weil denkt, wir nicht alles geopfert. Aber wir wirklich alles geopfert!«

Belizeth blickte Tarlisin an. »Wovon redet der Kerl?«

Es gab also auch Sachen, von denen die Rashdulerin nichts verstand. Tarlisin lächelte. »Der ›Alte vom Berg‹ ist ein Name für Firun. Diese Hirten haben den Magier dem Gott der Jagd und der Wildnis geopfert, und er wird von einem wilden Tier zerfetzt worden sein, das sie für seinen Sendboten halten.«

Belizeth verzog das Gesicht. »Fein, das bedeutet also, dass wir uns nun durch irgendwelche stinkenden Wolfs- oder Bärenhöhlen wühlen müssen, um den Sphärenschlüssel zu finden. Ich bin begeistert.« Sie trat nach dem Gefangenen.

Der protestierte heftig: »Firun? Wir ihn nicht keinem Firun geopfert! Wir ihn Agapyr geopfert, statt einer fetten Ziege diesen Mond! «

»Chara!« Tarlisin fluchte laut vor sich hin. Natürlich, das waren keine Fledermäuse auf den Amuletten des Barbaren-Priesters, das waren Drachen … Sämtliche Raubtierhöhlen der Gegend abzusuchen wäre ein Kinderspiel gewesen gegen das, was ihnen jetzt bevorstand: der Versuch, ein magisches Artefakt wie den Sphärenschlüssel aus dem Hort eines viele tausend Jahre alten, fast gottgleichen Kaiserdrachen zu bergen.

## 15. Kapitel

*Elburum,*
*am 23. Firun*
*des Jahres 28 Hal*

Die Hauptstadt der östlichsten Grafschaft Araniens hatte sich kaum verändert, seit Mara das letzte Mal hier gewesen war. Zwar waren vor einigen Monden hier noch so gut wie keine Ferkina-Söldner zu sehen gewesen, aber in Kriegszeiten musste man halt nehmen, was man bekommen konnte. Kampferfahren wirkten die meisten dieser Gesellen, trotz oder vielleicht gerade wegen ihrer wild zusammengewürfelten Ausrüstung und Bewaffnung.

Die Tempelrufer der unterschiedlichen Kulte hatten zum Mittagsgebet aufgefordert, an das sich die allgemeine Mittagsruhe anschließen würde, selbst wenn das Wetter jetzt im Winter allenfalls mild zu nennen war und wenig mit der drückenden Mittagshitze des Sommers gemein hatte. Mara verspürte wenig Lust, in einem der Gasthäuser langatmige Auseinandersetzungen darüber zu führen, ob ein Gepard eine gefährliche Bestie oder nur ein fremdländisches Haustier war. Daher entschloss sie sich, eine der Garküchen auf dem Basar aufzusuchen.

Die eng verwinkelten Gassen ringsumher waren nach unterschiedlichen Gewerben geordnet. Die Gässchen gleich neben der Prachtstraße waren den reichsten Teppich- und Schmuckhändlern vorbehalten und gingen in die Gänge der Parfümhändler und Alchimisten über, in denen der Duft von schweren Ölen und scharfen alchimistischen Substanzen einem schier den Atem rauben konnte. Mara hatte Mühe, einen klaren Kopf zu behalten, und sie konnte sich gut vorstellen, was dieses Missverhältnis der Gerüche mit der empfindlichen Nase ihres Vertrauten anstellte.

Schließlich kam sie zur Gasse der besseren Garküchen, wo sie für sich selbst Kêshu und für den immer noch merklich beleidigten Geparden ein frisch geschlachtetes Huhn erstand.

Der Besuch in einer der zahlreichen Teestuben brachte wenig nützliche Informationen. Zwar hatten die scharfen Ohren der Hexe bald die Namen von zwei miteinander im Wettstreit liegenden Hehlern, die Adresse eines guten thorwalschen Tätowierers und die Überfallspläne auf einen reichen Händler erlauscht, aber es gab keinerlei Hinweise auf irgendwelche Aufstände, die geplant waren, oder Verbindungen zu maraskanischen Borbaradianern. Seit mehr als zwei Wochen war Mara jetzt schon hier, und bald würde sie zurückreisen und der Fürstin berichten können, dass die Bevölkerung trotz der zweifellos harten Hand der Gräfin nicht im Geringsten daran dachte, ihr Heil bei den Feinden zu suchen. Tatsächlich waren die neuen Erlasse Gräfin Merisas, die jeden Widerstand gegen ihre Herrschaft ausmerzen sollten, fast erfolgreicher als nötig, denn überall wurden zwar eifrig Geschäfte gemacht, doch herrschte allerorts eine Stimmung der Teilnahmslosigkeit, fast wie in einem besiegten und eroberten Land, nicht wie in einem Gebiet, das sich voll vaterländischem Stolz zum Widerstand gegen einen Truppeneinfall rüstete. Die Gräfin selbst schien sich ganz und gar auf ihre Ferkinas zu verlassen – vielleicht zu sehr, wenn man bedachte, dass der Feind schon vor den Toren stand.

Zur sechsten Abendstunde hatte die allgemeine Geschäftigkeit wieder eingesetzt, und die Hexe entschied sich, noch einmal dem Hesindetempel einen Besuch abzustatten. Das letzte Mal hatten die überheblichen Geweihten wenig Geduld mit der ›einfachen Reisenden‹ gehabt, aber diesmal würde sie sich die Novizen und Tempeldiener vornehmen. Die mochten mitteilsamer sein und möglicherweise durchaus etwas Wissenswertes aufgeschnappt haben.

Die Hexe hatte nach einer kurzen Auseinandersetzung die Wachposten am Tor zum Palastbezirk hinter sich gelassen und war gerade auf der Höhe des Perainetempels, als sie vor sich eine gezierte Frauenstimme auf Garethi hörte, mit deutlichem liebfeldischem Einschlag. In der Hoffnung, etwas mehr mitzubekommen, näherte sich Mara der Sprecherin und stand bald nur ein paar Schritte hinter ihr.

Die mittelgroße Frau trug eine steife weiße Robe und hatte säuberlich kinnlang geschnittenes braunes Haar. Ihr Spiegelbild in einem Tempelfenster verriet, dass sie eine schwere, dunkle Hornbrille trug und keine Spur von Schminke in ihrem Wissenschaftlergesicht zu finden war. Sie stand in trotziger Haltung da, die Hände in die Hüften gestützt, und unter ihrer strengen Robe schauten weiße liebfeldische Strümpfe und närrische Salonschühchen mit kleinen Quasten hervor.

Im Augenblick war die Fremde gerade dabei, einen hünenhaften Ferkina zu tadeln. Dottora di Shumir war, so konnte Mara verstehen, eigens nach Elburum gereist, um die heilkräftigen Aspekte des hiesigen Feuerschlicks zu untersuchen, und nun wurde ihr, einer anerkannten Magierin, Medica, Wissenschaftlerin und Leiterin eines *Scientificablen Laboratoriums,* aufgrund irgendwelcher alberner ›Sicherheitsbedenken‹ der Zutritt zum Hafengebiet verwehrt. Mögliche Angriffstruppen würden doch wohl den Anstand haben, nicht gerade dann zu erscheinen, wenn sie, Dottora di Shumir, mit ihrer Untersuchung befasst sei!

Mara war sich schnell der Lächerlichkeit der Angelegenheit bewußt und begann hinter dem Rücken der Frau, deren Gesten nachzuäffen. Die kleine Hexe stellte sich stocksteif hin, hob tadelnd den Zeigefinger, blies ein wenig die Wangen auf und stolzierte eingebildet auf und ab, was den gescholtenen Söldnerhauptmann erst zu einem breiten Grinsen, dann zu lautem Gelächter veranlasste.

Die Magierin schnaubte erzürnt auf, fuhr zu Mara herum und warf der kleinen Rothaarigen einen vernichtenden Blick zu. Halblaut klangen ihre Bemerkungen über ungehobelte Barbaren und unverschämte tulamidische Flittchen zu Mara herüber, dann drückte sie die schmalen Lippen aufeinander und schritt mit wehender Robe davon, ein Sinnbild missachteter Wissenschaftlichkeit.

Schade um sie, das Gesicht hätte eigentlich ganz hübsch sein können, dachte sich Mara. Da konnte man wieder einmal sehen, was die akademische Zucht und Ordnung den Leuten antat.

Der Söldner, seiner Ausrüstung nach zu urteilen gewiss ein Offizier, nahm einen Schluck aus seiner Kürbisflasche und wollte sie dann an Mara weiterreichen. Die Hexe schüttelte den Kopf. Sie hatte zwar nichts gegen Ferkinas, aber dieser schmutzige Söldner war gewiss niemand, mit dem sie aus einer Flasche trinken würde. Er war groß und feist, und wolliges schwarzes Haar bedeckte nicht nur seinen Kopf, sondern auch den Nacken, die Handrücken und gewiss noch ganz andere Teile seines ungewaschenen Körpers, an die sie lieber gar nicht denken mochte. Er roch aus allen Poren nach Schweiß, und die nietenbeschlagene Lederbrünne sowie die lederne Hose schien er seit Jahren am Leib zu tragen, ganz gleich, wie viel Blut darauf festgetrocknet war. Beide Kleidungsstücke waren wohl einst bemalt gewesen, doch die Muster lagen längst unter Schmutzspritzern aller Art verborgen.

Mara zwinkerte dem Ferkina also noch einmal zu und wandte sich zum Weitergehen. Sie war vielleicht drei, vier Schritte weit gekommen, als ihr erneut der saure Geruch nach Schweiß und Bier in die Nase stach. Eine behaarte Pranke legte sich ihr auf die Schulter und riss sie ungestüm herum. »Az'zawsha, mitkommen. Zahle auch. Noch mehr Spaß für uns.«

Die Hexe versuchte sich loszureißen, doch der Hüne hielt sie einfach fest, die Rechte an ihrer Schulter, die Linke in den üppigen roten Locken vergraben. Grinsend beugte er sich vor, und es schien, als habe er unter dem wirr herabhängenden Schnauzbart seine Lippen zum Küssen gespitzt. Mara wandte sich angeekelt ab und bemühte sich, den Söldner von sich fortzustoßen. »Lass mich sofort los, Ben Char-i-Sona.«

Seine Pranke klatschte in ihr Gesicht und ließ ihr die Augen tränen, während ihr das Blut über die Lippen lief. Die zierliche Hexe versuchte, ihre Krallen in die feiste Wampe des Angreifers zu schlagen, doch dieser riss sie an den Locken, schlug sie erneut und warf sie sich kurzerhand über die Schulter. Mara schrie und strampelte wie ein ungezogenes Kind und hätte wohl keine Chance gehabt, wenn nicht ihr Pardel dem Söldner die Zähne in die Waden geschlagen hätte, was plötzlich für allgemeinen Aufruhr sorgte. Der Angriff eines ›wilden Tieres‹ schien die Leute im Palastviertel deutlich stärker zu erschrecken als ein Söldner, der sich eine Dirne schnappte, die hier oben ohnehin nichts verloren hatte.

Da endlich kamen auch die Palastwachen herbeigeeilt, um den Tumult zu schlichten und die Schaulustigen je nach Rang sanft oder rüde zum Weitergehen zu bewegen. Als allerdings die Beute des Söldners behauptete, dass sie keineswegs ein gewöhnliches Straßenmädchen, sondern gar eine Adlige war, wurden beide vor den Richtstuhl der Gräfin geschafft – und fanden sich so bald im Kleinen Audienzsaal des elburischen Grafenpalastes wieder, eines üppigen, geschmackvoll eingerichteten Bauwerks aus Marmor und Basalt.

Von Gräfin Merisa, einer Greisin von über siebzig Jahren, waren nur die grell geschminkten Augen zu sehen, die über ein goldbesticktes Schleiertuch hinweg abschätzig auf die vor ihr Stehenden herabblickten. Ihre Finger waren mit Ringen überladen, und man konnte sich nur wundern, dass die zahllosen schweren Goldketten, die sich dicht an dicht über ihren Hals schoben, die alte Frau nicht noch weiter zusammensacken ließen. Voller Abscheu betrachtete sie den blutverschmierten zotteligen Söldnerhauptmann, der trotzig ihrem Blick standhielt. »Was soll diese Störung? Yabman Pascha, kannst du deine Angelegenheiten nicht mehr allein erledigen? Dann ist es wohl an der Zeit, dass ich mir einen anderen Anführer für meine Söldner suche.«

Der Ferkina deutete knurrend auf die zornbebende Hexe: »Weibsbild erst macht mir Lust, dann sträubt sich. Ohne Pardeltier wäre ich lange fertig.«

»So, so …?«, fragte Merisa mit gehässiger Stimme nach, »und was hat sie dazu zu sagen?«

Mara richtete sich zu ihrer vollen Größe auf, wobei sie mit ihren gut anderthalb Schritt neben dem hünenhaften Söldner immer noch wie ein verlorenes Kind wirkte. »Ich habe dazu zu sagen, dass es erschreckend ist, wenn eine Reisende in Aranien nicht mehr sicher ist und von einem Mann in hochadligen Diensten auf offener Straße überfallen werden kann. Ich bin Mara ay Samra, Herrin von Samra und Borbra und Reutherin zu Anchopal, und hatte mich entschlossen, unerkannt ein paar Einkäufe zu machen, als mich dieses … Tier einfach verschleppen wollte.«

Die greise Gräfin betrachtete Mara erneut von Kopf bis Fuß. »Baronin, Reutherin«, schnappte sie, »Ihr schuldet einer Gräfin noch immer Respekt, wenn Ihr sie anredet. Ich habe von meiner Enkelin Reshemin schon einiges über dich gehört, Mädchen, und nichts Gutes, wie ich dir versichern kann.

Du und deinesgleichen, ihr glaubt, mit euren hübschen Lärvchen jeden Burschen nehmen zu können, der euch gerade gefällt. Und wenn jemand den Spieß umdreht, schreit ihr Zeter und Mordio.« Sie stöhnte übertrieben. »Solche wie euch will ich nicht in meiner Stadt haben, nur damit ihr noch weiter Unruhe stiften könnt, den Hauptmann meiner Söldner habt ihr schon genug verärgert.

Nun soll man mir nicht nachsagen, dass ich nicht gastfrei wäre, und ich werde Euch nicht auffordern, über Nacht zu reisen. Aber morgen früh werdet Ihr zu Eurer eigenen Sicherheit von meiner Wache zu den Toren gebracht, damit Ihr schnell wieder nach Gorien reisen könnt. Wenn Ihr ›unerkannt‹ herkommt, um Unfrieden zu säen, seid Ihr hier in Elburum nicht willkommen.«

Shiko warf einen Blick zu seiner Begleiterin, doch diese schien mit den Gedanken weit weg. Der Pardel ließ ein leises Grollen hören, vielleicht würde das seiner Gefährtin deutlich machen, dass es ein guter Augenblick zum Jagen war. Als die Hexe auch auf diese Aufforderung nicht einging, entschied Shiko, dass er genug Geduld beweisen hatte, und stob davon.

Mara bemerkte aus den Augenwinkeln, wie ihr Vertrauter in den Wald verschwand, der sie umgab. Aber sie wusste, dass er beizeiten zurückkommen würde. Die junge Hexe hing lieber ihren Tagträumen nach. Als die alte Vettel sie vorgestern aus Elburum verjagt hatte, war Mara zuvor im Palast mehr oder minder eingesperrt worden. Nicht einmal ins Badehaus hatte sie gehen können, ehe man sie gestern Morgen aus der Stadt geführt hatte.

Immerhin hatte sie dank ihres schnellen Rappens gestern Abend noch Keshal Taref erreicht. Das ehrwürdige Kloster war vor gut siebenhundert Jahren gestiftet worden, nachdem ein früherer König Araniens hier eine dämonische Monstrosität niedergestreckt hatte. Da er seinen Sieg einer rahjagesegneten Waffe verdankte, waren auch Tempel und Kloster der Rahja geweiht und boten allen Reisenden eine sinnliche Erfrischung.

Die Aufnahme dort hatte alle Unannehmlichkeiten des Tages wieder wettgemacht. Vor allem der junge Bruder Khabladan hatte ihr Seele und Leib erfreut. Was immer auch ihre sonstigen Fehler waren, Gräfin Merisa hatte genügend Anstand besessen, Maras Gesicht von ihrer Hofmaga heilen zu lassen. So hatte die junge Hexe die Küsse des Priesters ohne Reue und Schmerzen genießen können. Sie wäre gern noch länger geblieben und hätte die Gastfreundschaft der Rahja genossen, aber sie musste in einer knappen Woche in Zorgan sein, um wie die übrigen aranischen Adligen beim Frühlingsfest die Treue zu Arkos und Eleonora zu schwören. In ihrem Falle war das natürlich eine reine Formalität, aber dennoch eine wichtige Zeremonie, und Mara freute sich vor allem darauf, es den elburischen Gesandten so unbehaglich wie möglich zu machen: »Oh, wir haben schon viel über die elburische Gräfin gehört, allerdings nichts Gutes, versichere ich Euch …«

Während sich die junge Hexe noch ausmalte, was sie alles zu den Elburiern sagen würde, merkte sie, dass Zahir plötzlich stehen blieb. Als sie aus ihren Tagträumen gerissen aufblickte, sah sie sich von acht ungepflegten Ferkinas auf zottigen Pferdchen umringt, die unhörbar durch den Wald geritten sein mussten. Ferkinas konnten auf ihren kleinen Pferden wahre Zauberkunststücke vollführen und nicht einmal ihre scharfen

Sinne oder eine Vorahnung hatten die Hexe gewarnt. Yabman Pascha, ihr Feind aus Elburum, war nicht unter den Ferkinas, aber auch so bestand wenig Zweifel an den Absichten der Männer. Ihre Gesten waren eindeutig und von Shiko war weit und breit nichts zu sehen.

Die junge Hexe überlegte einen Augenblick lang, ob sie irgendeinen Zauber wusste, mit dem sie sich aus dieser misslichen Lage befreien konnte, doch ihr stand nichts Passendes zur Verfügung, zumindest nichts, wodurch sie nicht auch das treue Reittier einbüßen würde. Ihr Bogen war am Sattel befestigt und würde ihr im Kampf gegen acht Feinde kaum weiterhelfen.

Ihr blieb nur eine winzige Möglichkeit, unter Umständen noch ihren Hals zu retten. Mara nickte den Ferkinas zu und senkte die Hände, als ob sie sich ergeben würde. Dann umschlang sie ihren Kampfstab und ließ Zahir durch einen Wadendruck den Kopf senken. Der schlachterfahrene Hengst verstand, was seine Reiterin erwartete, schoß nach vorn und galoppierte geradewegs auf einen Ferkina zu, der im letzten Moment sein Pferd zur Seite reißen konnte, vom Stoß des Kampfstabes aber aus dem Sattel geworfen wurde. Mara hörte, wie die übrigen Reiter mit wildem Gejohle hinter ihr herpreschten, und trieb ihren Rappen zu vollem Lauf an. Zum Glück schien vor ihr der Wald zu enden und man sah zwischen den Bäumen bereits ein freies Feld hindurchschimmern. Dort würde sie die Ferkinas auf ihren kurzbeinigeren Reittieren vielleicht abschütteln können.

Plötzlich sauste ein Stein über die Hexe hinweg. Mara duckte sich dicht über den Pferdehals, doch vergebens. Schon der nächste Stein traf sie schmerzhaft am Arm. Das nächste Surren zog in beruhigendem Abstand vorüber, dann jedoch strauchelte der Hengst, und Mara flog in hohem Bogen vom Rücken des Tieres.

Mit katzenhafter Geschmeidigkeit gelang es ihr, sich noch halbwegs abzurollen, wo sich andere vielleicht das Genick gebrochen hätten, und dennoch trieb ihr der Sturz die Luft aus den Lungen und ließ sie wie gelähmt daliegen. Halb benommen bemerkte sie, wie nach und nach die anderen Reiter eintrafen, dann kam scheinbar aus dem Nichts eine Lederschlinge gesegelt und legte sich ihr um den Hals.

Die junge Frau verfluchte sich, dass sie kein schnell wirkendes Gift bei sich hatte. Aber so wie ihr die Schlinge die Luft abschnürte, würde sie vermutlich ohnehin bald sterben.

Der vorderste Ferkina beugte sich über sie und zerrte sie mit frohlockendem Grinsen an der Lederschnur hoch. Kurz überlegte sie, ob sie sich einfach in ihr Los fügen sollte, aber schon gewann ihr nackter Lebenswille die Oberhand, und sie bäumte sich auf und begann wild um sich zu spucken und kratzen, während ihr Peiniger unbeeindruckt an seinem Burnus nestelte. Als er sich gleichmütig mit dem Handrücken ihren Speichel aus dem Gesicht wischte, blieb ein heller Streifen zurück.

Mara merkte, wie nach und nach die übrigen Reiter von ihren Tieren herabstiegen und zu ihr traten. Einer zog ein Messer und zerschnitt ihr die Kleidung, während die übrigen Wilden auf ihn einredeten. Mara konnte den Dialekt der Bergbewohner nur schwer verstehen, aber eines wurde deutlich: Töten wollte man sie auf alle Fälle und zuvor seinen Spaß haben. Darum steuerte jeder der Ferkinas Vorschläge bei, wie man mit ihr zweckmäßigerweise verfahren solle: »Zähne raushauen, dann ist sie weicher und harmloser.« Der Reiter ballte zur Verdeutlichung die Rechte zur Faust, während er in der Linken sein Gemächt hielt. Ein anderer schlug vor, ihr die Hände abzuschneiden, damit sie sich nicht mehr mit Krallen oder Fäusten zur Wehr setzen konnte, doch schon erhoben die jüngeren und schwächeren Mitglieder der Horde Einspruch, die erst zum Zuge kämen, wenn das Opfer bereits halb verblutet wäre. Ein brutaler Ruck am Ring in ihrer rechten Brustwarze, noch ehe sich die Wilden auf etwas geeinigt hatten, ließ ihr langsam die Sinne schwinden. Sie glaubte eine wunderschöne Gestalt in Rot zu sehen. Vielleicht hatten die Götter sie erhört und schickten diesen Alveraniar, um sie über das Nirgendmeer zu geleiten.

»Im Namen der Herrin, haltet ein.« Die rot gekleidete Götterbotin schien seltsam stofflich. Ihr Ton wurde eindringlicher: »Lasst sogleich von ihr ab, sonst wird euch die Herrin Rascha verfluchen.«

Diese Drohung ließ die Ferkinas vorsichtig zurückweichen. Die Göttin Rascha gab es auch in ihrem düsteren Götterhimmel, und ihr Fluch hieß mehr als der Verzicht auf Wein und Lust, er würde Unfruchtbarkeit bei Mensch und Vieh und Streit und Brudermord mit sich bringen. Allein der vorderste blieb in Maras Nähe und brummte, noch immer nicht ganz überzeugt: »Unsere Frau!« Als die Worte erst einmal verhallt waren und keine göttliche Strafe ihn niedergestreckt hatte, wurde er kühner. »Sag Rascha, soll sich eigene fangen!«

Die Geweihte trat ohne Furcht mitten unter die Wilden. »Nein, die Herrin will diese Frau haben. Ihr seid zu spät gekommen!« Ein kurzes Weihegebet, da erklangen leichte Töne wie von Sphärenmusik, und die Luft wurde von Rosenduft erfüllt. Maras Schrecken und Ängste schwanden dahin, und mit übernatürlich geschärften Sinnen erkannte sie, wie hässlich, schwächlich, furchtsam und bedauernswert diese lauten und ungehobelten Barbaren doch waren. Erfreut bemerkte sie, dass sie selbst in einen hellroten Lichtschein gehüllt war, der ihr einen übernatürlichen Glanz verlieh.

Dieser Beweis göttlichen Wirkens brach den Widerstand auch des mutigsten Ferkinas. Die acht warfen sich entsetzt herum und rannten zu ihren kleinwüchsigen Pferden. Innerhalb weniger Augenblicke war der letzte Hufschlag verklungen, und während Mara sich noch fühlte, als schreite sie auf rosenroten Wolken, half die Geweihte der verletzten Frau auf ihre Stute und führte den immer noch zitternden Zahir hinter sich her.

# 16. Kapitel

*Im Raschtulswall,
am 24. Firun
des Jahres 28 Hal*

Nach drei Wochen im Gebirge hatten sie schließlich ihr Ziel erreicht. Um das Massiv des Raschtulswalles kann man recht gut herumreiten, da es von Ost nach West gerade einmal hundert Meilen breit ist. Doch was auf einer Landstraße zwei Tagesritte bedeutete, wuchs hier, inmitten der Berge, zu ganz anderen Ausmaßen: Tarlisin hatte einst die Behauptung gehört, dass die Berge des Raschtulswalles, wenn man ihre Oberfläche mit allen Anhöhen und Tälern, allen Schluchten und Gipfeln, nähme und glatt striche, eine größere Fläche bedecken würden als der aventurische Kontinent. Nach zwanzig Tagen inmitten der Bergriesen wollte er es gern glauben.

Die dichten Eibenwälder hatten sie längst hinter sich gelassen, ebenso die Bergwälder mit ihren Zypressen, Pinien und Maulbeerbäumen. Seit Tagen hatten sie ihre Reisevorräte verzehrt, und seitdem lebten sie vom Fleisch der beiden Gebirgsböcke, die sie hatten erlegen können. Auch mit Feuerholz mussten sie geizen, und so waren ihre Nächte kalt und wenig erholsam.

In der ersten Nacht, die sie eng an seine Seite geschmiegt verbracht hatte, war Belizeth noch auf die Idee gekommen, ihrem Begleiter locker die Hände zu binden, und Tarlisin hatte diese Schutzmaßnahme, müde wie er war, wehrlos über sich ergehen lassen, doch inzwischen hatte sie begriffen, dass ihr von Tarlisin keine Gefahr drohte. Die Suche nach der Drachenhöhle begann ihre letzten Kräfte aufzuzehren, und nachts waren sie sogar zu erschöpft, um Wache zu halten. Das sperrige Drachenschwert, das er noch immer bei sich hatte – wo hätte er es auch lassen sollen? –, war zu einem wahren Ärgernis geworden, und Belizeth geizte nicht mit Bemerkungen, die anfangs spöttisch klangen und später nur noch beißend und bösartig waren, wenn er wieder die lange Klinge mühsam auf den Rücken geschnallt tragen mußte und ihr Fortkommen aufhielt.

Doch nun hatten sie ihr Ziel erreicht. »Das scheint die Höhle zu sein. Was schlägst du vor, was wir nun machen?« Belizeth schaute Tarlisin erwartungsvoll an.

Der Brabaker blickte auf die Schleifspuren vor dem Höhleneingang. »Also, ich habe nicht vor, durch den Vordereingang hineinzuspazieren, falls du das meinst.« Seine Stimme war rauer und die Worte klangen härter als beabsichtigt. » Ich bin bei meiner Suche nach Meister Taphirel auch Apep in den Drachensteinen begegnet, und ich kann dir versichern, dass Kaiserdrachen keine allzu höflichen Gastgeber sind.« Der Magier betrachtete den vor ihnen aufragenden Berg prüfend. »Ich würde vorschlagen, dass wir dort hinaufklettern und schauen, ob es von oben einen Zugang gibt.«

»Da hinaufklettern? Wir sind doch keine Gämsen. Wenn wir abstürzen, sind wir tot.« Belizeth schüttelte sich.

»Das Gleiche kann uns passieren, falls wir einfach in den Hort eindringen. Ich bezweifle, dass Agapyr uns erst einmal zu Wort kommen lässt.« Tarlisin begann seine Ausrüstung zu sichten. »Wir sollten nur das Allernötigste mitnehmen.« Der Magier steckte sich zwei silberne Phiolen in die Gürteltasche und griff nach Famerlîn, als Belizeth bissig bemerkte: »Und dieses Monstrum von Schwert, das dich gewiss in den Abgrund reißen wird, ist hier im Hochgebirge bestimmt ›allernötigst‹, ja?«

Tarlisin hob die Schultern. »Ich habe das Gefühl, dass uns die Waffe noch nützlich sein wird. Immerhin ist es ein Drachenschwert.« Ohne ein weiteres Wort schnallte er sich Famerlîn auf den Rücken und begann mit dem Aufstieg.

Mühsam eine Hand vor die andere setzend, klammerte er sich an den rauen Fels, und auch wenn er es nicht zugeben würde, fluchte er doch auf seinen Stolz, der ihn bewogen hatte, die sperrige Klinge mitzunehmen. Der Brabaker hatte etwa die Hälfte der Strecke hinter sich gebracht, als er den Halt verlor und auf der Schräge hinabzurutschen begann. Der schroffe Fels zerfetzte ihm Kleidung und Haut, ehe sich sein Gürtel an einem Felsvorsprung verfing und ihn mit einem Ruck zum Halten brachte.

»Hier, halt dich daran fest!« Belizeth hatte ihren Stab in ein Seil verwandelt, das sich wie von Zauberhand um eine Felsnadel schlang. Die Maga selbst stand auf einem kleinen Sims.

Tarlisin packte das Seil und hätte es fast auf der Stelle wieder losgelassen, als seine aufgeschürften Handflächen den rauen Strick berührten und das grobe Seil in sein Fleisch biss, doch ein kurzer Blick in die Tiefe belehrte ihn eines Besseren. Allmählich gelang es ihm, den stechenden Schmerz zu verdrängen, bis seine Umwelt verschwand und er ganz und gar mit dem Seil zu verschmelzen schien. Schließlich, nach endlosen Mühen, war er neben der Rashdulerin angelangt, die das blutige Seil in ihren Magierstab zurückverwandelte.

Tarlisin betrachtete seine aufgeschürften Handflächen und wirkte einen weiteren Zauber: »BALSAM SALABUNDE.« Wie üblich setzte die Wirkung mit einem brennenden Schmerz ein, als sich neues Fleisch bildete und ausdehnte und sich endlich mit neuer heller Haut überzog, die noch für geraume Zeit empfindlich bleiben würde. Dennoch war es tausendfach besser als eine offene Wunde.

Wie erwartet, besaß der Berg einige Gänge und Tunnel, von denen einer tatsächlich bis in die Höhle des Drachen zu führen schien, wie die leicht schweflige Luft andeutete.

Tarlisin deutete auf eine schmale Felsspalte. »Ich denke, wir sollten unser Glück hier versuchen.«

Belizeth krauste die Stirn. »Und wenn die Dämpfe giftig sind?«

Der Brabaker zuckte die Schultern. »Soweit ich weiß, sind die Ausdünstungen von Kaiserdrachen zwar unangenehm und können Übelkeit hervorrufen, aber die wenigsten Leute sterben daran, dafür ist eher der Drache selbst zuständig. Also sollten wir versuchen, den Guten nicht zu verärgern. Überlege dir, ob du mitkommst oder nicht, ich für meinen Teil werde jetzt hineinklettern.« Und schon verschwand er in dem Felsspalt. Drinnen war es stockfinster. »LUMINISPHÆRO!« Vor den ausgestreckten Händen des Magus schwebte eine kleine rot leuchtende Kugel, deren Schein die Wände in ein gespenstisches Licht tauchte. Tarlisin blickte sich um. Die Spalte führte steil nach unten.

Als Tarlisin vorsichtig weiterging, hörte er, wie ihm Belizeth folgte. Der Weg wandte und krümmte sich, und je weiter sie vordrangen, desto stärker wurden die schwefligen Ausdünstungen. Der Magier hoffte inständig, dass der Spalt nicht urplötzlich über dem Drachenhort zu Ende war und sie wie reifes Obst hinabstürzen ließ. Als der Weg schließlich auf einem Sims endete, waren beide Magier froh darüber, die schmerzenden Knochen ausstrecken zu können.

Etwa fünfzehn Schritt unter ihnen lag auf einem Bett aus glitzernden Kostbarkeiten der Herr der Berge, der mit seinen über zwanzig Schritt Länge einen wahrhaft majestätischen Anblick bot. Der Leib des mächtigen

Geschöpfes schien aus rotem Gold gegossen und jede Schuppe glänzte wie frisch blank gerieben. Die Flügel, die im Augenblick an den gewaltigen Rumpf geschmiegt waren, würden ausgebreitet nicht weniger als zwanzig Schritt messen, und ein leises Zucken unter der goldenen Haut ließ die unbeschreibliche Kraft des Wesens erahnen. Der Drache schien zu schlafen, wie Tarlisin Belizeth zuraunte, aber der Magier hatte trotz aller Pracht kaum Augen für den mächtigen Wurm.

Einige Schritt neben der Schwanzspitze der Kreatur lag das Objekt ihrer Begierde. Es war etwa hühnereigroß und von höchst eigentümlicher Gestalt, wurde es doch von sieben Flächen begrenzt, die jeweils die Form eines Siebenecks aufwiesen – und dennoch fügte sich alles genau ineinander. Der Brabaker konnte seine Augen nicht von dem Sphärenschlüssel lösen, auch wenn ihm der Anblick des Artefaktes sogleich schwere Kopfschmerzen verursachte.

»Und, kannst du es sehen?« Die Ungeduld in der Stimme der Rashdulerin verriet deutliches Unbehagen. Üblicherweise hasste es Tarlisin ebenfalls, in engen Räumen gefangen zu sein, aber der Anblick des Desiderates ließ ihn alles ringsumher vergessen.

Belizeth drängte sich unbeherrscht an seiner Seite auf das schmale Sims. »Oh!« Die Magierin schien ebenfalls vom Bann des Sphärenschlüssels gepackt zu werden.

Tarlisin hätte nicht zu sagen gewußt, wie lange sie so verharrten, denn der pochende Schmerz hinter den Schläfen ließ ihn die Umgebung wie durch Rauchschwaden wahrnehmen, und es war Belizeth, die schließlich eine Entscheidung traf: »FUROR BLUT UND SULPHURDAMPF!« Vor der Magierin materialisierte sich ein eilig hin und her zuckender Leuchtball, in dem sich eine kleine Gestalt zu bewegen schien.

»Hol mir den schwarzen siebenflächigen Gegenstand.« Auf den Befehl der Rashdulerin hin flitzte der kleine Irrwisch los, so schnell, dass ihm kaum ein menschliches Auge folgen konnte. Der Dämon war nur wenige Schritt von dem Artefakt entfernt, als der Kopf des Drachen herumschnellte und den Eindringling mit einem gezielten Feuerschnauben vernichtete.

Tarlisin stöhnte leise auf.

Belizeth lachte nur verhalten: »Nun, wenn es nicht mit Eleganz geht, müssen wir eben zu einer schwereren Waffe greifen: HEPTAGON UND KRÖTENEI!« Schon erschien auf dem Hort ein gut fünf Schritt hoher Dämon, so abscheulich, wie ihn nur die Niederhöllen hervorbringen konnten. Der mit eitrigen Pusteln und Warzen übersäte feiste, birnenförmige Leib ruhte auf zwei dicken Vogelbeinen und wurde von einem mächtigen Vogelschnabel und vier Hörnern gekrönt. Anstelle von Flügeln besaß die Monstrosität jedoch fünf Tentakel, die sich sogleich erhoben, als der Dämon auf den Drachen zustapfte. Bei jedem seiner Schritte platzten Dutzende von Eiterbeulen auf, und heraus blickten spannenlange bleiche Maden mit unschuldigen Kindergesichtern, die Agapyr Obszönitäten in der Dämonenzunge entgegenzirpten.

Das hübsche Antlitz der Dämonologin spiegelte Selbstsicherheit und Stolz wieder, als ihr dienstbares Unwesen den Kampf gegen den Kaiserdrachen aufnahm. Doch als binnen weniger Herzschläge die ersten beiden Tentakel durch Klauenhiebe des Drachen ausgerissen wurden und ein gezielter Schwanzschlag dem Vogeldämon die Beine zerschmetterte, wurde sie sichtlich blass, und Schweiß trat auf ihre Stirn. Dämonen sind nur durch verzauberte Waffen und Magie zu besiegen, aber der ganze Leib des Kaiserdrachens war magischer Natur. Der Kampf war so schnell zu Ende, wie er begonnen hatte, da der Rumpf des Dämons vom feurigen Drachenodem getroffen wurde und förmlich zu schwarzem Schleim verkochte. Erst jetzt begann sich Agapyr langsam zu erheben, um nach dem Urheber der Störung zu suchen.

»Das ist also das Beste, was du aufzubieten hast. Und was tun wir jetzt?« Als auf Tarlisins bissige Frage keine Antwort von Belizeth kam, blickte er sich um. Die Rashdulerin hockte zusammengekauert im Tunnel vor dem Aufstieg und hatte sich die Hände vors Gesicht geschlagen.

»Sieh zu, dass du rauskommst.« Das war nun also das Ende. Er zog Famerlîn, eine nutzlose Geste, doch er wollte seine Haut so teuer wie möglich verkaufen und vielleicht wenigstens das Leben der Magierin retten. Sie hatte zumindest etwas versucht, während er nur verliebt das magische Artefakt angestarrt hatte.

Der Kopf des mächtigen Drachen befand sich jetzt auf einer Höhe mit dem Magier. Als sich die Nüstern des Drachen blähten, schloss Tarlisin die Augen und reckte Famerlîn empor – aber der heiße Schmerz blieb aus.

Stattdessen ertönte eine Stimme, so dunkel und rumpelnd wie das Gepolter der Knochen der Erde, wenn ein Steinschlag sie ins Tal trägt: »Drachenschwert. Wieder ein Drachenschwert … Es ist sehr lange her, so lange.« Das Grollen klang beinahe verträumt. »Ich war noch jung, kaum geschlüpft. Unser goldener Vater war fort, in seinen Karfunkel gebannt. Drachenschwert biss Drachenfleisch. Hat sich der Kreis der Jahre gerundet? Sind die Meister der Drachenschwerter zurückgekehrt? Wird es wieder Krieg geben?«

Der Brabaker öffnete vorsichtig die Augen. Er hoffte inständig, dass seine zitternden Knie ihn nicht im Stich ließen und er nicht hinabstürzte in die brodelnden Überreste des Dämonen. Seine Blase hatte ihn schon verraten. Dennoch versuchte er, gefasst zu klingen: »Es wird keinen Krieg geben, mächtiger Agapyr. Du hast deine Macht bewiesen.«

»Was will der Drachenschwertträger dann?« Der Drache stellte die Frage ganz ruhig, wie unter Gleichen. In diesem Augenblick hätte Tarlisin seine Seele für das Wissen verkauft, worin die Macht Famerlîns bestand und was er tun und vor allem was er lassen musste, um dem Drachen nicht zu verraten, dass sein Gegenüber so gut wie ahnungslos war.

Jetzt kam es darauf an. Sieg oder Untergang. »Der mächtige Agapyr hat einen Gegenstand, der für mich sehr wichtig ist und den ich haben möchte.« Tarlisin war erstaunt, wie selbstsicher seine Stimme geklungen hatte.

Ein goldenes Auge, größer als Tarlisins Kopf, schob sich vor das Gesicht des Magus. »Den siebenflächigen Würfel?«

Gütige Götter, konnte der Drache seine Gedanken lesen? Der Brabaker nickte wortlos.

»Das habe ich mir gedacht.« Der Drache sah Tarlisin durchdringend an. »Er ist sehr bemerkenswert, aber er lenkt mich auch ungemein ab. Du kannst darum kämpfen, Drachenschwertträger, oder ihn mir abkaufen. Ich gebe ihn dir für die dumme Frau.«

Der Magier atmete auf. Der Drache wollte keinen Kampf um den Sphärenschlüssel! Dann begriff er, wie der Preis aussah, und fluchte im Stillen. Eigentlich hatte Belizeth es nicht besser verdient ... Doch da fiel ihm das Entsetzen auf ihrem Gesicht ein, als ihr dämonischer Diener besiegt worden war. Und so närrisch sie auch gewesen war, hatte sie ihm nicht zweimal das Leben gerettet, hier am Berg und einst in Punin? »Mächtiger Agapyr, dieses unwissende Geschöpf ist meine Gefährtin.«

Der Drache grollte, aber seine Stimme klang eher neugierig: »Du paarst dich mit ihr?«

Tarlisin nickte. *Zumindest manchmal, in manchen Tagträumen.*

Agapyr spannte seine Muskeln an, dass unter ihm

die Goldstücke rasselten. Kleine Funken sprühten ihm bei jedem Atemzug aus den Nüstern. »Ist es bei euch Menschen nicht wichtig, dass man eine kluge Mutter für seine Jungen aussucht?«

Tarlisin ließ die Klinge ein wenig sinken, da sein linker Arm zu ermüden begann. »Sie hat andere Qualitäten. Außerdem hast du nicht viel von ihr. Von fünf fetten Kühen jedes Jahr, solange ich lebe, hast du viel mehr.«

Agapyr betrachtete den Magier mit seinem goldenen Auge. »Wahrlich, die Zeiten haben sich geändert. Ein Sohn des Goldenen Vaters und ein Träger eines Drachenschwertes, die um Frauen und Kühe schachern. Aber das ist ein Handel, der mir gefällt. Wenn ich eines Tages die fünf Kühe nicht mehr bekomme, weiß ich, dass der kleine Mensch tot ist, und werde das Drachenschwert holen, ehe ein anderer Mensch es meistert.«

Die riesige Klaue packte den Sphärenschlüssel und legte das Artefakt vor Tarlisin auf das Sims. »Mensch, du hast den Handel angeboten, schließt du ihn jetzt?«

»Ich schließe diesen Handel, mächtiger Agapyr.« Es kam fast ohne Zittern in der Stimme heraus.

Rotgoldene Feuer schienen hinter der schwarzen Pupille zu lodern. »Mensch, du glaubst, einen guten Handel gemacht zu haben. Aber dieses Ding ist älter als du und ich, älter als das Drachenfeuer, in dem deine Klinge geschmiedet, und älter als das Drachenblut, in dem sie gehärtet wurde. Es wird dich alles kosten, was dir lieb und teuer ist. Doch nun hast du es dir eingehandelt und musst es nehmen.«

Der Brabaker nickte. »Ich habe eine Aufgabe, mächtiger Agapyr.« Der Drache neigte das Haupt. Während Tarlisin vorsichtig den Sphärenschlüssel aufnahm und in seinem Brustbeutel unterbrachte, ließ sich Agapyr wieder auf seinen Hort herabsinken.

Der Magier war schon einige Schritt weit zu Belizeth

hinüber geschritten, als erneut die grollende Stimme des Drachen ertönte: »Drachenschwertträger! Du weißt, wo ich deiner harre, wenn doch der Krieg beginnt – oder wenn du mir tatsächlich berichten kannst, dass du dieses … Ding überlebt hast.«

Tarlisin begann sich erst wieder zu entspannen, als sie die Höhle des Drachen bereits zwei Stunden hinter sich gelassen hatten. Der Sphärenschlüssel lastete dem Magus beruhigend schwer auf der Brust, auch wenn er ständig nach seinem Träger zu rufen schien.

Belizeth war die ganze Zeit über schweigsam gewesen, offensichtlich nagte das Versagen ihres Dämonen sehr an ihrem Stolz. Es ging auf die Abenddämmerung zu, und der Brabaker merkte, wie erschöpft er war, da die Anspannung nachließ, und auch Belizeth schien einer Rast nicht abgeneigt.

Nach einer guten Zwölftelstunde hatten die Magier einen geeigneten Rastplatz gefunden und ein Lagerfeuer entzündet. In den letzten Wochen hatten sie gelernt, diese alltäglichen Verrichtungen Hand in Hand zu erledigen.

Tarlisin betrachtete den Himmel. Der erste Schnee würde nicht mehr lange auf sich warten lassen, aber mit etwas Glück würde er sie erst in den Ausläufern des Raschtulswalles erwischen. Nachdem sie eine karge Mahlzeit geteilt hatten, lehnte sich Belizeth an ihren Begleiter und raunte: »Du hast es geschafft, Tar, du hast es wirklich geschafft.«

Der Magier grinste sie an: »Ja, obwohl es mehr als knapp war. Wenn nicht irgendetwas an Famerlîn ihn zurückgehalten hätte, wären wir jetzt beide Asche.« Die Magierin schmiegte sich noch enger an den Brabaker. »Du hast mir das Leben gerettet, als ich einfach nur töricht war. Ich weiß gar nicht, wie ich dir das vergelten kann.«

Tarlisin legte den Arm um die Maga. »Es ist schon gut, wir machen alle einmal einen Fehler …« Jetzt, mit dem Gewicht des Sphärenschlüssels auf der Brust, war er geneigt, alles zu verzeihen. Endlich besaß er das Artefakt, nach dem selbst der Dämonenmeister Borbarad gierte und das sein Leben seit einigen Jahren bestimmt hatte.

Belizeth knabberte zärtlich am Ohr des Magiers und flüsterte ihm zu: »Du hast behauptet, ich wäre deine Gefährtin.«

»Tut mir Leid.« Tarlisin zuckte mit den Schultern. »Aber ich glaube nicht, dass er auf eine einfache ›Reisebegleiterin‹ verzichtet hätte.« *Vor allem nicht, nachdem sie ihm einen Dämonen auf den langen Hals geschickt hatte,* dachte er insgeheim, ohne es laut auszusprechen.

Die Hand der Tulamidin strich sanft durch die Haare des Brabakers. »Du brauchst dich nicht zu entschuldigen, Tar, es hat mich wirklich gefreut, das zu hören. Nach allem, was wir gemeinsam durchgemacht haben …«

Mit geschickten Fingern begann Belizeth ihn zu entkleiden und wenige Augenblicke später standen die beiden Magier nackt im kalten Wind. Es war, als würden sie sich zum ersten Mal so sehen, obgleich ein jeder von ihnen den Körper des anderen bereits gründlich begutachtet hatte.

Tarlisin lächelte Belizeth an. »Seit Punin habe ich auf einen solchen Augenblick gehofft«, sprach er heiser.

Die Rashdulerin erwiderte sein Lächeln: »Auch ich habe seit langem von diesem Moment geträumt.« Sie schmiegte sich an den Magier, ließ ihre Hände sanft über seinen angespannten Körper gleiten, kniff ihm zärtlich in die Brustwarzen und rammte ihm mit voller Kraft das Knie in den Schritt.

Der Brabaker brach zusammen, als die Luft aus seinen Lungen getrieben wurde, und krümmte sich japsend am Boden.

Belizeth schlug sich mit der Faust auf die Handfläche: »PARALÜ PARALEIN!« Der zusammengekauerte Magier blieb starr liegen, gelähmt durch die Macht ihres Zaubers. Die Rashdulerin betrachtete ihn mit einem spöttischen Lächeln. »Weißt du, warum ich die bessere Dämonologin bin? Ich achte immer ganz genau auf den Wortlaut eines Befehles – und auf den eines Gelübdes. Und den Sphärenschlüssel haben wir schließlich gefunden.« Sie schüttelte den Kopf. »Du hättest dich wenigstens waschen sollen, Stinker. Dann hätte ich dir vor deinem einsamen Tod vielleicht noch etwas Liebe geschenkt ...« Mit einer Kusshand drehte sie sich um und wandte sich ihrem Gepäck zu.

Nachdem sie sich seelenruhig angekleidet hatte, nahm die Rashdulerin den Sphärenschlüssel an sich und sämtliche Phiolen, die sie finden konnte. Anschließend schleuderte sie den restlichen Besitz des Brabakers in die Flammen und beobachtete, wie die kostbare Ausrüstung und Kleidung ein Opfer des Feuers wurde.

Dann wandte sie sich wieder ihrem magischen Handwerk zu. Auf einen erneuten Befehl hin erschien eine geflügelte Schlange, ein Karakil, der sie schnell aus dem Gebirge tragen würde. Doch ehe sie aufstieg, ergriff Belizeth noch Famerlîn und verbeugte sich spöttisch in Richtung des Versteinerten. »Das brauchst du ja nun nicht mehr und es scheint wirklich Macht zu haben. Wäre doch schade, wenn es hier draußen verrostet.«

Als die Magierin auf dem Karakil himmelwärts stieg, wurde sie von den ersten Schneeflocken getroffen – kein gutes Reisewette, aber bald würde sie in Rashdul sein, und so genoss sie das eisige Schauspiel.

Unter ihr blieb der erstarrte Tarlisin zurück und war schnell unter einer dichten weißen Flockenschicht begraben.

# 17. Kapitel

*Zorgan,*
*am 3. Tsa*
*des Jahres 28 Hal*

Die Straßen der aranischen Hauptstadt quollen förmlich über vor Menschen und auch die Karawansereien und Herbergen waren hoffnungslos überfüllt. Halef Okharim jedoch konnte das ganze Treiben gelassen betrachten, denn da er als Bevollmächtigter seines Effendi auftrat, hatte man ihm eine Kammer im Gästetrakt des Spiegelpalastes zugewiesen.

Bereits seit zwei Tagen wurden Freudenfeste zum Winterende gefeiert. In den Straßen wurde an alle sirupgesüßtes Bier, Weizengrütze und Fladen verteilt und die Bevölkerung war voll des Lobes für ihr Herrscherpaar. Am Vortag hatte ein wildes Reiterspektakel stattgefunden, und Halef hatte sich besorgt gefragt, wo wohl die Gemahlin seines Effendi steckte, weil die wilde Rothaarige üblicherweise keine Festlichkeit ausließ.

Selbst die Maharani Shahi schien beunruhigt, und sie hatte nach Halef schicken lassen, um ihn nach dem Verbleib der Dame Mara zu fragen. Als der junge Sekretarius darauf keine Antwort zu geben wußte, hatte Eleonora ihn ausgehorcht, warum denn der Effendi seine Frau so vernachlässige. Der junge Tulamide hatte nicht gewagt, die Herrscherin anzulügen, und auch wenn sie sehr freundlich zu ihm gewesen war und ihm einen kostbaren Kaftan als Gastgeschenk überreicht hatte, befürchtete er, dass dieses Gespräch für seinen Herrn und Freund noch Folgen haben würde.

Am heutigen Tage sollte die Huldigung des Herrscherpaares stattfinden und die Treue der hohen Adligen zur neuen Fürstgemahlin des Prinzen Arkos beschworen werden. Zu diesem Zweck waren die Abgesandten aller Grafschaften und vieler Baronien Araniens in der Fürstenstadt zusammengekommen, und wie das Hochzeitsfest einige Monde zuvor sollte es eine prächtige Feierlichkeit werden, die der Welt die Stärke und Einigkeit Araniens bewies.

Allein Fürstin Sybia war ferngeblieben, wie das Zeremoniell es erforderte, weil dies der Tag ihrer Schwiegertochter und ihres Sohnes sein sollte. Doch ansonsten waren sie alle versammelt: Graf Merkan von Revennis zu Baburin, Gräfin Rashanna von Palmyramis, Gräfin Alwidja vom Yalaiad und sogar Gräfin Merisa von Elburum, die der Hochzeit nicht beigewohnt hatte; und unter den geistlichen Würdenträger waren Abgesandte des praiotischen Wahrers der Ordnung von Zorgan, der Meisterin des rondrianischen Donnersturm-Bundes zu Baburin, der efferdianischen Meisterin der Brandung zu Llanka und des hesindianischen Erzwissensbewahrers der Tulamidenlande vertreten, während für die Kirche der Peraine gar ihr höchster Kirchenfürst, der Diener des Lebens Leatmin Phraisop, selbst anwesend war. Allein die traditionsreiche rahjanische Abtei Keshal Taref hatte keine Abgesandte geschickt, was mit Verwunderung aufgenommen wurde, und unter den schwatzhaften Araniern gingen bereits Gerüchte um, die Fürstgemahlin in ihrer etwas gehemmten Art habe die Vertreterin der Liebesgöttin ausgeladen.

Halef fühlte sich zwar zwischen all den Adligen etwas unwohl, war jedoch zugleich stolz, als Tarlisins Vertreter erwählt worden zu sein, der von den übrigen Adligen gemäß des Ranges seines Herrn behandelt wurde, auch wenn jener an letzter Stelle unter den gorischen Baronen stand: Die Baronie der Hohen Gor umfasste gerade einmal den lebensfeindlichen Tafelberg und wurde üblicherweise dem Anchopaler Großmeister der Grauen Stäbe verliehen, um die Aufsicht über den Dämonenberg in die Hände eines erfahrenen Magiers zu legen.

Auf jeden Fall harrte der junge Tulamide stolz der Dinge, die da kommen sollten. Noch nie zuvor hatte er an einer solchen Zeremonie teilgenommen.

Doch dann ereignete sich etwas, womit niemand der Anwesenden gerechnet hätte. Kaum hatte sich die Shahi Eleonora von ihrem reich verzierten Diwan erhoben, da barst mit einem ohrenbetäubenden Lärm die Decke des Saales, als hätte ein herabfallender Stern ihn getroffen. Trümmer von Marmor und Alabaster stürzten herab und verletzten gar manchen. Einer der Splitter fuhr dem Reuther Raimon von Revennis durchs Gesicht und zog eine blutige Spur über Auge, Nase und Wange, ein anderer Gesteinsbrocken zerschlug der Baronin von Marmelund das Knie. Der alte, aufrechte Graf von Baburin gar wurde von einem Brocken an der Stirn getroffen und sank wie tot zu Boden. Halef hingegen war beim ersten Anzeichen von Unruhe unter eine der Arkaden geflüchtet – ihm kam es zugute, dass er so nah am Rande des Saales platziert war.

Die Entsetzensschreie und das Stöhnen der Verwundeten füllten den Saal, während die Fanfaren mit einem Schlag verstummten. Der Sekretarius betrachtete die Geschehnisse stocksteif, während Bilder aus dem Konventssaal zu Punin vor seinem geistigen Auge erschienen, wo einst die Borbaradianerin Alvina einen Dämonen freigesetzt hatte.

In der Öffnung im Dach aber erschien ein aberwitziges Gefährt in der Gestalt eines alten tulamidischen Prunkwagens. Es schien zu schweben und wurde von zwei Kreaturen gezogen, wie sie nur aus alten Schauermärchen bekannt waren: Wie Hengste aus Obsidian wirkten sie, doch mächtige Flügel, wie von haarigen Fledermäusen, sprossen aus ihren Schultern, und die scharfen Raubtierzähne in den weit offenen Mäulern waren ebenso blutrot wie die boshaft leuchtenden Augen, die gefährlichen Hörner, die messerscharfen Hufe und die unzüchtig schlängelnden Zungen.

Hätte es noch Zweifel gegeben, wessen niederhöllischer Domäne diese dämonischen Wesen entstammten, so verrieten es die schrittlangen Schäfte, die sich auf widerwärtigste Weise zwischen ihren Hinterläufen emporreckten, knorrig, dickgeädert und von der Farbe geronnenen Blutes.

»Muwallaranim!« – »Hengstdämonen!«, so flüsterte es im Saal, als die Dämonen auf dem Podest mit dem Fürstenpaar landeten. Dem Wagen entstieg eine junge Frau Anfang Zwanzig, mit fast bodenlangem, pechschwarzem Haar, das ein schmales Gesicht mit großen, schwarzen Augen umfloss. Ihr Gewand war einfach, schwarz und rot gemustert, doch im Gesicht trug sie ein wenig zu viel blutrote und kohlschwarze Schminke, und für einen Augenblick wirkte sie, als sei sie ein Kind, das sich für ein Fest bei den Erwachsenen zurechtgemacht hat. Es gab kaum einen, der sie nicht erkannte. Dimiona Sybiasunni, die abtrünnige, mit den Dämonen buhlende Tochter der Fürstin, war in den Festsaal eingedrungen, und sie trug die Farben des Bethaniers.

Als die ersten Wächterinnen ihre Klingen hoben, teils um Gastgeber und Gäste zu beschützen, teils um den Dämonenwagen anzugreifen, wob die Fremde rasch einen Zauber, und ein rötliches Flirren hüllte sie und den Wagen ein. Der erste Wächter aber, der mit der Lanze nach ihr stieß, wurde von einem jäh auflodernden Feuer ergriffen und verzehrt, das flirrend die Waffe entlang bis zu seinem lebendigen Fleisch floss. Ohne sich um diesen und die vier, fünf weiteren, immer halbherzigeren Angriffe zu kümmern, griff die junge Frau ruhig in ihr Gewand und holte einen annähernd apfelgroßen, dunkelgrünen Stein hervor, ehe sie die Stimme erhob: «Siehe, mein Volk, siehe den Al'Dabar! Der Stein Araniens ist in meiner Hand, und ich bin die Königin Araniens, wie es das Alte Gesetz und der Neue Herr der Welt wollen. Sehet, Untertanen,.den Stein der Herrschaft, der mein Recht bestätigt und euch zum Gehorsam zwingt. Sehet, meine Sklaven, den Al'Dabar! Kniet vor ihm nieder und vor eurer Herrin, die ihn hält! Huldigt mir und der sechsfingrigen Hand, die ihn mir gab!« Das also war aus dem verschwundenen Kronstein Araniens geworden. Der Bethanier hatte ihn an sich gebracht und der befreiten Dämonenbuhle übergeben – wohl im Austausch gegen Sklavendienste ihrer zukünftigen aranischen Untertanen.

Doch dieses Wissen nützte selbst den Klügsten nichts, denn zum ersten Mal seit Jahrhunderten wurde wieder die wahre Natur des Steines offenbar, die in den langen Jahren der Garether Herrschaft vergessen worden war. Der Al'Dabar konnte jeden Aranier, ob Lehensmann oder Adlige, zum Gehorsam zwingen, wenn ein Spross des alten Könighauses ihn trug, sei er gut oder abgrundtief verdorben. Also ließ die Folge nicht auf sich warten. Zuerst sanken die Vertreter Elburums vor der Thronräuberin auf die Knie, allen voran Gräfin Merisa. Nach merklichem Zögern beugten auch Gräfin Rashanna und ihre Palmyrer das Knie, ebenso Gräfin Alwidja mit den Gesandten des Yalaiad. Nicht einmal die Baburiner vermochten ihrer Shahi die Treue zu halten, und bis auf den bewusstlosen oder toten Grafen Merkan huldigten auch sie der Thronräuberin. Selbst die Gesandten der Kirchen von Rondra, Hesinde und Efferd beugten sich, und als der Vertreter der Kirche des Lichtes Widerworte geben wollte, warf ihn ein schrilles, grausames Wiehern des Muwallaran zu Boden, das Gesicht vor Schmerzen verzerrt, die Hände auf die blutenden Ohren gepresst. Auch Halefs Knie gaben nach, und obwohl er kein Aranier war, konnte er nicht anders, als demütig zu der schönen Fürstentochter aufzublicken. Am Schluss stand außer der Umstürzlerin nur noch die Fürstgemahlin Eleonora aufrecht, und ihre Lippen murmelten stumme Gebete, während sie mit einem schon fast groben Griff ihren Gemahl Arkos davon abhielt, sich selbst, den nach außen hin sein Land vertretenden Herrn Araniens, vor seiner dämonenbuhlenden, mörderischen Schwester Dimiona zu Boden zu werfen.

Doch lange hätte dieser Widerstand kaum angehalten, schon winkte die schöne Buhle die nunmehr unterwürfigen Wachen in Richtung des rechtmäßigen Herrscherpaares, als sich eine weitere Stimme erhob: »Herrin Peraine, hör mich an! Alt bin ich, und mein Augenlicht ist schwach, und kaum sehe ich, was für einen Stein die Fremde emporreckt. Aber mir scheint, Herrin Peraine, wenn es der Al'Dabar ist, dann wirst du einen Achat, dein heiliges Juwel, nicht für einen solch schändlichen Zweck missbrauchen lassen. Herrin Peraine, zeige uns bitte, ob diese Frau wirklich den Al'Dabar besitzen soll.« Es war der betagte Diener des Lebens, der so gesprochen, nein, gebetet hatte, und sein Gebet drang vorbei an allem schrillen Kreischen der Dämonenhengste.

Aber nichts schien zu geschehen, kein Lichtblitz fuhr herab, kein Donnern erfüllte den Raum, und nach einer kurzen, angespannten Pause ließ Dimiona, selbst ernannte Königin Araniens, ihr höhnisches Lachen erklingen: »Alter Mann, was war denn das? Die Storchin hört dich nicht. Du musst lauter sein, und du wirst lauter schreien – da du für diese Aufsässigkeit ums Leben gebracht wirst!«

Halef schaute sich ängstlich um und hoffte inständig, dass man ihn nicht bemerkte. Verflucht, wenn bloß der Effendi hier wäre, der könnte diesem Dämonenspuk vielleicht ein Ende bereiten, doch stattdessen stand er nun hier und konnte nur stumm zusehen. Inzwischen war aus vielen Kehlen ein Stöhnen erklungen. Es war nicht das Ächzen und Wimmern der schwer Verwundeten, sondern ein Geräusch des Erstaunens: Alle Wunden waren wie fortgeblasen, und selbst der alte Graf von Baburin setzte sich auf, kein Blut auf der nunmehr glatten, unverletzten Stirn, und schaute sich verwundert um.

Was er sah, was alle Anwesenden im Saale sahen, war dies: Kein Achat, kein Stein Al'Dabar war mehr in der Hand der Thronräuberin. Peraine hatte ihn entrückt, sie, die ihn den Sagen zufolge einst gegeben hatte, hatte ihn auch wieder genommen. An seiner Stelle hielt die Dämonenbuhle einen erntefrischen, hellgrünen Apfel, die heilige Frucht der Herrin Peraine, in den Fingern mit den blutroten Nägeln, und auf seiner Schale glänzte noch der Tau wie von einem kühlen Morgen im Spätsommer.

Wenn etwas Übernatürliches an dieser Frucht war, dann vermochte nur die Dämonenpaktiererin es zu spüren. Sie schleuderte den Apfel mit einem schrillen Aufschrei fort, als sei er rot glühend, fort an die nächste Wand, wo er in grüne Schale und hellgelbes Fruchtfleisch zerbarst, wie zerschmetterte Äpfel dies nun einmal tun.

Der junge Tulamide schloss die Augen und betete: Lasst die Götter mächtiger sein als Dämonenwerk. Als Dimiona mit einem knappen Befehl die aufgeschreckten Dämonenhengste beruhigt hatte und sich im Saal umschaute, da war mit dem Al'Dabar auch der Bannzauber über die Adligen Araniens verschwunden. Die Gorier, die Baburiner, die Palmyrer, die Yalayati und zuletzt auch die Elburier erhoben sich von den Knien. Dimiona war von hasserfüllten Feinden umringt. Als die Wachen sie packen wollten, zeigte sich jedoch, dass ihr Schutzzauber noch bestand, und schreiend sanken die Tapferen nieder. Die Thronräuberin aber stand auf ihrem dämonischen Wagen und riss an den Zügeln. Die Hengste, noch immer wild schnaubend, gehorchten ihr und erhoben sich mit einem Rauschen der Fledermausflügel in die Lüfte. »Rache! Alter Mann, du und die Deinen, ihr werdet nicht mehr erleben, wie der Herr triumphiert. Ihr anderen hingegen, ihr habt noch eine letzte Gelegenheit, euch für die siegreiche Sache zu entscheiden!«

Der Dämonenbuhle schlug nur Hohngelächter entgegen, allein die Elburier waren erstaunlich still und gedankenverloren. Gräfin Merisa schaute Dimiona lange nach, bis sie mit ihrem Dämonenwagen am Himmel verschwunden war, und dann hieß sie ihr Gefolge und ihre Lehensleute, ihr hinauszufolgen aus dem Saal. Danach war es totenstill im Thronraum. Ohne jede Zeremonie schworen nun die verbliebenen Adligen dem Herrscherpaar in bewegten Worten die Treue, und der Diener des Lebens, der bescheiden alle Worte des Dankes und der Ergebenheit abwehrte, wurde umlagert. Auch die sogleich herbeigeeilte Fürstin Sybia stand im Mittelpunkt des Aufsehens und gab auf der Stelle den Befehl, dass zwei Rashduler Teppiche aus der Schatzkammer geholt werden sollten, um die Thronräuberin zu verfolgen – doch es war zu spät, und die Streife musste unverrichteter Dinge zurückkehren.

In die Erleichterung allerdings mischte sich Sorge. Vor allem fragte sich der Adel, weshalb die Herrin Peraine den Symbolstein Araniens entrückt hatte, ob sie damit eine Zeit der Unfreiheit oder gar den Zerfall des Landes andeuten wolle. Allein der Diener des Lebens, wollte nichts von derlei ängstlichen Befürchtungen hören. Als sich wieder einmal alle nach ihm umschauten, erblickten sie ihn zusammengekauert auf dem Fürstenpodest, wo er gerade die Reste des zerschmetterten Apfels aufsammelte. »Komme, was wolle, Leben oder Untergang, heute noch will ich diese Kerne beim Haus der Peraine einpflanzen, auf dass ein schönes Apfelbäumchen daraus wachse«, waren seine Worte.

Halef jedoch fühlte sich seltsam ausgeschlossen, denn nun ließen ihn die übrigen auf einmal spüren, dass er der Abgesandte eines Magiers war, eines Standes, dem seit Borbarads Tagen in Aranien großes Misstrauen entgegenschlug.

Nachdem sich der erste Aufruhr gelegt hatte, wurde das Fehlen der Elburier bemerkt, die bereits Richtung Osten abgereist waren, ohne der Fürstgemahlin Eleonora den Treueid zu leisten. Halef blickte sorgenvoll aus dem Fenster seines Zimmers. All das bedeutete nichts Gutes, und nach wie vor gab es keine Nachricht von seinem Effendi oder der Herrin Mara.

# 18. Kapitel

*Im Hochgebirge des Raschtulswalles, am 4. Tsa des Jahres 28 Hal*

Und was nun?« Der halb nackte Mann mit dem zerzausten Haar stand vor einem jähen Abbruch, als der Gämsenpfad, dem er viele Stunden lang mit blutenden Füßen gefolgt war, urplötzlich an einer Schlucht endete. Für ihn zumindest schien hier der Weg zu Ende, auch wenn eine Gämse es vielleicht schaffen mochte, fünf Schritt bis zum gegenüberliegenden Hang zu springen.

Einen Augenblick lang überlegte er, ob er es nicht einfach versuchen sollte. Dabei glaubte er selbst nicht daran, dass ihm dieser Sprung gelingen würde, erst recht nicht in seinem derzeitigen Zustand. In den letzten zehn Tagen hatte er nur Knollen und Wurzeln gegessen, und drei Tage lang das Fleisch eines jungen Geiers, der so unerfahren gewesen war, sich zu nahe an den wie tot daliegenden Menschen zu wagen und dessen gefiederter Balg jetzt einen alles andere als wirksamen Kälteschutz abgab. Aber eigentlich wusste er auch nicht, ob er es schaffen wollte. Das Dunkel der Schlucht lag lockend und verheißungsvoll vor ihm und mit einem fernen Funkeln lockte am Boden der Klamm ein kleiner Bach. Wenn er es wagte zu springen und fiel, wer konnte ihm da Feigheit vorwerfen?

*Ich.*

Da war sie wieder. In den letzten Tagen hatte die körperlose Stimme einer jungen Frau ihn immer wieder vorangetrieben und gepeinigt, sobald er sich zurücksinken lassen und dem Langen Schlaf ergeben wollte.

»Manchmal kannst du verdammt lästig sein, Herrin!« Seine Ewigjunge Göttin hatte schon vor einiger Zeit in Punin zu ihm gesprochen – offensichtlich passte es ihr ganz und gar nicht, wenn er sich hängen ließ. »Und was willst du tun, Herrin, wenn ich jetzt einfach einen Schritt nach vorn mache?«

Die Stimme schwieg.

So war es immer. Es war kein Gespräch mit ihr möglich; die junge Stimme antwortete allenfalls auf nur zum Schein gestellte Fragen, auf die man keine Antwort erwartete. Nie gab sie vernünftige und hilfreiche Antworten, sondern schalt nur, wenn er seiner Rolle in ihren Plänen nicht gerecht wurde.

Nun hatte der Ärger seine Lebensgeister wieder geweckt. Auch das kannte er schon, und er fragte sich müßig, ob die Worte der Göttin irgendwann nicht einmal mehr ausreichen würden, ihn zu verärgern und die durch Erschöpfung, Hunger, Kälte und Schmerz hervorgerufene Trägheit zu vertreiben.

Fluchend machte er sich auf den Rückweg. Nach einigen hundert Schritt mühsamen Aufstiegs würde er diesmal an der blitzgespaltenen Eibe nach rechts abbiegen. »Aber das sage ich dir, Herrin, falls das wieder nichts wird und du mich nicht gleich jetzt, auf der Stelle warnst, dann stürze ich mich wirklich in die nächstbeste Klamm.«

Die Stimme schwieg.

Vier Stunden später brach der völlig Erschöpfte am Fuß des Berges zusammen. Nach einigen weiteren Stunden fanden ihn garetische Hirten und entschlossen sich, ihn erst einmal in ihre Hütte zu schaffen und etwas aufzuwärmen.

# 19. Kapitel

*Bei Borbra,*
*am 18. Tsa*
*des Jahres 28 Hal*

»Da ist es wieder.« Maras Stimme klang vorwurfsvoller, als sie beabsichtigt hatte.

Halef blickte die junge Hexe zweifelnd an. »Es tut mir Leid, ich habe wirklich nichts finden können.«

Mara hob die Schultern. »Aber du hast es doch auch gemerkt, oder?« Seitdem sie Anchopal verlassen hatten, ging von Zeit zu Zeit immer wieder ein heftiger Ruck durch die Kutsche. Sie hatten bereits mehrere Male angehalten, und Halef hatte die Räder untersucht, ohne jedoch etwas Genaues zu finden. »Ich glaube, es liegt einfach an diesen götterverlassenen Straßen. Da kann man nichts machen.«

»Vorsicht! Pass auf, was du über meine Heimat sagst.« Auch dieser Tadel, der eigentlich neckend gemeint war, klang barscher, als sie es gewollt hatte, doch die Hexe wusste nicht so recht, wie sie die Schärfe ihrer Worte zurücknehmen sollte, und so schwieg sie fortan ebenso wie der neben ihr auf dem Kutschbock sitzende Sekretär.

Mara betrachtete den jungen Tulamiden. Der Sekretarius war im Grunde ein recht ansehnlicher Bursche, mit den dunklen, leicht gelockten Haaren und der hellbraunen Haut. Auch wenn er bereits erste Anzeichen von Fettleibigkeit zeigte, wie sie bei den Okharims üblich zu sein schien, ähnelte er in seinen Gesten und Worten eher seinem Herrn als seinem Oheim. Mara war sich nicht ganz sicher, wie eng das Verhältnis zwischen den beiden wirklich war, und anfangs war sie auch ein wenig eifersüchtig auf Halef gewesen, der stets in der Nähe ihres Gemahls weilte. Doch im Laufe der Jahre hatte sich der Bursche als verlässlicher Gewährsmann herausgestellt, der sich – obwohl er Tarlisin ganz und gar ergeben war – den neugierigen Fragen der Hexe nicht entziehen konnte und ihr so stets ein recht genaues Bild von den Ausschweifungen ihres Gemahls vermittelt hatte.

Es war eine glückliche Fügung, dass sie den Tulamiden nach ihrer verspäteten Rückkehr aus Keshal Taref in Zorgan getroffen hatte und sie somit gemeinsam nach Anchopal reisen konnten. Der Aufenthalt in dem Kloster, zu dem sie durch ihre Verletzungen gezwungen gewesen war, hatte viel zu lange gedauert, und schließlich hatte sie sich der freundlichen Aufmerksamkeit ihrer Retterin, Schwester Sulvonajida, auf eine Weise entzogen, die fast als Flucht gelten mochte.

Auf dem Wege zurück zu ihren Kindern hatte sie dem Diener und Freund allerlei unangenehme Wahrheiten entlocken können. Ihr Gemahl war gemeinsam mit der schönen Rashdulerin, mit der er bereits in Punin herumgetändelt hatte, im Gebirge verschwunden. Halef schien ehrlich besorgt, dass seinem Herrn etwas zugestoßen sein könnte, aber Mara glaubte eher, dass der streunende Kater in einem Liebesnest die Zeit vergessen hatte.

Sie hatte nichts dagegen, dass Tarlisin sich Abwechslung im Schlafgemach verschaffte, schließlich tat sie selbst nichts anderes, doch es sollte schon bei kurzen Abwechslungen bleiben und nicht zu einer dauerhaften Liebschaft werden, denn Mara war eifersüchtig wie alle Katzen und ließ andere durchaus mit ihrer Beute spielen, solange nur feststand, wer jene letztendlich mit nach Hause nehmen würde. Und genau da lag die Schwierigkeit. Der Kerl war seit über zwei Jahren nicht zu ihr zurückgekehrt und langsam war ihre Geduld am Ende. Sie liebte Tarlisin sehr, aber wenn sie längere Zeit miteinander verbrachten, stritten sie sich so heftig, dass sie ihm am liebsten die Augen ausgekratzt hätte. In Zeiten der Trennung hingegen hatte Mara stets das Gefühl, als ob ein wesentlicher Teil ihrer selbst fehlte.

Als auch in Anchopal keine Nachricht von Tarlisin vorlag, hatte sie den sehr beunruhigten Sekretarius gebeten, sie nach Borbra zu begleiten. Mara seufzte. Es würde gewiss nicht einfach, ihren Kindern, die dort ungestüm wie junge Füllen aufwuchsen, den Umzug nach Zorgan schmackhaft zu machen, doch in den letzten Wochen waren rund um die Gorische Wüste immer wieder Dämonen erschienen, und die Hexe wollte ihre Kleinen in Sicherheit schaffen. Der junge Tulamide war ein sehr verständnisvoller Gesprächspartner und auch die Kinder hingen sehr an ihm. Mara überlegte erneut, ob sie den Burschen verführen sollte. Sobald sie in Borbra waren und die Kinder bei sich hatten, wäre es kaum noch möglich, aber jetzt war die Gelegenheit günstig. Nur was, wenn er keine Freude an Frauen hätte? Obwohl … sie hatte bemerkt, dass er sie häufig genug mit begehrlichen Blicken betrachtet hatte. Und wenn es das vertraute Verhältnis zwischen ihm und Tar zerstören würde?

Vielleicht würde sie einfach abwarten, bis die Kinder in Zorgan waren. Falls ihr treuloser Vater sich bis dahin immer noch nicht gemeldet hatte, würde Mara Halef ein ganz besonderes Abschiedsgeschenk machen.

Die Kutsche rumpelte erneut. Mara spürte jeden einzelnen Knochen im Leibe, obwohl sie sich schon zwei dicke Kissen auf den Kutschbock gelegt hatte. Eigentlich hätte sie viel lieber im Inneren der Kutsche gesessen, doch der Innenraum wurde von Shiko und unzähligen Paketen eingenommen, Geschenken, die Mara wie üblich ihren Untertanen mitbrachte. Haustiere und Hirtenknaben deuteten als erstes daraufhin, dass sie sich einem bewohnten Ort näherten: Im lehmfarbenen

Wasser des Mhanadi suhlten sich einige Selemferkel, während von den deutlich gefährlicheren Flussbewohnern, den Krokodilen, keine Spur zu entdecken war.

Endlich sahen Mara und Halef in einiger Entfernung Borbra daliegen. Zahlreiche Banner, in allen Farben des Regenbogens, flatterten an den Kuppeln und Türmen des Ortes. Im Tsamond wurde fast täglich ein Fest zu Ehren der jungen Göttin gefeiert, und auch zahlreiche Pilger strömten in den Ort, um die Göttin um Fruchtbarkeit und gutes Gelingen neuer Lebenspläne zu bitten.

Auf der Straße waren am späten Nachmittag die letzten Reisenden zu sehen und einige Bauern mit Eselskarren, ein paar gorische Viehtreiber, eine Hand voll Frauen mit Wasserkrügen und eine kleine Gruppe farbenfroh gekleideter Pilger drängelten sich bunt durcheinander.

Die kostbare Reisekutsche erregte allgemeine Aufmerksamkeit und schon näherten sich die ersten Kinder, um den Fremden eine Unterkunft oder Speisen anzubieten, während andere Obst und Obstsäfte feilbieten wollten. Doch als sie Mara erkannten, begann sogleich ein fröhliches Geschrei: »Die Beyrouni ist zurückgekehrt!« Ehe Mara sichs versah, hingen unzählige Kinder an der Kutsche, während wohlmeinende Hände bunte Törtchen, Obst und Halva zum Kutschbock emporreichten, und schließlich hielt Halef den Wagen an. Sofort wurde die Kutsche umringt und die Beyrouni in dieses oder jenes Haus geladen, um eine Erfrischung zu sich zu nehmen. Mara winkte fröhlich und erleichtert in die Menge. Es war tröstlich, dass die Dörfler nichts von ihrer einfachen Freundlichkeit verloren hatten. Aber in Gedanken war die Hexe anderswo. Sie hörte kaum auf das, was man ihr erzählte, vertröstete alle auf den nächsten Tag und versprach, den Einladungen so bald wie möglich nachzukommen.

Gleichzeitig bat sie um Verständnis, dass es sie nun zu ihren eigenen Kindern zog.

Dies war ein Hinweis, den die tsagläubige Bevölkerung gut verstehen konnte. Für die Anhänger der jungen Göttin galten Kinder als das höchste Gut, die daher in Borbra fast völlige Narrenfreiheit genossen.

Das Herrenhaus lag ein Stück außerhalb und war von riesigen Pferdekoppeln umgeben. Mara war stolz auf ihre Weinberge, aber ihr Herzblut hing an ihrer Shadifzucht, die weit über die Grenzen der Grafschaft Gorien hinaus einen guten Namen genoss. Mara bat Halef anzuhalten, um die Fohlen bewundern zu können. Auf der Koppel grasten ebenfalls einige Strauße, die beim gorischen Adel als Zugtiere für den offenen Wagen beliebt waren. Shiko war mit einem Satz aus der Kutsche und rannte, ohne Maras Proteste zu beachten, geradewegs auf die Laufvögel zu. Schon stoben die Strauße über die Koppel davon, während Shiko in Erwartung des verdienten Donnerwetters in Richtung Mhanadi verschwand. Mara wandte sich seufzend an Halef. »Ich denke, wir können ebenso gut weiterfahren, denn Shiko wird sich die nächsten Stunden kaum blicken lassen.«

Nach außen wirkte das Herrenhaus geradezu abweisend. Keine Fenster durchbrachen die Außenmauern, nur einige Schießscharten, und um das Dach verlief eine fast mannshohe, zinnenbewehrte Mauer. Mara hatte als Kind immer von luftigen Palästen voller Kuppeln und Türmchen geträumt, doch hier in Borbra hatte sie sich der Wirklichkeit beugen müssen: Der Ort war ein sehr abgelegener Vorposten Araniens und in der Vergangenheit bereits häufiger angegriffen worden. Zwar hatten sie ein Friedensabkommen mit den Bergstämmen im Khoramgebirge jenseits des Flusses, aber das konnte sich jederzeit ändern.

Am einzigen Zugangstor zum Vorhof stand üblicherweise ein Wachposten, doch derzeit war es geschlossen und verlassen. Nun, vermutlich war die Wache kurz auf dem Abtritt. Halef blickte zu Mara hinüber: »Ich denke, dass ich mich mal um die Kutsche und das Entladen kümmere, während Ihr die Kinder begrüßen geht. Ich komme dann später nach.«

Mara lächelte dem Tulamiden zu und hüpfte geschmeidig vom Kutschbock. »Dank dir, Halef, du bist ein Schatz.« Sie eilte zum Tor, das zwar geschlossen, aber nicht verriegelt war. Im Durchgang brannten Fackeln, auch hier war jedoch keine Spur von der Wächterin zu sehen. Im vorderen Innenhof standen einige Türen offen – zum Stall, zum Vorratsraum, selbst zu den Dienstbotenkammern, und wieder war niemand zu sehen. Auf dem Gut lebten lediglich eine Hand voll Mägde und Knechte, wenn Mara nicht mit ihrem Gefolge hier war, doch die waren offensichtlich verschwunden. Mara merkte, wie Sorgen und Ärger zugleich ihr die Kehle zuschnürten. Gewiss, im Dorf wurde gefeiert, aber das war noch lange kein Grund, das Herrenhaus menschenleer zurückzulassen.

Was im Namen der Götter war hier geschehen? Die Dörfler hätten ihr doch gewiss erzählt, wenn etwas passiert wäre. Andererseits lag das Herrenhaus abseits – was, wenn sie es nicht bemerkt hatten?

Mara schnüffelte: Ja, es lag ein eigenartiger Brandgeruch in der Luft. Sie stürmte am Wasserbecken vorbei in den Durchgang zum hinteren Innenhof.

Der beißende Geruch wurde stärker. Ein paar Herzschläge später stand Mara in der von dunklen Rauchschwaden durchzogenen Küche. Natürlich war die Köchin nicht zu sehen. Die Hexe riss die Tür zum Backofen auf. Drinnen lag ein schwarz verbranntes Brot und ein geborstener Keramiktopf mit einer dunklen Masse darin. Als sie sich umblickte, bemerkte Mara das Durcheinander ringsumher. Ein Sack Weizengrütze hatte sich über den Boden ergossen, Eierschalen lagen in einer Pfütze aus Milch. Das Mehl, das zum Backen verwendet worden war, war nicht nur uralt, wie aus dem hintersten Winkel der Speisekammer gekramt, sondern auch verdorben.

Die Hexe schüttelte sich. Es war schon unglaublich, wie manche Leute es schafften, auf ihren Reisen zu überleben, ohne sich am eigenen Essen zu vergiften. Obwohl ... vermutlich hatten die Magier nur aus diesem Grund Zauber gegen Gifte entwickelt. Sie schlang das verbrannte Brot in ein Tuch ein und machte sich auf die Suche nach dem Verursacher des Durcheinanders.

Auch im Kaminzimmer herrschte eine wilde Unordnung. Kleidungsstücke waren achtlos im Raum verteilt und die dicken Teppiche gluckten vor Nässe, als sie darauf trat – ein deutlicher Hinweis darauf, wo sich der Herr des Durcheinanders befinden mochte.

Mara seufzte tief. Sie malte sich aus, wie sie ihrem Gatten das verbrannte Brot reichen würde: »Das Essen ist fertig ...« Das Zimmer öffnete sich zum großen Innenhof, einer grünen Oase voll prächtiger blühender Büsche, Zypressen in großen Töpfen und zahlreichen Statuen. Das Herzstück dieses Gartens war ein Badebecken, an dessen einem Ende sich aus einer Levthanstatue unaufhörlich Wasser ergoss.

Die Hausherrin schlich vorsichtig hinter der Statue einer tulamidischen Tänzerin vorbei, um sich dann im Schatten einer Säule zu verbergen. Im Becken tollten die vierjährigen Zwillinge Shalimar und Shaleyman umher, während – genau, wie Mara vermutete hatte – ihr Vater Tarlisin auf der Beckenumrandung saß und sich mit dem achtjährigen Shaykaban unterhielt. Die Hexe nutzte weitere Säulen des Arkadenganges, um sich ungesehen näherzuschleichen, denn sie wollte zu gern wissen, worüber der Magier mit seinem Sohn sprach. Die Haare des Brabakers schimmerten feucht und auf der dunklen Haut glitzerten Wassertropfen. Während er sich mit seinem Ältesten unterhielt, wanderte Tarlisins Blick immer wieder zu den planschenden Zwillingen und der im Schatten schlummernden zweijährigen Yarascha.

Mara hätte gern sein Gesicht gesehen, doch er wandte ihr den Rücken zu, und so konnte sie lediglich Shaykabans Miene erkennen, der seinen Vater ernst anblickte. »Warum hat Ama mir verboten, Fremden zu erzählen, dass du mein Aba bist? Akhim darf doch auch allen Leuten sagen, dass sein Aba der Spitzenreiter der Rennmannschaft von ›Arania Anchopal‹ ist.«

»Akhims Vater hat ja auch längst nicht so viele Feinde.« Tarlisins Stimme hatte nichts von ihrem weichen Brabaci-Akzent verloren, in den sich Mara vor vielen Jahren verliebt hatte.

»Dann stimmt es also, was die Leute sagen? Dass deine Gilde dich bestraft hat, weil sie dich für einen Verbrecher halten?« Die dunklen Augen des Achtjährigen funkelten.

»Und wenn es so wäre, was würdest du dann machen?« Der Magier blickte erneut zu den Zwillingen.

»Dann würde ich dich verteidigen und sagen, dass du der beste Magier seit Rohal bist.«

Tarlisin lachte kurz auf und zauste seinem Sohn die langen Locken. »Das ist lieb, aber ich denke, ich kann mir schon selbst helfen. Es stimmt, dass ich gegen einige uralte Gesetze verstoßen habe, die Leute vor Jahrhunderten gemacht haben, ohne zu wissen, dass sie in der heutigen Zeit nutzlos sind. Du weißt ja selbst, dass es manchmal klüger ist, etwas anderes zu tun, als einem die Erwachsenen sagen.«

Mara seufzte innerlich auf. So viel zur Kindererziehung.

Inzwischen fuhr Tarlisin fort: »Ich musste verbotene

Dinge tun, um gegen den bösen Borbarad zu kämpfen, und das haben einige Leute nicht ganz verstanden.«

Der Kleine schaute seinen Vater pfiffig an: »Hat das was mit diesem Sphärenschlüssel zu tun, von dem sie in der Ordensburg reden?«

Die Stimme des Magiers verriet echte Überraschung: »Bei den Göttern, Shaykaban, vor dir kann man wohl nichts verbergen. Dabei war ich mir sicher, dass du nicht in die Ordensburg gehen sollst, wenn ich nicht da bin.«

Sein Sohn wollte ihn beruhigen: »Ach, sie haben es gar nicht recht bemerkt... Aber was ist mit diesem Sphärenschlüssel?« Man konnte dem Jungen deutlich ansehen, wie stolz er war, das schwierige Wort fehlerlos auszusprechen.

Der Magier schüttelte bedächtig den Kopf. »Wie soll ich dir das erklären? Der Sphärenschlüssel ist ein mächtiges Zauberding, mit dem man selbst den bösen Borbarad bekämpfen kann. Er will ihn darum auch ganz dringend haben. Aber was er wirklich ist...« Tarlisin dachte einen Augenblick nach und sprach dann weiter. »Du musst wissen, vor vielen Zeitaltern gab es nicht nur die sechs Elemente um uns herum, sondern auch ein siebtes war gleichmäßig in der Welt verteilt.«

Shaykaban blickte seinen Vater erstaunt an. »Welche sechs Elemente, Aba?«

Tarlisin seufzte. »Nun, Feuer und Wasser, Erde und Eis, Erz und Luft, Shaykaban. Bringt Alysha euch denn gar nichts bei? Doch was ich sagen wollte: Das siebte Element war die Zauberei.«

Mara verspürte leisen Ärger. Da sah der Junge nach über zwei Jahren seinen Vater wieder, und der hatte nichts Besseres zu tun, als sich über mangelnde Bildung zu beschweren. Der Achtjährige erhob selbst lautstark Einspruch, als hätte er seinen Vater bei einer

Lüge ertappt: »Aber die Zauberei gibt es doch heute noch!«

Tarlisin warf die nassen Haare zurück. »Ja, mein Sohn, aber nicht so geordnet wie die anderen Elemente. Damals hingegen gab es keine Zauberer, die die Magie formen und lenken konnten, allenfalls einige Dschinne der Zauberei, die in den Strömen der Magie lebten wie Wasserdschinne im Meer.«

Der Junge wirkte milde interessiert, aber Mara kannte ihren Sohn gut genug, um zu wissen, dass er inzwischen vermutlich nur noch höfliche Wissbegierde heuchelte. »Und was geschah dann, Aba?«

Tarlisin schaute zur schlafenden Yarascha hinüber, während er weitersprach. »Dann hat die Göttertochter Mada die Zitadelle der Elementaren Magie zerstört und alle Zauberei konnte frei fließen und strömen. Die Zauberer können sie darum heute ganz nach ihrem Können nutzen.«

Shaykabans Wangen begannen zu glühen. »Werde ich das auch mal können?«

Der Magier strich seinem Sohn erneut durch die Haare. »Wenn du immer schön lernst, werde ich dich in eine Akademie bringen, und dann wirst du eines Tages ein fähiger Magier sein.«

Mara schüttelte sich. Das würde sie schon zu verhindern wissen, dass ihrem Sohn alle Vorstellungskraft durch die strikten Regeln einer Magiergilde abgetötet würden! Der Junge entzog sich der liebkosenden Hand und fragte weiter: »Wo war diese Zitadelle der Magie denn?«

»Das wissen wir nicht genau, aber viele sagen, dass sie an einem Ort war, wo du sie selbst von hier aus sehen könntest – in der Gorischen Wüste.« Shalimar war an den Beckenrand herangeschwommen und spritzte ihren Vater nass. Tarlisin beugte sich über das Becken und erwiderte die Neckerei.

Das Interesse des Jungen wuchs. »Da warst du schon einmal, Aba, nicht wahr? Da hat dir doch der Drache wehgetan.« Shaykabans Finger glitten über die tiefen Narben an Tarlisins Armen und Schulter. »Warum bist du dahin gegangen?«

Als der Magier sich wieder zu seinem Sohn wandte, konnte Mara einen Blick auf sein Gesicht erhaschen. Der Brabaker lächelte, aber in seinen Augen lag ein gehetzter Ausdruck. »Weil wohl auch der böse Borbarad daran glaubt, dass dort einst der Herr aller Zauberei lebte. Jedenfalls hat Borbarad dort vor langer Zeit selbst seine Burg gebaut und dort hatte er auch den Sphärenschlüssel verborgen.«

Shaykaban bohrte weiter: »Und damit wolltest du den bösen Borbarad besiegen?«

Tarlisin nickte. »Ja, denn der Sphärenschlüssel ist ein sehr mächtiges Objekt …« Er lächelte und verbesserte sich: »Ein Ding aus der Zeit, als es noch diese Zitadelle der Zauberei gab und alles ganz anders war. Damals wurde einer der Dschinne der Zauberei in diesem Ding eingeschlossen, und ich habe gehofft, er würde mir dabei helfen, alles wieder sicher zu machen.«

Der Junge schaute seinen Vater zweifelnd an: »Kann der das denn?«

Der Magier strich seine Haare aus dem Gesicht. »Das hatte ich gehofft. So wie Feuerdschinne Brände legen und löschen können, sollten Zauberdschinne mit den Kräften der Magie umgehen können, selbst mit so gefährlichen Feinden wie dem Dämonenmeister.«

Dann lachte er trocken auf, und es lag eine Verzweiflung in dem Lachen, die seinem Sohn entging, Mara allerdings umso deutlicher auffiel. »Aber das ist alles bedeutungslos, denn ich habe diesen Sphärenschlüssel in der Hand gehabt und ihn mir wieder abnehmen lassen …«

»Dann kannst du ihn mir nicht zeigen?« Shaykaban klang enttäuscht.

»Nein, leider nicht.«

Die Aufmerksamkeit des Achtjährigen schwand zusehends. »Und was willst du jetzt machen?«

»Zuerst einmal werde ich euch von hier wegbringen. In Borbra ist es zu gefährlich für euch wegen der Dämonen, die aus der Gorischen Wüste herüberkommen.« Sein Sohn wollte etwas einwenden, aber Tarlisin legte ihm den Finger auf die Lippen. »Über der Gorischen Wüste ist ein Riss im Weltengefüge. Angeblich ist er dort seit Madas Tagen, aber auf jeden Fall hat der böse Borbarad ihn vor vielen hundert Jahren viel schlimmer gemacht. Und jetzt, da er zurückgekommen ist, wird dieser Riss wieder schlimmer und schlimmer. Alysha hat euch davon vielleicht nichts erzählt, doch in vielen Orten rund um die Wüste sind Dämonen einfach so erschienen, ohne dass ein böser Zauberer sie gerufen hätte. Die kommen alle aus diesem Weltenriss.«

Mara biss sich auf die Lippen. Tarlisin hatte den gleichen Plan gehabt wie sie selbst. Die Hexe legte das Brot zur Seite; sie würde ihn nicht verspotten.

Shaykaban dachte eine Weile nach. Dann legte er den Kopf schief und sah seinen Vater mit großen Augen an. »Wenn wir in Anchopal sind ... gehst du dann mit mir zum nächsten Rennen von ›Arania‹?«

Tarlisin lächelte und nickte. »Mache ich, ganz gewiß. Versprochen.«

Shaykaban überlegte, welche Zugeständnisse er seinem Aba noch abringen sollte, als seine Mutter auf sie beide zukam. Eigentlich wollte er aufspringen und sie begrüßen, doch als seine Eltern sofort anfingen zu knutschen, entschied er sich, lieber ins Wasser zu hüpfen, bevor die Ama auch noch ihn abküssen würde.

# 20. Kapitel

*Bei Borbra,*
*am 20. Tsa*
*des Jahres 28 Hal*

Die prunkvolle Reisekutsche rollte zügig dahin. Im Inneren erkundigte sich eine quengelige Jungenstimme, ob man denn nicht bald da sei und wie lange man denn noch in diesem blöden Wagen fahren müsse. Während eine helle Frauenstimme dem Jungen zum wiederholten Male erklärte, dass die Reise so lange dauere, bis man am Ziel sei, beschwerte sich eine schrille Mädchenstimme, dass Shaleyman auf ihrer Puppe sitze. Sofort meldete sich ein weiterer Junge mit der Feststellung, dass alle Mädchen blöd seien, wenn sie mit Puppen spielten.

Die beiden Dienstboten auf dem Kutschbock grinsten sich viel sagend an. Halef und die Kinderfrau Alysha hatten bereits vor einer Weile eine Wette abgeschlossen, welches der Kinder wohl als Nächstes austreten müsste, denn bislang hatte die Kutsche mindestens zweimal jede Stunde eine Pause einlegen müssen. Der junge Tulamide warf seiner Banknachbarin einen herausfordernden Blick zu: »Und ich wette um einen Taler, dass bei der Gelegenheit meinem Effendi einfällt, dass er wichtige Ordensdinge mit mir zu besprechen hat und daher draußen weiterfahren muss. Dann wirst du nach innen verbannt werden …«

Alysha streckte ihm die Zunge heraus. »Und dagegen soll ich wetten? Ich kann mit meinem Geld besseres anfangen, als es so zu verschleudern.« Halb im Scherz schlug sie das Handzeichen gegen ein böses Schicksal:

»Wenn es die Götter nicht verhüten, sehe ich mich selbst schon da drinnen.«

Die beginnende Tageshitze hatte auch vor dem Inneren des Wagens nicht Halt gemacht. Die Vorhänge waren weit geöffnet, dennoch hing der Geruch nach eingenässten Hosen, Erbrochenem und Raubtier deutlich in der Luft. Das Gefährt bot bequem Platz für vier Erwachsene, doch nun befanden sich darin sechs Personen sowie ein großer Gepard, der fast den gesamten Fußraum mit Beschlag belegte. Shaykaban saß neben seinem Vater, während Mara ihnen gegenüber zwischen den ewig streitenden Zwillingen hockte. Es wäre naheliegend gewesen, dass die Kinder sich eine Sitzbank geteilt hätten, aber das hatte sich bereits als völlig undurchführbar erwiesen.

So musste Tarlisin zu allem Überfluss die knapp zweijährige Yarasha auf den Knien halten, die ihm – nachdem sie zuvor mit ihren klebrigen Fingern alle erreichbaren Körperstellen des Vaters erkundet hatte – nun einen weich gelutschten Keks in den Mund schob. Inzwischen hatte es Shalimar geschafft, die Haare ihres Bruder zu erwischen, und Shaleyman brach in lautes Geheul aus. Mara schenkte dem Durcheinander möglichst wenig Beachtung und liebkoste stattdessen ihren Vertrauten. Tarlisin spürte, dass er kurz vor einem Jähzornanfall stand, und konnte nur mit äußerster Willenskraft verhindern, dass er die Beherrschung verlor oder zumindest einen Stillezauber über den Wagen legte.

Tarlisin seufzte. Er dachte an die Wochen, die hinter ihm lagen. Nachdem er es mehr tot als lebendig aus dem Hochgebirge geschafft hatte, waren seine Retter bereit gewesen, ihn auf ihrem Karren nach Wandleth, das im Norden des Raschtulswalls lag, zu bringen. Dort hatte ihm sein Freund Melwyn geholfen, nach Punin zu reisen und dem Rat der Grauen Gilde Bericht zu erstatten. Es war ihm nicht leicht gefallen, zuzugeben, wie einfach ihn die Dämonologin hatte übertölpeln können, aber da er es nun einmal aus dem Gebirge zurück geschafft hatte, wollte er das Ganze auch zu Ende bringen.

Von Punin aus war er schließlich im weiten Bogen über den südlichen Raschtulswall gereist und dann den Mhanadi abwärts nach Borbra, um seine Kinder abzuholen und fortzubringen von jenem Ort, der so nahe an der Gorischen Wüste lag. Der Magier liebte seine Familie, aber Familienleben war etwas, was er lieber, wie einen Leckerbissen, selten und in Maßen genießen wollte. Tarlisin hatte sich wichtige Aufzeichnungen mitgenommen, die er unbedingt durchsehen wollte. Während der ersten beiden Reisestunden des gestrigen Tages hatte er sogar Gelegenheit dazu gefunden, denn abgesehen von vereinzelten Klagen über Hunger, Durst und Langeweile, einigen Anfällen von Reisekrankheit und dem unvermeidlichen Ärger, dass immer eines von ihnen lauthals nach dem Nachttopf verlangte, hatten die Kinder die Reise genossen.

Doch dann war der Reiz des Neuen für die Kleinen verflogen und seitdem hatten sie sich zu wahren Tyrannen aufgeschwungen. Früher am Tag, als sie gerade eben Samra verlassen hatten, hatte er versucht, die Kinder zur Ordnung zu rufen, und verlangt, dass sie wenigstens eine Stunde ruhig sein sollten, aber da war die äußerst reizbare Mara wie eine Löwin für ihre Kleinen eingetreten und hatte deren Recht aufs Spielen und Toben verteidigt.

Er wusste sehr wohl, warum seine Frau so streitbar war, ihn kaum eines Blickes würdigte und – wenn überhaupt – nur mit knappen Worten mit ihm redete, auch wenn sie es vor den Kindern zu verbergen versuchte: Sie war zutiefst enttäuscht von ihm.

In Borbra hatte er es noch für ein gewisses Glück im

Unglück gehalten, Mara zu treffen. Dass sie ausgerechnet am gleichen Tag mit dem gleichen Vorhaben wie er selbst an ihren Heimathof gekommen war, musste einfach ein Zeichen der Götter sein.

Sie hatten nach den ersten Umarmungen Halef herbeigerufen, damit er auf die Kinder aufpasste, und sich dann in ihr Rahjazimmer mit dem großen Himmelbett zurückgezogen, doch dort hatte sich das Unglück abgespielt. Nichts von dem, was die wunderschöne, begehrenswerte Mara versuchte, keiner von allen Kniffen, die sie bemühte, wollte fruchten, und als sie dann nebeneinander hockten, enttäuscht, aber dennoch bemüht, es nicht zu zeigen, hatte er den kleinen, aber schwer wiegenden Fehler gemacht, eine Erklärung anzubieten. Die Worte über die üble Überraschung, die ihm Belizeth in einer ähnlichen Lage bereitet hatte, waren nicht dazu angetan gewesen, seine Frau heiter zu stimmen. Im Gegenteil – hätten sich nicht zufällig ihre Kinder im gleichen Haus aufgehalten, hätte Mara ihm wohl mit ihren Katzenkrallen das Gesicht zerfetzt.

Nachdem sie anschließend die Nacht getrennt in ihren jeweiligen Schlafgemächern verbracht hatten, war am nächsten Morgen die Kühle, die zwischen ihnen herrschte, für jeden zu spüren gewesen, und die Kinder waren gewiss auch aus diesem Grund reizbar und quengelig geworden wie schon lange nicht mehr.

Um Yarasha von einem Gerangel mit ihrem Bruder abzuhalten, wies Tarlisin seine Jüngste auf die Straußenherde hin, die in diesem Augenblick neben dem Wagen vorüberzog. Kaum einen Lidschlag später bemerkte der Magier, dass etwas nicht stimmte. Einen Moment lang flimmerte die Luft über den friedlich daherstolzierenden Vögeln und dann stürzte sich scheinbar aus dem Nichts ein riesiger Säbelzahntiger in ihre Mitte. Selbst aus der Entfernung war das purpurfarbene Fell mit den grünen Streifen gut zu erkennen, und

Tarlisin hätte schwören können, dass die Bestie ein glotzendes Froschauge und ein schimmerndes Insektenauge besaß. Die Laufvögel stoben in alle Himmelsrichtungen davon, während der Dämon wie im Spiel denjenigen von ihnen zerfetzte, der seinen Pranken am nächsten gewesen war. Anschließend schaute er sich nach dem nächsten Opfer um.

Tarlisin wusste, dass er schnell handeln musste, denn selbst mit der Kutsche bestand keine Hoffnung, dem Dämonen zu entkommen. Zuerst war es wichtig, Halef zu warnen, bevor die Pferde in Angst gerieten. Der Magier warf Yarasha kurz entschlossen in Maras Schoß und sprang auf die Füße, wobei er dem Geparden auf den Schwanz trat. Shiko fauchte, das kleine Mädchen fing an zu brüllen an und auch Mara machte ihrer Empörung Luft. Tarlisin achtete nicht auf das Geschrei und wandte sich der Tür zu. Er hatte keine Zeit mehr, die Verriegelung zu öffnen, also rammte er die Tür mit dem Knie auf und kletterte auf das Kutschendach.

Er hatte sich gerade eben in die Höhe gezogen, als die Bestie schon heran war und mit einem Prankenhieb Alysha vom Kutschbock fegte. Ein kurzer Satz und die purpurne Monstrosität hockte selbst auf dem ächzenden Wagen. Das Horn an ihrem Schwanzende streifte fast beiläufig Halef, der ebenfalls hinabstürzte.

Die Pferde waren mittlerweile blind vor Angst und stürmten in wildem Galopp querfeldein.

Tarlisin wusste, dass jede weitere Bewegung des Dämonen die leichte Reisekutsche zermalmen würde, mit all ihren Insassen. Also musste er die Kreatur ablenken. Der Magier nahm seine Kräfte zusammen und sprang an den Tatzen des Dämonen vorbei auf den Rücken des rechten Zugpferdes.

Mara war im ersten Augenblick über Tarlisins Verhalten fassungslos gewesen, doch spätestens als die

Kutsche diese halsbrecherische Geschwindigkeit annahm, begriff sie, dass etwas Schlimmes passiert sein musste. Dann sah sie erst Alysha und kurz darauf Halef hinabstürzen. Mittlerweile schrien alle vier Kinder aus Leibeskräften. Die Hexe warf ihnen einen grimmigen Blick zu und drückte ihrem Ältesten die kleine Yarasha in den Arm.

Geschwind kletterte sie ebenfalls auf das Kutschendach und sah gerade noch, wie der Hieb einer abscheulichen Albtraumkreatur ihren Mann traf und ihm Hemd und Hose zerfetzte, bevor er auf die Deichsel prallte. Der Magier blieb wie benommen liegen, was die Bestie ausnutzte, um ihn anzuspringen. Der Dämon landete auf Tarlisin, der sich an ihm festklammerte, und gemeinsam stürzten sie zu Boden. Nur einen Wimpernschlag später rasten die Kutschenräder an ihnen vorbei.

Mara wusste nicht, ob Tarlisin den Hauch einer Aussicht hatte, diesen ungleichen Kampf zu überleben, aber wenn sie es nicht schaffte, die Pferde in den Griff zu bekommen, war es nur eine Frage von wenigen Augenblicken, bis eines der Tiere in ein Erdloch treten und die Kutsche zerschmettert würde.

Tarlisin schlug neben der niederhöllischen Monstrosität auf dem Boden auf. Die beiden schweren Stürze hatten dem Magier den Atem geraubt, während der Dämon reglos zu ihm herüberstarrte und sich unbeeindruckt auf den nächsten Angriff vorbereitete. Tarlisin schloss die Augen und erinnerte sich an die alte Allegorie, die er vor vielen Jahren in der Dunklen Halle der Geister zu Brabak gelernt hatte.

*Die Fanfaren schmetterten schrill, der Geruch unzähliger Menschen wehte von den Rängen herüber. Die Arena war bis zum letzten Platz besetzt. Tarlisin betrat, nur mit einem Lendentuch bekleidet, den Sand und reckte sein Zweihandschwert in die Luft.*

*Wie von Geisterhand öffnete sich ein Gitter und sein Gegner stürmte in die Arena: ein mächtiger Säbelzahntiger. Die Anfeuerungsrufe, die von den Rängen herabklangen, wurden noch lauter, und Tarlisin ging sofort zum Angriff über. Der Zweihänder sauste auf den Tiger zu, der sich im letzten Augenblick zur Seite bewegte. Mit einem Knurren sprang die Kreatur den Menschen an, doch diesmal war es an Tarlisin, sich im letzten Moment wegzuducken, sodass der Prankenhieb nur Sand hochspritzen ließ.*

*Tarlisin riss das Schwert herum und traf den Tiger am Rücken, wurde allerdings selbst durch die Wucht seines Schlages von den Beinen gerissen. Die verwundete Bestie setzte aufheulend nach und schlug mit ihren Pranken nach Tarlisin, der rasch zur Seite rollte. Doch der Tiger war mit einem Satz bei ihm und schlug ihm die Zähne in den Oberschenkel. Schon erhob er die Pranke, um den Rücken seines Opfers zu zerfetzten.*

*Der menschliche Kämpfer ließ das Schwert fallen und schleuderte Sand in die Augen des Tieres. Das Aufheulen der nunmehr vorübergehend blinden Kreatur gab Tarlisin Zeit, wieder auf die Beine zu gelangen. Ringsumher tobte die Zuschauerschar, als er gewandt die Klinge aufnahm. Während der Tiger noch immer ziellos in die Luft schlug, trennte der Zweihänder ihm die rechte Tatze ab. Das Blut färbte den Sand rot, während die schwer verletzte Kreatur ihr Gewicht auf die Hinterläufe verlagerte und sich halb aufrichtete, um den Feind anzuspringen.*

*Der Zweihänder warf blitzend das grelle Licht der südlichen Sonne zurück, dann schlitzte er den Tiger von der Kehle bis zum Unterleib auf. Die todgeweihte Bestie stieß ein letztes Brüllen aus, während Tarlisin rasch zurückwich, um nicht unter dem zu Boden stürzenden Körper begraben zu werden.*

*Das Publikum sprang wild johlend auf und brachte dem abermals siegreichen Gladiator seine Huldigung dar. Der erschöpfte Kämpfer genoss den Jubel und winkte mit beiden*

*Händen in die Menge, wobei er ein ums andere Mal selbstgefällig die langen Haare zurückwarf.*

Tarlisin öffnete die Augen. Es war gelungen. Angeblich wählten manche Magier hochgeistige Allegorien wie eine Partie Urdas, wenn sie mit einem Dämonen um den Sieg rangen, er jedoch hatte immer dieses blutige, hitzige, körperliche Sinnbild vorgezogen.

Die Abscheulichkeit verharrte reglos zwei Schritte vor ihm, weder aufmüpfig noch unterwürfig, einfach nur Übelkeit erregend gegenwärtig. Müßig fragte sich der Magier, wie schon manches Mal, in welchen Bildern und Sinnbildern wohl ein Dämon das Duell der Willenskraft wahrnahm, aber wie immer war ihm klar, dass er die Antwort auf diese Fragen gar nicht recht erfahren wollte. Bestimmtes Wissen war zu Recht verboten und konnte jeden Sterblichen in den Wahnsinn treiben.

Mit einigen harschen Worten in der Sprache der Niederhöllen befahl der Magier der Monstrosität, sich zurückzuziehen – dorthin, von wo sie gekommen war. Mit einem ekligen Kreischen, als wenn man mit einer scharfen Klinge über Unauer Porzellan fährt, verschwand das Ungeheuer, und Tarlisin kam stolpernd auf die Beine.

Er fühlte sich schwach und ausgelaugt, viel zu sehr als Fremder in diesem Körper, um auch nur alle Schmerzen wahrzunehmen, die dieser erlitt. Aber soweit er wusste, gab es noch einiges zu tun.

Mara hatte es mit großer Mühe geschafft, die völlig verängstigten Pferde zu beruhigen und in einem weiten Bogen zu den beiden Gestürzten zurückzulenken. Das Geschrei aus dem Kutscheninneren war inzwischen verstummt, und Shaykaban steckte den schwarzen Lockenkopf durch das offene Fenster: »Das war toll, Ama. Machen wir das noch einmal?«

Die Hexe war erleichtert, dass die Kinder offensichtlich ohne dauerhaftes Entsetzen davongekommen waren, und bemühte sich um eine möglichst heitere Stimme. »Heute auf keinen Fall. Wie geht's deinen Geschwistern?«

»Die bewegen sich nicht mehr.« Shaykaban klang unverändert fröhlich.

»Gut so.« Die Kutsche hatte gerade die Stelle erreicht, wo Halef noch immer benommen auf dem Boden saß, als Mara der Sinn von Shaykabans Worten klar wurde. Mit einem Satz war sie vom Kutschbock und riss die Tür auf. Die schwarzen Augen des Achtjährigen strahlten, während seine kupferfarbenen Wangen noch eine Spur dunkler waren als üblich. Mit ausgestrecktem Zeigefinger wies er auf die drei übrigen Kinder, die in eigenartigen Verrenkungen reglos dasaßen.

Mara blickte ihren Ältesten fassungslos an. »Wie um der Götter Willen ist das geschehen?«

Noch bevor der Junge antworten konnte, bewegte sich Shalimar als Erste und krabbelte auf ihre Mutter zu. Mit nörgelnder Stimme beklagte sie sich: »Ama, Shaykaban hat irgendwas Komisches gemacht und dann konnte ich mich nicht mehr bewegen.« Nun wurden auch die anderen beiden wieder munter und mussten getröstet werden, doch wie durch ein Wunder hatten sie bei der rasanten Kutschfahrt keine einzige Schramme erlitten und fanden eher alles sehr aufregend. Nach ein paar Augenblicken geschwisterlicher Rangelei quietschten sie bereits wieder vor Vergnügen, sodass sich Mara um den Tulamiden kümmern konnte.

Halef hatte sich beim Sturz von der Kutsche üble Prellungen und eine offene Wunde an der Schulter eingehandelt, die Mara gegen seinen Protest mit ihrem heilsamen Speichel auswusch und mit einem Stoffstreifen verband, den sie sich kurzerhand vom Rock abgerissen hatte.

Alysha, die einige Schritt entfernt lag, hatte es deutlich schlimmer getroffen. Sie war nurmehr schwach bei Bewusstsein und wimmerte bei jeder Berührung auf. Ihr rechtes Bein stand in einem merkwürdigen Winkel vom Körper ab und über dem Bauch war die Kleidung zerrissen und gab den Blick frei auf Haut, Muskeln und Eingeweide, die ein schwerer Prankenhieb zerfetzt hatte.

Halef hatte den Ernst der Lage erkannt und erzählte den Kindern eine Geschichte, um sie abzulenken, sodass Mara sich sofort ans Werk machen konnte.

Die junge Hexe wusste, dass Alysha rasche magische Hilfe brauchte, wenn sie überleben sollte. Zum Glück hatte sie jedoch für Notfälle einen Heiltrank bei sich, den sie der Verletzten sogleich einzuflößen begann. Erwartungsvoll blickte sie Alysha an, doch der Trank zeigte kaum eine Wirkung. Entweder war er zu schwach oder das starke Bluten hatte einen Gutteil der Wirkstoffe sofort wieder aus dem Körper gespült. Die Hexe beträufelte die oberflächlichen Wunden mit Speichel und riss weitere Stücke aus ihrem Rock – doch mit derlei Verbänden würde sie hier nicht viel ausrichten können. Dann bemerkte sie, wie sich jemand näherte. Tarlisin kniete neben ihr nieder und untersuchte die Verletzte.

So gut es seine anatomischen Kenntnisse zuließen, richtete er die gebrochenen Knochen. Mara wandte den Blick nicht von der Kinderfrau, als sie fragte: »Ist dir etwas gezustoßen, Tar?«

»Nein. Halt sie jetzt fest!« Die Stimme des Magiers klang barsch. Tarlisin schnitt das vom Dämonenhieb zerfetzte Fleisch weg, ohne auf die gellenden Schreie der sich aufbäumenden Alysha zu achten. »Das muss sein, kann sonst zu niederhöllischem Wundfieber führen«, bemerkte er knapp. Danach schien er endlich mit dem Ergebnis zufrieden und legte seine Hand auf das Herz der nur noch schwach atmenden Frau: »BALSAM SALABUNDE.«

Das schmerzverzerrte Gesicht Alyshas entspannte sich, als sich die Wunden mit frischem Fleisch überzogen und ihr Körper seine natürliche Gestalt zurückerhielt. Tarlisin murmelte leise: »Sie sollte jetzt eine Weile ruhen. Bleib an ihrer Seite und gib ihr Wasser. Wir hätten sowieso bald Mittagsrast machen müssen, also können wir genauso gut hier bleiben.« Seine Stimme wurde noch undeutlicher: »Wie geht es Halef?«

Mara sah sich um. Der junge Sekretär spielte mit den Kindern und schaute dabei immer wieder zu ihnen hinüber. Als seine Augen sich erschreckt weiteten, folgte die Hexe seinem Blick und sah, dass Tarlisin gleich neben seiner Patientin bewusstlos zusammengebrochen war.

# 21. Kapitel

*Elburum,*
*am 2. Phex*
*des Jahres 28 Hal*

Große Betriebsamkeit herrschte im alten Palast der Landgrafen von Elburum, denn man bereitete sich auf die Krönung einer Königin vor: Dimiona von Aranien würde hier, nicht in der eigentlichen Hauptstadt Zorgan den Thron besteigen, um jenen Landesteil zu ehren, der als Erster und bislang Einziger ihre Herrschaft anerkannt hatte. Dass sie in Zorgan schlichtweg festgenommen oder erschlagen werden würde, machte die Entscheidung nur noch einfacher.

Gräfin Merisa von Elburum hatte sich nach gewissem Zögern dazu entschlossen, die Thronanwärterin mit der Macht ihrer Grafschaft und der Wirkung ihres Titels zu unterstützen, Dämonenwerk hin oder her. Während nämlich die verhasste Grafentochter Eleonora aus dem fernen Baburin dem noch weit verhassteren Mittelreich allerlei Schenkungen und Getreidelieferungen – Tribute, mit einem anderen Wort – verheißen hatte, ließ Dimiona keinen Zweifel daran aufkommen, dass unter ihrer Herrschaft kein einziges Weizenkorn, keine noch so wurmstichige Dattel nach Gareth geliefert würde.

Derzeit hatte die Prinzessin allerdings andere Sorgen: »Und ich werde mich nicht als ›Königin‹ bezeichnen lassen. Das ist ein barbarischer Titel aus dem Garethi!« Dimionas Blick schien sich in die Ferne der halb vergessenen tulamidischen Frühzeit zu richten. »Ich habe mich entschieden, den Titel einer ›Moghuli‹ anzunehmen. Das ist der geschichtlich begründeten Würde unseres Volkes weit angemessener.«

Der Schreibersklave, der schon mehrfach für kleine Fehler gezüchtigt worden war, bemühte sich, ihre Worte zügig festzuhalten, während sie bereits fortfuhr: »Überhaupt will ich dieses ›Aranien‹ nicht mehr hören! Eine bosparanisierende sprachlich unrichtige Bastardform. ›Oron‹ hat dieses Land geheißen, als die Vorfahren der Mittelreicher noch Barbaren im fernen Westen waren, und ›Oron‹ soll mein Moghulat auch wieder genannt werden.«

Gräfin Merisa blickte ihren hochherrschaftlichen Gast mit einer Mischung aus Ärger und Zufriedenheit an. Natürlich war es besser, wenn sie es nicht mit einer willensstarken Frau zu tun hatte, deren Augenmerk auf die zweckmäßigen Dinge des Lebens gerichtet waren, doch man konnte selbst die Weltvergessenheit übertreiben. »Wie Recht Ihr habt, Majestät. Ich werde mich glücklich schätzen, im wiedererstandenen Moghulat Oron die erste Gräfin des Reiches zu sein und ...«

»Satrapa«, unterbrach die Prinzessin sie. »Das ist ein weit älterer und passenderer Titel für die Statthalterinnen, die das Vertrauen ihrer Moghuli genießen. Ihr, Merisa saba Reshemin, sollt die Herrin über die Satrapie Elburum in meinem Reiche sein.«

Merisa vermied es, zum Himmel zu blicken. »Ich bin geehrt, Majestät. Falls ich jetzt noch an die Frage erinnern darf, welches Amt meine Enkelin erhält ...« Wenn die Greisin jemanden mochte auf dieser Welt, dann war es Reshemin. Kharena, ihre eigene Tochter, hatte sich von ihr abgewandt, um eine Laufbahn in der Magiergilde zu verfolgen, doch die kleine Reshemin war weitaus folgsamer, obgleich manchmal Furcht erregend in ihrer Leidenschaftlichkeit. Vermutlich hatte Kharena den Erzeuger ihres Kindes ohne jede Sorgfalt ausgewählt.

Jetzt war auch Dimiona lange genug in die Gegenwart zurückgekehrt, um sich zu erinnern: »Ach ja, die kleine Reshemin. Das muss nicht mehr Eure Sorge sein, Satrapa. Ich werde vermutlich die Ausbildung ihrer Magie selbst in die Hand nehmen und sie soll meine Leibschülerin sein.«

Die Gräfin blickte die Prinzessin an, ein verkniffenes Lächeln auf den schmalen Lippen, denn in ihr tobte der Hass angesichts dieser Herablassung. Dieses unfähige Geschöpf vor ihr konnte zaubern! Alle um sie herum konnten zaubern. Ihre Tochter konnte es und hatte sie verraten, sich ihren Plänen entzogen. Ihre Enkelin konnte es, aber sie war entschieden … seltsam. Nur ihr selbst, die sie solche Kräfte gezielt und wohlüberlegt eingesetzt hätte, war von irgendwelchen Mächten diese Fähigkeit verweigert worden.

Doch der Hass war ein alter und vertrauter Bekannter und Begleiter, weit zuverlässiger als all die Menschen um sie herum, die sowieso nur starben und sie im Stich ließen. Er wärmte sie weit besser als die kurzlebigen Sklaven, die sich nachts an ihren Leib drängten.

Wenigstens war Dimiona bereit, sich ihren Vorschlägen zu beugen. Merisa kannte die älteste Tochter der Fürstin seit deren Geburt und hatte früher ihre Schärfe und Zielstrebigkeit bewundert. Aber das war vorbei, das Schicksal hatte beides aus ihr herausgebrannt. Nun saß da lediglich eine Marionette mit losen Fäden, die nur darauf wartete, dass jemand die Schnüre aufnahm und sie tanzen ließ.

Merisa würde das Spiel mit dieser nützlichen Puppe niemandem sonst überlassen. Sie war jetzt schon die Macht hinter dem Thron, und in Dimionas Namen würde sie das Land bis zum Raschtulswall unter ihre Herrschaft bringen.

Das brachte sie auf die Frage, wie sich die Abwehr gegen einen Angriff der Maraskaner gestalten sollte. Die ›Königin‹ hatte selbstverständlich noch nichts

Nützliches vorgeschlagen, sondern nur sphingenhaft gelächelt und gemeint, dass es da gar keine Schwierigkeiten gäbe.

Die Gräfin blickte verärgert auf, als ein junger Mann den Saal betrat, ohne zuvor von den Wachen angekündigt worden zu sein. Genauer gesagt, hatten die Wachen nicht einmal gefragt, ob die Störung genehm war. Das würde ein Nachspiel haben, und einige der Pflichtvergessenen würden sich noch vor dem Abend in Sklavenketten wieder finden.

Der Neuankömmling strafte die Gräfin mit Mißachtung und ging gemessenen Schrittes zu Prinzessin Dimiona hinüber. »Ihr müsst mich anhören.«

Dimionas Gesicht verriet, dass sie ihn zwar erkannte, aber jetzt nicht eben herbeigewünscht hatte: »Ihr seid es«, antwortete sie kühl, »versteht bitte, dass das noch etwas warten muss.«

Eine Gefühlsregung huschte über das schöne Gesicht des schwarzhaarigen Jünglings, die Merisa nicht zu deuten verstand. »Majestät, habe ich Euch nicht mit allen Ehren empfangen?« Seine Augen blitzten. »Erweist nun auch Ihr Eurem besten Freund die angemessene Hochachtung.«

Die Gräfin hielt ihre Zunge im Zaum. Das war eine Angelegenheit Dimionas. Wenn sie sich nicht einmal hier ohne Merisas Hilfe behaupten konnte, wären noch strikte Maßregeln für die ›Königin‹ nötig.

Doch mit dem, was nun geschah, hatte die alte Frau nicht gerechnet. Ohne ein weiteres Wort ließ sich Dimiona aus dem Thronsessel gleiten und kauerte auf Händen und Knien auf dem blank geputzten Palastboden. Dann ließ sie sich auf den Bauch nieder und glitt wie eine Viper auf ihren jungen Besucher zu, dass ihr glänzendes Gewand aus rot und schwarz gefärbter Seide raschelte. Während sie die würdelose Tat ihrer ›Königin‹ beobachtete, bemerkte Merisa müßig, dass der Jüngling in den gleichen Farben wie Dimiona gekleidet war, wenn auch weit geschmackvoller. Ach ja, sie würde den Schreibersklaven als Augenzeugen in aller Stille hinrichten lassen müssen. Schade um ihn.

Inzwischen hatte die Prinzessin den Jüngling erreicht und begonnen, ihm den Fuß durch die offene Sandale zu küssen. Seinen sechszehigen Fuß. Merisa schaute auf seine Hände, mit denen er Dimiona emporzog, und sah an jeder Hand sechs Finger. Ihr Magen verkrampfte sich, ohne dass sie wusste, warum.

Dimiona zeigte die Miene einer Herrscherin, die sich herablässt, einem hochverdienten Untertanen die Hand zu reichen. Ihre Stimme war huldvoll, als sie zu dem Jüngling sprach, mit zerrauftem Haar, verschmierter Schminke und einer Brust, die halb aus ihrem verrutschten Kleid hervorlugte: »Ich habe keineswegs vergessen, welche Ehre Ihr mir antatet, mein Sohn. Wie kann ich Euch gefällig sein?«

Der Jüngling lächelte einnehmend: »Es geht um die Frage der militärischen und logistischen Unterstützung für meine Armee. Ihr habt in Zorgan versagt, meine Liebe, aber Ihr werdet dennoch Eure Zusage einhalten.« Er begann, ohne Eile auf und ab zu schlendern, die Posten an den sechs Fingern seiner rechten Hand abzählend: »Ich benötige einhundertvierundvierzig Zedrakkenladungen Weizen, zweiundsiebzig Zedrakkenladungen Fleisch, zweiundsiebzig Zedrakkenladungen getrocknetes Obst, zweiundsiebzig Zedrakkenladungen Olivenöl und zweiundsiebzig Zedrakkenladungen Wein. Ferner zweiundsiebzig Zedrakkenladungen Tuch, je zur Hälfte Rot und Schwarz. Hast du das?« Er blickte unvermittelt zum Schreiber, der angsterfüllt nickte. »Gut. Du kannst gehen.« Eine Handbewegung verwandelte den Eunuchen in einen aufgeplusterten Kapaun, der aufgeregt gackernd davonflatterte.

Der Jüngling hatte sich bereits wieder der Prinzessin zugewandt. »Außerdem werdet Ihr mir fünfhundert Seelen berittene Schützen stellen. Als Anführerin erbitte ich mir ...«, während er zu überlegen schien, umspielte ein leichtes Lächeln seine vollen Lippen, »die junge Reshemin sab'saba Merisa aus. Sie soll die Truppe in vorderster Linie in die Schlacht führen.«

Merisa konnte nicht mehr an sich halten. Was zuerst wie eine verrückte Torheit ihrer ›Königin‹ gewirkt hatte, eine Vernarrtheit in einen hervorragenden Liebhaber, wurde unerträglich, als sich dieser ... Schönling Rechte herausnahm, die er sich durch keine noch so gute Darbietung im Schlafgemach hätte verdienen können. Sie hob die Hand, um den Unsinn zu beenden: »Wartet. Majestät, wenn Ihr gestattet ...« Sie wandte sich dem Fremden zu: »Was du forderst, ist unerfüllbar. Wir benötigen unsere Adligen, unsere Krieger und unsere Vorräte alle hier in Elburum. Sämtliche Absprachen mit Ihrer Majestät müssen zurückgestellt werden, bis wir ...« Weiter kam sie nicht.

Der Jüngling schaute die alte Frau an, als betrachte er ein außergewöhnliches, aber lästiges Insekt: »Du missverstehst mich. Für dich habe ich überhaupt keine Verwendung. EIG'NE ÄNGSTE QUÄLEN DICH!«

Im gleichen Herzschlag erfüllte Unglauben Merisas Gesicht, dann Schrecken, anschließend Entsetzen. Sie wollte schreien, doch nur ein heiseres Pfeifen verließ ihre Lungen. Ein scharfer Gestank erfüllte den Raum, als die alte Frau ihre Blase entleerte, während sie hilflos von ihrem Diwan auf den Boden rutschte. Das ganze Geschehen wirkte umso gespenstischer, als dass es sich in völliger Lautlosigkeit vollzog.

Halb entblößt stand Dimiona in dem Durcheinander. Einige Hahnenfedern lagen neben einem gefüllten Wachstäfelchen, und unmittelbar vor ihr wandte sich die Gräfin in stummem Entsetzen, das Gesicht blau angelaufen.

Aber vor allem stand vor ihr ihr Freund und wartete geduldig auf eine Antwort.

»Selbstverständlich, mein Sohn. Das ist ja wohl das Mindeste, womit wir Euch für Eure Bemühungen entgelten können. Kann ich Euch noch anders helfen?«

Der Jüngling schüttelte sanft den schönen Kopf. »Fürs Erste nicht, Majestät. Ich komme gegebenenfalls auf Euch zurück.« Sein Ton wurde sachlicher. »Was die gut fünfhundert Schiffsladungen angeht, erwarte ich ihr Eintreffen in Mendena bis zum ersten Tag des so genannten ›Ingerimm-Mondes‹. Das gibt Euch acht Wochen Zeit, alles zusammenzustellen.« Er blickte auf Merisa. »Vielleicht sollte sie die Ausführung im Einzelnen übernehmen.« Eine knappe Geste und der Bann fiel von der Greisin ab. Merisa rang nach Atem, die Augen in wahnsinnigem Schrecken geweitet, gerade noch mit dem Leben davongekommen. Als sie nach ein, zwei Herzschlägen den Blick senkte, lagen Demut und Selbstaufgabe darin.

»Gut. Dann wird es so geschehen. Majestät, Ihr könnt Euch beweisen. Euer Glück, dass sich andere vorgedrängt haben, meine Verstimmung spüren zu dürfen.« Der Jüngling lächelte, als er sich zum Gehen wandte: »Und macht Euch keine Mühe, Majestät. Ich kenne den Weg.«

# 22. Kapitel

*Anchopal,*
*am 4. Phex*
*des Jahres 28 Hal*

Die Grauen Stäbe hatten zum Kriegsrat gerufen, und aus den ganzen Tulamidenlanden waren Graumagier zusammengekommen, denn die Ereignisse rund um die Gorische Wüste hatten weit über die Gemeinschaft der Zauberer hinaus Unruhe erregt. In ganz Gorien und dem Umland schienen die Mauern zwischen den Niederhöllen und unserer Welt immer dünner zu werden. Inzwischen war offensichtlich, dass der Sphärenriss über der Gorischen Wüste, der lange Zeit für eine bloße Vorstellung einiger versponnener Wissenschaftler gehalten worden war, nicht allein bestand, sondern auch noch anwuchs. Über dem Tafelberg der Gorischen Wüste sollte sogar ein ›Teil des Sternenzeltes‹ verschwunden sein und sich stattdessen ein farbloser Riss manifestiert haben, in dem Beobachter ein gestaltloses Gewimmel gesehen haben wollten.

Waren es vor kurzem noch vereinzelte Dämonensichtungen, so musste man jetzt von einer wahren Truppenzusammenziehung der Dämonen sprechen, die am unteren Mhanadi beobachtet worden war. So gut wie keine Stadt im Umkreis einiger Dutzend Meilen um den lebensfeindlichen Tafelberg war von plötzlichen Manifestationen verschont geblieben und tagtäglich trafen Meldungen von Sichtungen abscheulicher Monstrositäten ein. Ein Beschwörer war dabei nie zu entdecken, es war, als erschienen die widernatürlichen Wesenheiten gleichsam aus dem Nichts.

Dämonenfratzen, rote Irrwische, Kuttenträger, Schleimtriefer, Purpurtiger und Grüne Tänzer, so nannte der Volksmund die Kreaturen, die in den Dörfern und Städten Angst und Entsetzen ausgelöst hatten. In Belew am Mhanadi beispielsweise erschien unvermittelt ein Purpurtiger, dem keine Waffe etwas antun konnte und der mehrere Bauern tötete, ehe er einfach gelangweilt war und in die Steppe verschwand. In Samra hätte die Erscheinung eines säbeltragenden ›Schwarzen Mönches‹ fast eine Massenflucht der gesamten Bevölkerung ausgelöst, hätten nicht die Garnisonstruppen eingegriffen.

Die Manifestation von angeblich neun säbelschwingenden Kuttenmonstren auf einem der Basare der Kalifenstadt Mherwed hatte zu einer wahnwitzigen Panik unter den dort lebenden Novadis geführt, in deren Verlauf weit mehr Marktbesucher totgetreten, erdrückt oder erstickt wurden, als den Dämonen zum Opfer fielen. Basargerüchte sprachen von nicht weniger als 999 Toten, und auch wenn die meisten der versammelten Magier eher gesunde Skepsis walten ließen, war doch deutlich, wie schwer die Hauptstadt des Kalifats getroffen worden war, und wie die meisten weltlichen Machthaber, konnte der Kalif wenig anderes tun, als eine neuntägige Klagezeit auszurufen und den Familien der Opfer auf seine Kosten Klageweiber zur Verfügung zu stellen.

Doch selbst die Magier waren nicht gefeit vor dem fortschreitenden Verhängnis: Elementargeister waren im Unterschied zu Dämonen deutlich schwerer zu rufen, ganz als würden sie in ihrem Element Schutz suchen und kaum noch zu Diensten zu bewegen sein, wie auch der fortschreitende Zerfall der von Dschinnen geschaffenen und aufrechterhaltenen Sultansfestung zu Al'Ahabad zeigte. In der Palaststadt Sultans Hasrabals, des meisterhaften Dschinnenbeschwörers, sollte es gar zu einem Kampf von einem gehörnten Straußendämonen und mehreren Tigerdämonen gegen die Gefolgsleute des Sultans gekommen sein, in dessen Verlauf Hasrabal, der Sultan der Beni Avad, seinen Palast fluchtartig verlassen musste, wie viele der Versammelten gehört haben wollten.

Dämonen hingegen waren weit einfacher herbeizuzitieren, aber nur noch von den erfahrensten Zauberern zu beherrschen – oder eben von jenen, die einen Pakt mit einem der Erzdämonen geschlossen hatten. Auch die Stadt Anchopal zog zur Zeit den einen oder anderen Schwarzmagus an, der die Dämonen der Gor studieren und zu seinem eigenen Nutzen unterwerfen wollte.

Nach der Enttarnung des Adeptus Alezaro Negrano aus Brabak, der wegen verbotener Beschwörungen unter Gildenstrafe stand, hatten die Grauen Stäbe mit der weltlichen Obrigkeit vereinbart, dass sie künftig jeden Pilger schon bei dem geringsten Verdacht auf mögliche Gildensiegel und allgemeine magische Begabung untersuchen durften, um den Absolventen schwarzer Akademien und nichtakademischen Zauberern von zweifelhafter Gesinnung den Zutritt zur Stadt zu verweigern. Kurzum, Anchopal und sein Umland waren gleichermaßen zur belagerten Stadt unter dem Kommando der Grauen Stäbe geworden.

Für eine Weile, während die hier versammelten Graumagier ihre Berichte austauschten, gönnte sich Tarlisin einige abschweifende Gedanken. Auch nach dem Zwischenfall in der Steppe, der die gute Alysha beinahe das Leben gekostet hätte, war der Umgangston zwischen Mara und ihm kaum besser geworden, aber wenigstens hatte sie zugestimmt, mit den Kindern nach Zorgan weiterzureisen und ihm mehr oder minder widerspruchslos die einstweilige Herrschaft über die Stadt zu überlassen.

Inzwischen schälte sich aus den Meldungen der Anwesenden vor allem eines heraus: Nur in der Stadt, die genau auf der gegenüberliegenden Seite des Tafelberges lag, schien alles ruhig zu sein: In Rashdul gab es allen Späherberichten zufolge keine ungewollten dämonischen Manifestationen, wohl aber geordnete Erscheinungen, die von den Magiern der Dämonologenschule kontrolliert wurden.

Dass man in Rashdul die Dämonen der Gor gut unter Kontrolle hatte, war inzwischen auch durch einen Ausrufer der selbst ernannten Shanja Belizeth Dschelefsunni bestätigt worden. Die Thronräuberin hatte sogar den übrigen Ländern und Städten ihre Hilfe angeboten. Wer ihre Herrschaft über Rashdul als rechtmäßig und von den höheren Mächten gewollt anerkenne, der könne auch Unterstützung in Gestalt eines Rashduler Dämonologen erhalten, der die unerwarteten Manifestationen beherrschen und bei Nichtgefallen verbannen könne …

Nicht zuletzt aufgrund Tarlisins Bericht vor dem Rat der Grauen Gilde zu Punin war im Gegenzug der Pentagramm-Akademie ein Ultimatum gestellt worden, die Lehrmeister der Elementarmagie zurückkehren zu lassen und die seit altersher praktizierte Gleichberechtigung beider Schulen der Beschwörungsmagie wiederherzustellen.

Seit vier Tagen war diese Frist verstrichen, und niemand der Anwesenden glaubte, dass man in Rashdul auch nur kurz daran gedacht hatte, die Forderung zu erfüllen. Wenn – und das glaubten viele der Versammelten – die Rashduler Akademie zum Angriff der Dämonen beitrug, dann würde, dann *musste* sie unterworfen werden. Darin stimmten alle hoch- und niederrangigen Versammelten überein, von den Akademieleitern Khunchoms und Mherweds bis zum jüngsten Adeptus.

Ansonsten aber gab es kaum Einigkeit. Dabei lud die Einrichtung des überfüllten Konventssaales eigentlich zur Besonnenheit und Weisheit ein. Das Licht der Abendsonne fiel durch die bunten Bleikristallscheiben und ließ die Statue Rohals des Weisen, die mitten im Raum stand, geradezu lebendig wirken. Ihm gegenüber befand sich, wie in einem vertraulichen Zwiegespräch, das Standbild, das seine legendäre Ahnfrau, die Göttin Hesinde, darstellte. An den Wänden hingen die Insignien des Ordens, die er in vier Jahrhunderten erworben hatte: ehrwürdige Banner, alte Artefakte, die Brustbilder der in verschiedenen Malweisen dargestellten Großmeister, allesamt würdige Frauen und Männer, die mit einem Ausdruck der Missbilligung auf die Anwesenden herabzublicken schienen, denn derzeit war von geschwisterlicher Gelassenheit wenig zu spüren.

»Wie soll ich das verstehen? Ihr habt das Desiderat bereits in den Händen gehalten und wieder verloren?! Das ist doch wohl nicht Euer Ernst! Das müsst Ihr mir schon erklären.« Thorstor ibn Thorwulf war aufgesprungen. Seine Schnurrbartspitzen bebten, während er dem Vorsitzenden Tarlisin unverwandt ins Gesicht starrte. Die Miene des Thorwaler Magiers spiegelte im ersten Augenblick nur reinen Unglauben wieder, aber die anwesenden Graumagier spürten deutlich, dass diese Verblüffung rasch in Angriffslust umschlagen konnte.

Tarlisin lehnte sich in seinem Sessel zurück und blickte den hoch gewachsenen Thorwaler strafend an, der bis zum Staatsstreich durch Belizeth das Rashduler Ordenshaus der Grauen Stäbe befehligt hatte. Dieser erwiderte den Blick offen und unverschämt. Zwar legte der Orden mehr Wert auf brüderliche Kollegialität als auf hierarchische Unterordnung, doch der Rashduler Ordensmeister Thorstor ging eindeutig einen Schritt zu weit. Soweit Tarlisin wusste, war es unter zivilisierten Thorwalern nicht unüblich, Meinungsverschiedenheiten mit einem Blickduell zu entscheiden.

Während Tarlisin früher keine derartige Herausforderung ausgeschlagen hätte, wählte er nun einen anderen Weg. Der Großmeister schaute sich mit gespielter Verwirrung im Saal um und sprach: »Collegae, anscheinend habe ich den Ordensbrauch übersehen, diesen Teil der Versammlung stehend abzuhalten. Wenn Ihr Euch bitte auch erheben würdet …«

Es sprach für Thorstor, dass er es zu diesem Akt der gemeinschaftlichen Albernheit nicht kommen ließ, sondern wieder Platz nahm.

Tarlisin verzichtete seinerseits auf jede siegesbewusste Anmerkung und begann sogleich mit seiner Erklärung. »Es gelang mir, die Rashduler Spektabilität Belizeth Dschelefsunni dingfest zu machen. Doch als ich erfuhr, dass die Collega dem Sphärenschlüssel sehr dicht auf der Spur war, hielt ich es für sinnvoller, dieser Fährte nachzugehen, als sie nach Punin zu schaffen. Sie hat mir geschworen, dass sie nicht fliehen werde. Ich muss zugeben, dass die Collega sich während der Reise sehr kooperativ zeigte, auch wenn sie in der Höhle des Kaiserdrachen Agapyr«, ein Raunen ging durch den Saal, »durch ihre Voreiligkeit beinahe alles verdorben hätte. Aber die Götter seien gepriesen, dass sich der Kaiserdrache durch das Schwert Famerlîn beeindruckte zeigte und bereit war, mir gegen eine jährliche Zahlung den Sphärenschlüssel zu überlassen.

Nun, was soll ich sagen. Als wir die Höhle verlassen hatten, überraschte mich Collega Belizeth durch einen magischen Angriff, und so gelang es ihr, unter Bruch ihres Eides mit dem Sphärenschlüssel zu entkommen.« Der Magier nahm einen tiefen Schluck aus seinem Pokal.

Thorstor betrachtete den Großmeister nachdenklich. »Ihr habt Agapyr mit Famerlîn beeindruckt? Ein gewagtes Spiel.« Der Blick des Ordensmeisters glitt zu der Stelle, an der der Zweihänder üblicherweise im

Kreise anderer überkommener Stücke an der Wand ruhte. »Darf ich fragen, wo das Schwert sich jetzt befindet?«

Tarlisin seufzte. »In den Händen der Rashduler Spektabilität.«

»Lasst mich nur sehen, ob ich das Ganze richtig verstanden habe«, Thorstors Stimme gewann zusätzlich an Schärfe, »Ihr habt nicht nur das Desiderat, sondern auch das Gründungsschwert des Ordens an die Dämonenbuhle verloren?!«

»In der Tat, die List und Verschlagenheit der Belizeth Dschelefsunni hat mich zwei wichtige magische Artefakte gekostet. Andere hier im Raum, die weitaus häufiger mit ihr zusammen gewesen sein dürften, haben sogar ein ganzes Ordenshaus eingebüßt.« Zustimmendes Gemurmel hob an. »Aber wir wollten eigentlich nicht zusammenkommen, um den Schuldigsten unter uns herauszufinden. Wenn ich mich nicht täusche, sind wir hier, um zu beraten, wie wir unsere Besitzungen und Besitztümer, die uns abhanden gekommen sind, wieder zurückholen können.« Tarlisin hob eine Pergamentrolle hoch. »Ich war in Punin, um von dem Verrat zu berichten, und habe vom Gildenrat die Befugnis erhalten, das oberste Kommando bei der Bekämpfung des Rashduler Brandherdes zu führen. In diesem Dokument ist die zeitweilige Aufhebung meiner Disvocatio niedergelegt, und ich gedenke nicht, ein weiteres Mal zu versagen, indem ich bei der anstehenden Befreiung Rashduls den Sphärenschlüssel wieder durch meine Finger gleiten lasse.«

Tarlisin trank einen Schluck Wasser, räusperte sich und fuhr fort: »Aber sagt, Collega Thorstor, vielleicht könnt Ihr uns einiges über die Denkweise von Magistra Belizeth und über ihre Pläne berichten. Immerhin habt Ihr ja als Rashduler Ordensmeister jahrelang mit der Akademie Tür an Tür gelebt.«

Für einen Augenblick schien der Thorwaler erneut aufbrausen zu wollen, doch dann hatte er sich gefasst und antwortete mit ruhiger Stimme: »Dazu will ich sagen, dass wir keineswegs Tür an Tür mit der Akademie gelebt haben. Die hatten bis vor kurzem überhaupt keine Türen.« Ein leichtes Gelächter ging durch den Saal, auch wenn kaum einer der Versammelten erkennen konnte, ob der Thorwaler einen Scherz gemacht oder einfach nur eine Metapher irrigerweise wörtlich genommen hatte. »Außerdem ist das Ordenshaus ja nicht wie in anderen Städten der Akademie angegliedert, sondern in einem eigenen Gebäude untergebracht. Wir sind auch nur selten in die Pentagramm-Akademie eingeladen worden und hatten so gut wie keine Gelegenheit, die dortigen Magister näher kennen zu lernen.«

»Aber es wird doch jemand im Saal sein, der sich in der Akademie auskennt?« Tarlisins Frage war rein rhetorischer Natur. Der Großmeister wandte seinen Blick dorthin, wo die ehemaligen Rashduler Elementaristen saßen, und sah sie der Reihe nach an.

Die exilierten Magier allerdings antworteten nicht. Ganz offensichtlich wussten sie nicht, wer von ihnen jetzt das Wort ergreifen sollte, von ungeklärten Rang- und Statusfragen gehemmt. *›Meine Güte, wenn Ihr an Eurer Akademie genauso viel Handlungsfähigkeit gezeigt habt, hätte es keine Belizeth gebraucht, Euch zu verjagen.‹* Tarlisin sprach seinen Gedanken nicht aus.

Da erhob sich zu seiner Überraschung in der hintersten Ecke des Konventsaals ein grau verschleierter Magier, der bislang die Sitzung wortlos verfolgt hatte. Als Vorsitzender wusste Tarlisin sehr wohl, um wen es sich bei dem Fremden handelte, doch er hatte von ihm keine Anregung erwartet. Vielmehr hatte er angenommen, dass der stille Gast nur eingeladen worden war, um ihn nach dem Verlust seines Palastes, seiner Stadt und seiner Herrschaft nicht einfach unhöflich auszuschließen.

Als der Fremde lässig Schleier und Burnus ablegte, ja beinahe von sich schleuderte, wurde hingegen deutlich, dass Sultan Hasrabal von Al'Ahabad, der Dschinnenmeister, nichts von seiner Ausstrahlung eingebüßt hatte, mit der er einst die stolzesten Elementarherren verführt hatte, seine Wünsche zu erfüllen.

Der grauhaarige Magier trug einen kostbaren, mit Perlen und Mondsilberfäden bestickte Kaftan, der grau gefärbt war, bei jeder Bewegung jedoch hypnotisch schillerte. Abwartend strich er sich über den langen seidigen Bart, sodass an seinen Fingern die zahlreichen juwelengeschmückten Ringe aufblitzten, Ringe, in die – wenn nur ein Bruchteil der Basargerüchte die Wahrheit erzählte – mächtige Dschinne und dienstbare Elementargeister gebannt waren.

Es ging ein Raunen durch den Konventsaal, als Sultan Hasrabal mit leiser, melodischer Stimme zu reden begann, doch schnell verstummten die Flüsterer. »Schwestern, Brüder. Es ist wirklich interessant, und auch wohl amüsant, zu hören, wie hier über Belizeth Dschelefsunnis Pläne spekuliert wird.« Der Magier begann langsam auf und ab zu gehen, ohne jemals den Blickkontakt zu seinem Publikum abreißen zu lassen. »Warum, so frage ich mich, hat sich denn niemand an mich gewandt? Ich war vor vielen Jahren ein Schüler der ruhmreichen Pentagramm-Akademie. Ich bin heute ein alter Mann. Mein Blick ist trüb und mein Gehör hat viel von seiner Schärfe verloren. Aber es gibt dennoch Dinge, die ich immer noch besser weiß als jeder andere, Dinge, die der heutigen Generation gar nicht mehr bekannt sind, auch wenn ich durch die Last des Alters vieles vergessen habe und ein Schatten meines früheren Selbst bin.«

Hasrabal straffte sich und warf, um seine eigenen

Worte Lügen zu strafen, einen scharfen Blick in die Runde, der jeden Anwesenden zu treffen schien. »So weiß ich etwa um eines, das den übrigen ehrenwerten Mitgliedern der Akademie unbekannt sein dürfte: Nur Dschelef ibn Jassafer, der einstige Leiter der Schule, der von seiner undankbaren Tochter vor langer Zeit gestürzt worden war, und ich waren dabei, als Meister Dschelef einen Weg öffnete, der aus den Tiefen unter der Akademie durch den Fels führt bis in ein Gewölbe anderenorts in der Stadt.«

Die Erscheinung eines Erzdämonen hätte kaum größere Erregung hervorrufen können als diese Offenbarung. Vor allem die übrigen Lehrmeister der Pentagramm-Akademie erhoben Einspruch, es gäbe keinen unterirdischen Tunnel, von dem sie nichts wüssten.

Der weißbärtige Dschinnenmeister betrachtete sie milde lächelnd, wie eine Schar unbotmäßiger Schüler, die nicht glauben wollten, dass es nicht der Weise Rohal persönlich war, der ihnen zum Jahresfest Tafel und Griffel in den Ranzen gesteckt hatte. »Weh mir, meine Zunge muss verknotet sein und meine Lippen verdreht! Habe ich denn von einem Tunnel gesprochen, Schwestern und Brüder? Nein, *einen Weg* nannte ich den Pfad, den wir durch einen Bund mit dem Elementarherrn des Erzes schufen. Einen Weg durch den gewachsenen Felsen, den der Elementarherr nur für jene öffent, die die richtigen Worte kennen.

Belizeth Dschelefsunni kennt diese Worte nicht und weiß nichts von diesem Pfad; sie hat die Macht der Elemente immer zu gering geschätzt. Vielleicht ist sie für diese Tage gut gewappnet, an denen man sich angeblich auf die Dämonenkunde verstehen muss, um zu überdauern. Doch ihre Geringschätzung für die alten Wege wird ihr Untergang sein.«

Sultan Hasrabal hatte die Anwesenden ganz und gar im Griff. Die Zuschauer – denn mehr waren sie kaum noch – hingen gebannt an seinen Lippen und machten sich nur hin und wieder durch staunendes oder beifälliges Gemurmel bemerkbar, geradezu wie der Chor einer alten bosparanischen Tragödie.

Tarlisin saß zwar immer noch auf dem Platz des Großmeisters und Gastgebers, der Mittelpunkt des Geschehens jedoch war eindeutig Hasrabal, dem lediglich zwei weitere Anwesende die volle Bewunderung versagten: Thorstor ibn Thorwulf betrachtete den novadischen Magier recht kritisch, während der füllige Khadil Okharim augenscheinlich döste. Tarlisin hegte allerdings keinen Zweifel daran, dass der rührige Khunchomer Akademieleiter in Wahrheit jedes Wort verfolgte.

Während einer kurzen Sprechpause des Dschinnenbeschwörers entschied sich Tarlisin, wieder in das Geschehen einzugreifen. Als sein höfliches ›Collega‹ offensichtlich überhört wurde, schlug er mit der flachen Hand auf die Tischplatte. Sofort fuhren die Köpfe der verwirrten Zuschauer in seine Richtung.

Der Großmeister blickte Hasrabal an. »Gut und schön, aber was ist der Preis für Eure Hilfe, Meister Hasrabal?« Er merkte im gleichen Augenblick, dass seine Frage nicht – wie beabsichtigt – überlegen, sondern eher unwirsch, anklagend und ungehobelt geklungen hatte. Die Blicke, die ihn trafen, bestätigten dies.

Sultan Hasrabal wandte sich mit dem Ausdruck eines beleidigten und missverstandenen Opfers an die Anwesenden. »Mein Preis? Aber, Eure Spektabilität! Ich bin ein tulamidischer Edelmann und kein so begnadeter Geschäftsmann wie Meister Okharim«, eine kurze Verbeugung in Richtung der Khunchomer Spektabilität, »ich bin nur ein alter Mann und verfolge mit Trauer im Herzen den Zwist und Hader, der seit Jahren an meiner Heimatakademie herrscht und jetzt eine so blutige, demütigende Steigerung erfahren hat. Wenn nun der Herr Rastullah mir vielleicht ein Zeichen gesandt hat, dass ich meinen Teil dazu beitragen kann, damit wieder Frieden an der Pentagramm-Akademie einkehrt, werde ich als glücklicher Mann sterben.

Nur eines möchte ich mir ausbitten: Ich fühle mich der Ehre verpflichtet, meinen alten Weggefährten Dschelef ibn Jassafer zu rächen und seine ungehorsame Tochter zum Magierduell zu fordern. Lasst einem alten Mann diese Freude, selbst wenn es möglicherweise sein Tod ist. Ausschließlich um die Ehre geht es mir dabei, denn eines muss ich doch sagen: Kein Mensch mit klarem Verstand strebt nach Macht. Nein, die Herrschaft ist ein Sklavenstand mit goldenen Ketten. Ein aufrechter Mann nimmt nur das an, was abzulehnen ihm die Ehre unmöglich macht.« Ein tiefgründiger Blick zu den anwesenden Ordenshausleitern und anderen Würdenträgern begleitete seine Worte. »Wer wüsste das besser als Ihr selbst, Spektabilitäten und Magister? Ihr, die Ihr Euren persönlichen Reichtum und Eure Freiheit geopfert habt und tagtäglich opfert, um Diener der Magie zu sein?«

Tarlisin lächelte verhalten. Darum also ging es dem alten Magierregenten. Ein Sieg über Belizeth Dschelefsunni im magischen Duell würde ihm nach uraltem Rashduler Brauch auch die Herrschaft über die Akademie einbringen. Tarlisin konnte sich nicht vorstellen, dass der rührige Novadi diesen Aspekt außer Acht gelassen hatte. Oder war er durch all die Verschwörungen nun ganz dem Verfolgungswahn erlegen?

Ganz gleich, solche Überlegungen setzten voraus, dass Belizeth überhaupt zu bezwingen war und es danach, trotz des Sphärenrisses, noch so etwas wie eine Pentagramm-Akademie gab. Tarlisin hob die Schultern. Wäre das der Fall, bliebe immer noch Zeit genug, sich über diese Frage Gedanken zu machen.

# 23. Kapitel

*Rashdul,*
*am 25. Peraine*
*des Jahres 28 Hal*

Hat noch jemand etwas zu sagen oder zu fragen?« Tarlisin blickte sich im Raum um. Die Männer und Frauen, die sich für den Angriff auf die Pentagramm-Akademie gemeldet hatten, schüttelten den Kopf. Sie alle wussten, um was es ging: Sie mussten ihrem Großmeister den Weg frei halten, damit er den Sphärenschlüssel, vielleicht die beste Waffe gegen Borbarad, erbeuten konnte – notfalls auch um den Preis des eigenen Lebens. Daneben sollte natürlich auch die Akademie befreit und die aufrührerische Belizeth Dschelefsunni festgenommen werden, jedoch war dies zweitrangig.

Tarlisin nickte ihnen zu: »Viel Erfolg, Freunde. Wenn das alles vorbei ist, machen wir auf meine Kosten einen Zug durch sämtliche Schenken, die wir erreichen können.«

»Das wohl!« Thorstor ibn Thorwulf wollte seinem Großmeister schon auf die Schulter klopfen, hielt jedoch im letzten Augenblick inne. »Ihr wollt wirklich keine Waffe mitnehmen?«

Tarlisin schüttelte den Kopf. »Mit meiner Magie kann ich mehr erreichen als mit jedem Schwert oder Stab. Also los. Und, Halef, pass mir gut auf die Tränke auf. Wir werden sie bitter nötig haben.«

Sein Sekretarius nickte. Er hatte sich freiwillig gemeldet, im kleinen Stützpunkt zurückzubleiben und den begrenzten Vorrat an Heiltränken zu bewachen, der wahrscheinlich bei manchen der Anwesenden über Leben oder Tod entscheiden würde, ehe der Tag vorüber war. »Ich schütze sie mit meinem Leben, Effendi.«

Tarlisin lachte: »Na, übertreib es nicht, ich brauche dich noch«, doch es kam gezwungen heraus. Dann sahen sie gemeinsam zu, wie die Vorhut die enge Stiege hinabkletterte. In dem Gewölbe unter der Karawanserei ›Mhanadi‹ bereitete sich Sultan Hasrabal seit Tagen auf sein Ritual vor.

Der Wirt Alrik Bengaiul wunderte sich nicht über die seltsamen Wünsche der Gäste – das hatten die Dämonologen aus den verschiedensten Orten Aventuriens ihm schnell ausgetrieben, als sie in Scharen hierher nach Rashdul gekommen waren, um Einlass in die Pentagramm-Akademie zu erhalten.

So war auch der verschleierte Sultan unbehelligt geblieben, obgleich er schon seit zwei Tagen fastend und meditierend den Altar mit den Geschenken für den Meister des Erzes errichtet und eingeweiht hatte, mit Geschenken aus Silber und Mondsilber, magischem Mindorium, Endurium und Arkanium, denn ein Meister des Erzes stand weit über den gewöhnlichen Dschinnen, war beinahe ein Avatar des halbgöttlichen Herren des Erzelementes. Darum war er auch in der Lage, selbst in dieser dämonenverseuchten Stadt zu erscheinen. Als unbeugsamer und starrsinniger Gebieter indes brauchte er viel, um einen Gefallen für Sterbliche auch nur in Erwägung zu ziehen.

Eine Stunde lang dauerte die Invokation, mit der der Dschinnenmeister den Meister des Erzes herbeirief. Eine Stunde lang beugten die anderen Magier das Knie, reglos, wie sie es in unzähligen demütigen Lektionen in ihrer Scholarenzeit gelernt hatten.

Und dann war die letzte Formel gesagt, die letzte Floskel gesprochen. Nun hieß es warten.

Der Boden bebte.

»Ja, Bel, komm, wir harren deiner.« Hasrabals Stimme war süß und lockend.

Das Zittern und Dröhnen wurde stärker, und ehe sie

sichs versahen, rasselten die Steine unter ihren Füßen wie Kiesel auf dem Fell einer Kriegstrommel. Ein Gestank wie von schmelzendem Metall stieg auf und füllte ihre Lungen bis zum Bersten. Das bebende Dröhnen nahm einen fremdartigen Rhythmus an.

Dann erhob sich der Erzmeister aus dem nackten Felsboden. Seine Gestalt war kaum menschenähnlich zu nennen: ein halbrunder Kopf, der sich ohne Hals aus dem Rumpf erhob, zwei säulenstarke Arme, Beine besaß er nicht, und wo die Taille hätte sitzen sollen, fing schon der Erdboden an. Höher erhob sich der Herr des Erzes nicht, und doch erreichte er mit seinem Scheitel die Gewölbedecke. Fließend wie Quecksilber, wie geschmolzener Eisenguss war die Haut des Giganten, und wo sich auf den Wangen, am eckigen Kinn und an der scharfkantigen, schwertlangen Nase Metall absetzte und zu einer schorfig dunklen Kruste aushärtete, wurde es schnell wieder fortgeschwemmt und eingeschmolzen. Die Augen aber waren wie menschenkopfgroße Salzkristalle, in ziseliertes Silber gefasst.

Wo die Haut der Luft ausgesetzte war, da rostete sie in Herzschlagschnelle, und feiner roter Staub wehte auf die Sterblichen nieder, aber sogleich stieg neues Erz aus dem heißen Herzen Deres empor, um den Verlust zu ersetzen.

Ein Kopf wie eine Tonne drehte sich knirschend, um herauszufinden, wer ihn gestört hatte, fortgerufen von den Spielen, die die Ehernen im Leib Deres treiben, auf dass die Berge beben und Burgen einstürzen.

»Du? Ist erst so kurze Zeit vergangen?« Das Lachen des Erzherren hallte dumpf und betäubte die Ohren der Sterblichen. Er lachte, dass die Falten um seine Augen splitterten und heiße Tränen aus Quecksilber durch die Luft flogen. »Zweimal den gleichen Sterblichen zu sehen, ist mir noch nie widerfahren.«

Sultan Hasrabal verneigt sich: »Zu Ehren Eures Besuches, Gebieter, habe ich diese Gaben mitgebracht.«

Der Gigant bedachte die Schätze mit einem ausdruckslosen Blick. Dann strich er mit der Hand über sie, und alles wurde von seiner Masse aufgenommen. Nur vereinzelt blitzten noch Gold und Silber, Schwarz und Bunt in seiner Haut auf.

»Erinnert Ihr Euch noch an den Tag, als Ihr mir Eure Hilfe verspracht?« Hasrabal stützte sich schwer auf seinen Stab.

»Aber ja«, rasselte der Elementarmeister. »Soll es das sein?«

»Ich bitte Euch darum.« Hasrabal sprach abgehackt. Der Qualm füllte seine Lungen und raubt ihm fast die Besinnung. Wie entsetzlich rüde und unwirsch er sich benahm. Wenn ihn der Erzmeister nicht dafür büßen lassen würde …

Erneut brachte der Gigant sein Lachen hervor. »Ich hatte mir mehr erhofft. Aber wenn es sonst nichts weiter ist …«

»Und die anderen Sterblichen, Gebieter. Bitte.«

Das metallene Gesicht legte sich in Falten: »Ah. Also doch mehr … Nun denn …«

Als die Menschen wieder atmen konnten, lagen sie auf dem Boden eines anderen Kellers. Der Elementarmeister hatte sie förmlich durch den Felsen gezogen. Seit Jahrhundertausenden gewachsenes Gestein hatte sie umschlossen, hatte jeden Bruchteil ihres warmen Menschenleibes ausgefüllt. Sie hatten es überlebt.

Noch während sie nach Atem rangen, verschwanden die Erinnerungen aus ihrem Wissen. Es gab keine Worte, keine Vergleiche, mit denen der menschliche Geist das Erlebte festhalten konnte.

Nur Sultan Hasrabal zeigte keine Spuren der erlittenen Reise. Nichtsdestoweniger war er mit seinen Kräften am Ende, ausgelaugt und restlos erschöpft. Während die übrigen Magier ihren Weg fortsetzten, blieb er auf eigenen Wunsch halb betäubt zurück, wo ihm keine Gefahr drohte.

»FORAMEN FORAMINOR!« Die Tür öffnete sich lautlos. Die Anchopaler Ordensmarschallin Rubayel saba Lanora hob den Daumen. Dies zumindest war gelungen. Auf Zehenspitzen schlichen die neun Ordensmitglieder den Gang entlang, der so lange unbenutzt geblieben war, hin zu den übrigen Kellergewölben der Pentagramm-Akademie. Zwischendurch verharrten sie immer wieder, um die Wände und den Boden abzuleuchten und nach Fallen oder Warnzeichen zu suchen.

Schließlich erreichten sie das Erdgeschoss, wenig später den großen Innenhof. Spätestens hier hätte ihnen eine Wache begegnen müssen. Doch alles blieb sicher und ruhig.

Irgendetwas stimmte nicht. Es hätte bessere Schutzvorkehrungen geben müssen. Nichts und niemand hatte die Eindringlinge bislang aufgehalten, und das war höchst beunruhigend. Weshalb sollte Belizeth die grundlegendsten Vorsichtsmaßnahmen derart vernachlässigen?

Rubayel schaute ihre Begleiter an und diese hoben ratlos die Schultern. Nun war es an der Zeit für den nächsten Schritt. Auf ihr Nicken hin konzentrierte sich der Adept Rafim al'Thufir und schickte die vereinbarte Nachricht aus: »ELFEN, FREUNDE, HÖRT DEN RUF: Rückzug!« Jeder, der diese Formel beherrschte – und das waren sehr viele – würde das Signal vernehmen können.

Sie hatten damit gerechnet, in einen Hinterhalt zu geraten. Deshalb sollte der angebliche Rückzugsbefehl den Feind in Sicherheit wiegen. Die rätselhafte Arglosigkeit der Dämonologen jedoch machte die umständliche Finte unnötig.

»Rückzug!« Der magische Ruf erreichte die Gruppen, die sich in der Nähe der fünf Tore verborgen hatten. In den letzten Wochen waren sie, größtenteils als Ware eines ›neuen Sklavenhändlers‹, in die Stadt geschleust worden.

Tarlisin nickte seinen sechs Begleitern zu. »Es ist so weit. Unsere Leute stecken im Dreck, also los!« Ein Stoß mit einem Karren, den die Truppe ohne Verdacht zu erregen mit sich führen konnte, ließ das Behelfstor aufspringen. Der Thorwaler eilte in den dahinter liegenden Gang, die rechte Faust nur einen Fingerbreit über der linken Handfläche. Die Wachposten konnten nur noch ihre Waffen heben, da hatte er die Formel auch schon ausgestoßen: »PARALÜ PARALEIN!«

Alle vier Söldner erstarrten in der Bewegung und blieben wie versteinert stehen. Tarlisin grinste die Statuengleichen an. »Passt schön auf, dass kein Fremder reinkommt.« Danach wandte er sich seinen Begleitern zu. »Die sind für zwei Stunden ausgeschaltet, das dürfte reichen.«

Als sie den Innenhof erreichten, ihre unbedrängte Vorhut erblickten und von den übrigen Toren vier andere Trupps der Grauen Stäbe herbeieilen sahen, war deutlich, dass der Orden die Zugänge genommen hatte. Nun konnte die Schlacht um die Akademie beginnen.

Es gab keinen großen Kampf. Die meisten Dämonologen reagierten eher wie aufgeschreckte Hühner, wenn der Fuchs in den Stall kommt, als wie eine geordnete Feindestruppe. Eine übergeordnete Befehlsgewalt gab es nicht, und so zählten einige Heshthot-Dämonen zum Ärgsten, mit dem die Graumagier fertig werden mussten. Die meisten Eindringlinge waren beinahe enttäuscht, wie glimpflich das Ganze abgelaufen war, auch wenn es noch vereinzelte Scharmützel gab.

Tarlisin hingegen hatte mittlerweile dank der Schilderungen der vertriebenen Elementaristen die persönlichen Gemächer von Belizeth aufgespürt. Eine kurze Untersuchung zeigte, dass sie keine offensichtlichen Sicherungen ihrer lediglich durch einen Vorhang versperrten Türöffnung vorgenommen hatte. Tarlisin konzentrierte sich und murmelte den Zauber, der ihm magische Sicherungen enthüllen würde: »Oculus Astralis.«

Sogleich verwandelten sich die Sinne des Magiers, der für einen Augenblick von der schieren Magie geblendet war, die in den ehrwürdigen Gemäuern der Akademie selbst verankert war. Dann hatte er sich daran gewöhnt und wandte sich erneut dem Vorhang in ihrer Zimmertür zu. Er barg keine magischen Abwehrzauber, aber im dahinter liegenden Raum lauerten magische, ja, dämonische Präsenzen.

Vorsichtig schob er den Vorhang zur Seite und trat ein.

Auf dem Boden hockte eine magiebegabte Person – Belizeth. Das Muster erkannte er. Aber sie war reglos, wie unbeteiligt. Stattdessen war die dämonische Präsenz höchst aktiv, wenn auch schwieriger zu erkennen. Sie schien an ein unmagisches Objekt gebunden zu sein. Alles an der astralen Struktur deutete darauf hin, dass er es mit Aphestadil zu tun hatte, einer Dämonin der Trägheit, die ihre Opfer eher einschläferte und verführte als zerriss. Ob Belizeth ein Opfer ihrer eigenen Magie geworden war?

Tarlisin ließ den magischen Scharfblick fallen, sah sich um – und konnte sich nur mit Mühe ein Grinsen verkneifen: Belizeth hatte die Dämonin an ein plüschiges Quastenkissen gebunden. Und nicht der Macht der

Aphestadil war sie erlegen, der Sphärenschlüssel hatte sie gefangen genommen. Denn das Artefakt lag in ihrem Schoß, und während sie es gebannt untersuchte, war sie wie in Trance. Ihre Lippen murmelten unhörbare Worte und sie schenkte dem Neuankömmling keinen Blick. Ihre Robe war teuer, aber ungewaschen, ihre Haare ungekämmt und die Fingernägel überlang. Kein Wunder, dass die Akademie ohne Führung war.

Beinahe hätte der Magier das Artefakt an sich gerissen, da erinnerte er sich gerade noch an die Aphestadil. Zuerst würde er sich mit der gehörnten Dämonin auseinander setzen müssen. Heute standen die Sterne schlecht, um Dämonen zu kontrollieren. Auch darum hatten sie den heutigen Tag für den entscheidenden Schlag gegen die Pentagramm-Akademie ausgewählt. Aber wie dem auch sei, er musste etwas tun.

Als sich eine schemenhafte Frauengestalt aus dem Kissen erhob und mit verführerischem Hüftschwung auf den Magier zuglitt, konzentrierte er sich erneut und versuchte, sich der altbewährten Allegorie zu bedienen.

*Die Fanfaren erklangen, die Arena war bis zum letzten Platz besetzt. Tarlisin betrat, nur mit einem Lendentuch bekleidet, den Sand und reckte unter dem Jubel der Zuschauer sein mächtiges Zweihandschwert in die Luft …*

Hier brach die Illusion unvermittelt ab und Tarlisin fand sich in einem plüschigen Schlafgemach wieder.

Schmachtende Geigenklänge drangen an sein Ohr, während der schwere Geruch von Moschus seine Sinne verwirrte. Auf dem breiten Seidenbett lag inmitten der Kissen Belizeth. Ihr schimmerndes schwarzes Haar fiel offen über die üppigen Brüste. Die schöne Tulamidin lag mit gespreizten Schenkeln auf dem Laken. Die hellbraunen Finger spielten hingebungsvoll zwischen den feucht schimmernden rosenroten Lippen. Tarlisin schritt eilig auf das Bett zu und öffnete mit fliegenden Fingern seine Hose. Belizeth spreizte die Beine noch weiter und winkte ihn mit der freien Hand näher. Die Hose glitt zu Boden, während sich der Magier hastig das Hemd vom Leibe streifte. Nun würde es endlich geschehen: die heißblütige Tulamidin verhieß ihm die Erfüllung all seiner Wünsche. Ihn trennte noch ein knapper Schritt von der Lagerstatt und der nimmer endenden Umarmung.

In seinem Geist klang eine Jungmädchenstimme wie ein boshaftes Keifen. Sie wollte ihn von seinem wohlverdienten Vergnügen abhalten.

Er schüttelte sich und wandte seinen Blick wieder der bezaubernden Tulamidin zu, die geduldig auf ihn wartete.

Der Magier packte sich mit festem Griff zwischen die Beine, strich über den geschwollenen Schaft und ließ seine Hand etwas tiefer gleiten, bis er das Pochen unter der samtigen Haut förmlich fühlen konnte. Er erwiderte das verheißungsvolle Lächeln der Magierin – und ballte seine Hand zur Faust. Dem heftigen Schmerz folgte Übelkeit, während er durch blutrote Nebel auf sein Gegenüber starrte. Der Schmerz ließ jegliche erotische Spannung von ihm abfallen und unter Aufbietung aller Willenskraft rief er das vertraute Bild der Arena zurück.

Es war unstet und unscharf an den Rändern, aber dieses Mal blieb es bestehen. Doch seine Feindin war keine wilde Bestie, sondern eine schmale, in dunkle Gewänder gehüllte Frau mit schlangenhaften pechschwarzen Zöpfen, die ihr bis zu den Knien hinabreichten. Ihr Gesicht war das einer uralten Frau, faltig und von wächserner Farbe, und sie hatte vier Hörner, die ihr wie das Zerrbild einer Krone aus der Stirn sprossen. Langsam schritt die Dämonin auf ihn zu, begierig, ihn auf ewig in die tödliche Lethargie ihrer Umarmung zu ziehen.

Der Gladiator hob seine Waffe – war es ein Schwert, eine Axt oder eine Lanze? Er wusste es nicht – und versetzte der Gegnerin einen Hieb nach dem anderen. Die rasende Wut auf die Herrin dieser Dämonin brach aus ihm hervor, und mit jeder Wunde, die er der Gehörnten zufügte, fühlte er den Hass auf Belizeth Dschelefsunni aus sich herausströmen. Als von der Dämonin nur mehr eine verstümmelte Masse im Sand der Arena übriggeblieben war, öffnete er die Augen.

Vor ihm kauerte die Dämonin. Seine Allegorie hatte die Greisinnengestalt der Aphestadil richtig wiedergegeben. Er konnte ihr gerade noch den Befehl erteilen, ihn nicht noch einmal anzugreifen, dann stürzte er auch schon zu Boden.

Der Kampf war deutlich härter gewesen, als er vermutet hatte. Weiterhin schoben sich blutrote Schleier vor sein Blickfeld, und er rollte sich mit letzter Kraft unter den Diwan an der Wand, wo ihn die Dämonologin, falls sie erwachen sollte, nicht erblicken konnte.

Als Nächstes – vielleicht hatte er für einen Augenblick das Bewußtsein verloren – bemerkte er, dass jemand anderes den Raum betreten und erneut die Falle ausgelöst hatte.

Tarlisin blinzelte und erkannte Adepta Alvina Virburnian-Crassula. Die letzten Monate waren ihr offensichtlich nicht besonders gut bekommen, wie das verhärmte Gesicht und die seltsam verkrüppelten Finger bewiesen. Er unterdrückte mühsam einen Fluch.

Mittlerweile hatte die abtrünnige Weißmagierin die Aphestadil erkannt und begann mit einem Exorzismus. Sie nahm den Hochmeisterstab Rohals fast achtlos in die linke Hand und schlug mit ihrer Rechten ein Pentagramm in die Luft: »PENTAGRAMMA DRUDENFUSS!«

Tarlisin spürte, wie die Aphestadil seiner Kontrolle

entglitt und zurück in die Niederhöllen gezwungen wurde. Das endlich schien sogar die Aufmerksamkeit Belizeths zu erregen. Langsam wandte sie den Kopf.

Über Alvinas reizloses Gesicht glitt ein höhnisches Lächeln: »Na, aufgewacht? Das nutzt dir auch nichts, Hure.« Den Rohalsstab fest mit den verkrüppelten Händen umklammert, schmetterte sie ihn der Tulamidin auf das Brustbein, dass diese mit einem erstickten Schrei zusammensackte.

Als Belizeth zu Boden sank, rollte aus ihrem Schoß ein schwarzer Würfel unter den Diwan an der Wand. Tarlisin fühlte eine leichte Berührung am Knöchel. Der Sphärenschlüssel war zu ihm hingerollt. Der Magier ergriff den seltsam warmen Stein und verbarg ihn in seiner Robe.

Von alledem hatte Alvina nichts mitbekommen. Mittlerweile kniete sie über der wimmernden Tulamidin und murmelte einen Zauber. Tarlisin riskierte es, aus seinem Versteck hervorzulugen, und erkannte die Gesten, selbst wenn er den Spruch nicht beherrschte, den ›Magischem Raub‹, den Weißmagier in Perricum mitunter verwendeten, um gemeingefährliche Kranke ihrer Zauberkraft zu berauben. In diesem Falle allerdings ... Er zweifelte keinen Moment daran, dass Alvina sich bloß noch Belizeths Astralkraft aneignen wollte, ehe sie sie umbrachte.

Tatsächlich war der Zauber kaum vollendet, als die Borbaradianerin ihre neu gewonnene Kraft für eine der abscheulichsten Formeln nutzte, die die Schule ihres Herrn hervorgebracht hatte: »BRENNE, TOTER STOFF!«

Zwei Dutzend Herzschläge lang loderten die Ringe an Belizeths Hand in blauschwarzem Dämonenfeuer. Heißer als glühende Kohlen brannten sie sich in die Haut und ins rote Fleisch, während die Dämonologin schrie, als würden ihr die Lungen zerreißen. Da die Flammen erloschen, troff ihre Linke vor Blut.

Alvina hob ihre eigenen verkrüppelten Hände. »Nur, damit du weißt, was dir droht, Hure. Wo ist der Sphärenschlüssel?« Ihre Stimme klang kaum mehr menschlich.

Belizeth biss sich auf die Lippen, dass Blut floss, aber sie schwieg.

Die abtrünnige Weißmagierin griff fast spielerisch in Belizeths Robe und riss ihr mit überraschender Kraft den Halsausschnitt auf: »Du denkst, du kannst die andere Hand auch noch opfern? Aber ihr Tulamidenhuren tragt doch auch Ringe an anderen Stellen ...«

Der Blick der Dämonologin wanderte ungewollt zum Diwan, was ihrer Peinigerin nicht verborgen blieb. »Ach so, danke«, stieß Alvina spöttisch hervor. Denk bloß nicht, ich wäre darauf aus, deine schmutzigen Teile zu berühren, Lustbuhle.« Mitleidlos versetzte sie ihr einen Hieb mit dem Rohalsstab unter das Kinn.

Mit zwei, drei Schritten hatte die Borbaradianerin den Diwan erreicht. Eigentlich hatte Tarlisin gehofft, sie jetzt überwältigen oder ihr zumindest den Stab entreißen zu können, doch da hatte sie ihn auch schon entdeckt.

»Ah! Das muss der Brabaker Lustknabe sein! Niemand sonst hat diese abartige Astralstruktur. Und auch noch unter dem Bett der Hure. Habe ich euch etwa gestört?« Alvinas Stimme war hasserfüllt. »Ihr habt mich so viel gekostet, ihr habt gar nicht die Zeit, es alles zurückzuerhalten. Doch bevor ich zur Rache komme, will ich erst den Sphärenschlüssel. Obwohl – der wird gewiss jedes Feuer überstehen ...«

Tarlisin entschloss sich, unter dem Diwan hervorzukommen. Besser ein aussichtsloser Kampf, als ein elender Tod im Dämonenfeuer, wenn die Wahnsinnige den Diwan mit all seinen Seidenkissen in Brand setzte. Als er jedoch auf die Füße springen wollte, hörte er erneut die Worte:»BRENNE, TOTER STOFF!« Gegen alle Vernunft wandte er den Kopf und sah Alvina mit ausgestrecktem Stab die Kissen des Diwans berühren.

Doch da widersetzte sich der Rohalsstab. Als Mittler für einen borbaradianischen Zauber ließ er sich nicht einsetzen, und statt die Kissen zu entzünden, lief das schwarzblaue Feuer eilig den Hochmeisterstab empor und sprang auf die Kleidung der verräterischen ›Wächterin Rohals‹ über.

Schreiend fuhr Alvina zurück und sprang zur Seite, dass die Funken flogen. Trotz Schmerzen war Tarlisin auf den Beinen und riss ihr den Rohalsstab aus den Fingern. Es ging ganz leicht, in den verkrüppelten Gliedern war keine Kraft mehr verblieben.

Brennend taumelte die Abtrünnige durch den Raum, blaues Dämonenfeuer drohte Bett und Kissen in Flammen zu setzen. Tarlisin hob den Hochmeisterstab und ließ ihn kraftvoll auf Alvinas Schädel niederkrachen – keine Magie, kein geschicktes Vorgehen, ein einfacher Akt gezielter Brutalität.

Die Weißmagierin sackte stumm zusammen und einige Augenblicke später erloschen die Flammen. Tarlisin konnte nicht sagen, ob es sein Schlag oder das Dämonenfeuer gewesen war, das Magister Eisenkobers frühere Scholarin getötet hatte, denn nach dem Hieb war ihm schwarz vor Augen geworden und nur der Stab hatte ihn aufrecht gehalten.

Tarlisin blickte angewidert auf den toten Leib herab, der einmal einer der vielversprechendsten Magierinnen Aventuriens gehört hatte. Alvina Viburnian-Crassula hatte einen weiten Weg von der Weißen Gilde in Borbarads Arme zurückgelegt und nichts dabei gewonnen.

Mittlerweile war Belizeth wieder zu sich gekommen und näherte sich ihm mit ausgebreiteten Armen und einem gewinnenden Lächeln. »Du hast mir das Leben gerettet. Ich weiß gar nicht, wie ich dir das je vergelten soll.« Sie versuchte, ihre Arme um Tarlisin zu schlingen und sich an ihn zu schmiegen.

Der Magier schob sie grob zur Seite. »Vergiss es, Belizeth, dein Spiel ist aus. Ich hätte gedacht, dass du mehr zu bieten hast als diesen einen Kniff.«

Belizeth strich sich eine Haarsträhne aus dem Gesicht und blickte Tarlisin halb spöttisch, halb verächtlich an. »Du warst es also, der meine Kontrolle über die Aphestadil gestört hat. Ich hätte es mir ja eigentlich denken können. Der größte Dämonologe der Grauen Gilde, das wolltest du immer sein.«

Für einen Augenblick starrten sich die beiden Magier wortlos an. Die kleinere Tulamidin hielt dem Blick des um einige Köpfe größeren Brabakers mühelos stand.

Schließlich wandte Tarlisin die Augen ab. »Verdammt, Belizeth. Warum musste es so weit kommen? Wieso hast du nicht mit mir zusammengearbeitet? Es wäre genug Ruhm für uns beide dagewesen.«

Die Tulamidin stieß ein hartes, freudloses Lachen aus. »Soll ich etwa die Quelle meiner Macht opfern für irgendwelchen Ruhm? Denn das hätte es doch bedeutet. Was kann man mit dem verfluchten Sphärenschlüssel schließlich schon anderes anfangen, als ihn entweder auf einem Seidenkissen ruhen zu lassen oder aber mit ihm den Kraft spendenden Sphärenriss zu verschließen?«

Tarlisin fühlte sich wie vor den Kopf geschlagen. »Den *Kraft spendenden …*«, wiederholte er tonlos.

Belizeth richtete sich auf. »Wir stehen am Beginn eines neuen Zeitalters. Bald wird Borbarad den größten Teil Aventuriens, ja, vermutlich ganz Deres erobert haben. Die Zeit der elementaren Kräfte ist vorbei, und dank der Dämonen werden diejenigen als *Seine* Mitregenten herrschen, die nicht schwächlich sind, sondern die Kräfte des Chaos nach ihrem Willen manipulieren können.« Sie lachte erneut. »Ja, Tar, warum haben wir beide nicht zusammengearbeitet. Mit deinen und meinen Kenntnissen hätten wir gemeinsam herrschen können. Wir wären die mächtigsten Könige gewesen. Jeder hätte das Haupt vor uns geneigt.«

Tarlisin verspürte eine unendliche Erschöpfung. Die Frau vor ihm hatte nichts davon mitbekommen, wie es außerhalb ihrer Stadt aussah. Mit einem Mal war selbst sein Hass auf sie verschwunden. Der Magier wollte nur noch schlafen, endlos lange schlafen.

Schwer seufzend ergriff er einen Beutel mit Goldmünzen, der am Boden herumlag. »Ich habe kein Verlangen danach, über ein totes Land zu regieren.« Er warf Belizeth das Säckchen zu. »Hier, das sollte für eine Weile reichen, Majestät. Sultan Hasrabal müsste mittlerweile in der Akademie angelangt sein und im Gegensatz zu mir will er deinen Kopf rollen sehen. Verschwinde, solange du noch kannst. Ich habe gehört, in Brabak werden jederzeit Dämonologen gesucht.«

Belizeth starrte Tarlisin hasserfüllt an. »Du verschwendest deine Begabung! Wer die Gabe nicht zu schätzen weiß, sollte sie verlieren.« Die geschlagene Dämonologin stolzierte wie eine Königin aus dem Raum, dann hörte Tarlisin, wie sie hastig davoneilte.

Der Magier wartete noch einen Augenblick, ehe er Alvinas Leichnam hochhob. Er hatte keinen Grund, dieser Frau irgendeine Wohltat zu erweisen, doch selbst wenn ihre Seele verdammt sein mochte, sollte der Körper ordentlich bestattet werden, schon allein, damit er nicht wieder aufstand. Trotz seiner Müdigkeit schleppte Tarlisin den erschreckend leichten Körper der toten Abtrünnigen durch die Gänge, bis er den Ausgang erreicht hatte. Lediglich Haut und Knochen …

Vor der Akademie hatte sich eine Schar von Schaulustigen versammelt. Tarlisin fehlte die Kraft, die Tote eigenhändig zum Borontempel zu bringen. Da erblickte er einen Eselskarren. Ohne auf die Proteste der Fuhrfrau zu achten, legte er die Tote auf den Wagen. Nachdem zwei Goldstücke den Besitzer gewechselt hatten, sagte die Fremde zu, für ein Begräbnis und eine Totenmesse sorgen zu lassen. Auf den Rohalsstab gestützt, schaute der Großmeister dem davonrumpelnden Fuhrwerk nach, ehe er von zwei Untergebenen zurück in die Akademie geführt wurde.

Völlig außer Atem erreichte Belizeth den Schuppen. Im Augenblick besaß sie keine magische Kraft mehr, was ihre Möglichkeiten entsetzlich einschränkte, doch wenn sie schon fliehen musste, wollte sie wenigstens von ihren Lieblingen, den Rosen, Abschied nehmen und vielleicht einen Trieb mitnehmen. Am besten die Azila Ghala mit den blutroten Blütenblättern.

Als sie sich im Schuppen umschaute, erkannte sie, welch gutes Geschick sie hierhergeführt hatte. Ihr Blick fiel auf den groben Kittel der Gärtnerin Ayshulibeth. Mit fliegenden Fingern streifte Belizeth die kostbaren Gewänder ab und zog sich stattdessen den scheuernden Kittel über. Sie betrachtete sich in der Fensterscheibe. Von der Kleidung her würde sie durchaus als Sklavin durchgehen, aber ihre langen, gepflegten Haare waren unpassend. Die schöne Tulamidin strich sich wehmütig durch die Haarpracht, dann nahm sie die Rosenschere und kürzte die Strähnen ungeübt auf Handbreite. Die langen Fingernägel folgten als Nächstes. Ihr Spiegelbild hatte nichts mehr mit der vornehmen Erscheinung der Magierin gemein.

Belizeth ergriff eilig einen Gürtel mit Gartenwerkzeugen und hastete in den Rosengarten. Sie hatte gerade das Beet mit den Sträuchern der Azila Ghala erreicht, als sie Schritte hörte. Hastig verbarg sie sich zwischen den hohen Rosenbüschen, ganz die ängstliche Sklavin.

Ausgerechnet Sultan Hasrabal betrat suchend den Rosengarten. Belizeth hatte den pompösen Dschinnenbeschwörer immer verachtet, und dass ausgerechnet dieser greise Wichtigtuer sie jagte, erschien ihr beinahe lächerlich. Aber ohne astrale Kräfte konnte sie selbst einem Jahrmarktszauberer nichts entgegensetzen.

Als Hasrabals Blick in ihre Richtung fiel, drückte sich Belizeth noch tiefer zwischen die Rosensträucher. Der Blick des Magiers ruhte eine Ewigkeit auf der Magierin, die merkte, wie ihr warmer Urin die Beine entlang rann, doch schließlich wandte sich Hasrabal von der Sklavin ab.

Mit dem Messer, das sie im Gürtel stecken hatte, begann Belizeth hastig, einen Trieb der geliebten Rosen auszugraben. Die empfindlichen Wurzeln mit der Hand umfangend, versuchte sie anschließend, rückwärts aus den Büschen herauszukriechen. Die Dornen allerdings hatten sich in dem rauen Kittelgewebe verfangen.

Belizeth zerrte an den Ranken und verfing sich dadurch nur noch mehr. Ihre Finger umschlossen die Azila Ghala, deren Dornen sich ihr unerwartet schmerzhaft ins Fleisch bohrten, sodass sie gegen ihren Willen aufschrie.

Hasrabal war schon fast wieder im Gebäudeinneren, als er den Schmerzensschrei hörte. Die Stimme war so vertraut, dass er umkehrte. Vor langer Zeit hatte er ein kleines Mädchen auf den Knien gehalten, als er ihren Vater zum Disput besucht hatte, und oft hatte das Kind zu schreien begonnen. Hasrabal hatte nie behauptet, dass er ein glückliches Händchen für den Umgang mit kleinen Kindern hatte.

Wie hatte er so blind sein können! Diese Augen, dieser zornige Blick, die zum Fluchen geschaffenen Lippen. »Collega, ich fordere Euch zum Duell. Stellt

Euch!« Die Worte waren nur eine Formalität. Es war zwar unüblich, den Gegner im Magierduell zu töten, aber dennoch annehmbar, und in diesem Falle war es entschieden günstiger. Hasrabal hatte nie zu jenen gehört, die ihre besiegten Feinde ohne Not am Leben ließen, nur um sie mit Spott behelligen zu können.

Der erfahrene Dschinnenmeister brauchte nur an einem seiner Ringe zu reiben, um einen Flammendschinn herbeizurufen. Eine kurze, schmeichelnde Bitte genügte, damit sich eine alles verschlingende Feuerwoge auf die Pflanzen zuwälzte, die in kürzester Zeit alles einhüllte und die Sträucher und Pflanzen, die Gärtnerhütte und erst recht die kleine unbedeutende Menschenfrau verschlang. Bald war das Toben so heftig, dass man nichts mehr erkennen konnte, und mit befriedigtem Gesichtsausdruck betrat Hasrabal die Akademie. *Seine* Akademie.

# 24. Kapitel

*Vor Rashdul,*
*am 9. Ingerimm*
*des Jahres 28 Hal*

Mara ay Samra stampfte ungeduldig mit dem Fuß auf. Ihre grünen Augen funkelten den Wachposten drohend an. »Was soll das heißen, Ihr könnt uns nicht einlassen? Glaubt Ihr im Ernst, wir haben uns tagelang in dieser engen Kutsche durchschütteln lassen, damit wir nun wie Bittsteller am Tor abgewiesen werden?«

Der Gardist zuckte mit den Schultern. »Ich bedaure, aber der Befehl der neuen Regenten lautet, dass niemand die Stadt betreten darf.«

Die Hexe stand kurz vor einem Wutausbruch. Shanja Eshila von Rashdul hatte als Gast im Exil in Zorgan geweilt und beschlossen, in ihre Stadt zurückzukehren, sobald Rashdul befreit war. Mara war von ihrer Freundin Eleonora damit beauftragt worden, der Rashdulerin als Ehrengeleit zu dienen und ihre Eskorte zu kommandieren. Die junge Hexe bezweifelte, dass die Prinzgemahlin wirklich wusste, was in diesem Land vorging, denn es war schieres Glück, dass sie nicht unterwegs einer Dämonenhorde zum Opfer gefallen waren. Aber auch aus anderen Gründen hatte sie sich in den letzten Tagen des Öfteren dafür verflucht, dass sie den Auftrag angenommen hatte: Die Shanja war nun einmal eine verwöhnte Herrscherin, und entsprechend umständlich war die Reise von Zorgan nach Rashdul verlaufen. Mara hatte sich darauf gefreut, sich jetzt ihrerseits als geschätzter Gast im Fürstenpalast verwöhnen zu lassen.

Stattdessen standen sie bereits seit einer guten Stunde vor dem Stadttor und wurden nicht eingelassen. Es war unter der Würde der Shanja, mit einem Fremden zu reden, und so war es an ihrer aranischen Begleiterin, sich mit dem sturen Wachposten herumzuärgern, während die verschleierte Stadtfürstin ungeduldig in der Kutsche wartete und sich von Mara alle naslang Bericht erstatten ließ.

Die Hexe seufzte. Sie mußte dringend etwas unternehmen, sonst konnte das Trauerspiel noch Stunden weitergehen. Mara zögerte kurz. Dann hockte sie sich neben dem verblüfften Gardisten auf den Boden und murmelte: »SPINNENLAUF UND KRÖTENSPRUNG«, eine alte Formel der Hexen-Schwesternschaft. Im nächsten Augenblick war die junge Frau schon behände wie eine Raubkatze die Stadtmauer hinaufgeklettert und, bevor die Wächter überhaupt reagieren konnten, in der Stadt verschwunden.

Mara hastete durch die verwinkelten Gassen. Die Einwohner Rashduls hatten sich augenscheinlich mit den neuen Verhältnissen in der Stadt abgefunden. Sie gingen alltäglichen Beschäftigungen nach, holten Wasser, boten in Garküchen Speisen feil und stöberten auf dem Basar nach guten Angeboten. Doch das Gefeilsche verriet der Hexe, dass die Nahrung knapp zu werden begann. Kein Wunder – draußen vor dem Tor warteten auch Bauern aus dem Umland darauf, endlich eingelassen zu werden und ihre Feldfrüchte verkaufen zu können.

Wenn das noch lange so weiterging, würden sich die Rashduler bald ihre dämonologische Herrscherin zurückwünschen. Irgendjemand musste diesen neuen Regenten einmal die Meinung sagen und Mara fühlte sich für dieses verantwortungsvolle Amt gerade richtig gestimmt. Zielstrebig steuerte sie die Pentagramm-Akademie an und verschaffte sich bei den Wachposten, die die Farben der grauen Stäbe trugen, Eintritt.

Nach einem umständlichen Weg durch die noch von Spuren des Kampfes und der anschließenden Siegesfeier gezeichneten Gänge, stand Mara schließlich vor der Ratskammer, in die sich die beiden Regenten zurückgezogen hatten. Eine ahnungslose Wächterin versuchte ihr freundlich, aber bestimmt zu erklären, dass sich Sultan Hasrabal und der Großmeister von Borbra in Klausur befänden und nicht gestört werden dürften.

Die junge Hexe schob die Wächterin jedoch einfach zur Seite und stürmte geradewegs in den Raum. Die beiden Magier blickten nicht einmal auf, als sie die Kammer betrat. Beide saßen mit gebeugten Köpfen an einem Tisch und betrachteten irgendeinen Gegenstand.

Mara räusperte sich vernehmlich, doch die Reaktion fiel mager aus.

»Ja ja, gleich.« Sultan Hasrabal hatte bei seiner unwirschen Antwort keinesfalls aufgeblickt und murmelte bereits wieder unzusammenhängende Worte in Magierbosparano. Oder war es ein verschrobenes Ur-Tulamidya? Ganz gleich, sie würde sich das nicht gefallen lassen, schon gar nicht von diesem Mann.

In ihrem Gedächtnis loderten nach wie vor die Flammen jenes Tages vor vielen Jahren, als die Schergen des Sultans ihre Stadt Borbra überfallen hatten, um Prinz Arkos zu töten. Wenn ihr Gatte das so leicht vergessen und mit dem Novadi zusammenarbeiten konnte – sie konnte es nicht. Überhaupt, Tarlisin! Falls er sie schon angeschaut hatte, dann war es ihr verborgen geblieben.

Mühsam einen Fluch unterdrückend, näherte sich die Hexe mit entschiedenen Schritten dem Studiertisch. Ein kurzer Blick zeigte einen tiefschwarzen, eigentümlichen Würfel, der schlichtweg … falsch aussah. Ein besseres Wort wollte ihr nicht einfallen. Das Gebilde hatte wie viele Seiten? Sieben? Sie mochte nicht zählen, es machte ihr Kopfschmerzen, und der tierische, katzenhafte Teil ihrer Seele sträubte förmlich das Fell und fuhr die Krallen aus. Dieses Ding gehörte nicht in diese Welt, es passte nicht hierher. Die Hexe ekelte sich richtiggehend davor.

Die beiden Magier hingegen blickten gebannt, ja geradezu verzückt auf das schwarze Gebilde. Es schien ihren verdammten Forscherdrang anzustacheln, sie schienen gar nicht anders zu können, als es zu betrachten. Widerwärtig.

Da die beiden ihre Besucherin weiterhin nicht beachteten, nutzte diese die Gelegenheit. Mit einem schnellen Sprung drängte sie sich zwischen sie und mit einem raschen Griff schlossen sich ihre Finger um das Artefakt und ließen es in ihrer Tasche verschwinden.

Es dauerte einen Augenblick, bis die beiden Männer begriffen, was geschehen war, erst dann schienen sie aus einer Art Trance zu erwachen. Hasrabal sah aus, als wolle er die ›Diebin‹ ermorden, und begann schon, an einem seiner Ringe zu drehen, doch wenigstens ihr ehrenwerter Gatte war überlegt genug, seinen neuen Kumpan daran zu hindern und einige halbherzige Worte des Grußes zu murmeln. Danach wusste auch er nichts mehr zu sagen, und so starrten die Magier die Hexe mit fassungsloser Empörung an.

Mara streckte ihnen ebenso verärgert die Zunge entgegen: »Nun, ihr zwei Helden und ›Regenten‹, wenn ihr schön brav seid, Eure Herscherspflicht erfüllt und die Shanja begrüßt, bekommt ihr euer Spielzeug vielleicht zurück.« Ehe einer der beiden etwas sagen konnte, war sie auch schon aus dem Raum gehastet.

Nachdem die Shanja endlich in die Stadt eingelassen worden war, wurde sie von der jubelnden Stadtbevölkerung willkommen geheißen. Als sie anschließend in Begleitung von Sultan Hasrabal voller Siegesfreude von der Akademie zum Fürstenpalast zog und dabei freigebig frisch gebackene Brotfladen verteilen ließ, wurde sie von ihren Untertanen mit Jubel und mit Rosen überschüttet.

Was machte es da schon, dass die Blumen kurz zuvor von ihren Leibgardisten erworben und verteilt worden waren und dass man das Mehl für die Fladen bei den Bauern vor den Toren beschlagnahmt hatte …

## 25. Kapitel

*Rashdul,*
*am 11. Ingerimm*
*des Jahres 28 Hal*

Die Abordnung der Grauen Stäbe bot einen beeindruckenden Anblick. Ihre Grauschimmel trugen rote Pferdedecken, sie selbst die grauen Roben reisender Magier. Zwischen den Reittieren war ein einzelnes, schwer bewachtes Packtier zu sehen, das auch dem flüchtigsten Beobachter ins Auge stach. Tarlisin seufzte. Der Feind und seine Späher würden wohl kaum töricht genug sein, daran zu glauben, dass eine dermaßen auffällige Einheit der Grauen Stäbe den lang gesuchten Sphärenschlüssel bei sich führte.

Dennoch war es eine schwer wiegende Entscheidung, diese Männer und Frauen in einen Hinterhalt zu schicken, der sie das Leben kosten konnte, während sie Richtung Khunchom reisten, angeblich um das Artefakt untersuchen zu lassen. Er seufzte erneut. Magistra Bernice war erfahren und hatte sich wie alle Mitglieder des Trupps freiwillig zu diesem lebensgefährlichen Einsatz gemeldet.

»Ich denke, für uns wird es nun auch langsam Zeit.« Adaon von Garlischgrötz-Veliris sah Tarlisin erwartungsvoll an. Dieser musterte den Neethaner Ordensgroßmeister eine Weile, dann wanderte sein Blick weiter zum Fasarer Ordensmeister Lordarion und dem Garether Ordensmeister Falke. Auch diese beiden schienen gefasst. Zu den erfahrensten und fähigsten Männern des Ordens zählten sie in jedem Fall.

Tarlisin vermied es, ein drittes Mal zu seufzen. Auch die drei Magier hatten sich freiwillig gemeldet, und sie würden zweifellos mit den Angriffen der Schergen

Borbarads rechnen müssen, während sie mit ihrer kostbaren Last nordwärts reisten zur fernen Trollpforte im mittelreichischen Darpatien, wo sich auf den beiden Seiten des Gebirges die Heere des Dämonenmeisters und die Verteidiger der göttertreuen Länder sammelten.

Der schwer kranke Adaon wirkte heute erstaunlich kräftig. Der Brabaker trat zu dem Liebfelder und zwang sich zu einem Lächeln. »Habt Ihr auch an alles Wichtige gedacht?« Der Großmeister grinste seinen Amtsbruder seinerseits gezwungen an und klopfte auf einen Beutel, der an seinem Gürtel hing. Selbst durch das Leder hindurch zeichnete sich der Umriss eines siebenseitigen Würfels ab. »Zumindest an das Wichtigste!«

Tarlisin nickte ihnen zu. »Die Zwölfe mit Euch.«

Adaon nickte wortlos, seine Miene erhellte sich aber deutlich, als sich Mara ihm näherte. Die Hexe warf ihm eine Kusshand zu, die der Liebfelder mit einer höfischen Verbeugung erwiderte, ehe er sich mit unterdrücktem Stöhnen in den Sattel schwang und den Befehl zum Aufbruch gab.

Tarlisin blickte der Gruppe nach, während sie sich auf den langen Weg zum Heerlager der Lichten Seite machten. Er fragte sich erneut, ob er die drei Magier und ihre Begleiter nicht in den sicheren Tod schickte. Die Leute wussten zwar, worauf sie sich eingelassen hatten, aber es war dennoch seine Entscheidung gewesen, sie mit diesem Auftrag zu betrauen, selbst wenn sie sich freiwillig zum Heer der Zwölfgöttertreuen melden wollten. Tja, die Magier konnten für sich selbst entscheiden, doch der Großmeister fragte sich, was wohl die Familien der anderen von der Angelegenheit hielten. Andererseits wusste letzten Endes jedes Ordensmitglied, dass es jederzeit einem feindlichen Hieb oder Zauber zum Opfer fallen konnte. Als ›Schild und

Schwert der Grauen Gilde‹ waren sie auch dafür da, die Schläge des Feindes abzufangen. Zu diesem Zweck war der Orden vom Weisen Rohal ins Leben gerufen worden. Tarlisins Finger strichen liebkosend über den Rohalsstab. Auch er würde sich bereitmachen. Er hatte noch einiges zu erledigen, bevor er selbst aufbrechen konnte.

»Was soll ich noch sagen, was nicht schon gesagt wurde? Ich gehe jetzt auch. Ich wünsche Euch viel Glück und habt Dank für das Vertrauen.« Thorstor ibn Thorwulf umfasste Tarlisins Hand.

Dieser lächelte den Thorwaler an: »Macht es Euch nur nicht zu bequem auf meinem Stuhl. Ich komme zurück.« Tarlisin hatte sich um einen spöttelnden Tonfall bemüht. Zwar hoffte er inständig, dass er wirklich zurückkehren würde, aber dennoch hatte er sein Vermächtnis geregelt und seinen Letzten Willen am Vorabend Halef diktiert, der Magister Thorstor nach Anchopal begleiten sollte. Und was seine Vertretung anging, wusste er keinen Geeigneteren als den unbequemen, aber stets aufrechten Thorwaler.

Thorstor sah Tarlisin in die Augen. »Ihr *kommt* zurück. Das seid Ihr mir verdammt nochmal schuldig. Ich hab nämlich keine Lust, als Großmeister meinen Kopf für alles und jeden hinzuhalten – das macht Ihr bitteschön selber. Ich halt Euch nur den Stuhl warm.« Der Thorwaler deutete auf den Rohalsstab. »Was ist damit? Soll ich außer Famerlîn auch den hier mitnehmen und für Euch aufbewahren oder soll ich ihn nach Punin schicken?«

Tarlisin schüttelte den Kopf. Es war eine unschöne Vorstellung, das altehrwürdige Drachenschwert wieder aus der Hand zu geben, aber es gehörte nach Anchopal, solange es keinen Hochmeister gab, und der groß gewachsene Thorwaler würde wenigstens darauf aufpassen können.

Mit dem Rohalsstab verhielt es sich anders. »Nein. Ich habe das Gefühl, dass er mir noch gute Dienste leisten kann. Und ich habe das Gefühl, dass er dorthin will, wohin ihn der Weise einst nicht mitgenommen hat …«

Thorstor nickte anerkennend. »Dann soll ich der Gilde wohl mitteilen, dass Ihr den Rohalsstab gemeistert habt?«

Tarlisin schüttelte den Kopf: »Das wäre gelogen. Ich würde allenfalls sagen, er lässt sich von mir tragen, bis er an seinem Ziel angekommen ist.«

Nachdem Tarlisin noch einmal den Thorwaler und seinen Sekretär umarmt hatte und die beiden aufgebrochen waren, zog er sich zur Meditation zurück. Die Entscheidung würde sehr bald fallen. Er lachte unwillkürlich. Aber zuvor würde er seine sprunghafte Frau suchen müssen. Während Adaon die von Borbarad selbst geschaffene Nachbildung des Sphärenschlüssels bei sich trug, die die Graue Gilde einst in Punin erbeutet hatte, hatte die launische Hexe noch immer das echte Artefakt bei sich. Und so unangemessen er ihre Einstellung auch fand, Mara erschien ihm doch als die beste Hüterin des Sphärenschlüssels, gerade weil sie so unberührt von der Bannkraft war, die für jeden wissenschaftlich gebildeten Zauberer von der unnatürlichen Geometrie des Objektes ausging.

# 26. Kapitel

*Vor der Gorischen Wüste,*
*am 18. Ingerimm*
*des Jahres 28 Hal*

Vor ihnen erhob sich das Massiv der Gorischen Wüste. Nun, da sie unmittelbar zu seinen Füßen standen, sah der stumpfe Tafelberg unbezwingbar aus, wie ein rotschwarzer Felsenturm.

Sie waren zu dritt, zwei Männer und eine Frau, zwei Magier und eine Hexe.

Tarlisin war hierher gekommen, weil es sein Wille war, mit dem Sphärenschlüssel in der Hand gegen den Weltenriss zu kämpfen, der über ihnen am Himmel waberte.

Hasrabal war hierher gekommen, weil er zu gern den Dschinn der Magie sehen, erleben und erforschen wollte, der in dem Sphärenschlüssel verborgen war.

Mara war hierher gekommen, obgleich sie es nicht wollte. Sie hasste diesen Berg noch mehr als es ihre Begleiter taten, sie hasste ihn fast mehr als den habgierigen Sultan zu ihrer Linken und die Zwanghaftigkeit, die den Mann zu ihrer Rechten vorantrieb. Doch wie es aussah, war sie unverzichtbar, um diesen zwölffach verdammten Sphärenschlüssel zu tragen, ohne seinem Bann zu verfallen. Das Ding übte eine hypnotische Wirkung auf Magier aus, und sie glaubte fest daran, dass die beiden Männer allein gar nicht erst in das Herz der Gorischen Wüste vordringen würden. Wahrscheinlich hätten sie bereits nach wenigen Stunden eine Rast eingelegt, um das Artefakt zu studieren, und wären seinem Bann verfallen.

Außerdem war sie eine Adlige Araniens und schuldete ihrem Land diesen höchstwahrscheinlich wahnwitzigen Versuch, alles wieder ins Lot zu bringen.

Also hatte sie sich den beiden Magiern angeschlossen. Und jetzt lag der Aufstieg vor ihnen, hinauf zur Hochebene, wo die Dämonen aus dem Sphärenriss umgingen. Mara dachte an ihren Freund Shiko, der in Zorgan die Kinder bewachte, und wünschte ihnen alles Gute. Dann straffte sie sich und wandte sich wie die anderen dem hässlichen Felsen zu.

»Lasst mich hier zurück. Ich halte Euch nur auf!« Sultan Hasrabals Worte waren schwer zu verstehen, aber eindeutig. Der alte Dschinnenmeister war mit seiner Kraft am Ende, seit sie in der Klamm den Dämonen begegnet waren. Zwischen einem Felsvorsprung und dem Hauptmassiv des Tafelberges führte diese Schlucht hinauf, die schon die Rashduler Borongeweihten vor vier Jahrhunderten benutzt hatten.

Anfangs waren die Kälte und die herumliegenden Felsbrocken die größten Hindernisse gewesen, mit denen sie kämpfen mußten. Bald hatten sie es aufgegeben, sich um die zahllosen Gänge und Tunnel Sorgen zu machen, die über ihren Köpfen in der Felswand gähnten. Ein jeder Einzelne mochte eine Schar Dämonen bergen, und auch nur einen zu untersuchen, hätte sie mehrere Tage gekostet. Also zogen sie weiter und suchten sich zwischen kleineren Felsbrocken ihren Weg, mußten jedoch manchmal auch größere Felsen übersteigen. Schon da hatte Hasrabal geklagt und sein Alter gespürt.

Die Wände der Klamm ragten so weit über ihnen auf, dass der Himmel nie zu sehen war, stets waren Felsüberhänge und -vorsprünge im Weg.

Bald mußten sie immer häufiger über Felsbrocken klettern, und es zogen sich Erdspalten quer über den Pfad, scheinbar bodenlos und kaum zu überwinden.

Das silbrige Leuchten ihrer Kristallkugeln hatte die beiden Magier vor den Geistererscheinungen und Untoten geschützt, die hier seit 400 Jahren und mehr umgingen. Doch dann waren die Dämonen erschienen. Nicht einmal Tarlisin konnte erahnen, zu wessen Gezücht diese Kreaturen zählten, so chaotisch und widernatürlich waren sie. Das hatte den drei Sterblichen letzten Endes wohl das Leben gerettet. So zahlreich die Monstrositäten auch auftraten, so wenig waren sie für ein Überleben geschaffen: Beine, die in gaffenden Augen endeten, Mäuler, die unter gefiederten Insektenflügeln klafften, Köpfe, die wimmernd über den Felsboden schleiften, mochten den menschlichen Geist zwar mit Entsetzen füllen, aber sie stumpften ihn auch ab, und nach einiger Zeit nahmen die drei nur noch die offenkundigen Schwächen ihrer Gegner wahr und hatten keinen Sinn mehr für die Widerwärtigkeit ihrer Gestalt. Der Sphärenriss mochte ungezählte Monstrositäten hervorspülen, doch sie waren unbesiegbar, wenn man erst einmal den Schrecken abgeschüttelt hatte.

Ironischerweise war es die beruhigende Umgebung von Menschenwerk, die den alten Beschwörer hatte zusammenbrechen lassen. Am Abend eines endlos erscheinenden Tages hatten sie die Pforte der Toten erreicht. Dort, wo sich die Schlucht zu einem Talkessel erweiterte, gähnte ein großes Tor aus schwarzem Stein in der Felswand. In die beiden Torflügel war das boronische Sinnbild des Zerbrochenen Rades eingemeißelt.

Hier hatten einst, vor 400 Jahren, die Rashduler Boronis die Gefallenen der Letzten Schlacht um die Schwarze Zitadelle des Borbarad beigesetzt, die gleichen Geweihten, die auch den Sphärenschlüssel geborgen und nach Rashdul gebracht hatten – den Sphärenschlüssel, der inzwischen wie ein Felsbrocken an Mara zu hängen schien, sodass die kleine Hexe kaum noch einen Fuß vor den anderen setzen konnte.

Aber es war Hasrabal, nicht Mara, dem angesichts der Gruft die Kräfte versagten. Er erklärte mit ruhiger

Stimme: »Ich werde nicht mehr weitergehen. Ich bin am Ende. Lasst mich hier.«

Kein Wort seiner Begleiter konnte ihn umstimmen. Mara hätte es vielleicht mit einem hexischen Beherrschungszauber vermocht, aber ihr fehlte der Schwung, es auch nur zu versuchen. Seit Tagen war sie bloß noch wie ein Golem, der stumpf vorwärts schritt.

»Geht. Meine Kristallkugel wird mich beschützen.« Hasrabals Entschluß stand fest.

Also brachen Mara und Tarlisin am nächsten Morgen auf. Die eigentliche Hochebene konnte nicht mehr fern sein, und in dem Talkessel war endlich wieder einmal die Sonne zu sehen, der Sphärenriss allerdings ebenfalls, der fast schon die Hälfte des Himmels einnahm und auch mit bloßem Auge zu erkennen war.

Hinter ihnen blieb der Sultan von Al'Ahabad zurück. Er schaute ihnen nach, bis sie außer Sicht waren. Dann machte er sich daran, zu meditieren und sich auf den letzten Dschinnenring einzustimmen, der ihm verblieben war. Der mächtige Luftgeist, der darin gebunden war, würde ihn fortbringen aus diesem Wahnsinn. Mochten diese beiden Verrückten sich um die Sache kümmern – er hatte mit erbarmungsloser Deutlichkeit gelernt, dass er zu alt war für diese Heldentaten.

## 27. Kapitel

*In der Gorischen Wüste,*
*am 21. Ingerimm*
*des Jahres 28 Hal*

Der Eiswind blies ihnen mitten ins Gesicht. Manchmal schuf er ihnen neue Pfade durch den knietiefen roten Sand, manchmal legte er ihnen Wälle aus Sand in den Weg.

Manchmal stöhnte er wie ein befriedigter Liebhaber, wenn er ihnen einen weiteren Funken Wärme aus den durchgefrorenen Körpern gestohlen hatte, manchmal heulte er wie ein mordlustiger Barbar, wenn er ihnen Nadeln aus gefrorenem roten Sand entgegenwarf, manchmal zischte er wie eine hungrige Viper, die ihre Beute gefunden hat.

Am schlimmsten aber war es, wenn er redete.

Der Eiswind sprach zu ihnen. Er wisperte und flüsterte, machte ihnen Versprechungen, falls sie umkehrten, bedrohte sie mit schrecklichen Toden, falls sie weitergingen. Es war schwer, nicht auf ihn zu hören.

Der Eiswind blies mit der Kälte des Limbus aus dem Sphärenriss und spielte mit den beiden Sterblichen.

Ein Seil verband die beiden Menschen, das ihnen schon mehrmals das Leben gerettet hatte, wenn sich wieder einmal eine harmlose Senke als Grube voll Treibsand entpuppte. Inzwischen war es dünn und durchgescheuert, aber keiner der beiden verschwendete einen Gedanken auf die Frage nach der Rückkehr.

Solange sie taten, als gäbe es eine Zukunft, blieb es bei den üblichen Abläufen. Tarlisin pflegte immer noch, wie jeden Morgen, seine Haut mit einer dicken Lage schützender Fettsalbe, damit sein Gesicht nicht vom scheuernden Sand aufgerissen wurde, und bei jeder Rast bürstete er sich minutenlang den roten Staub aus den feinen Haaren.

Mara hatte für so etwas keine Zeit. Sie brauchte jeden Moment der Pause, um wieder zu Kräften zu kommen. Der Sphärenschlüssel klammerte sich an sie und zog sie hinab wie ein Ertrinkende.

Die Nächte waren erfüllt vom Singen des Eiswindes und brachten weder Ruhe noch Erholung. Sie konnten kein Auge zutun und ihre Lebenskräfte schwanden zusehends dahin.

Das war die Kraft des Limbus. Hier oben gab es nicht mehr allein die Sphäre der Sterblichen, hier vermischte sie sich bereits mit der lebensfeindlichen Natur des Zwischenreiches.

»Tar, mir ist so kalt.« Mara schmiegte sich eng an Tarlisin und blickte ihm ins staubbedeckte Gesicht. »Verdammt, warum müssen ausgerechnet wir diejenigen sein, die hier in dieser Einöde zugrunde gehen?«

Der Magier strich der Hexe übers Antlitz. »Weil ich das Pech hatte, die Gedanken Borbarads zu teilen. Und weil ich einen Auftrag der Gilde habe.«

Mara blickte ihren Mann mit einer Mischung aus Trotz und Verzweiflung an: »Schwör mir, dass du nur noch für deine Familie da bist, wenn wir das Ganze überleben.«

Tarlisin betrachtete seine Frau lächelnd. »Ich verspreche nichts, was ich nicht halten kann, Kleines.« Seine Hand streichelte sanft über Maras verfilzte Locken. Wie gerne würde er sich einfach zurückversetzen nach Borbra, um den Kindern beim Größerwerden zuzuschauen und sie später in die Geheimnisse der Magie einzuweihen. Doch dafür war zu viel geschehen, und er wusste, dass dieses Leben ein für alle Mal vorbei war.

Mara richtete sich auf und versuchte tapfer, zu

lächeln: »Ich verstehe ja, dass irgendjemand die Welt retten muss, aber müssen ausgerechnet wir es sein? Ich verlange doch nun wirklich nicht viel vom Leben. Ich möchte einfach irgendwo ein kleines Haus, wo ich mit meinem Mann und den Kindern in Ruhe leben kann.« Ihr Blick richtete sich auf ein Leben, das es so nie mehr geben würde.

»Naja, vielleicht noch ein bisschen Wohlstand, Schaumbäder und schöne Kleider. Ein paar Juwelen wären auch nicht schlecht. Aber damit wäre ich wirklich schon zufrieden. Und einen schmucken Liebhaber, den will ich auch noch haben. Brabaker sollen da recht begabt sein.«

Die Hexe drängte sich noch enger an Tarlisin. Dann brach ihre Stimme und sie war voller Kummer und Schmerz. »Halte mich, halte mich ganz fest.«

Statt einer Antwort zog er sie in seine Arme und floh in die Geborgenheit ihrer Umarmung.

Ihr Lagerfeuer erlosch, doch die beiden eng miteinander verbundenen Menschen spürten keine Kälte. Sie liebten sich verzweifelt, ja trotzig, um dem Ende allen Lebens diesen einen Akt der Liebe entgegenzusetzen. Über ihnen heulte der Eiswind erzürnt wie ein verschmähter Liebhaber.

## 28. Kapitel

*In der Gorischen Wüste,*
*am 22. Ingerimm*
*des Jahres 29 Hal*

Am nächsten Morgen zeigte sich, dass Tarlisin Mara tragen musste. Es war keine Kraft mehr in ihr, und als er die kleine Frau auf seine Schultern hob, war sie erschreckend leicht.

Stärke gab ihm jetzt nur noch der Rohalsstab, der ihn vorwärts zog und stützte. Bei jedem Schritt kräftigte er ihn, und er schien weit besser vorauszuspüren, wo scharfkantige Felsbrocken unter dem Sand lauerten, wo sich trügerische Gruben und Schächte verborgen hielten, als Tarlisin selbst.

Der Stab zog ihn weiter. Und die Stimme. Sie sprach jetzt immer öfter zu ihm, gab scharfe Befehle, gebot ihm, sich nicht fallen zu lassen, sondern seine Bestimmung zu erfüllen.

Der Brabaker hatte längst begonnen, sie zu hassen.

Natürlich lehrten die Kirchen, dass die Menschen froh sein sollten, wenn sie einen besonderen Platz in den Plänen der Götter einnahmen, aber für ihn war diese stete Gegenwart der Stimme Tsas ein Grund, sich von den Zwölfen abzukehren.

Einst hatte er an die Barmherzigkeit und Gnade geglaubt, denn einst hatte ihn die Göttin von einem Dämonenpakt erlöst, den er in seiner Torheit eingegangen war. Er hatte geglaubt, dass die Ewigjunge dies getan habe, um eine unwürdige Seele um ihrer selbst willen vor der Verdammnis zu retten, und hatte sich stets bemüht, ihr dafür zu danken.

Jetzt hingegen wusste er, dass er lediglich derjenige war, der für diese bestimmte Aufgabe leben und sterben musste, dem mindere Hindernisse aus dem Lebensweg geräumt wurden, damit er seine Rolle als Werkzeug der Götter erfüllen konnte.

*Grüble nicht so! Achte auf deinen Weg!*

»Ja, Herrin.« Er biss die Zähne zusammen und stapfte weiter, seine ohnmächtige Frau auf den Schultern.

Am Ende ihres Weges kam dann alles ganz anders als geplant.

Vor ihnen lagen die Trümmer der Schwarzen Zitadelle Borbarads und über ihnen gähnte der Sphärenriss. Ihnen waren kaum mehr Dämonen begegnet, und Tarlisin konnte nur vermuten, dass alle halbwegs tauglichen Monstrositäten vom Dämonenmeister für seine Horden fortgerufen worden waren. Selbst jetzt ließ sich auch ohne Astralsinne ein dünnes Band erkennen, ein stetes Fließen, das aus dem Sphärenriss nach Norden führte, wo Borbarad seine Scharen zur Schlacht sammelte. Oder war es schon zur Schlacht gekommen, tobte sie bereits? Oder hatte der Dämonenmeister sie gar schon gewonnen, wie so viele zuvor? Tarlisin wusste es nicht und würde es wohl nie mehr erfahren.

Noch mit Sultan Hasrabals Hilfe hatte er ein Ritual entwickelt, von dem sie hofften, dass es taugen würde, den fremdartigen Corpus des Sphärenschlüssels zu öffnen. Nächtelang hatten sie ihr Wissen über die Dschinne, die Dämonen und die Sphären zusammengetragen und die Worte gefunden, die nun in seinem Geist brannten.

Doch der Schlüssel wollte es anders. Auch ohne Formel, ohne Ritual schrie er danach, eingesetzt zu werden, und jede Berührung würde genügen, um ihn zu entfalten.

Sanft ließ Tarlisin die bewusstlose Mara zu Boden

gleiten. Er bettete sie auf weichen Sand und suchte dann in ihren Gewändern nach dem Artefakt.

Da war es, ein Würfel mit sieben Seiten. Noch vor Tagen hätte er ihn liebend gern studiert. Jetzt wollte er nur noch, dass alles vorüberging.

Schon in seiner Hand regte sich der Würfel, und kaum hatte Tarlisin ihn hochgereckt, dem Sphärenriss entgegen, da schien das Artefakt rasch zu wachsen. Seine siebeneckigen Seiten öffneten sich wie die Blätter einer erblühenden Knospe. Je weiter sich das Objekt auftat, umso deutlicher wurde der fremde Duft aus vergangenen Zeitaltern, der von den ausströmenden Fäden schwärzlich leuchtenden Nebels ausging. Der Nebel verdichtete sich und wurde fester, bis ein grelles Aufblitzen das Ende der Verwandlung ankündigte und sich der Geist der Magie manifestierte.

Sie war ganz anders, als Tarlisin sie sich jemals hätte vorstellen können. Ihre Substanz hätte allenfalls mit dem Astralsinn erkennbar sein dürfen, doch hier konnte er sie mit seinen gewöhnlichen Augen wahrnehmen. Tarlisin war, als beschmutze er die zarte Gestalt mit seinen Blicken, die ihm geradezu grobstofflich vorkamen gegenüber ihrer ätherischen Zerbrechlichkeit. Aus haarfeinen Fäden von leuchtender Schwärze gewoben, eingehüllt in einen Mantel aus duftendem Licht und seidenem Sphärengesang, erhob sie sich aus ihrem Kerker, der sie äonenlang festgehalten hatte.

Auf ihrer Haut irrlichterten Zauber, ein Feuerwerk aus astralen Entladungen ließ sie von innen heraus leuchten. Ein Schleier aus grellgrauen Funken verhüllte ihr Antlitz, aber Tarlisin konnte dort, wo er endete, ihre obsidianschwarzen Augen erkennen, in denen die Sternbilder ferner Zeitalter leuchteten. Einst hatten diese Augen eine andersartige Welt gesehen, andere Seelen und andere Geister der Magie, die heute nichts mehr als eine vergessene Legende waren. Einst hatte sich an diesem Ort die Zitadelle der Magie erhoben, unvergleichlich mit allem, was je ein Mensch erbaut hatte. Einst hatten sie hier mit ihren Artgenossen gespielt.

Trauer und Einsamkeit lagen in dem Blick des letzten Wesens seiner Art, des letzten Dschinnes der Magie, der noch auf dem Derenrund existierte. Durch die Tat der Mada war ihre Welt vernichtet, aber sie selbst hatte überdauert, allein, eingeschlossen, jahrhunderttausendlang. Das Funkeln fremder Sterne in ihren Augen war das Glitzern von Tränen.

Sie wusste, weshalb sie hier war. Ihr Dasein würde enden und dann wäre nichts mehr von ihrer Art in der Welt.

Auf einmal wusste Tarlisin, dass mit ihrem Ende auch die Magie verschwunden wäre, dass nie wieder Zauberei durch seine Adern strömen, sich aus seinem Leib entladen würde.

Seine Stimme klang rau und grob, doch die Worte waren sanft: »Kehre lieber zurück in deinen Unterschlupf. Ich werde dir nichts befehlen.« Er wollte weitersprechen, aber der scharfe Schmerz in seinem Arm ließ ihn herumfahren.

Tarlisin blickte auf die kleinwüchsige, bleiche Person neben ihm, die ihn aus Katzenaugen anfunkelte. Ihre Worte trafen ihn scharf und ätzend, beleidigend: »Dafür habe ich nicht all das durchgemacht! Sei doch wenigstens dies eine Mal kein Träumer!«

Danach wandte sich die vor satter Fleischlichkeit strotzende Frau der gestaltgewordenen Zauberei zu: »Los, steig auf und tu dein Bestes, den Riss zu schließen!«

Ein letzter Blick aus den alterslosen Augen traf Tarlisin, und sie sahen einander in die Tiefe ihres Selbst, dann war die Letzte ihrer Art bereits hinaufgestiegen, in das Zentrum des Sphärenrisses hinein. Auf einem Geflecht aus mondsilbernen Klängen strebte sie dem Himmel entgegen.

Tarlisin hörte das erleichterte Lachen der Frau, die neben ihm stand. Er fragte sich, was er je an dieser Kreatur mit dem fuchsfarbenen Haar gefunden hatte, die lachend die Schönheit der Welt zum Untergang verdammen konnte. Ein schlecht gezielter Fausthieb traf die winzige Person im Gesicht und ließ sie leblos zu Boden stürzen.

Eilig wandte er seinen Blick wieder dem Himmel zu, wo der Schleier aus Sternenkraft und Astralglanz kaum vor dem Gewimmel der kalten Leere des Limbus zu erkennen war. Voller Verzweiflung musste Tarlisin mit ansehen, wie seine Königin der Magie immer mehr verschwand. Sie schien ihn zu rufen, während sie immer durchsichtiger wurde. Sie kämpfte und wob mit ihrer einzigartigen Gabe neue Fäden, um das zerrissene Gefüge der Welt erneut zu verknüpfen, doch ihre Kraft war zu schwach. Sie war nie eine der Meisterinnen ihrer Art gewesen, und die Letzte in der ganzen Schöpfung zu sein genügte nicht, wenn es an reiner Stärke mangelte.

*Tu endlich etwas! Lass nicht zu, dass sie vergeblich vergeht!*

Die Jungmädchenstimme war lauter als je zuvor, schien sich zu überschlagen. »Ist das eine Gelegenheit, bei der selbst die Götter alles überstürzen?« Er wusste nicht, ob er laut gedacht hatte. Der Rohalsstab in seiner Hand regte sich, zitterte, wurde lebendig. Tarlisin gab dem Ziehen nach und hob den Stab empor, obgleich er selbst dadurch langsam in die Knie sank.

Er fühlte, wie der Stab zu glühen schien, als ein schwaches Flackern wie vom kalten Efferdfeuer an ihm entlanglief. Die Kraft, die das ehrwürdige Artefakt erfüllte, floss stetig zu dem Dschinn hin, der mit ihrer

Hilfe weiter an seinem Werk wob, ungeachtet des eigenen Zerfalls.

Der Magier wusste, was er zu tun hatte. Er öffnete seine eigene Kraft. All die astrale Energie, die in seinem Inneren zu brennen schien, ließ er den Stab entlang und zum Himmel strömen. Funken um Funken entlud er seine Macht, bis sie zur Neige ging. Vor seinem inneren Auge sah er nurmehr seinen astralen Leib, das nackte Gerüst seines Daseins als Zauberer, das, unangreifbar durch jeden gewöhnlichen Zauber, ausschließlich dazu diente, die astralen Kräfte aufzunehmen und zu speichern.

Nichtsdestoweniger bestand es aus magischer Energie, und der Rohalsstab war der Schlüssel, es zu nutzen. Hier oben in der Gorischen Wüste, umweht von Chaos, Limbus und Zauberei, stieß er es fort, spürte, wie die letzten Funken magischer Natur sein Selbst verließen und dem Dschinn zuströmten.

Noch immer wob sie am neuen Gefüge, doch der Widerstand des Risses fraß ihre Gestalt, wehrte sich gegen die neue Ordnung, die nur allmählich im Chaos heranwuchs.

Tarlisin dachte an die Welt zu Füßen des Tafelberges, die nichts von dem ahnte, was hier geschah, die nicht wusste, dass ein äonenaltes Wesen starb, um einen ziel- und sinnenlosen Haufen Sterblicher zu retten. Aber es war die einzige Welt, die diese Wesen zur Verfügung hatten, und ihre Seelen waren vom Licht der Göttlichen erfüllt.

Es gab nur einen Weg, den er jetzt noch nehmen konnte. Die Vielfalt möglicher Entscheidung, die ganze Auswahl unterschiedlicher Pfade, die die Zukunft für ihn bereithielt, war hier oben im Angesicht des Nichts, zu einer einzigen Bahn zusammengeschmolzen. Nur als Quell der Kraft war sein Leben etwas wert.

Es war eine Frage des Willens, ob ihm die Umwandlung seiner Lebenskraft in Zaubermacht glückte – aber er strebte keinen bestimmten Zauber an, er wollte sie nur zu ihr fließen lassen, die sie längst keine feste Gestalt mehr besaß.

Hier in der Gorischen Wüste hatte er einst seine Lebenskraft verwandelt, um durch Zauberei Leben zu schenken. Damals hatte er versagt, und die junge Khalidai, Ritterin des Golgari, war in seinen Armen gestorben. Diesmal durfte es kein Versagen geben.

Langsam blendete er den dumpfen Schmerz aus und konzentrierte sich stärker, bis seine Umwelt verschwand, bis nur noch er selbst sich im Mittelpunkt des Universums befand.

Er richtete den Blick auf sein Innerstes. Hier suchte und fand er das tief verborgene Tor, hinter dem der Quell der Lebenskraft pulsierte, heiß und blutig rot. Er stieß es auf und ließ die Kraft herausströmen. Blutige Röte verschleierte die Welt und von den Knien sank er auf den Rücken. Der Rohalsstab fiel neben ihm zu Boden, längst ausgebrannt.

Es war an der Zeit, das Tor wieder zu schließen, weil sonst die Dämme vollends gebrochen waren und alle Lebenskraft vergossen, doch Tarlisin nahm keine Rücksicht auf seine Entkräftung und ließ weiter ausfließen, was an Leben in ihm war.

Über ihm wob der letzte Dschinn der Zauberei die letzten Fäden, die er zustande brachte.

Tarlisin erwachte, als das Rauschen der Schwingen zu laut geworden war, um es noch zu überhören. ›*Hör das Lied der Schwingen, sie klingen vom Nirgendmeer!*‹ Wie aus dem Nichts ertönten Bruchstücke des ›Chorals der Vergänglichkeit‹ in seinem Geist, wie ihn die Golgariten vor Ewigkeiten hier oben gesungen hatten. ›*Frieden bringen sie der Seele, träume bis in Ewigkeit.*‹

Es war dunkel über dem Tafelberg, und Golgari, der rabengestaltige Seelengeleiter, war erschienen, um Tarlisin in Borons Hallen zu tragen. Seine letzte Reise stand bevor.

›*Schweigen umfängt die sterbliche Hülle, harrend in der Vergänglichkeit.*‹

Da erkannte er die Stimme. Sie war klar und voll, aber unverkennbar die des jungen Mädchens, die so oft zu ihm gesprochen hatte, um ihn anzutreiben und vorwärts zu drängen, wenn er innehielt auf seinem Weg. Und nun sang ihm seine Herrin, die ewig junge Tsa einen Totenchoral?

*Nein. Ich singe ihn mir. Und nenn mich nicht Herrin und verwechsele mich nicht mit einer Göttin!*

Mehr Worte, als sie sonst gesprochen hatte. »Wer bist du, wenn du nicht meine Göttin bist, deren Worte mich überhaupt hierher gebracht haben.

Die Stimme klang kühl, leidenschaftslos. *Ich starb in deinen Armen unter dem Sphärenriss. Die Ruhe war mir verwehrt, solange hier das Chaos in die Welt eindrang. Du warst der Schlüssel zu meiner Seele Frieden.*

»Khalidai!« Seit ihrem Tod war die junge Golgaritin mit ihm verbunden gewesen, und er hatte sie nicht erkannt, hatte ihrer selbst kaum gedacht. Sie war ein weiteres unschuldiges Opfer, das als seine zeitweilige Begleiterin auf der Strecke geblieben war. Eine unter vielen.

*Mir fehlte die Kraft, es zu erklären. Wenn du nur ahntest, was es mich kostete, dich immer dann zu warnen, wenn du dich wieder einmal erschlagen lassen wolltest, ehe du hier oben deine Pflicht getan hattest. Und mich erlöst.*

Erlöst? Pflicht getan? Es war ruhig um ihn geworden und ebenso ruhig über ihm. Erst jetzt fiel es ihm auf: Der Himmel war wohlgestaltet und makellos, klar und voller Sterne, die herrlich funkelten. Wie *Ihr* Blick. Ihre

Augen, wie sie kein Sterblicher dieses Zeitalters jemals gesehen hatte noch jemals sehen würde. Wert, dafür zu sterben.

Inmitten der himmlischen Ruhe erklang ein ungeduldiges Krächzen und Khalidais Stimme antwortete. *Ich komme, Meister. Bring mich zu unserem Herrn.*

»Und ich, Khalidai, und ich? Soll ich an deiner Stelle hier gebannt sein?« Sein Körper lag da wie verdorrt, doch sein Geist bestand weiter. Würde sich sein jämmerlicher Baronstitel auf diese Weise mit Bedeutung füllen? ›Herr der hohen Gor‹, im Tode auf ewig an die Gor gebunden.

*Jammere nicht. Du bist nicht tot und des Herren Seelenbote nimmt keinen Anteil an dir. Stattdessen lebe wohl.* Die letzten Worte der erlösten Golgaritin klangen nur noch wie ein ferner Lufthauch herüber.

Ich lebe? Plötzlich schien er zurückzugleiten in die Welt der Wachen, die Welt der Körperlichen. Und damit kamen die Schmerzen.

Der Schmerz zwang Tarlisin, seine müßige Beobachterrolle aufzugeben. Mit äußerster Anstrengung kroch er zu der am Boden liegenden Mara. Als er die junge Frau nach einer wahren Ewigkeit erreicht hatte, ließ er sich erschöpft neben sie fallen.

Das Gesicht der Hexe war geschwollen und auf ihrer Stirn prangte eine hässliche Platzwunde. Tarlisin betrachtete seine Fingerknöchel, an denen Maras Blut klebte. Hoffentlich würde sie überleben. Unendlich langsam riss er einen Streifen aus seiner zerfetzten Robe, bemüht, nicht auf die pergamentartig vertrocknete Haut seiner Hände zu starren. Mit größter Mühe gelang es ihm, die klaffende Wunde zu verbinden. Tarlisin war gerade wieder zurückgesunken, da richtete Mara sich auf.

Ihre Lippen zitterten, als sie sich umblickte. »Ist der

Riss geschlossen?« Ihr Gesichtsausdruck gemahnte an ein unglückliches Kind.

Tarlisin blickte zum Himmel empor. Wo zuvor der Riss gewesen war, erstreckte sich nun, immer noch, klare Sternennacht. Er überlegte, ob er sicherheitshalber einen ›OCULUS ASTRALIS‹ sprechen sollte, doch dann begriff er, dass er dazu nicht mehr in der Lage war. Nicht nur jetzt – nie wieder würde er in der Lage sein, auch nur den kleinsten Zauber zu wirken. Er war kein Magier mehr, sondern bloß noch eine nutzlose leere Hülle.

Als er sich umschaute, fiel sein Blick auf den verwitterten und zerborstenen Rohalsstab. Der Stab, der vor vierhundert Jahren von seinem Herrn zurückgelassen worden war, ehe jener in die Gor zog, war endlich hierher zurückgekommen und hatte seine Aufgabe erfüllt. Nun war er nichts als totes Holz, ausgebrannt und leer – wie der Mann, der ihn zuletzt getragen hatte.

Maras Worte rissen ihn aus seinen Gedanken: »Wie geht es dir?« Ihre Stimme war vorsichtig, zaghaft, wie jemand, der vorsichtig gefährlichen Boden beschreitet.

»Ich habe alles geopfert. Meine Magie ist fort. Für immer.« Er hätte schwören können, dass sich Maras Blick aufhellte.

Fast heiter antwortete sie: »Aber wir leben. Und ohne Zauberkraft muss dein Orden dich freilassen. Sie können nichts mehr von dir erwarten. Endlich können wir ein gemeinsames Leben beginnen.« Hoffnung keimte in ihrem Blick.

»Frau, du weißt nicht, was du redest!« Er wollte sich nicht freuen. Stets hatte er den richtigen Zauber gewusst, stets hatte er auch die schwierigsten Lebenslagen meistern können. Das war nun vorbei.

Mühsam richtete er sich auf und beobachtete Maras zaghaft ausgestreckte Hand nicht. Er wollte mit seinem

Verlust allein fertig werden, die oberflächliche Art seiner Frau war ihm dabei keine Hilfe.

Mühsam machte er sich, ohne Stab, der ihn stützte, zum Rand der Hochebene auf.

Nach einigen Augenblicken des Schweigens gab Mara es auf, ihm hinterherzustarren, und folgte ihm. Wortlos stapften sie durch den glatten Sand, fort aus der Wüste und zurück in die Welt der Sterblichen.

# 29. Kapitel

*An der Trollpforte,*
*am 27. Ingerimm*
*des Jahres 28 Hal*

Rußgeschwärzt erhoben sich die Reste der Ogermauer über der Passstraße. Die Dämonische Wucherung aus dunklem, fast lebendigem Gestein glänzte ölig und schleimig, die mit Splittern gespickten Tore waren, vor kurzem noch durch kaiserliche Katapulte zerschmettert, bereits wieder hergerichtet und geschlossen. Davor erstreckte sich eine Zeltstadt, das Heerlager der Verbündeten, größer als fast jede feste Stadt Aventuriens: Sechzig Wehrtürme überblickten die Palisaden, fast zehntausend Seelen hatten in dem Lager gelebt. *Vor* der Schlacht. Denn vor drei Tagen hatte der seit langem erwartete Kampf stattgefunden, und dabei hatten die vereinigten Heere des Mittelreiches, des Horasreiches, Araniens und ihrer Verbündeten unter noch nicht erfassten Verlusten die schwarzen Horden des Borbarad zurückgedrängt und die von Dämonen errichteten Befestigungen bezwungen.

Die Gargyle und Götzenbilder auf der Mauerkrone waren zerschlagen worden, die endlose Kette aus Pfählen und Kreuzen mit den unzähligen geschundenen Leichen und Skeletten, aber auch einzelnen Schädeln und Knochen wurde eingeäschert. Einige Hand voll der erfahrensten Kämpfer waren in das Gebiet jenseits des Walles vorgedrungen und hatten die Tat vollbracht, die niemand für möglich gehalten hatte: Borbarad war nicht mehr, der Sphärenschänder war gefallen.

Doch auch König Brin, Herr über Garetien und

Reichsbehüter des Mittelreiches, war tot. Er war nicht der Einzige aufseiten des Lichtes. Nur von den Bekanntesten kursierten bereits die Namen: Markgraf Raidri von Winhall, der alte Schwertkönig, war gefallen. Hauptfrau Lanzelind Heilenhorst, die strenge Anführerin der weißmagischen Pfeile des Lichts fiel beim letzten Sturmangriff der Reiterei.

Vom Tod der vielen anderen würde man erst im Verlauf der nächsten Tage und Wochen erfahren und die unzähligen Bauern und Büttel würde man nur in ihren Heimatdörfern vermissen. Während daheim noch die Kinder und der Gatte beteten, dass die Götter die Geliebten beschützen mögen, die in die Schlacht gezogen waren, wurden hier bereits ihre Leichen verbannt, auf dass sie nicht untot und seelenlos zurückkehrten, um ihre früheren Gefährten zu bekämpfen.

Denn war auch der Dämonenmeister hinfort und seine Krone zerschmettert, so waren doch die Reihen seiner Stellvertreter und Handlanger kaum gelichtet. Helme Haffax, der abtrünnige Reichsmarschall, hatte ebenso überlebt, wie der untote Kaiserdrache Rhazzazor das Ende seines Herrn und Meisters überdauert hatte. Gemeinsam hatten sie am Tag nach Borbarads Fall die Verbündeten zurückgetrieben und die Ogermauer zurückerobert.

Nun starrten sich die Heere erneut hasserfüllt an, aber der Vormarsch der Schwarzen Horden war beendet, ihr Truppeneinfall aufgehalten. Während die Kämpfer der Dämonenschlacht noch wie betäubt auf das Schlachtfeld starrten, redeten die Höflinge bereits von der Rückeroberung und schacherten schon wieder um die Neuvergabe der heimgefallenen Lehenslande.

Adaon von Garlischgrötz-Veliris blickte auf die endlos scheinende Reihe von Zelten, die jetzt mit Verwundeten gefüllt waren. Es gab viel zu wenige Heilkundige und Geweihte, um sich ihrer anzunehmen, und vielerorts wurden die Schwerstverwundeten nur noch rasch getötet, um ihnen langes Leiden zu ersparen und ihre Leichen verbrennen zu können.

Auch im Zelt der Grauen Stäbe lagen gefallene Kameraden. Die kleine Elitetruppe, die aus Rashdul angereist war, war unterwegs mehrfach nur knapp mit dem Leben davongekommen, denn der Feind hatte immer wieder alles darangesetzt, den Sphärenschlüssel zu erbeuten. Hätte er sich nicht bereits auf die Schlacht konzentriert und dämonische Ritualplätze für unvorstellbare Zeremonien vorbereiten müssen, hätten sie diese Vorstöße nicht überlebt.

Und dann waren sie hier eingetroffen und hatten den versiegelten Brief des Großmeisters gelesen. In schönen Worten teilte Tarlisin ihnen mit, dass sie alle ihr Leben für eine Fälschung riskiert hatten, während er selbst aufbrach, um mit dem echten Sphärenschlüssel Ruhm und Macht zu ernten. Gewiss lachte er sich bereits in Anchopal ins Fäustchen und spottete über die arglose Opferbereitschaft seiner Ordensgeschwister.

Mochte der dreizehnmal verfluchte Tarlisin von Borbra auf alle Ewigkeiten in den Niederhöllen leiden! Einst hatte Adaon einen heiligen Eid geschworen, dass er der Sache des Ordens, der Kirchen und der Kaiserin dienen wolle, bis der Dämonenmeister besiegt war ... Dieser Schwur war erfüllt worden.

Adaon hatte zu jenen gehört, die die Ogermauer überwunden hatten, hatte unter seinen Füßen gespürt, wie dieses dämonische Monstrum unter ihm bebte und atmete und lauerte, während er es mit seinem Blut bespuckt hatte. Er hatte gesehen, wie Borbarad auf dem Dämonenhügel seinen Beschwörungstanz gewirkt hatte. Er hatte gefühlt, wie ein Beben die Astralstruktur erschütterte. Er hatte beobachtet, wie der Dämonenmeister sein schönes, von schwarzem Haar umrahmtes Antlitz fast ungläubig zum Himmel gewandt hatte. Er war Zeuge des letzten Kampfes geworden, in dem die Gezeichneten den geschwächten Dämonenmeister zur Strecke gebracht hatten.

Adaons Reisegefährten glaubten, dass Tarlisin den Sphärenriss geschlossen und Borbarad damit von seiner wichtigsten Kraftquelle abgeschnitten habe, dem dämonenerfüllten Limbus, in dem der Dämonenmeister vor seiner Rückkehr viele Jahrhunderte gewartet und seine Kraft verfeinert hatte.

Schon begann sich die Legende um Tarlisin zu festigen. Nur Adaon wusste, dass sich der Brabaker nicht einmal in der Nähe der wirklichen Gefahr hatte blicken lassen.

Wie auch immer, Adaon war nun von allen Verpflichtungen freigestellt. Und in diesem Orden, der bald völlig dem verfluchten Massenmörder von Borbra hörig sein würde, war kein Platz mehr für ihn. Für ihn hatten sie nach der Schlacht bloß ein paar aufmunternde Worte übrig gehabt, ehe sie fortgeeilt waren zu ihren ach so wichtigeren Verrichtungen in den Lazarettzelten.

Der Ordensgroßmeister von Neetha blickte auf die Kiste, in der alles säuberlich zusammengepackt lag, was er aus Rashdul mitgebracht und an bedeutsamen Ordensdingen im Lager vorgefunden hatte.

Künftig würde er sich selbst um sein Wohlergehen kümmern. Er brauchte niemanden auf dieser Welt, er konnte für sich allein sorgen. »Bist du endlich so weit, Emilio? Mich langweilen dieser Gestank und das Geschrei mittlerweile.«

Der stämmige Leibdiener nickte ergeben: »Ja, Herr.«

Adaon warf einen letzten Blick auf das Heerlager der Verbündeten. »Dann brechen wir auf. Nimm die Kiste.«

Es war fürwahr nicht schlecht gewesen, zu den Eroberern der Ogermauer gehört zu haben: Auf der anderen Seite hatte er eine sehr ... viel versprechende Bekanntschaft gemacht und bald würde er sich mit ihr treffen und sein neues Leben beginnen.

# 30. Kapitel

*Zorgan,*
*am 4. Rahja*
*des Jahres 28 Hal*

Sultan Hasrabal und die Shanja von Rashdul wollen heiraten.« Mara verschluckte sich beinahe an ihrem Raschtulswaller, als ihr ihre Freundin Eleonora die Neuigkeit verriet. Hustend antwortete sie: »Von mir aus sollen sie das tun, so oft sie wollen. Aber komm bitte nicht auf den Gedanken, mich als deine Vertreterin zu der Feier zu schicken.«

Die Prinzgemahlin blickte sie erstaunt an. Dann fragte sie neckend: »Warum bloß nicht? Du lässt dir doch sonst keine Festlichkeit entgehen …« Eleonora war für ihre Verhältnisse regelrecht ausgelassen, denn in diesem Jahr war das ›Fest der Freuden‹ zu Ehren der Herrin Rahja besonders überschwänglich ausgefallen. Der vergangene Ingerimm war in doppelter Hinsicht ein entscheidender Monat gewesen: Im Norden war der Dämonenmeister geschlagen worden und der größte Teil des aranischen Heeres unter Prinz Arkos war wohlbehalten aus der Dämonenschlacht zurückgekehrt. Zugleich hatte sich im Süden der Furcht erregende Weltenriss über der Gorischen Wüste geschlossen, und das Volk dankte dafür dem zukünftigen Sultan von Rashdul, Hasrabal dem Dschinnenmeister. Er war in die Gor gereist und hatte dank seiner Herrschaft über die Elemente den Riss mit einem Artefakt schließen können, das er in Rashdul erobert hatte, während er die Pentagramm-Akademie von ihrer dämonischen Herrin befreite.

So behaupteten es zumindest die Geschichtenerzähler auf den Basaren, und selbst wenn Mara ihrer

Freundin in knappen Worten berichtet hatte, wie es wirklich abgelaufen war, sprach sie ansonsten doch nur wenig davon. Zu tief und viel zu frisch waren die Wunden, die ihrer Seele dort oben geschlagen worden waren, und ihre Enttäuschung über Hasrabals verlogene Anmaßung war noch das Allergeringste, was sie betrübte.

Also schüttelte sie einfach die roten Locken und rang sich ein Lachen ab: »Ich erzähle es dir ein anderes Mal, aber glaub mir, da bekommen sich zwei, die sich wirklich verdienen.«

»Na ja, irgendjemanden müssen wir entsenden. Wie es aussieht, stellen die Truppen Rashduls wichtige Verbündete dar, solange die Elburische Grafschaft abtrünnig ist. Vermutlich werden wir um eine Vereinbarung mit Hasrabal nicht herumkommen.« Aber Eleonora brachte diesen staatspolitischen Fragen selbst erkennbar wenig Aufmerksamkeit entgegen. Stattdessen schaute die Prinzgemahlin beeindruckt den Tanzenden zu und genoss den Wein, die Farbenpracht, die Musik. Seitdem Arkos aus dem Krieg zurückgekehrt war, schien sie wie ausgewechselt, und Mara konnte die neu gewachsene Zuneigung und Liebe zwischen den beiden geradezu körperlich spüren. Sie brauchte ihre ganze Kraft, um jeglichen Neid und alle Missgunst aus ihrem Bewusstsein zu verdrängen.

Eleonora plauderte ungezwungen weiter: »Schau einmal den hübschen Burschen da drüben an! Ich meine natürlich nur seine hübschen Kleider …« Mara reckte den Kopf, doch der Junge war bereits im Getümmel verschwunden. Die Straßen der Hauptstadt waren voller Menschen. Challawalla, früher hätte sie diesen Knaben erspäht und Eleonora auf ihn aufmerksam gemacht.

Und damit nicht genug. »Ach, da wir gerade von schönen Männern reden …«, der Wein ließ die Prinzgemahlin kichern, »wo ist denn Tarlisin? Er war ja wohl nicht unbeteiligt an dieser Sache in der Gor und ich möchte ihm persönlich danken.«

Maras tapferes Lächeln erstarb vollends. »Ich habe keine Ahnung – vielleicht in Anchopal oder Borbra. Aber es geht mich auch nichts mehr an.«

Eleonora schwieg und verfluchte sich im Stillen. Zu spät fiel ihr wieder ein, dass sie am Morgen bereits Maras verweinte Augen gesehen und beschlossen hatte, die rothaarige Freundin auf dem Fest ein wenig aufzuheitern.

# 31. Kapitel

*Elburum,*
*am 9. Rahja*
*des Jahres 29 Hal*

Das Licht von zahlreichen Kerzenleuchtern brach sich in den verspiegelten Wänden des Raumes, der offensichtlich dem Thronsaal des Zorganer Spiegelpalastes nachgebildet war, eine aufdringliche Anspielung auf den Herrschersitz, der der Moghuli Dimiona von Oron eigentlich zugestanden hätte.

Die Herrscherin räkelte sich auf ihrem Thron und überlegte, was sie mit ihrer neu gewonnenen Freiheit anfangen sollte.

Als die Nachricht vor über einer Woche Elburum erreicht hatte, war sie zunächst auf Unglauben gestoßen. Der Dämonenmeister besiegt? Dieser geheimnisvolle Jüngling, dessen Worte schiere Magie waren? Dieser Halbgott, der so hoch über allen gewöhnlichen Sterblichen stand? Dimiona hatte den ersten Rückkehrer aus der Schlacht, der ihr davon berichtete, pfählen lassen. Aber dann waren immer mehr Bestätigungen eingetroffen und sie hatte sie allmählich zu glauben begonnen.

Was sollte sie jetzt tun? Wie es hieß, hatten sich bereits die ersten Möchtegern-Nachfolger zu Wort gemeldet. In der Regel gründete sich deren Anspruch darauf, dass sie einen jämmerlichen Splitter von des Dämonenmeisters Krone besaßen, die durch einen Hieb des Götterschwertes Siebenstreich zerschmettert worden war.

Keiner von ihnen war es auch nur wert, mit dem Dämonenmeister in einem Atemzug genannt zu werden. Keinem von ihnen würde sich Dimiona unterwerfen.

Nur was sollte sie dann tun? Konnte sie einen Pakt mit der Seite der Verbündeten eingehen? Verglichen mit den anderen hatte sie sich kaum etwas zu Schulden kommen lassen – ein bisschen schwarze Magie, gewiss, die Abspaltung einer Provinz, einen Umsturzversuch und eine kleine Schar Dämonen, die den aufsässigen Diener des Lebens mitsamt seiner Familie zerrissen hatten.

Aber waren das nicht eher lässliche Sünden? Vielleicht konnte sie all das auch auf den üblen Einfluss der alten Merisa schieben. Mit der Greisin war nicht mehr viel anzufangen, seit der Dämonenmeister sie gestraft hatte. Dimiona lachte. Möglicherweise konnte sie mit der Auslieferung der alten Frau erst einmal gut Wetter machen.

Oder sie bemühte sich, zwischen den Fronten zu bleiben. Die Grafschaft Elburum war reich, und wenn sie niemandem mehr Abgaben schuldete, konnte sie mit beiden Seiten Handel treiben.

Es gab so viele Möglichkeiten. Nur eines wusste Dimiona genau: Sie würde sich nie wieder jemandem unterwerfen und sich nie wieder vorschreiben lassen, was sie tun sollte.

Sie sah auf und bemerkte den Sklaven, der seit geraumer Zeit darauf wartete, dass sie ihn zur Kenntnis nahm. So war es recht. Sie schaute ihn fragend an und er räusperte sich: »Die Herrin Reshemin ist aus Tobrien zurückgekehrt.«

Ah. Endlich jemand, der ihr Genaues berichten konnte, wie sie hoffte. »Sie soll eintreten.«

Eine gute Stunde später war alles gesagt und getan. Dimiona wusste über die Erlebnisse der oronischen Soldaten ebenso gut Bescheid wie über die zerstrittenen selbst ernannten Nachfolger des Dämonenmeisters: Östlich der Ogermauer hatte sich im Warunkerland der verwesende Drache Rhazzazor als Herrscher etabliert, der Norden des besetzten Tobriens schien dem abtrünnigen Kaiserlichen Hofmagus Galotta zu folgen, die Perlenmeerküste dem verschlagenen Xeraan, der sich als Hoherpriester des entrückten Borbarad ausgab. Wichtiger für sie als oronische Moghuli war da schon der frühere Reichsmarschall Helme Haffax, der noch immer über die verfluchte Insel Maraskan gebot.

Sie hatte sogar diesen widerwärtigen Blut hustenden Magier empfangen, den ihr die kleine Reshemin vorgestellt hatte. Dieser Adaon von Garnichtsnutz, oder wie immer sein barbarischer garetischer Name lautete, hatte der Moghuli von Beginn an missfallen. Aber was er angeboten hatte, war bemerkenswert gewesen: »Ich werde für Euch einen Orden gründen, der den verdammenswerten Grauen Stäben entspricht – nur dass er straff von einer wirklich fähigen Hand geführt wird. Er wird Zauberer und Laien in einem nie gesehenen Kundschafter- und Verschwörerunternehmen vereinen, um Eure Widersacher zu strafen und die noch unbotmäßigen Provinzen jenseits von Zorgan zur Unterwerfung zu zwingen.«

Der Magier hatte auf alles eine Antwort gewusst. Er war zu ihr gekommen, weil sie mit Elburum jetzt schon das reichste Land von allen besaß, die sich dem Dämonenmeister angeschlossen hatten. Ganz Tobrien und Maraskan zusammen hatten wohl weniger Bewohner als die Satrapie Elburum. Und wenn sie mit seiner Hilfe erst einmal das übrige Oron erobert und die restlichen Tulamidenlande unter ihrem Zepter vereint hätte, würde sie über eine Million Seelen gebieten.

Also hatte sie den Magus an ihrem Hofe aufgenommen und mit den nötigen Befugnissen ausgestattet. Einst war auch Merisa eine gute Ränkeschmiedin und Drahtzieherin gewesen, doch das hatte ihr der Dämonenmeister ausgetrieben. Eigentlich schade.

Jetzt jedoch war Dimiona mit Reshemin allein. Sie wurde das Gefühl nicht los, dass irgendetwas nicht stimmte, und beobachtete das Mädchen aufmerksam.

Reshemin sab'saba Merisa war ein zierliches, engelhaftes Mädchen. Sie war bildhübsch, mit langen, tiefschwarzen Locken, milchweißer Haut und großen, himmelblauen Augen. Ihre Rüstung allerdings machte den Eindruck kindlicher Unschuld zunichte: Der Spiegelpanzer lag eng am Körper an und ließ keine Zweifel daran zu, dass sie ihn unmittelbar auf ihrer nackten Haut trug, die bei jeder Bewegung wie Porzellan durch die silbernen Kettenglieder schimmerte. Die auf Hochglanz gebrachten Panzerplatten bedeckten lediglich die mädchenhaften Brüste und die Scham und bildeten genau ziseliert das nach, was sie eigentlich verbergen sollten. Die Ferkinasöldner am Hofe jedenfalls betrachteten die elburische Thronerbin mit unverhohlener Gier, und wenn das Mädchen nicht einfach nur prahlen wollte, hatte selbst der Dämonenmeister Gefallen an ihr gefunden. Dimiona spürte unwillkürlich einen Stich – etwa Eifersucht? Zudem hatte sie das deutliche Gefühl, dass das Mädchen ihr etwas vorenthielt. »Es gibt noch etwas, Reshemin?«, erkundigte sie sich unverbindlich.

Die Kleine grinste breit: »Ja. Ich denke, ich will mehr Macht in deinem Reich. Und viele Sklaven.«

Die Moghuli krauste die Stirn. Tadel und Zurechtweisungen bewirkten bei diesem Balg gar nichts. Also fragte sie trocken: »Weshalb sollte ich dir das geben?«

Die Antwort kam ohne Zögern: »Ich denke, ich bin zu Höherem auserwählt. Ein paar Soldaten genügen mir nicht. Ich will viele Untertanen beherrschen.«

Dimiona überlegte. War an der alten Geschichte doch etwas Wahres? Selbstverständlich kannte sie die Gerüchte um Reshemins Herkunft: Ihre Mutter war die eigentliche Erbin Merisas, doch um endlich Ruhe vor den Forderungen der Gräfin zu haben, hatte sich Kharena saba Merisa einem Fremden hingegeben und ein Kind empfangen, das im Grafenpalast erzogen wurde. Wer es kannte, der glaubte gern, dass sein unbekannter Vater ein Lustdämon war, der der nichts ahnenden Mutter seinen Samen eingegeben hatte. Reshemin war frühreif und altklug, hochgradig magiebegabt, aber unstet und von einer kindlichen Grausamkeit.

Dimiona nahm wieder ihren lockeren Plauderton auf: »An was hast du so gedacht?«

Jetzt war es an Reshemin, sich um eine Antwort zu drücken. Erstaunlich – anscheinend hatte sie entweder nicht daran gedacht, dass man von ihr einen Vorschlag erwarten würde, oder sie traute sich nicht recht. Schließlich erklärte sie entschlossen: »Ich denke, ich hätte gern Keshal Taref als Lehen. Mit allen Geweihten und dem ganzen Drumherum.«

Die Moghuli hob eine Augenbraue: »Ein sehr reiches und ehrwürdiges Lehen. Noch einmal, weshalb sollte ich es einem so jungen Mädchen verleihen?«

Reshemin legte ihr entzückendes Köpfchen schräg und blickte die Monarchin schelmisch an: »Vielleicht habe ich dann etwas für dich?«

Dimiona wollte diese Frechheit schon gebührend bestrafen, als es ihr dämmerte: Vielleicht hatte das Dämonenbalg wirklich ›etwas‹ für sie aus dem Heerlager des Dämonenmeisters mitgebracht. »Einen weiteren schleimtriefenden Mann, einen mittelländischen Magier? Daran ist mein Bedarf gesättigt.«

Das Mädchen lachte sein glockenhelles Lachen: »Nein. Rate noch einmal!«

Die Moghuli verzichtete auf das Angebot und antwortete schärfer: »Übertreib es nicht, Reshemin. Zeig mir, was du anbietest, oder behalte es für dich.«

Das Dämonenbalg formte einen süßen Schmollmund: »Das ist nicht lustig. Vielleicht sollte ich es wirklich behalten. Aber …« Sie hob die Schultern und zog scheinbar aus dem Nichts ein spannenlanges Ding aus Metall und Kristall hervor. »Hier. Nach dem Ende des Dämonenmeisters lag es vor mir auf dem Schlachtfeld.« Sie kicherte. »Anfangs fand ich es spaßig, weil es viele Geschichten erzählte, doch jetzt ärgert es mich. Es ist nicht schön zu tragen.«

Mit einem Satz hatte Dimiona den Thron verlassen und stand vor Reshemin, im nächsten Augenblick hatte sie das Objekt an sich gerissen.

Es gab keinen Zweifel. Dimiona hatte es damals im Heerlager oft genug gesehen. Sie hielt einen Splitter der Dämonenkrone Borbarads in den Händen.

Nie zuvor gekannte Kraft durchströmte sie, schmerzhaft angenehm und fremdartig vertraut. Dann sprach er zu ihr. Der Splitter erkannte sie als seine neue Herrin an. Er würde ihr ungeahnte Macht verleihen. Er war einer von sieben und wie seine Brüder einem Erzdämonen verbunden. Dieser Splitter war der Herrin der Blutigen Ekstase zu Eigen, der Erzdämonin, der sie auch ihren Flugwagen verdankte, den ihr Borbarad selbst geschenkt hatte. Mochten andere Dämonen die Rachsucht oder den Blutrausch beherrschen, die Untoten oder die Pestilenz – Belkelel gebot über die verbotenen Gelüste der Sterblichen, über ihre Herzen und Lenden. Nicht das schlechteste Mittel, um sich die Macht zu sichern. Und nun konnte keiner der so genannten Erben Borbarads von ihr Unterwerfung verlangen. Im Gegenteil. Wer wusste, ob sie nicht bald diejenige sein würde, die die Dämonenkrone zusammenführte. Der Splitter verhieß ihr in süßen Worten nicht enden wollende Herrschaft.

Als sie die Augen öffnete, fiel ihr Blick auf Reshemin, die sie erwartungsvoll anschaute. Dieses halbe Kind hatte mit ihr um den Splitter feilschen wollen, sie, die sie nur als Botin gedient hatte. Dimiona überlegte, wie sie die Kleine für diese Anmaßung züchtigen konnte. Dass Reshemin eine Strafe verdiente, stand außer Frage, das hatte Dimiona vom Dämonenmeister gelernt.

Und der Splitter bestätigte es ihr.

Aber was konnte sie tun? Auf körperliche Schmerzen antwortete die zierliche Maid mit Aufmerksamkeit und Neugier, das hatte die Moghuli selbst miterlebt. Schon einmal hatte sie ihren Sklaven befohlen, die Kleine für eine Dreistigkeit zu züchtigen, doch auch nach einer Stunde der Auspeitschung hatte Reshemin nur ihr aufsässiges Lächeln verloren und sich beklagt, dass es nun langweilig würde.

*Das ist es.*

Der Splitter wisperte es in ihr Ohr. Selbstverständlich! Wenn denn die verdorbene Seele einem Buhldämonen entstammte, dann musste Reshemin auch den Kräften des Splitters unterworfen sein. Alle Kreaturen Belkelels waren ihm unterworfen.

»Reshemin!« Das Dämonenbalg hob den Kopf, unverändert lächelnd.

»Ja?«

Dimiona grinste ebenfalls: »Heb deine Arme.«

Reshemin blickte sie verständnislos an. »Warum?«

Dimiona hob den Splitter ein wenig an und wiederholte den Befehl, während sie die Kräfte der Dämonenkrone in sich einströmen ließ.

Es sah aus, als wolle das Dämonenkind schmollen, aber ein knapper Wink mit dem Splitter belehrte sie eines Besseren. Widerwillig, obschon ohne Gegenwehr, hob das Mädchen die schlanken Arme hoch und reckte sie weit über den Kopf. Man konnte sehen, wie wütend sie war.

Die Moghuli richtete den Splitter auf sie: »Jetzt spreize die Schenkel!«

Langsam nahm Reshemin die Beine auseinander, bis

sie dastand wie ein menschliches Schrägkreuz, die Füße fast einen Schritt auseinander, die Hände zum Himmel gestreckt. Zum ersten Mal, seit Dimiona sie kannte, liefen ihr Tränen des Zorns über das Jungmädchengesicht.

Dimiona lachte: »Schau den Nagel an der Wand vor dir an! Lass ihn keinen Lidschlag lang aus den Augen!« Einst hatte hier ein Gemälde Fürstin Sybias gehangen, jetzt war nur noch ein kleiner Punkt an einer ausnehmend langweiligen, schneeweißen Wand übrig geblieben.

Dann schritt die Moghuli zu Reshemin hinüber und lachte der Jüngeren ins Gesicht. »Das nenne ich Gehorsam! Ich befehle dir, bis auf weiteres so zu verharren. Ich hoffe, es wird dir nicht langweilig.«

Nach kurzem Nachdenken fuhr sie fort: »Und was dein neues Amt angeht: Zum Dank für deinen Botendienst ernenne ich dich zur Satrapa von Yashualay.« Reshemins himmelblaue Augen funkelten vor Hass.

Die Moghuli war entzückt von ihrem Einfall. ›Yashualay‹ war einst der alte Name der Stadt Khunchom gewesen. Die gleichnamige Grafschaft grenzte an Elburum und umfasste vor allem die Halbinsel Yalaiad – ein wildes Land voller Sümpfe und Raubechsen, verrückter Maraskaner, abtrünniger Khunchomer und anderem bedeutungslosem Volk. »Du wirst diese Landschaft meiner Herrschaft unterwerfen oder dabei fallen.« Reshemin knirschte in ohnmächtiger Wut mit den Zähnen. Der Schweiß, der über ihr zartes Gesichtchen lief, enthüllte, dass auch ein Dämonenbastard nicht gefeit war gegen die dumpfe Qual überanstrengter Gliedmaßen. Nein, keine abwechslungsreichen Rutenbisse für die aufsässige Reshemin!

Dimiona kehrte zu ihrem Thron zurück und lachte aus voller Kehle. Dieser Teil der Dämonenkrone war ein Wunderwerk, eine Gabe höherer Mächte. Sie würde herrschen wie niemand zuvor und als Erstes würde sie die Herrin der Blutigen Ekstase zur Staatsgöttin Orons ausrufen lassen. Immerhin war sie, die Moghuli, von höheren Mächten auserwählt.

Der Splitter erzählte ihr von Keshal Taref, dem Kloster im Herzen ihres Reiches, wo die Rahjageweihten seit Jahrhunderten den Schlüssel zur Allmacht verbargen.

Dimiona lächelte. Soeben kam ihr die Idee, ihre Residenz von Elburum nach Keshal Taref zu verlegen, welch guter Einfall! Gerade die Kirche der Liebesgöttin log der Welt seit eh und je vor, dass Rahja im ewigen Zweikampf mit ihrer dämonischen Widersacherin Belkelel die Mächtigere war. Sie würde den Umzug von Merisa vorbereiten lassen.

Jetzt musste sie nur noch Botschafter zu den anderen Nachfolgern des Dämonenmeisters senden und deren Unterwerfung fordern. Selbstverständlich würden die Ausgesandten dann von diesen hingerichtet werden, aber den alten Sitten musste Genüge getan werden. Es brauchten ja keine wertvollen Höflinge zu sein.

Ach ja, und in ein paar Tagen, unmittelbar bevor sie abreiste, musste sie auch noch Reshemin erlösen. Die Kleine hatte schließlich einen Auftrag.

# 32. Kapitel

*Anchopal, am dritten der Namenlosen Tage nach dem Jahr 28 Hal*

Die Sommersonne brannte gnadenlos vom Himmel und ganz Anchopal hatte sich verkrochen. Selbst wenn unlängst die Dämonengefahr gebannt worden war – oder die gelehrten Damen und Herren zumindest etwas Ähnliches behaupteten –, mußte man gerade jetzt mit dem Schlimmsten rechnen. Während der Namenlosen Tage verschanzten sich die Leute wie immer in ihren Häusern. Alle, die man beherbergen wollte, waren hereingebeten worden, und niemand öffnete in diesen fünf Tagen einem Fremden die Tür. Niemand verließ sein Schatten spendendes Heim, wenn er nicht unbedingt musste, und niemand schaute zum Himmel empor.

Im Konventsaal der Anchopaler Ordensburg der Grauen Stäbe saßen zwei Männer und besprachen die bevorstehende Kapitelsitzung in allen Einzelheiten.

»Wann gedenkt Ihr, Frater Thorstor zurück nach Rashdul zu beordern?« Balthusius von Selem sah seinen Großmeister durchdringend an.

Tarlisin stöhnte unwillkürlich auf. Er hatte diese Angelegenheit schon viel zu oft durchsprechen müssen. Doch nach dem Verlust seiner Zauberkraft war er wohl nur ein Großmeister der Verwaltungsfragen, und solange ihn der Orden überhaupt in diesem Amt beließ, würde er sich fast ausschließlich mit Verhaltensplanung und Geschäftsangelegenheiten herumschlagen müssen.

Vielleicht war er ja wirklich längst gestorben und musste in einem trostlosen Zwischenzustand all die bürokratischen Belanglosigkeiten abarbeiten, um die er sich zu Lebzeiten erfolgreich gedrückt hatte. Vermutlich war das die Rache, die der Herrschergott Praios für frühere Magiere vorgesehen hatte. Der grauhaarige Justiziar stellte in jedem Fall einen überzeugenden Folterknecht im Namen des unbarmherzigen Götterfürsten und obersten Gesetzesherren dar …

Genauso wenig wie zuvor das Stöhnen, konnte er bei diesem Gedanken ein Lachen unterdrücken, aber als er Balthusius' tadelnden Blick bemerkte, riss er sich zusammen und bemühte sich um einen sachlichen Tonfall: »Obgleich wir Rashdul befreit haben und die Thronräuberin Belizeth tot ist, sind wir nicht die Herren der Stadt. Seit die Shanja den heldenhaften Sultan Hasrabal als ihren neuen Gatten erwählt hat, ist er weit mehr als nur der neue Leiter der Pentagramm-Akademie. Er hat bereits deutlich gemacht, dass er neben ›seiner‹ Akademie keine weitere gildenmagische Einrichtungen in der Stadt dulden möchte, und der Orden hat weder die Mittel noch eine gildenrechtliche Handhabe, die Akademie erneut anzugreifen, um Sultan Hasrabal zu vertreiben. Das wäre auch ziemlich unangemessen, ganz gleich, was man von dem Sultan halten mag.«

Wenn er erst einmal begonnen hätte, wären Tarlisin jedenfalls die Beschwerden kaum ausgegangen. Am schmerzhaftesten aber nagte an ihm, dass es dem windigen Dschinnenbeschwörer gelungen war, als der zu gelten, der den Sphärenriss geschlossen hatte, nur weil er als Erster zur Stelle war, um sich dafür loben zu lassen.

Der schmächtige Justiziar blickte seinen Großmeister an, als ob ihm dieser sorgfältig die neue Erkenntnis dargelegt hätte, dass ein Esel vier Beine und einen Schwanz besitzt. »Diese Lage ist mir dank der mehrmaligen Ausführungen Eurer Spektabilität sehr wohl bekannt. Es geht mir indes um die Frage, wie Frater

Thorstor in ordensrechtlicher Hinsicht nun zu betrachten ist. Denn wenn Ihr ihm die Aufforderung zur Rückkehr auf seinen Posten erteilt habt, der Magister aber nicht in der Lage ist, diesem Befehl nachzukommen, müssen wir entscheiden, ob er weiterhin als Euer Stellvertreter anzusehen ist oder doch eher als Gast. Gemäß der Ordensstatuten in der Fassung vom …«

Tarlisin gelang es nur schwer, dem grauhaarigen Mann zuzuhören. Erneut kehrten seine Gedanken in die Gorische Wüste zurück, wo er seine Magie, seine Frau und seine Lebensziele verloren hatte. Gewiss, der Orden hatte seine Rückkehr geduldet und bislang nichts von seiner Kraftlosigkeit nach außen dringen lassen, aber wie lange konnte das gut gehen? Jetzt wusste er, warum die Recken der Heldensagen nicht von ihrer letzten großen Tat zurückkehrten: um nicht kraftlos am Kamin sitzen und ihren Kindern mit den immer gleichen Geschichten von damals auf die Nerven gehen zu müssen.

In der Grauen Gilde und wohl selbst in seinem eigenen Orden gab es bestimmt etliche, denen es lieber gewesen wäre, er hätte in der Gor den Heldentod gefunden. Nicht, weil sie ihm gezielt ans Leben wollten, sondern einfach nur, weil so die unangenehme Frage vermieden werden könnte, was man mit einem verdienten, aber völlig machtlosen Veteranen anfangen sollte. Höchstwahrscheinlich suchte man in Punin schon nach einem angesehenen, aber harmlosen Beraterposten ohne Entscheidungsgewalt, wo er als ausgebrannter Zauberer keinen Schaden anrichten konnte.

Und was sollte er auch sonst tun? Seit Jahren hatte er nach dem Sphärenschlüssel gesucht und war dabei weit mehr von anderen Mächten gelenkt worden als von dem eigenen Willen. Nun war seine Aufgabe erfüllt, ihm war die Stunde der weltenverändernden

Macht vergönnt gewesen, und mit der Zauberkraft hatte er auch jedes Ziel in seinem Leben verloren.

»... demzufolge wäre Meister Thorstor also doch eher als Gast anzusehen, denn nach eindeutiger Richtlinie der Ordensstatuten kann er ohne zusätzliche Affirmatio durch das Kapitel nur dann als Euer Stellvertreter eingesetzt sein, wenn Ihr abwesend seid, was ja nicht zutrifft, oder aber im Falle einer großen Krise, die ebenfalls nicht vorliegt, da ja alle Gefahren und Bedrohungen für den Orden inzwischen beseitigt sind.« Zufrieden mit seiner makellosen juristischen Darlegung, lehnte sich der hagere Justiziar im Sessel zurück.

Da zerbarst mit lautem Klirren das farbenprächtige Bleikristallfenster. In der klaffenden Öffnung erschien ein obsidianschwarz schimmernder Pferdekopf mit blutroten Hauern und einem langen roten Horn mitten auf der Stirn. Durch eine schnelle, fast achtlose Bewegung des Kopfes wurde der alte Rechtsgelehrte auf das Horn aufgespießt, dass ihm das Blut aus der Wunde und aus dem Mund schoss. Ein weiteres Nicken schleuderte den Leichnam zu Boden, wo er seltsam verkrümmt liegen blieb.

Von allen Überlegungen, die in dieser Lage denkbar gewesen wären, schoss Tarlisin ausgerechnet die Frage durch den Kopf, ob Balthusius eigentlich eine Familie hatte. Er hatte seit Jahren mit dem Ordensmann zu tun und wusste dennoch nichts über ihn, nicht, was er neben seiner Arbeit sonst noch mochte, was er fürchtete, was er sich alles für sein Leben erhofft hatte. Nun war es zu spät.

Beinahe wäre es auch für Tarlisin zu spät gewesen, denn soeben schoss ein zweiter gehörnter Pferdekopf durch das Fenster. Hastig ließ sich der Großmeister aus dem Sessel gleiten und rutschte auf den Boden. Er überlegte, ob er zur Tür kriechen sollte, doch die schweren Türflügel waren, wie üblich vor Beginn der

Versammlung, verschlossen worden. Tarlisin bezweifelte, dass ihm die Monstrositäten die Zeit lassen würden, den Riegel zurückzuschieben.

Beim nächsten Herzschlag wurden die muskulösen Schultern der Dämonenhengste mit den Fledermausflügeln sichtbar, als sich die Unwesen durch das zersprengte Fenster in den Konventssaal schoben.

Tarlisin schlüpfte hinter den Großmeistertisch, der umgestürzt war. Durch eine Ritze in der Tischplatte beobachtet er, wie ein tulamidischer Prunkwagen in der Fensteröffnung erschien.

Der Prunkkutsche entstieg sein verschollener Amtsbruder Adaon, mit prächtigen tulamidischen Gewändern angetan, blickte sich suchend um und hatte sogleich sein Ziel entdeckt: Kaum hatte der Liebfelder die Rohalsbüste erreicht, packte er die Amtskette des Anchopaler Großmeisters, die Tarlisin dort achtlos aufzuhängen pflegte, wenn er nicht gerade eine Versammlung leitete, und stopfte sie sich kurzerhand in die Tasche. Er hielt einen Augenblick inne und tupfte sich das Blut von den zitternden Lippen; dabei schaute er sich erneut im Raum um. Danach eilte er zielstrebig zu Famerlîn und riss den Zweihänder unter Aufbietung seiner ganzen Körperkraft von der Wand. Die Anstrengung ließ den Liebfelder noch mehr Blut spucken, doch er schien es nicht einmal zu bemerken und stürmte, den Zweihänder wie eine Lanze vor sich haltend, auf die Galerie der Großmeister zu. Ein heftiger Stoß ließ das Holz von Tarlisins Brustbild zersplittern, dann hackte der Abtrünnige wie von Sinnen immer wieder auf das Bild ein, obwohl ihm die Anstrengung schier die Lungen aus dem Leib riss.

An der Tür erklang heftiges Pochen. »Eure Spektabilität, ist bei Euch alles in Ordnung?« Tarlisin fluchte lautlos.

Nun wusste Adaon, dass er nicht allein im Raum

war. Der Liebfelder sah sich mit irrem Blick und blutigem Schaum vor dem Mund um. »Komm heraus, du Schweinehund! Wenn ich gewusst hätte, dass du da bist, hätte ich mir etwas Schönes für dich ausgedacht.«

Tarlisin rührte sich nicht.

Adaon stellte schwer atmend das Drachenschwert in den Prunkwagen. »Also gut, du Feigling. Ich finde dich auch so … OCULUS ASTRALIS!« Der Neethaner wirkte verwirrt, als sich seine Augen auf die magischen Manifestationen im weitläufigen Kapitelsaal eingestellt hatten und dennoch keine menschliche Gestalt darin zu sehen war – nur die bereits verfliegende Astralkraft im Leib des toten Balthusius.

Im nächsten Augenblick verzogen sich die blutbeschmierten Lippen des Neethaners zu einer Grimasse des Verstehens. Während er schnell die Taschen mit weiteren magischen Artefakten füllte, äußerte er lauthals seinen Spott: »So ist das also. Darum ist nichts mehr vom großen Tarlisin zu hören und zu sehen! Ich wollte dich zerquetschen, aber das hat mir wohl schon jemand anderes abgenommen. Weißt du was, verlogener Feigling, ich lasse dir dein erbärmliches Leben, so wertlos, wie es ist. Es wäre viel zu gnädig, deinem Dasein jetzt ein Ende zu machen. Lieber sollst du noch eine Weile dahinsiechen in dem Bewusstsein, dass du nichts mehr zustande bringst, nicht den erbärmlichsten Lichtzauber, gar nichts. Du bist ein magischer Krüppel, ein astraler Kastrat! Warum soll ich einen schwanzlosen Skorpion zertreten? Irgendwann erwischen dich schon die anderen, die du genauso verraten hast wie mich, und dann bist du völlig unfähig, dich gegen sie zu wehren, du zahnlose Viper, du schwanzloser Skorpion!«

Adaon hatte längst angefangen, sich in seinen Beschimpfungen zu wiederholen, als das laute Poltern vor der Tür verriet, dass die Ordensgardisten inzwischen eine Art Ramme beschafft hatten, um die Tür zum Konventssaal aufzubrechen. Mit einer spöttischen Verbeugung verabschiedete sich der Liebfelder, warf eine blutbefleckte Visitenkarte auf die Leiche des Balthusius und verschwand in dem dämonengezogenen Gefährt, die wichtigsten Objekte des Ordens als seine Beute mit sich führend.

# 33. Kapitel

*Zwischen Zorgan und Elburum, am 23. Praios des Jahres 29 Hal*

Die Sommersonnenwende war seit mehr als drei Wochen vorüber und das neue Jahr hatte längst begonnen, doch noch immer war es drückend heiß. Im Inneren der Elburischen Halbinsel war in diesen Tagen wenig vom kühlen Hauch des Meeres zu spüren, stattdessen stieg der süße, betäubende Geruch der blühenden Pflanzen auf und schien Mensch und Tier einschläfern zu wollen. Schwer hing der erdige Duft der Wildrosen in der Luft, klebrig-süß wie frisches Blut.

In diesem Teil des Landes war kaum jemand unterwegs. Der Weg hatte das Nutzland mit seinen Weizenfeldern und Baumwollpflanzungen längst hinter sich gelassen und schlängelte sich zwischen den Hügeln hindurch, auf denen dichtes Buschwerk aus Ginster, Dornzeug und Wildrosen gediehen.

Der einsame Wanderer mit dem langen Krummsäbel auf dem Rücken war offensichtlich ein Ferkina aus dem Gebirge, der sich als Söldner verdingen wollte. Davon kündeten nicht allein seine blutbeschmierte, stinkende Lederrüstung und der zerbeulte Lederhelm, der seinen Kopf bedeckte, sondern auch die eher drahtigen als muskulösen Arme, die von zahlreichen Kampfesnarben übersät waren. Das narbenzerfressene Gesicht unter dem stoppelkurzen Haar freilich verdankte sein entstelltes Aussehen eher einer schlimmen Krankheit, und nicht einmal der dunkle Stoppelbart konnte genügend von der zerstörten Haut verbergen, um den fratzenhaften Eindruck zu mildern.

Der Ferkina nahm einen Schluck aus seinem alten

Wasserschlauch. Es war kurz vor der Mittagsstunde, eine Zeit, zu der vernünftige Tulamiden sich in die Kühle der Häuser zurückzogen, aber hier, inmitten des Dornichts, gab es keinen einzigen schattigen Ort. Der Wanderer nahm sein Bündel wieder auf und zog weiter.

Es konnte nicht mehr weit sein bis zu seinem Ziel. In den letzten Tagen war er mehrfach aufgefordert worden, sich für die oronische Krone anheuern zu lassen. So versessen war die neue Königin – oder ›Moghuli‹, wie sie sich nannte – auf alle verfügbaren Kämpfer, dass er nicht einmal hätte beweisen müssen, ob er überhaupt mit seinem Langsäbel umzugehen verstand.

Doch er hatte immer wieder abgelehnt, mit einem kurzen, barschen Wink, und weggehört, wenn man ihn hinter seinem Rücken einen erbärmlichen Barbaren spottete.

Zwei Stunden später brannte die Sonne nach wie vor gnadenlos herab, als wollte Praios das elburische Land für die Taten seiner neuen Herrin strafen. Mittlerweile konnte sich der Wanderer kaum noch gerade halten. Sein Blick war verschleiert und sein Kopf pochte wie nach einem schweren Zechgelage. Dabei hatte er seit Tagen nur Wasser getrunken, brackiges Wasser, das durch die Fleischreste im Inneren seines billigen Ziegenhautschlauches längst halb faulig war. Zwar gab es in diesem Teil Araniens sehr wohl Brunnen, doch die waren entweder streng bewacht oder lagen, gerade im Grenzland zu Zorgan, beunruhigend offen und einladend dar. Der Wanderer kannte genügend Kriegslisten, die sich um vergiftete Wasserstellen rankten, um es nicht erst auf einen Versuch ankommen zu lassen.

Er brauchte Schatten. Schatten und Ruhe. Inzwischen war am Horizont ein Arangenhain zu erkennen, der wie eine Luftspiegelung in der Wüste auf und ab zu tanzen schien. Aber während sich die vorgeblichen Wasserpfützen, die den Weg pflasterten, beim Näherkommen in Nichts auflösten, blieb der grüne Fleck inmitten der gelb-braunen Landschaft unverändert bestehen. Erst jetzt erkannte der Fremde, dass das Buschwerk in Weizenfelder übergegangen war, eine Gegend, in der sich Menschen aufhalten mussten.

Im Arangenhain müsste es möglich sein, die Mittagshitze zu überstehen. Als er sich allerdings den Obstbäumen näherte, bemerkte er ein gutes Dutzend verwilderter Gestalten, die sich damit vergnügten, mit ihren Waffen möglichst viele Arangen aufzuspießen.

Dem Aussehen nach waren es Ferkinas, wie er selbst. Aber es gab so viele Stämme, so viele uralte Fehden …

Der Söldner blickte sich vorsichtig um. Die Ausläufer des Weizenfeldes gingen in einen Garten über, der von einer Rosenhecke umsäumt wurde. In seiner Mitte erhob sich ein größeres Gebäude, das von unzähligen Kuppeln und Türmchen geziert wurde.

Ein weiterer Blick zeigte, dass einer der Ferkinas ihn entdeckt hatte und in seine Richtung deutete. Das nahm dem Wanderer die Entscheidung ab. Er straffte die Schultern und ging zügig auf die Burschen zu.

Sie machten sich nicht einmal die Mühe, ihre Waffen auf ihn zu richten, sondern schauten ihm nur aufmerksam entgegen. Sein leicht schwankender Gang verriet, dass er kaum eine Gefahr darstellte. Schließlich riefen sie ihm ein paar Worte zu, die einen vorläufigen Friedensgruß mit der Warnung verbanden, nicht näher zu kommen, ehe er sich zu erkennen gegeben habe – eine gebräuchliche Zeremonie im Gebirge.

Der Wanderer konnte sie kaum verstehen, denn wie fast alle Ferkinas, die in den Diensten der neuen Moghuli standen, sprachen sie den Shai'Aian-Dialekt der Bergstämme aus dem Raschtulswall. Doch der Sinn der Worte war offensichtlich, also antwortete er pflichtgemäß in der Mundart der Mherech aus dem Khoramgebirge: »Frieden! Ich bin Zakhaban iban Jhedrek von den Ban Sharîda!«, ehe er zu ihnen in den Schatten taumelte.

# 34. Kapitel

*Aranien, in den ersten Monden des Jahres 29 Hal*

Seit dem ersten Tag des neuen Jahres häuften sich die Besorgnis erregenden Vorfälle in und um Aranien.

Es begann, als Anfang Praios der fast fertig gestellte Neubau eines Rahjatempels in Anchopal auf rätselhafte Weise niederbrannte. Die Anchopaler hatten nach dem Ende der Dämonenplage gerade neuen Mut gefasst und nun das flammende Ende des Tempels der Liebes- und Freudenbringerin zu erleben flößte vielen Angst und Unruhe ein.

In der Mitte des Monats verschwand eine stattliche Pferdeherde aus dem Fürstlichen Gestüt bei Barbrück. Über den Verbleib der Tiere wurde nichts Näheres bekannt, doch just in den darauf folgenden Wochen begann man in Oron mit der Zucht daimonider Pferde, widernatürlicher Bastarde aus Hengstdämonen und sterblichen Stuten, die bei der Geburt das Muttertier schier zerrissen.

Ende Praios ging eine Lieferung Korn an die mittelreichischen Truppen verloren, die an der Trollpforte die Wacht gegen Borbarads Erben in Tobrien hielten: Eine ganze Zedrakkenflotte, beladen mit vielen hundert Säcken Weizen, verschwand auf dem Seeweg von Zorgan nach Perricum. Später wurden die Leichen einiger aranientreuer Bordoffiziere aufgefischt, und allgemein war man der Überzeugung, Überläufer hätten die Getreideschiffe – ausreichend, um mehrere Regimenter einige Monate lang zu versorgen – ins abtrünnige Elburum gebracht. Der Ärger der Mittelreicher über die ausbleibende Lieferung war heftig und konnte nur durch eine neue, schwer bewachte Karawane mit Korn aus den Fürstlichen Speichern, die sich zügig auf den Weg machte, besänftigt werden.

Anfang Rondra wurden die Gerüchte, ein Anschlag Orons auf die bevorstehende Krönung des Prinzen Arkos sei geplant, so laut, dass die Zeremonie notgedrungen abgesagt wurde. Den geladenen Gästen spiegelte man vor, Fürstin Sybia sei erkrankt, und wie zu erwarten, war es besonders schwierig, die hoch adligen Vertreter des Garether Kaiserhauses zu beruhigen und nicht zur überstürzten Rückreise zu veranlassen, denn es gab große Zweifel, ob sie ein zweites Mal überhaupt anreisen würden.

Ende Rondra schließlich versetzte das Fürstlich Zorganer Leibregiment den aranischen Bemühungen um eine starke Wehr einen fast tödlichen Schlag, als es ohne eine Vorwarnung zu ›seiner‹ Herrscherin Dimiona überlief, die es einst als Prinzessin Araniens dem Namen nach befehligt hatte. Als Eliteeinheit der ›Königlichen Skorpione‹ zerstörten die schwer gepanzerten Lanzenreiter jede Hoffnung, der Spuk in der abtrünnigen Grafschaft Elburum sei schnell zu beenden.

Der ränkesüchtige Liebfelder Adaon von Garlischgrötz-Veliris erwies sich mit jedem seiner Schläge als Meister seines Faches. Und das war erst der Anfang seiner Pläne.

## 35. Kapitel

*Keshal Taref,*
*am 1. Efferd*
*des Jahres 29 Hal*

Bleich schien der zunehmende Mond auf das abendliche Keshal Taref herab. In einigen Tagen würde er den formvollendeten liegenden Halbkreis des Kelches bilden, doch noch glich er einem geschwungenen Gehörn, dessen scharfe Spitzen angriffslustig emporragten.

In der Residenz der Moghuli von Oron wurde ein besonderes Fest zu Ehren der Staatsgöttin abgehalten. Bel Khelel, ›Gebieterin der Ekstase‹, war die gängige Bezeichnung der Gottheit. Gemäß der offiziellen Lehre war sie die Wahrheit hinter der Lüge von der Göttin Rahja, die die garetischen Besatzer in den letzten Jahrhunderten ersonnen hatten, um die Tulamiden ihres Erbes zu berauben. Rot und Schwarz waren ihre Farben, die gleichen, die vor kurzem noch das Banner des Dämonenmeisters gezeigt hatte, und rot und schwarz war darum auch das Allerheiligste des Klosters verziert.

Geschmückt war der Schrein mit Blutrosen, den durch die Macht der ›Göttin‹ verformten Wildrosen des Landes Oron. Prall und glänzend schwarz waren ihre Blüten, spitz und tückisch die langen Dornen und ein süßer und schwerer Geruch stieg von ihnen auf.

Alle Erinnerungen an die Liebesgöttin Rahja waren getilgt, ihre Statuen und Bilder zerschlagen. In der Mitte des Raumes prangte stattdessen ein Standbild von sehr eigenartiger Gestalt. Es glich einer wunderschönen sitzenden Frau in herrschaftlicher Haltung und mit adligen Gewändern, doch sie hob mit einer

Miene höhnischen Lachens mit der Rechten den Rock und entblößte so ein ekliges Gewirr zahlloser pechschwarzer Vipern, das sie statt eines Unterleibes besaß. In der Linken hielt sie eine Peitsche, die aussah wie eine schwarze Schlange.

In ihrer Brust aber schien eine Waffe zu stecken, die sie an ihren Platz bannte, und auch wenn ein Überzug das Artefakt verbarg, so konnte doch ein jeder sehen, dass in ihren starren Augen glühender Hass zu lodern schien. Das war die Shaz-man-yat, eine der höchsten Dämoninnen der Bel Khelel, die einst hier von der Rahjaklinge des Königs Amaryd getroffen und versteinert worden war – ein Wunder, das überhaupt erst zur Gründung des Klosters geführt hatte.

Zum Anlass dieses Tages war ein weiteres Götzenbild in Gestalt eines Mannwidders herbeigeschafft worden. Sein Widderkopf mit den riesigen geschwungenen Hörnern verblasste neben dem zur Aberwitzigkeit übertriebenen Gemächt, während Arme und fellbedeckte Beine des Götzenbildes nur sehr nachlässig ausgeführt waren. Die hölzernen Stangen, die unter die Arme der Statue geklemmt waren, verrieten, dass es sich um ein Idol handelte, das des Öfteren auf Fahrten mitgenommen wurde, und die stinkende Schicht aus Blut und Schmutz auf dem monströsen Phallus ließ ahnen, wie viele Unglückliche, die in die Hände der Kultisten gefallen waren, ihr Leben auf dem Götzenbild ausgehaucht hatten.

Gegenüber diesem ekligen Bildnis stand niemand Geringeres als die Oberin des Kultes der Bel Khelel selbst. Moghuli Dimiona bot einen bemerkenswerten Anblick. Aus schimmernder, blutig-feucht wirkender Seide war ihr Kleid, das am Oberkörper wie eine zweite Haut erschien, von der Gürtellinie abwärts aber in einzelnen Streifen herabfiel und dessen hohe Schlitze alles erahnen, obgleich nichts erkennen ließen.

Ihre Hände hatten lange, mit Edelsteinen geschmückte Nägel, und sie trug das seidige schwarze Haar offen und einen Schleier aus dünner blutroter Seide, der ihr Antlitz bedeckte und nur die Augen freiließ.

Ihr Blick war ernst, doch in den Augen loderte ein unheiliges Feuer, als sie als Priesterherrscherin Orons die Litanei zu Ehren des Festes rezitierte: »Es gibt viele schöne Dinge auf der Welt, und sie stehen dem zu, der sie sich mit der Kraft der Begierde und der Entschlossenheit nimmt. Was du willst, das nimm dir, denn Leid und Tod anderer speisen deine Freude, und ihnen Gewalt anzutun und sie gegen ihren Willen zu nehmen ist dir angenehm. Die hilflosen Laute deiner Opfer sind der einen und einzigen Herrin die allerschönste Musik. Genuss ist nichts ohne Macht, und Macht nichts ohne Genuss, und im Antlitz der einen und einzigen Herrin sind höchste Macht und höchster Genuss eins und unzertrennlich.

Der Erstgeborene der Einen und Einzigen ist der Zweigehörnte. Ist seine Mutter und Herrin die thronende Gebieterin unendlicher Schönheit und Freude, so ist er der stürmische Prinz, der seine Kraft freigebig mit den Sterblichen teilt. Weil er der Erste ist, hat er das Recht, sich zu nehmen, was ihm gefällt, und seine unberechenbaren Launen spielen mit den Sterblichen wie die Kraft der Elemente.

Seine Heilige Zeit ist der Levthansmond, wenn seine Stärke am größten und er den Sterblichen am nächsten ist, und darum wollen wir den neuen Monat mit diesem Fest ehren!«

Yabman Pascha beobachtete das Ritual mit kaum gezügelter Ungeduld. Der hoch gewachsene feiste Mann mit den langen filzigen Haaren und dem schmutzstarrenden Schnauzbart stand vor dem Thron der Moghuli. Der Geruch, den seine speckige, mit Blut und anderen Flecken übersäte Lederweste und das um die Hüfte geschlungene Widderfell ausdünsteten, wurde nur zum Teil von den zahlreichen Blutrosensträußen und der Räucherschale überdeckt, die neben ihm qualmte. Seine Begleiter standen ihm an Wildheit in nichts nach. Während sich einige in Westen und Hosen aus Leder und Fellen gekleidet hatten, verzichteten andere ganz auf solche Zeichen der Kultiviertheit, hatten Haupt-, Bart- und Körperhaar wild sprießen lassen und nur ein Fell um die Schultern geschlungen.

Die verkommenen, verwilderten Ferkinas bildeten einen auffälligen Gegensatz zu der kostbaren Einrichtung des Allerheiligsten. Mit rollenden Augen und geballten Fäusten hatten die Männer die nun schon seit einer halben Stunde andauernde Zeremonie verfolgt und immer wieder begehrliche Blicke auf die Frauen im Hintergrund geworfen.

Zwar hatte Yabman Pascha sich mit Leib und Seele dem Zweigehörnten verschrieben, doch das hieß nicht, dass er sich mehr als nötig über das Wesen seines Gottes anhören wollte – als echter Wilder wollte er ihm mit seinem Körper dienen und die zügellosen Paarungen und Vergewaltigungen vollziehen, um derentwillen er sich in den Dienst des Ersten gestellt hatte; der Orden des Gehörnten Gottes war allein auf rohe Gewalt ausgerichtet.

Der Söldnerhäuptling kannte die Formeln mehr als zur Genüge, denn seitdem die Moghuli sich derart entschieden der Blutigen Götterhure zugewandt hatte, waren mehrere solcher Weihezeremonien abgehalten worden. Diese allerdings war etwas Besonderes. Diesmal nämlich würde wieder, wie im letzten Mond, die Heilige Hochzeit zwischen der Göttin und ihrem Gefährten vollzogen, was für ihn hieß, dass er sich in Vertretung seines Gottes die Moghuli vornehmen durfte. Der Barbar beschloss, lieber in Vorfreude zu schwelgen als sich durch allzu offensichtliche Aufregung bloßzustellen wie ein halbwüchsiger Welpe, der auf seinen Stich bei den Weibern des Stammes wartet.

Endlich war die Litanei vorüber und es konnte losgehen. Die Augen der Moghuli wanderte über die Gruppe der Ferkinasöldner. Unter dem Widderfell regte sich die alte Dschadra schon seit langem; sie wusste, was auf sie zukam. Yabman Pascha grunzte zufrieden.

Dann sah er, dass die ausgestreckte Hand Dimionas auf einen seiner Untergebenen wies, und hörte ihre Worte: »Du da, tritt hervor und sei mein Gehörnter Gott.« Klare Anweisungen einer selbstsicheren Priesterkönigin.

Yabman Pascha war ein Kind der Wildnis und leistete sich keine Unsicherheit. Sein Blick schoss zu dem Erwählten hinüber, auf den sein gottgegebenes Recht, die Moghuli zu besteigen, übertragen werden sollte. Ausgerechnet Zakhaban, der sich kaum traute, eine Frau etwas grober anzupacken, der Spross eines fremden Stammes mit fremdartigen Sitten, sollte derart bevorzugt werden.

»Herrin!« Yabman Pascha erhob Einspruch: »Der Bursche ist nicht mal eingeführt in Riten des Gehörnten!«

Ein kühler, abweisender Blick der Moghuli traf den Söldnerführer. Sie musste nicht einmal die Hand heben, um ihn vor all seinen Leuten in die Schranken zu weisen. Und das Ärgste war, dass selbst seine verdammte Stoßlanze feige den Kopf einzog. »Es ist so mein Wille, *Mann*.« Es gelang ihr, das Wort wie eine üble Beleidigung klingen zu lassen.

Während sich die übrigen Ferkinas bemühten, keine Miene zu verziehen, trat der Auserwählte gesenkten Hauptes vor.

Dimiona betrachtete den Burschen. Von der Kleidung und den verfilzten, schmutzigen Haaren her unterschied er sich kaum von den Übrigen, nur sein Bartwuchs war von unzähligen Brandwunden, die das Gesicht zeichneten, durchbrochen. «Wie heißt du?«

»Zakhaban iban Jhedrek, Moghuli.« Die raue Stimme des Söldners klang unterwürfig.

Die Herrscherin hob einen schweren Pokal, der einst auf dem Altar Rahjas gestanden hatte, nun aber zahlreiche Symbole und Formeln der neuen Gottheit trug. Die rituellen Worte kamen geübt über ihre Lippen: »Der Einen und Einzigen höchstes Geschenk an die Menschheit ist der Schwarze Wein, der seine Kraft aus dem Opfer der Gläubigen gewinnt. Er hat die göttliche Gabe erhalten, das Blut der Sterblichen in seinen Trauben zum köstlichsten Trunke zu veredeln, von dem ein Schluck den Trinkenden das Glück sehen lässt. Sich und sein Leben dem Schwarzen Wein hinzugeben ist für den Sklaven eine letzte Gelegenheit, im Tode wieder mit der Gemeinschaft der Gläubigen eins zu sein, und Preis sei dem Edlen, der seinem Sklaven diese Gunst gewährt.«

Die Reben des Schwarzen Weines gediehen mit der Lebenskraft menschlicher Opfer, und in Keshal Taref war es zur Gewohnheit geworden, nackte Sklaven in die Weinstöcke zu hängen, auf dass ihre Kraft und ihr Blut den Schwarzwein verstärken sollten. Mit ihren unzähligen Ranken saugte die Rebe dem Opfer das Blut aus dem schmerzerfüllten Leib, bis der Unselige als leere, tote Hülle im Gerank hing.

Da die Dämonenpflanze nicht dem Wechsel der Jahreszeiten gehorchte, waren jederzeit einzelne Rebstöcke erntereif. Der Saft der Trauben, die von der Moghuli selbst gepflückt wurden, wurde zu einem perlenden Most vergoren, der dickflüssig war und schwarz wie Tinte und dabei schwer und erdig schmeckte, mit einem süßlich-metallischen Beigeschmack nach Blut.

Der Schwarze Wein erfüllte die Trinkenden mit einem Glücksgefühl und gaukelte ihnen vor, gleichsam der Mittelpunkt der Welten zu sein. Für die Moghuli war dies ein vertrauter Genuss, doch jeder konnte erkennen, dass der Ferkina zum ersten Mal davon trank. Sein zuvor zaghaftes Lächeln wurde breiter und selbstsicherer, und ohne noch lange zu zögern, wandte er sich seiner Herrin zu, begierig, die ihm zugedachte Rolle im Ritual zu spielen.

Dimiona warf Yabman Pascha einen letzten abschätzigen Blick zu, ehe sie sich ganz dem Neuerwählten widmete. In den letzten Wochen hatte sich der Ferkinahäuptling ihrer viel zu sicher gefühlt. Es war an der Zeit, ihn daran zu erinnern, dass auch der Anführer ihrer Söldner nur ein Diener unter vielen war. Dieser Bursche hier – seinen Namen hatte sie längst vergessen – schien ihr willfähriger und ergebener als der eigensinnige Häuptling, und selbst vom Schwarzen Wein beflügelt hatte sein Ansturm etwas Zögerndes, Verschämtes an sich, das ihre eigene Wildheit anheizte. Scharf wie Messer und blutig fuhren ihre Nägel über den ungeschützten Rücken.

Yabman Pascha war mehr als wütend. Da die Herrscherin sich nicht ihm, sondern einem der rangniedrigsten Söldner überlassen hatte, war sein Ansehen bei den übrigen Männern in Gefahr. Außer sich vor Zorn, schaute er sich zu ihnen um. Sie strengten sich an, aufmerksam und ergeben dreinzuschauen, doch in ihren Köpfen konnte er die Zweifel förmlich arbeiten hören, zumindest bei jenen, die überhaupt noch die Köpfe gebrauchten, denn während ihn selbst die Zurückweisung erheblich abgekühlt hatte, waren viele der anderen zu den willig wartenden Frauen geeilt, um auf ihre Weise den Zweigehörnten zu verkörpern.

Yabman knurrte. Schon hatte seine Befehlsgewalt gelitten. Noch vor wenigen Stunden hätte es keiner von ihnen gewagt, ihrem Pascha beim Begatten mit erhobener Dschadra zuvorzukommen. Aber er würde jetzt keinen Rangkampf anfangen. Diese Hure auf dem Thron würde es ihm sonst übel vergelten!

Wütend bellte er: »Shliglûq!« Das Wort bezeichnete in der Sprache der Ferkinas das weibliche Geschlechtsteil und wurde gewöhnlich als ein übler Fluch gebraucht, doch hier und jetzt hatte es eine konkretere Bedeutung: Yabman Pascha hatte seine liebste Sklavin so genannt, die ihm ergeben war wie eine Hündin, die Schläge gewohnt war …

Sogleich kam Bewegung in die nackte Gestalt, die zuvor reglos am Rande der Kapelle gelegen und gewartet hatte. Schwankend erhob sie sich auf Hände und Knie und kroch eilig auf ihren Herrn zu. Der Leib der abgemagerten Frau zeigte die Spuren von alten und frischen Rutenhieben und auf ihrem Gesäß prangte ein Brandmal, mit dem aufsässige Sklaven neu gezeichnet wurden. Ihren früheren Stolz hatte Yabman Paschas Behandlung ihr ausgetrieben, und heute war sie nicht mehr, als ihr neuer Name besagte. Fügsam, mit weit aufgerissenen Augen, schaute sie zu ihm auf. Soweit er wusste, war sie fast blind, aber wozu musste eine Shliglûq auch sehen können? Wo man ihr die braunen Haare mehr ausgerissen als abgeschnitten hatte, war die Kopfhaut blutig, und tagealte Blutfäden zogen sich auch von den Achselhöhlen und dem Schritt abwärts. Ihr Besitzer hatte ihr nicht gestattet, sich zu säubern.

Er gab ihr seine Befehle, und während sie sich mit der Übung vieler Lektionen an seiner Dschadra zu schaffen machte – er hatte ihr sicherheitshalber die Schneidezähne ausreißen lassen –, lachte der Ferkina auf. Sie war nicht einmal besonders gut, aber allein sie bei der Arbeit zu sehen erinnerte ihn an seine neue Macht. Wenn Shliglûq ihm nicht diese angenehmen

Gedanken beschert und gewisse zusätzliche Fähigkeiten besessen hätte, wäre sie längst an seine Untergebenen weitergereicht worden.

Für einige Augenblicke gab er sich dem unbeholfenen, derweil eifrigen Spiel ihrer Lippen hin, dann gewannen Hass und Wut wieder die Oberhand, und während er lustvoll zu stöhnen begann, malte er sich in allen Einzelheiten seine Vergeltung an seinem Widersacher aus.

›Zakhaban iban Jhedrek‹ war immer noch berauscht, als er längst entkräftet und mit blutig gekratztem Rücken von der Moghuli weggestoßen worden war. Die Herrscherin hatte mit ihrem Gefolge die Kapelle verlassen und nur der reglose Körper des Ferkinas lag noch auf den Stufen des Altars.

Er kam erst zu sich, als ihn grobe Hände packten und aufrichteten, und trotz des Rausches begriff er, dass ihm üble Dinge drohten, als er Yabman Paschas grimmige Miene sah. Die Gestik des Söldnerhauptmanns und seiner Begleiter ließ keine Zweifel zu: Man wollte ihm eine Lektion erteilen, damit er sich erinnerte, wo er hingehörte.

Der Schwarze Wein ließ den Gefangenen laut auflachen. Das hatten sie sich so gedacht! Da hatte er sich nun in den vergangenen Wochen bemüht, durch nichts aufzufallen und ein ganz gewöhnlicher Söldner zu sein, sozusagen nur ›der vierte Ferkina von links‹, und nun dies! Wenn das kein Zeichen war …

Dann würde es eben zum Kampf kommen, gut. Er war nie schlecht gewesen im Raufen und jetzt fühlte er sich geradezu beflügelt. Weshalb brauchte er da noch Zauberei?

Wenn er jetzt in einem offenen Kampf Yabman Pascha besiegte, war er nach den rauen Sitten der Ferkinas der neue Anführer der Horde, eine Stellung, die er zu seinem Besten nutzen würde. Mit dem Selbstvertrauen des Berauschten holte er aus und schmetterte die geballte Faust in den Magen des Häuptlings, der den Schlag nicht kommen sah.

Das war auch gar nicht nötig. Obgleich das ganze Gewicht des groß gewachsenen ›Zakhaban‹ hinter dem Hieb lag, wurde selbiger von der massigen Gestalt Yabman Paschas förmlich verschluckt. Die Antwort des Paschas kam ohne Zögern, ließ ›Zakhabans‹ Pläne, Hoffnungen und Rippen zerbrechen und warf ihn zu Boden.

Der Gestürzte biss sich auf die Lippen, um nicht aufzuschreien, aber die Schläge und Tritte, die wie ein Wasserfall über ihn hereinbrachen, ließen ihn bald alle Vorsätze vergessen und um Gnade betteln. Die Ferkinas jedoch beachteten sein Flehen nicht. Sie verstanden ihr Handwerk, und obwohl sie unerbittlich auf ihr Opfer einschlugen, war kein Hieb so platziert, dass ›Zakhaban‹ das Bewusstsein verlor. Jeder Knochen, der unter ihren Angriffen nachgab und brach, wurde mit Spottworten begrüßt. Hätten sie seinem vom eigenen Blut fast erstickten Wimmern die geringste Beachtung geschenkt, wäre ihnen aufgefallen, dass ihr Opfer längst nicht mehr eine Mundart der Ferkinastämme gebrauchte, sondern auf Brabaci flehte und jammerte, doch die Barbaren gaben so wenig darauf wie auf das Winseln eines Hundes.

Endlich hörten die Schläge auf. Der Brabaker bezweifelte, dass er sich je wieder rühren können würde. Die Ferkinas berieten sich, dann lachten sie gellend auf. Einer von ihnen drückte ihn zu Boden und griff nach seinem Gemächt. Er fühlte ein kurzes Streicheln, als etwas Feines, Dünnes darüber glitt, danach einen jähen Schmerz, als sich die rasiermesserscharfe Schlinge aus Pferdehaaren zusammenzog.

Wie durch Nebel vernahm er Yabman Paschas höhnische Worte: »So, du Shulûrz, nun bist richtig für die Eunuchengarde!«

»Du Schwein hast zwölf Herzschläge Zeit, mir zu erklären, warum ich dich nicht auf der Stelle pfählen lassen sollte! Auf dem Phallus deines eigenen Zweigehörnten Gottes!« Dimiona blickte zornbebend auf Yabman Pascha. Die Moghuli war persönlich in die Kapelle zurückgekehrt, um diesen anstelligen Söldnerburschen zu holen, mit dem sie noch etwas überaus Reizvolles vorhatte. Stattdessen hatte sie die blutige Sauerei auf dem Boden entdeckt. Von dem Söldner war bloß noch ein zuckender Klumpen Fleisch übrig, durch die Bosheit Yabman Paschas nutzlos gemacht.

Nicht, dass sie üblicherweise etwas dagegen einzuwenden gehabt hätte, wie der Pascha seine Leute züchtigte, im Gegenteil. Aber sie hasste es, wenn ihre Pläne durchkreuzt wurden, selbst dann, wenn sie einer Laune des Augenblicks entsprungen waren. Für diese Enttäuschung würde sie sich an dem feisten Söldnerhauptmann schadlos halten.

Yabman Pascha schaute sich nervös um und kläffte eher ängstlich als Furcht einflößend: »Shliglûq!«

Dimiona hob erheitert die Augenbraue. Meinte er sie? Wollte er ihr trotzen? Wenn sie ihn pfählen ließ, dann so, dass es Tage dauerte, bis er starb. Keine Gewichte an den Füßen und natürlich keinen Schluck Wasser.

Doch da kam eilig eine nackte Sklavin nach vorn gekrochen. Yabman Pascha zerrte sie am Oberarm in die Höhe und erklärte: »Shliglûq, meine Mudrafrau, zaubert Burschen heil!«

Die Moghuli wandte sich der zitternden, von Narben, Blutspuren und Striemen bedeckten Frau mit der klaffenden Zahnlücke zu, einer typischen Ferkinasklavin, nicht mehr und nicht weniger. Während die Eine und Einzige es schätzte, wenn ihr Sklaven in einem Fest der Qualen geopfert wurden, vergeudeten diese Barbaren ihren menschlichen Besitz oft durch schiere Misshandlung.

Zweifelnd fragte sie in einfachsten Worte: »Stimmt, was dein Herr sagt?« Da sie es mit einer vermutlich dummen Sklavin zu tun hatte, erläuterte sie ihr: »Falls du lügst, teilst du seine Strafe.«

Das erbärmliche Geschöpf straffte sich. Ihre Hand fuhr zu der gebrochenen Nase, danach über ihren blutverkrusteten Schädel, als wollte sie eine Brille hochschieben und ihre Haare zurückstreichen, und schließlich brachte sie so entschlossen, wie ihre Zahnlücke es zuließ, die Worte vor: »Er spricht die Wahrheit, Majestät. Gestattet, Dottora Maryan di Shumir, vom Anatomischen Institut zu Vinsalt, zu Euren Diensten.« Als die Frau begriff, dass sie eine eigene Meinung geäußert und ihren Sklavennamen – den Einzigen, den es jetzt für sie gab – geleugnet hatte, zuckte sie in Erwartung der Strafe zusammen.

Doch die Moghuli warf nur die schimmernden Haare in den Nacken: »Gut, dann bring das in Ordnung«, ihre spitzen Nägel deuteten auf den auf dem Boden liegenden Körper, »und wehe euch allen, wenn sie versagt.«

Vorsichtig ging, nein, taumelte die Magierin zu dem Kastrierten hinüber. Mit einem schuldbewussten Knurren warf ihr ihr Herr die Siegesbeute zu, die er immer noch in der Hand gehalten hatte. Mit erstaunlich genauen Bewegungen fügte die Liebfelderin aneinander, was zusammengehörte, und begann anschließend, ihre Zauber zu wirken: »BALSAM SALABUNDE.« Ohne ihren Stab, ohne Übung, zerschlagen und schmerzerfüllt musste sie sich überaus anstrengen und alles geben, aber fern im Hintergrund ihres Bewusstseins schimmerte die undeutliche Hoffnung, dieses neue Leben, das mit ihrer Gefangennahme durch den Ferkina begonnen hatte, könnte sich ändern, wenn sie hier und jetzt ihre Fähigkeiten unter Beweis stellte. Viele Herzschläge lang hielt sie die eine Hand auf der Wunde des Opfers, die andere über seinem Herzen und spürte, wie die ihr verbliebene Astralkraft aus ihrem Leib in den seinen strömte. Rippen wuchsen zusammen, selbst Knochensplitter fügten sich wieder an ihren natürlichen Platz. Innere Organe wurden geheilt, und zwischen Schnittflächen wuchs neues gesundes Fleisch. Die Thesis des Spruches war dergestalt gefügt, dass lediglich noch die oberflächlichen Platzwunden und Hautverletzungen offen waren, als die Kraft der Magierin zu Ende ging.

Nachdem die magische Heilung vollendet war und der bewusstlose Bursche ruhig atmete, wandte sich Dimiona an Yabman Pascha: »Du hast noch einmal Glück gehabt. Schafft ihn in meine Gemächer.« Plötzlich wusste sie auch, wie sie den unbotsamen Häuptling bestrafen konnte, ohne seine Kampfkraft zu schwächen. Die Moghuli nickte der nackten Heilerin zu: »Du kommst auch mit, Dottora. Du gehörst jetzt mir und ich habe eine andere Verwendung für dich.«

# 36. Kapitel

*Keshal Taref,*
*am 3. Efferd*
*des Jahres 29 Hal*

Tarlisin nestelte unruhig an den Rüschen des roten Seidenhemdes. Insgeheim fluchte er unflätig. Da hatte er sich alle Mühe gegeben, sich aus dem eitlen magischen Stutzer in einen ungebildeten Barbaren zu verwandeln, und nun dies …

Seine früher hüftlangen blauschwarzen Haare hatte er zur Unkenntlichkeit zurechtgestutzt, von eigener Hand und gewollt ungeschickt. Seine Haut war durch den regelmäßigen Gebrauch ätzender Pasten entstellt, in denen der scharfe Pfeffer Araniens nur eine Zutat von vielen war – er hatte bewusst auf alltägliche Mittel zurückgegriffen und verräterische alchimistische Essenzen verschmäht. Seine Stimme, die seit seiner Rückkehr aus der Gor ohnehin rau war, hatte er durch den eifrigen Genuss von billigstem Pfeifenkraut noch heiserer gemacht, dazu eine andere Körperhaltung eingeübt und sich durch viel zu enges Schuhwerk zum Hinken gezwungen. Als vorgeblicher Analphabet hatte er nicht zu schreiben brauchen, denn durch seine Linkshändigkeit als Angehöriger eines Volkes, bei dem die linke Hand als unrein galt, hätte er einen Funken Aufmerksamkeit zu viel wecken können. Durch dieses ganze Versteckspiel war er einigermaßen sicher gewesen, nicht entdeckt zu werden, auch wenn er seinem Ziel, einem erfolgreichen Anschlag auf den Verräter Adaon, noch nicht viel näher gekommen war.

Doch dann war alles schief gelaufen. Nur durch Glück hatte er überlebt, und nun hatte sich die Moghuli in den Kopf gesetzt, dass er ein feines rotes Hemd und eine enge schwarze Seidenhose tragen sollte, Kleidung, die seinem früheren Geschmack bedenklich nahe kam. Er hatte sich bemüht, die Sachen so ungeschickt wie nur möglich anzuziehen, am besten wie ein Affe im Festgewand zu wirken, aber ohne sein stinkendes, dreckiges Lederzeug, wie er es früher nie angerührt hätte, kam er sich furchtbar nackt und schutzlos vor. Zum unzähligsten Mal verfluchte er das Schicksal, das ihn ohne Magie zurückgelassen hatte. Früher hätte er eine Fülle von verschiedenen Illusions- und Verwandlungszaubern zur Wahl gehabt, um sich zu tarnen. Und früher hätte er diese ganze Scharade auch gar nicht erst spielen müssen, sondern weit gezielter handeln können.

Tarlisin überprüfte einmal mehr den Sitz seines Hemdes im Wandspiegel, mit dem sein neues Gemach ausgestattet war. War es richtig, dass er es schief geknöpft hatte, oder würde gerade dies ihn verdächtig erscheinen lassen? Er seufzte. Mochte Rahja geben, dass ihn die Moghuli so lüstern überfiel, dass er mir nichts, dir nichts, aus den Kleidern sein würde. Der Gedanke an die Göttin versetzte ihm jedoch einen schmerzhaften Stich. Es war weniger die Angst, ihre Erwähnung könne von magisch-dämonischen Wächtern erspürt werden. Es lastete vielmehr schwer auf seinem Gewissen, dass er von dem verfluchten Wein getrunken hatte. Aber was hätte er tun sollen? Das Rauschgetränk abzulehnen hätte ebenso sein Ende bedeutet wie jetzt eine Weigerung, diesen ganzen Tand anzuziehen. Er konnte nur hoffen – zu beten wagte er nicht –, dass die Thronräuberin nicht wieder von diesem Dämonenelixier bringen ließ, sondern es für die Zeremonien im Unheiligtum aufsparte. Verärgert entdeckte er einen Makel auf seiner Hose und wollte sie schon fortschleudern, da kam ihm eine Idee. Flecken auf der eben erst von einer Sklavin gebrachten Kleidung würden gewiss zu einem

Ferkina passen. Er hatte sich gerade gebückt, um etwas Staub aus einer Ecke aufzuheben, als er hörte, wie sich im Vorzimmer die Tür seines Gemaches öffnete und wieder schloss.

Einen Augenblick später war sein Besuch schon ins Ankleidezimmer getreten. Die Moghuli.

Mit ihrem tiefschwarzen Haar, der alabasterweißen Haut und blutroten Lippen, die halb erwartungsvoll, halb spöttisch lächelten, war Dimiona von Oron eine atemberaubende Schönheit. Tarlisin begriff, dass er sie angestarrt haben musste wie ein verwirrter Schulknabe, als sie ihn tadelte: »Willst du nicht vor deiner Königin niederknien?«

Der Brabaker glotzte wie ein verwirrter Wilder, während er sich eilig auf den Boden sinken ließ. Für längeres Knien war seine hauchdünne Hose wirklich nicht gemacht, hoffentlich würde sie platzen und ihren ganzen Reiz verlieren. Er konnte bereits jetzt spüren, wie sich der feine Seidenstoff an den Nähten spannte. Tarlisin war stolz auf den empfindlichen Tastsinn seiner Haut.

Dimiona trug ein gleichfalls hautenges, tief ausgeschnittenes Kleid von blutroter Farbe, das mit dem Sinnbild der schwarzen Dornrose in unzähligen Abwandlungen geschmückt war, dem Wappenbild Orons. In ihrer Linken hielt sie einige echte Dornrosen, fast schrittlang, und ein paar zusammengerollte Ranken, das konnte er noch erkennen, ehe er fügsam den Kopf senkte und die Augen schloss. Kniend, die Hände auf dem geraden Rücken gefaltet, harrte er schweigend aus, während Dimiona sich neben ihm zu schaffen machte.

»Du darfst dich nun aufrichten! Hebe die Arme! So ist es gut. Und jetzt spreiz die Beine! Ich habe ein Geschenk für meinen treuen Diener.« Die Moghuli hatte Rosenranken um die mit aufreizenden Schnitzereien bedeckten Säulen geschlungen, die rechts und links neben ihm standen, und diese Ranken knüpfte sie flink mit ihren geübten Fingern um seine Handgelenke und seine Fesseln, sodass er bald auf Zehenspitzen dastand, alle viere von sich gestreckt, fest im Griff der dornigen Pflanzen. Wenn er sich auch nur kurz entspannte, würden sich ihm die nadelspitzen Dornen durch die Haut bohren und das Blut hervorquellen.

Die Moghuli trat einen Schritt zurück und betrachtete ihr Werk. Dann wählte sie sorgfältig eine Dornrose aus dem Bund aus und ließ sie prüfend zwei-, dreimal durch die Luft sausen, ehe sie sich wieder dem Brabaker zuwandte. Ihr erster Schlag riss bereits sein Hemd entzwei und hinterließ eine tiefrote Spur auf seiner Brust. Da ihr Opfer aufstöhnte, warf ihm die Königin einen strengen Blick zu und legte ihm den Finger auf die Lippen: »Still! Wer hat dir erlaubt zu wimmern?«

Nun begann sie in aller Ruhe, ihren Gefangenen mit den scharfen Dornen ihres Schlagwerkzeugs zu entkleiden. Hieb um Hieb riss sie weitere Bahnen aus dem Seidenstoff, und es dauerte nicht lange, bis das Hemd zu einer Reihe von Fetzen geworden war, die im ganzen Raum umherlagen. Jeder Schlag war wie eine raue Liebkosung, hatte den Stoff zerschnitten, mit der Blüte den Körper gestreichelt und den herabrinnenden Schweiß abgewischt und zugleich mit den Dornen die Haut aufgeritzt, als habe Tarlisin eine Liebesnacht mit einer Raubkatze erlebt. Dimiona hielt inne, sobald der Oberkörper des Mannes freigelegt war, und warf seiner Hose einen tadelnden Blick zu: »Um dieses enge, untulamidische Ding loszuwerden, werde ich mich wohl mehr ins Zeug legen müssen.« Der nachfolgende Schlag mit der Dornrose wurde mit voller Kraft geführt und ließ die schwarze Seide über dem Gesäß aufplatzen. Tarlisin konnte einen scharfen, leidenden Aufschrei nicht unterdrücken. Sofort war die Moghuli an seiner Seite: »Habe ich dir nicht befohlen, still zu sein?«, zischte sie. »Aber das übersteigt anscheinend deine Kräfte.« Mit einem raschen Griff riss sie ihm den herabhängenden Hosenlatz ab und stopfte ihm den Seidenstoff in den Mund. Mit einer Dornranke, die sie hinter seinem Kopf verknotete, sicherte sie den Knebel. »Jetzt kann nichts mehr schief laufen.«

Ohne ein weiteres Wort nahm Dimiona ihr Werk wieder auf. Diesmal fielen die Schläge härter aus als zuvor, sie zerrissen nicht allein den Stoff, sondern auch die Haut, und unter der Wucht der Hiebe wurde der Gefangene so hin und her geworfen, dass sich die Fesseln tief in seine Handgelenke schnitten und bald auf seinem misshandelten Körper unzählige Blutfäden glitzerten. Besondere Aufmerksamkeit ließ die Moghuli seinem nunmehr entblößten Gesäß angedeihen: Immer neue Zeichen schrieb sie mit Blut auf die geschundene braune Haut.

Schließlich jedoch hielt sie ein und hauchte dem gequälten Brabaker einen Kuss auf die Wange. »Ich denke, du weißt nun, wo dein Platz ist, und wirst keine Aufsässigkeit entwickeln wie Yabman Pascha, denn ich habe eine neue Aufgabe für dich. Du sollst der Anführer meiner Rotmäntel sein, schmucker Ferkina. Ich werde eine neue Eliteeinheit aufstellen, die mir als Tempelgarde dient und den herrschaftlichen Skorpion im Wappen trägt.

So wirst du hier im Kloster dafür sorgen, dass mein Wille geschieht. Und wenn alle Vorbereitungen abgeschlossenen sind, bekommst du eine großartige Waffe, die dich unbesiegbar macht.« Sie trat an den Brabaker heran und wisperte ihm ins Ohr, während sie sein stoppeliges Haar zauste: »Du weißt doch um die Klinge, die in der Brust der Dämonin steckt. Befreit und mit diesem Stein verschmolzen«, Dimiona hob lächelnd den

Splitter der Dämonenkrone, »kann sie selbst Götter bezwingen.«

Die Moghuli wandte sich ab und so entging ihr das Aufflackern jähen Begreifens in den Augen des früheren Magiers. Sie wählte langsam und sorgfältig unter ihren Blutrosen eine aus, die ihren Vorstellungen entsprach. Unterdessen redete sie weiter: »Das muss aber noch eine Weile warten, mein strammer Diener. Vorerst ist heute die Amtskette fertig geworden, die ich für dich in Auftrag gegeben habe.«

Mit federnden Schritten kehrte sie zu dem Gefesselten zurück. Beinahe zärtlich strich sie mit den spitzen Dornen des frisch geschnittenen Zweiges über die gequälte Haut seines Oberleibes, ehe sie eine außergewöhnliche Dorne von fast einem halben Spann Länge mit festem Griff zwischen Daumen und Zeigefinger packte.

Ohne ein weiteres Wort, ohne jede Vorwarnung fasste sie Tarlisins linke Brustwarze und stieß den Dorn quer hindurch. Während das Blut hervorspritzte, nahm sie in aller Ruhe einen Ring aus einem Beutelchen und zog ihn durch die Wunde.

Tarlisin schnappte nach Luft und wäre beinahe an seinem Knebel erstickt, indes seine Herrin bedächtig einen neuen Dorn auswählte und sich der anderen Brustwarze zuwandte. Es dauerte nicht lange, da blitzte in jeder Brust ein kleiner Ring. Mit sicherer Hand führte Dimiona ein Kettchen durch die beiden Ringe und verband sie mit einem zierlichen Vorhängeschloß.

Stolz auf ihr Geschick trat die Monarchin zwei Schritte zurück und betrachtete ihr Werk.

Die Ringe waren von bester Güte und ungewöhnlich gearbeitet, versilbert und vergoldet, mit Perlen und Edelsteinen geschmückt. Das Schloss, das wie ein Amulett auf Tarlisins Brustbein ruhte, war rot und schwarz emailliert und hatte die Gestalt eines Skorpions.

»Nun hast du deine eigene Amtskette, und eine schönere als jede andere an meinem Hofe, das kann ich dir versichern.« Dimiona furchte leicht die Stirn: »Künftig solltest du dich aber der Landessitte anpassen und lieber Pluderhosen und eine Weste tragen.«

Mit einem hellen Lachen löste sie die Ranke um seinen Kopf und nahm den Knebel aus seinem Mund. »Den brauchen wir jetzt nicht mehr, du bist fertig geschmückt.«

Auf eine Geste von ihr lösten sich die Rosenfesseln, dann sprach sie unbekümmert weiter: »Deinen roten Mantel kannst du dir von einer Sklavin bringen lassen. Und was die Striemen angeht – wenn sie dich zu sehr stören, Bursche, kann die Dottora sie gewiss entfernen. Ach ja ...«, gedankenverloren strich sie über sein vernarbtes Gesicht, »wir sollten dir auch diese Narben entfernen lassen. Die Dottora hat sich ja auch selbst geheilt, sogar die Zähne, und sie meint, es genügte vermutlich, dir die Gesichtshaut abzuziehen und dich danach zu heilen, damit alles wieder in Ordnung ist. Und falls sie mit ihren Befürchtungen Recht hat, dass die Narben so alt sind, dass sie schon Eingang in deine astrale Matrix gefunden haben – aber davon verstehst du ja doch nichts, mein Kleiner –, kehren sie halt wieder zurück. Einen Versuch ist es allemal wert, und bis dahin wirst du einen Schleier tragen. Du willst schließlich ein gut aussehender Diener deiner Herrin sein.«

## 37. Kapitel

*In den Wäldern bei Zorgan, am 21. Efferd des Jahres 29 Hal*

Die Götter meinten es an diesem Morgen gut mit der fürstlichen Jagdgesellschaft: Es war der erste Tag seit Beginn der Regenzeit, an dem es nicht von morgens bis abends wie aus Kübeln goß. Und damit nicht genug, bislang hatten die adligen Teilnehmer schon mehrere Gazellen und zwei Warzenschweine erlegt. Man hatte sich gerade zu einer kurzen Rast entschlossen und so herrschte ein buntes Durcheinander von Reitern, Pferden, Hunden und Jagdpardeln.

Fürstin Sybia war besorgt. In den letzten Wochen hatten sich die Anschläge auf aranische Einrichtungen gehäuft, deren Bedeutung der Feind erschreckend gut kannte. Auch die Berichte aus den besetzten Provinzen waren sehr schockierend. Große Teile der dortigen Bevölkerung waren versklavt und den Launen Dimionas unterworfen, die sich in der Rolle einer alttulamidischen Gewaltherrscherin gefiel. Selbst die Krönung von Sybias Sohn, die eigentlich für Rondra geplant gewesen war, und ihr eigener Rücktritt hatten verschoben werden müssen, da die Sicherheit der hochrangigen Gäste nicht gewährleistet werden konnte.

Die Fürstin sah ihr Lebenswerk bedroht. Es war ihr in all den Jahren ihrer Regierung gelungen, die teils sehr unterschiedlichen Provinzen ihres Landes zusammenzuhalten und einen Bürgerkrieg zu vermeiden. Dass sie nun aranische Truppen ausgerechnet gegen die eigene Tochter schicken musste, schmerzte sie tief.

Sybia ließ ihren Falken Alatar aufsteigen. Die Falkenjagd war eines der wenigen Vergnügen, die sie sich noch gönnte. Der Vogel war nur noch ein kleiner Punkt am Himmel, als ein junger Page auf sie zueilte: »Euer Durchlaucht?«

Die Fürstin blickte den Jungen an. »Was kann ich für dich tun, mein Sohn?« Sie bemühte sich stets, nach außen hin die Maske fürsorglicher Mütterlichkeit zu wahren, selbst wenn ihr die Sorgen über den Kopf wuchsen.

Der Page reichte ihr eine schwere Kette aus Gold und Silber: »Seine Spektabilität, Tarlisin von Borbra, bat mich, Euch dies zu bringen. Er erwartet Euch im Tannengrund. Er sagte mir, er hat Nachrichten, welche neuen Anschläge geplant sind und wer hinter diesen Verbrechen steckt.« Es war dem Knaben anzusehen, dass er die Botschaft sorgfältig auswendig gelernt hatte.

Jedes Kettenglied zeigte die vier Grauen Stäbe und das Drachenschwert aus dem Hoheitszeichen des Ordens, während der Anhänger neben anderen Sinnbildern auch das Wappen der Baronie der Hohen Gor aufwies – unzweifelhaft die Amtskette des Anchopaler Großmeisters der Grauen Stäbe. »Hab Dank, mein Sohn, dann will ich meinen Gast nicht warten lassen.«

Der Page blickte die Regentin fragend an. »Soll ich Euch begleiten? Oder Eure Leibwachen holen?«

Sybia schüttelte den Kopf. »Nicht nötig, Kind. Hier, nimm den Handschuh und bringe Alatar zurück zum Palast. Wenn Magister Tarlisin mir seine Amtskette schickt, handelt es sich wohl um eine Sache, die keinen Aufschub duldet.« Sie lachte verhalten. »Richte im Palast aus, dass für heute Abend ein Festessen vorbereitet werden soll, und sag der Dame Mara, dass ich ihre Anwesenheit wünsche.«

Die letzten Worte sprach sie mehr zu sich selbst, da der Page bereits fortgeeilt war: »Vielleicht kann ich ja heute der Herrin Rahja den Weg ebnen. Wünschen würde ich es mir, so hätte Eleonora wenigstens eine Sorge weniger!«

Als Fürstin Sybia auf ihrer Stute den abgelegenen Treffpunkt erreichte, erwartete Tarlisin sie bereits im Eingang der einsamen Hütte. Die Fürstin trieb ihr Reittier an, da fiel plötzlich aus einer Baumkrone ein Netz herab und hüllte sie wie eine Fessel ein. Hinter der Hütte eilten Bewaffnete hervor und griffen der Stute in die Zügel, während andere die verzweifelt um sich tretende Fürstin aus dem Sattel zogen.

Der Brabaker näherte sich seiner Gefangenen – und einen Herzschlag später hatte er sich verwandelt. Adaon von Garlischgrötz verbeugte sich tief und nickte Sybia spöttisch zu: »Wie schön, dass Ihr meiner Einladung folgen konntet. Wir werden nun einen schönen Ausflug machen.«

## 38. Kapitel

*Keshal Taref,
am 23. Efferd
des Jahres 29 Hal*

Adaon von Garlischgrötz eilte hustend in die Gemächer der Moghuli. Er beglückwünschte sich erneut zu der Umsicht, die er bei seinem Überfall auf die Anchopaler Ordensburg bewiesen hatte. Eigentlich war es mehr ein Zufall gewesen, dass er die Amtsinsignien seines ehemaligen Rangbruders erbeutet hatte, doch das würde die Moghuli niemals erfahren. Die Herrscherin sollte ruhig glauben, dass ihr bester und wichtigster Gefolgsmann alles von langer Hand geplant hatte.

Die Entführung der Fürstin stellte in zweifacher Hinsicht ein Meisterstück dar: Die Moghuli stand tief in seiner Schuld, denn er hatte ihr die ersehnte Beute besorgt. In Aranien aber würde man diese Schurkerei dem verfluchten Tarlisin zuschreiben, der sich irgendwo verkrochen hatte. Wo genau er sich verbarg, hatten nicht einmal Adaons Spitzel herausfinden können. Doch eigentlich war es auch egal, wo er steckte. Von einem magielosen Zauberer hatte Adaon nichts mehr zu befürchten, und Tarlisins Ruf würde ohnehin bald zerstört sein: Adaon hatte dafür gesorgt, dass genügend Leute davon wussten, dass sich die Regentin mit dem Großmeister getroffen hatte. Ob man den Verräter wohl der Folter unterziehen würde, um herauszufinden, wo Sybia war? In dem Fall hätte der Liebfelder den Folterknechten nur allzu gern ein paar nette Vorschläge gemacht. Vielleicht würde er über seine Mittelsmänner eine entsprechende Note nach Zorgan schicken.

Zuerst galt es jedoch, seiner Herrscherin Bericht zu erstatten. Die Moghuli lag in einem hautengen blutroten Seidengewand auf ihrem Diwan und blickte nur kurz auf, als ein kahl geschorener Sklave Adaon anmeldete. Neben der Lagerstatt stand, wie üblich, Zakhaban iban Jhedrek, der neue Anführer der ›Rotmäntel‹.

Adaon fragte sich, wie so oft, warum die Moghuli sich mit diesen unkultivierten Ferkinas umgab, statt ihre Zeit mit gebildeten Höflingen wie ihm selbst zu verbringen. Wenigstens stank dieser Wilde nicht ganz so sehr wie Yabman Pascha vom Orden des Gehörnten Gottes, und dank des seidenen Schleiers, der seine Fratze verbarg, wirkte er fast menschlich – nun ja, zumindest für einen Ferkina. Dennoch, schon die Erinnerung an den streng riechenden Söldnerführer ließ den Liebfelder husten, und während er noch sein Spitzentüchlein hervorzog, begann die Moghuli zu sprechen: »Welche Kunde bringst du, mein Sohn?«

Adaon tupfte sich eilig die Lippen ab und verneigte sich. »Majestät, ich habe vertrauliche Neuigkeiten.«

»Dann rede, mein Sohn, wir sind hier unter uns.« Dimiona nippte an ihrem Wein, die Worte flossen ihr träge aus dem Mund wie zäher Sirup.

Der Liebfelder konnte am Tonfall der Moghuli ihre Missbilligung hören, auch wenn er seinen Blick weiter auf den Boden gesenkt hielt. Er berichtete in blumigen Worten, nur gelegentlich von Hustenanfällen unterbrochen, wie er dank seiner umsichtigen Planung den gefährlichen Auftrag erfolgreich ausgeführt und die Schuld geschickt auf seinen ehemaligen Amtsbruder geschoben hatte.

Gerade dieser Winkelzug schien der Moghuli ausgezeichnet zu gefallen. »Gut gemacht, mein Sohn. Mit ein wenig Nachhilfe an den richtigen Stellen wird auch diese Schlampe Mara in Ungnade fallen. Schließlich ist sie ja mit diesem Laffen verheiratet.« In der Stimme Dimionas schwang ein träger, fast teilnahmsloser Hass mit.

Adaon konnte sich undeutlich an eine Erzählung Tarlisins erinnern, dass die Prinzessin und der Wildfang vor Ewigkeiten bei einem Hexenfest aneinander geraten waren, doch ihm wollten keine Einzelheiten einfallen. »Wenn ich einen Vorschlag machen dürfte, Majestät: Ich könnte versuchen, die Hexe ebenfalls in Eure Obhut zu bringen.« Dass er die hübsche Kleine hauptsächlich für sich selbst wollte, brauchte die Moghuli ja nicht zu wissen.

»Beizeiten, mein Lieber, beizeiten. Aber zuerst hast du dir eine Belohnung verdient. Du darfst den Blick heben.«

Adaon sah die Herrscherin erwartungsvoll an. Ob ihn die Moghuli endlich in ihr Bett bitten würde? Sie würde es nicht bereuen.

Dimiona wandte sich an ihren Leibwächter. »Zakhaban, such für den Großmeister eine schöne Sklavin aus.« Sie kicherte. »Ich werde in der Zwischenzeit meine Mutter besuchen.«

Der hoch gewachsene Gardist nickte: »Wie Ihr befehlt, Beli.«

Als die füllige, schwarzhaarige Mohasklavin mit der dunkelbraunen Haut sich, wie befohlen, in Adaons Gemächern eingefunden hatte, fühlte sich der Liebfelder erneut in seinem Urteil bestätigt, dass diese Bergbarbaren über keinerlei Geschmack verfügten.

# 39. Kapitel

*Keshal Taref,*
*am 29. Efferd*
*des Jahres 29 Hal*

Tarlisin schaute sich um und horchte auf Schritte. Im ganzen Kloster war es recht ruhig, denn Dimiona war mit ihrem Gefolgsmann Adaon und einer Reihe von Höflingen in Elburum, wo ein wichtiges Staatsereignis stattfand: Die Beziehungen und Schliche des Liebfelders hatten es ihr ermöglicht, Abgesandte der übrigen Nachfolger Borbarads zu einem Treffen zu bitten, um über mögliche Bündnisse zu verhandeln.

Eigentlich wäre er gern dabei gewesen, um mehr über die zweifellos bösartigen Pläne der Dämonenknechte zu erfahren, doch andererseits – niemand wußte, wer diese Abgesandten waren, und in den vergangenen Jahren war der Brabaker zu vielen Borbaradianern persönlich begegnet. Nun, letzten Endes waren diese Gedanken müßig.

Die Moghuli hatte die Aufsicht über Keshal Taref ›Zakhaban‹ und seinen Rotmänteln, wie auch Yabman Pascha und seinem Orden übertragen. Sie glaubte zu Recht, dass sich die beiden Männer genügend misstrauten, verabscheuten und hassten, um niemals gemeinsame Sache gegen ihre Herrscherin zu machen oder auch nur ein Versäumnis ihres Feindes zu verschweigen.

Der Brabaker schaute sich erneut um, aber auf dem Gang schien alles ruhig. Vor ihm lag die Tür, die den einzigen Zugang zu Adaons Arbeitsräumen darstellte. Die Wohngemächer des Mannes hatte er bereits gründlich durchsucht, doch ohne Ergebnis. Was an wichtigen

Dingen nicht hier drin eingeschlossen war, trug der vorsichtige Verräter ohne Zweifel immer am Leib.

Tarlisin musste diese Gelegenheit nutzen, die gewiss nie wieder kommen würde, denn wenn alles nach dem Plan der Moghuli liefe, wäre Tarlisin bald eine seelenlose Marionette. Sein Alter Ego als dummer Ferkinasöldner wusste nichts über höhere Zauberei, aber er hatte nur zu deutlich begriffen, auf was die ehrgeizige Frau hinauswollte. Sie wollte die Rahjaklinge Szimitarra, die nirgendwo anders als in diesem Kloster verwahrt wurde, mit ihren Frevlerhänden ergreifen, in düsteren Zeremonien entweihen und mittels übelster Magie mit ihrem Splitter aus der Dämonenkrone zu einer unvorstellbar mächtigen Waffe verschmelzen. Kein Lebewesen konnte seinen Verstand und seine Seele behalten, wenn es zum Träger einer solchen Dämonenwaffe auserkoren war, und diese zweifelhafte Ehre war ihm, dem gut gebauten ›Zakhaban‹, zugedacht worden.

Die Tür vor dem Brabaker war aus schwerem Holz und wurde durch zwei wuchtige Schlösser gesichert. Tarlisin fluchte leise. Früher hätte es ihn kaum mehr als ein Fingerschnippen gekostet, dieses Hindernis mit Magie zu öffnen, doch nun war er hilflos. Die Schlösser mittels einer schlanken Dolchklinge zu öffnen, mochte in Basargeschichten gelingen, aber auch dann nur einem geschickten Dieb, und er war, wie er sich eingestehen musste, ein lausiger Einbrecher. Derlei Fertigkeiten hatte er früher auch nie gebraucht. Ach ja, früher …

Die Tür mit der Axt einzuschlagen, die unter seinem roten Ledermantel verborgen war, kam ebenso wenig infrage, wenn er nicht sogleich die Wachen auf sein Treiben aufmerksam machen wollte. Selbst seinen eigenen Untergebenen würde er kaum eine vernünftige Erklärung liefern können, warum er gewaltsam in die Gemächer des Liebfelders einzudringen versuchte.

Da blieb nur eines übrig: Er mußte es durch die Decke versuchen. Im darüber liegenden Stockwerk waren die einfacheren Pilgerzimmer, die zur Zeit leer standen, und die ehemaligen Novizenunterkünfte zu finden.

Dort angekommen, fühlte sich Tarlisin gleich sicherer. Hier oben würde niemand durch einen Zufall vorbeikommen, nicht einmal ein Putzsklave; der Boden war mit einer dicken Staubschicht bedeckt.

Diese Zimmertür war ebenfalls verschlossen, aber Holz und Schloss schienen deutlich weniger widerstandsfähig und gaben nach ein paar verhaltenen Axtschlägen ein kleines Stück nach. Der Brabaker trat zurück und warf sich mit voller Wucht gegen die Tür, die nun endgültig aufsprang und ihn ins Zimmer stolpern ließ. Unbedacht hatte er ausgerechnet die Schulter gegen das Holz gerammt, die damals von Rhazzazor zerfleischt worden war. Als der Schmerz allmählich abzuebben begann, versuchte er, die Tür soweit wieder zu schließen, dass ein flüchtiger Beobachter nichts bemerken würde.

Es war finster im Raum. Auch dies hätte für einen Magus keine Schwierigkeit dargestellt – er konnte einfach eine Lichtkugel herbeirufen oder seinen Magierstab in eine Fackel verwandeln. Stattdessen musste sich Tarlisin fast eine Viertelstunde vergeblich mit Feuerstein und Zunder abmühen, bis er eine kleine Öllampe entzündet hatte. Ihm wurde jeden Tag aufs Neue bewusst, wie sehr er sich doch immer auf die Magie verlassen und die alltäglichen Fertigkeiten vernachlässigt hatte.

Es war nur eine Frage der Zeit, bis irgendjemand nach ihm suchen würde. Mit der Axt und der langstieligen Zange aus der Klosterschmiede, mit der in jüngster Zeit vor allem die Brandeisen ins Feuer gehalten wurden, gelang es ihm, einige Dielen zu entfernen. Schon wollte er sich durch den schmalen Spalt hindurchzwängen, als ihm einfiel, dass er auf dem Rückweg hoffentlich Adaons Unterlagen und möglicherweise einige weitere Beutestücke mit sich führen würde; also nahm er sich trotz aller Eile die Zeit, den Durchstieg ein wenig zu erweitern.

Als er, unten angekommen, mit seiner Öllampe in die Runde leuchtete, bemerkte er zu seinem großen Ärger, dass er nur in einem Vorzimmer stand, das weder Schätze noch Unterlagen enthielt. Der dahinter liegende Raum war erneut durch eine verschlossene Holztür gesichert. Der Liebfelder machte es einem Dieb fürwahr nicht leicht, in sein Allerheiligstes vorzudringen.

Die Wände waren mit vielerlei Gemälden geschmückt, die alle das Gleiche zeigten: eine schöne Frau in einer unterwürfigen Haltung, die den Betrachter voller Bewunderung anschaute. Eines dieser Bilder stellte unverkennbar Mara dar.

Tarlisin packte zornerfüllt seinen Dolch und schlitzte die Leinwände auf, nur das Bildnis der rothaarigen Hexe schnitt er aus dem Rahmen, rollte es zusammen und steckte es in seinen Rucksack. So entdeckte er den kleinen Schlüssel, der auf einem Vorsprung hinter dem Rahmen lag.

Unwillkürlich musste Tarlisin grinsen. Wenn es um Mara ging, verlor Adaon stets aufs Neue den Kopf. Der Brabaker nahm den Schlüssel und näherte sich der Tür. Schon wollte er ihn achtlos ins Schloss stecken, als ihm der Gedanke kam, ihn lieber mit der Zange einzusetzen.

Mit einem leisen Surren sprang aus einer Ritze neben dem Schloss ein kleiner Bolzen hervor, prallte dort, wo sich normalerweise die Hand des Eindringlings befunden hätte, auf die Eisenzange und fiel zu Boden. Tarlisin fluchte und musste bewundernd grinsen. Adaon war wirklich gerissen! Aber nachdem offenkundig mit einem Einbruch gerechnet worden war, konnte er getrost ausschließen, dass sich der richtige Schlüssel hier in diesem Raum befinden würde.

Der Brabaker lauschte an der Tür zum Gang. Noch schien alles ruhig zu sein. Er würde es wagen, die Zwischentür einzuschlagen, und dann kam es nur noch auf Geschwindigkeit an … Nach einigen weit hallenden Axtschlägen hatte er das Schloss aus der Tür herausgehackt und der Zugang zu Adaons Allerheiligstem sprang auf.

Außer einem großen Schreibtisch mit zahlreichen Schubladen hatte der Raum wenig Verlockendes zu bieten. Ein kurzer Blick zeigte, dass der Schreibtisch nicht zusätzlich mit Schlössern gesichert war: Adaon verließ sich ganz auf seine Tür.

Tarlisin zog die oberste Schublade auf. In einigen Beuteln und Säckchen befanden sich Gold und Edelsteine, die er in seinen Rucksack steckte. Vom Gang her klangen aufgeregte Stimmen herüber; offenbar war das Einschlagen der Tür nicht unbemerkt geblieben. Jetzt war äußerste Eile geboten. Mit einem Ruck zog Tarlisin die nächste Lade auf und verspürte sogleich einen feinen Schmerz im Oberschenkel. Auf Leistenhöhe hatte ihn ein unscheinbar wirkender Bolzen getroffen.

»Verflucht!« Früher hätte er den Bolzen rasch herausgezogen und sicherheitshalber erst einen Zauber gegen Vergiftungen und dann eine Heilformel gewirkt. Nun musste er ihn stecken lassen, bis er in einem sicheren Versteck war, und darauf hoffen, dass die Spitze nicht mit einem allzu schnell wirkenden Gift bestrichen war.

Wenigstens fanden sich in der Schublade die erwarteten Pergamente: Namenslisten, Planungen, Kartenskizzen, alles, was ein tüchtiger Spion und Ränkeschmied brauchte. Als Tarlisin auch die übrigen Schubladen untersucht und in seinen Rucksack entleert hatte, ganz gleich, ob sie Dokumente oder lasterhafte Zeichnungen enthielten, waren die Stimmen auf dem Gang merklich lauter geworden. Der Brabaker konnte im Stimmengewirr ausmachen, dass die vor der Tür zu Herrn Adaons Gemächern Stehenden darüber stritten, ob sie selbige aufbrechen durften oder nicht.

Kurz entschlossen griff Tarlisin nach dem Anhänger seiner Amtskette, brach den Skorpionschwanz ab und legte ihn in eine der entleerten Schubladen. Der ›schwanzlose Skorpion‹ konnte auch ohne Magie zustechen!

Er hatte einen Teil des Ordenseigentums wieder gefunden, aber längst nicht alles, wonach er gesucht hatte. Schon wollte er gehen oder eher forthumpeln, da entdeckte er etwas Großes, Blitzendes hinter der Tür: Famerlîn! Trotz seiner schmerzenden Schulter und des dumpfen Pochens in seinem Bein gelang es ihm, die Waffe hervorzuzerren.

Draußen hatte man sich inzwischen für ein Eindringen entschieden und begann, die Tür mit kräftigen Rammstößen zu bearbeiten.

Tarlisin schleppte den Rucksack mit seinen Beutestücken in den Vorraum. Die Tür mußte jeden Augenblick aus den Angeln brechen. Also entleerte er die Beutel mit Gold und Edelsteinen auf den Boden – das würde nicht nur die Ferkinas, sondern auch die anderen Wachen für eine Weile aufhalten.

Tarlisin blickte zur Decke hinauf. Mit seinem verletzten Bein konnte er nicht hochspringen, er würde einen Schemel oder etwas Ähnliches benötigen und hoffen müssen, dass ihn die Schulter nicht im entscheidenden Moment im Stich ließ. Unter Mühen kehrte er in den Arbeitsraum zurück. Der zierliche Flechtstuhl nach liebfeldischer Machart schied aus, also kam nur der schwere Tisch infrage. Doch selbst wenn er das unförmige Möbelstück in den anderen Raum schleifen konnte, bevor die Wachen die Tür aufgesprengt hatten, würde ihm kaum die Zeit bleiben, Famerlîn zu holen. Beides zusammen ging nicht – aber was nutzte das Klagen.

Keuchend vor Schmerz, zerrte er den Tisch unter das Loch, stieg darauf und warf einen letzten wehmütigen Blick auf das Schwert. Dann schob er den Rucksack als Erstes durch die Öffnung und zog sich selbst mit Müh und Not nach oben – keinen Augenblick zu früh, wie ihm das Geräusch von berstendem Holz verriet. Doch sein Plan ging auf: Wenige Augenblicke später begannen die Ferkinas, sich lautstark um das herumliegende Gold zu streiten. Schwer atmend erhob sich der Brabaker und humpelte davon; der Bolzen würde noch einen Augenblick warten müssen.

»So, Shulûrz, hab dich. Bald wirst du auf Folter schreien.« Yabman Pascha sah Tarlisin breit grinsend an. Der Ferkina war schlauer, als der Brabaker gedacht hatte; er hatte sehr wohl damit gerechnet, dass der Eindringling vielleicht von oben gekommen war, und sich hier auf die Lauer gelegt.

»Du verstehst nicht, Yabman Pascha. Ich habe Beweise gefunden, dass Adaon einen Verrat an der Moghuli plant. Wenn wir das der Herrin vorlegen, wird sie uns belohnen und den Zauberknecht töten. Wenn du willst, überlasse ich auch dir die Ehre, es der Moghuli zu melden.« Tarlisin griff in den Beutel und holte eine Hand voll Pergamente hervor.

Der Ferkina grinste: »Werd ich. Erst töte ich dich, dann melde ich Moghuli.« Unheil verkündend langsam näherte er sich seinem Nebenbuhler.

Bei seinem Griff in den Rucksack hatte Tarlisin auch eine Bronzestatue entdeckt: die tanzende Rahja. Adaon musste die Figur aus dem Schrein entwendet haben. Eilig warf Tarlisin seine Axt vor Yabman Pascha auf den Boden. »Du wirst doch keinen Waffenlosen angreifen?«

Während der Barbarenhäuptling noch vor Verwunderung über so viel Dummheit den Kopf schüttelte und sich für einen Augenblick über die Waffe beugte, als ob er sie aufnehmen wollte, ergriff der Brabaker die Göttinnenstatue und ließ sie mit voller Wucht auf den Schädel des Ferkina herabsausen.

Das Gesicht des Anführers drückte kurz Erstaunen aus, dann sank er reglos, mit blutendem Schädel, zu Boden.

Tarlisin wischte die Liebesgöttin rasch wieder sauber. »Verzeiht mir, Herrin Rahja, aber er war ein Frevler und hatte es verdient...« Darauf steckte er sie, ebenso wie die kostbaren Dokumente, in den Rucksack zurück. Er betrachtete den Ferkina, der noch immer atmete. Dieser Hieb hätte jedem normalen Menschen den Kopf zertrümmert, doch bei Yabman Pascha, der seine Seele dem Gehörnten verkauft hatte, zeichneten sich bereits schwach sichtbare Hornansätze am Schädel ab, die den Schlag abgemildert hatten.

Von unten drangen Stimmen empor, die verrieten, dass die ersten Verfolger durch das Loch heraufklettern wollte. Tarlisin musste sich beeilen und hatte nicht einmal die Zeit, die Axt unter dem Gestürzten hervorzuziehen und jenem die Kehle durchzuhacken, so sehr er dies auch bedauerte. Der Brabaker brachte sich, so schnell es ging, in Sicherheit.

Inzwischen herrschte genügend Verwirrung im Kloster, dass Tarlisin unbemerkt zu den Zellen gelangte, in denen sich die Gefangenen befanden. Zum Glück war den Ferkinas viel zu wenig an seinem Wohlergehen gelegen, als dass sie sein Humpeln bemerkt hätten.

Die wachhabenden Ferkinas blickten misstrauisch auf, als der hoch gewachsene Anführer der Rotmäntel erschien. Der Neuankömmling machte ein besorgtes Gesicht, wenn er auch nicht übertrieben beunruhigt schien: »Leute, es ist etwas Übles geschehen. Yabman Pascha hat zu schwer gezecht und ist im Obergeschoss gestürzt. Er ist schwer verletzt, vielleicht tot. Ihr solltet euch um ihn kümmern.«

Die Söldner grunzten zur Antwort und zogen sofort los. Tarlisin kannte ihre Sitten gut genug, um zu wissen, weshalb sie solche Eile an den Tag legten: Nicht aus Sorge um ihren Anführer, sondern weil jeder darauf hoffte, in dieser Lage zu seinem Nachfolger zu werden.

So viel zu Yabman Paschas Horde. Nun musste er sich noch um seine eigenen Leute kümmern. Forsch warf er den prall gefüllten Weinschlauch, den er eigens in seinen Gemächern vorbereitet hatte, vor die Rotmäntel auf den Tisch, die hier Dienst schoben. Sie salutierten ungeschickt und nickten ihm zu. Die Nachricht vom Missgeschick des Ferkinahäuptlings schien ihnen keine Träne zu entlocken.

Tarlisin schenkte seinen Leuten ein wölfisches Grinsen: »Männer und Frauen, die Moghuli ist in Elburum und vergnügt sich gewiss prächtig. Ich denke, wir haben uns auch etwas Spaß verdient, und habe mir erlaubt, uns einen guten Tropfen aus dem Weinkeller zu holen. Wenn es überhaupt auffällt, wird man Yabman Paschas Leute dafür verantwortlich machen.«

Gerade die letzten Worte wurden mit einem lauten Johlen begrüßt. Tarlisin schenkte den fünf Leuten eigenhändig die Becher voll. »Auf uns und die Moghuli!«

Die Söldner schnalzten anerkennend beim Geschmack des edlen Tropfens und achteten nicht einmal darauf, dass ihr Anführer nicht mittrank. Eine Zwölftelstunde später waren sie alle tot.

Der Brabaker humpelte den Gang entlang zur Zelle der gefangenen Fürstin. Als er die Tür entriegelt hatte, sah er sich der alten Frau gegenüber, die ihn trotzig und ohne Furcht anschaute. »Durchlaucht, wenn Ihr mir bitte folgen würdet: Ihr müsst so schnell wie möglich zurück nach Zorgan.«

Fürstin Sybia blickte Tarlisin zweifelnd an. »Dem stimme ich gewiss zu, aber welchen Nutzen zieht Ihr daraus? Ihr gehört schließlich wohl zu den Schergen meiner Tochter.«

»Verzeiht, ich bin Tarlisin von Borbra.« Die Zweifel der Fürstin traten nun noch deutlicher zutage: »Als ich das letzte Mal auf diesen Namen vertraut habe, bin ich hier gelandet. Und Ihr seht, mit Verlaub, noch nicht einmal so aus wie er.«

Der Brabaker seufzte. »Ich musste mein Äußeres drastisch verändern, wenn ich unerkannt in der Höhle des Drachen leben wollte.«

Sybia überlegte einen Augenblick. »Wie heißt Eure älteste Tochter?«

Tarlisin lachte ungeduldig auf: »Shalimar und meine jüngste heißt Yarasha. Der Name meines Ältesten ist Shaykaban und der Kleine, Shalimars Zwillingsbruder, heißt Shaleyman. Durchlaucht, wollt Ihr Rätsel raten oder befreit werden?«

Die Fürstin schaute ihn aus ihren braunen Augen prüfend an, mit einem Blick, der förmlich in seiner Seele zu lesen schien. Dann nickte sie. »Nichts für ungut, Spektabilität, aber ich würde hier jeden üblen Kniff erwarten. Vertrauensselig war ich ein Mal zu viel.«

Der Brabaker nickte. Um ihr den Ernst der Lage deutlich zu machen, stieß er hervor: »Und wenn Eure Tochter zurück ist, will sie Euch opfern, um eine Waffe von abscheulicher Macht zu schaffen.«

Damit hatte er einen Fehler gemacht, wie ihm Sybias

erhobene Hand verriet. Jetzt wollte sie es genau wissen – also erzählte er in aller Eile das Wichtigste: dass Dimiona ihre Mutter brauchte, um die rahjaheilige Klinge aus der Brust der Dämonin zu ziehen, denn nur eine zwölfgöttertreue Herrscherin Araniens konnte dies vollbringen. Doch danach würde Sybia sterben müssen, um durch ihre Opferung die Waffe zu entweihen und den Splitter der Dämonenkrone mit Szimitarra zu vereinen.

Dass er – oder besser gesagt sein Körper – ausgesucht worden war, als Träger dieser neuen Dämonenwaffe zu dienen, während seine Seele in den Tiefen der Niederhöllen verschwand, verschwieg er.

Nachdem Tarlisin geendet hatte, sah Sybia ihn an. »Gut, Spektabilität, ich denke, dann gibt es nur eine Möglichkeit. Ich werde Szimitarra bergen und in die Hände meines Sohnes legen.«

Der Brabaker sog die Luft ein. »Bei aller nötigen Achtung, Durchlaucht, aber wenn Ihr das vorhabt, seid Ihr verrückt.«

Die Fürstin schaute ihn streng, fast tadelnd an. »Ihr habt selbst gesagt, dass meine Tochter ohnehin das Schwert aus der Dämonin ziehen will. Ginge es nur um mich, würde ich vielleicht den freien Tod suchen, doch so kann ich nur das Schwert ihrem Zugriff entreißen. Ich will nicht, dass am Ende noch mein Sohn oder sonst jemand aus meiner Familie als Opferlamm verschleppt wird. Das Schwert war immer ein Sinnbild des freien Araniens, und ich denke, es ist ein Zeichen der Götter, dass ich zu diesem Zeitpunkt hier bin.«

Tarlisin schüttelte den Kopf und wiederholte: »Das ist schlichtweg Wahnsinn, Durchlaucht.«

»Es ist meine Entscheidung und Ihr werdet mich nicht umstimmen. Ihr könnt allenfalls diese Tür wieder schließen.« Sybias Gesichtszüge wurden weicher: »Und ich habe meine Mittel, den Häschern meiner

Tochter zu entkommen. Jetzt, da so viel auf dem Spiel steht, werde ich sie verwenden.«

Der Südländer trat zur Seite, um der Aranierin den Weg freizugeben. »Da ich Euch schon nicht davon abhalten kann, werde ich Euch begleiten. Möglicherweise kann Euch mein Wissen über Dämonen nützlich sein.«

Das Unheiligtum wurde durch zahlreiche Kerzen erhellt. Außer den beiden Menschen war nur die versteinerte Dämonin im Raum, die im fahlen Licht noch erschreckender wirkte.

Tarlisin zog ein Heptagramm um die Dämonin, an dessen Spitzen er Kerzen setzte und dessen Seiten er mit weiteren Zeichen versah, die mit aller Sorgfalt auf den Tag und die Tageszeit abgestimmt waren. »Ich habe keine Ahnung, ob dies uns irgendeinen Schutz bietet, und ich maße mir nicht an, damit die Dämonin im Geringsten beherrschen zu können, doch wird es zumindest nicht schaden. Und mehr können wir ohnehin nicht tun. Sobald Ihr das Schwert habt, solltet Ihr zusehen, dass Ihr hier herauskommt.« Der Brabaker humpelte zurück zur Tür.

Sybia trat an die Seite der Dämonin. »Herr der Sterne, steh mir bei, Herrin Rahja, führe meine Hand.« Für einen Augenblick schien es, als ob die Augen der Dämonin stärker loderten. Die Hände der Fürstin schlossen sich um den juwelengeschmückten Griff der Waffe und mit einem Ruck zogen sie die Amethystlöwin aus dem versteinerten Leib.

Als die schimmernde Klinge die Dämonin verließ, ertönte ein schriller, underischer Schrei. Überraschend behände sprang die Fürstin aus dem Heptagramm. Schon ringelten sich Schlangen aus dem Unterleib der immer noch lachenden Shaz-man-yat und schossen auf die alte Frau zu, doch mit hastigen Schlägen der Klinge zertrennte Sybia sie, während sie rückwärts zur

Tür eilte. Das Heptagramm hielt die Dämonin noch auf, aber sie hatte ihre Schlangen bereits ausgeschickt, die Kerzen umzustoßen und sie dadurch zu befreien.

Sobald Sybia und Tarlisin den Zugang von außen versperrt hatten, erreichte das Gelächter eine irrsinnige Lautstärke, die alle im Kloster alarmieren musste.

Im Gartenhof blickte die Fürstin Tarlisin an: »Ich werde nie vergessen, was Ihr für mich und Aranien getan habt, aber ich kann Euch auf diesem Weg nicht mitnehmen. Gibt es irgendetwas, was ich für Euch tun kann?«

Der Brabaker reichte Sybia den Rucksack: »Hier sind Unterlagen über Adaons Machenschaften, die für Euch, aber auch den Orden von Belang sein dürften. Könnt Ihr sie mitnehmen?«

Die alte Fürstin nahm den Beutel entgegen und warf sich ihn mit der Behändigkeit einer geübten Jägerin geschickt über. »Das müsste möglich sein. Ich danke Euch.«

Tarlisin schluckte. »Und sagt Mara, dass es mir Leid tut.« Dann wandte er sich ab.

Sybia nickte, während ihr Befreier eilig davonhumpelte. »Lebe wohl, mein Sohn. Möge der Listenreiche über dich wachen.«

Als die Fürstin allein war, begann sie, über das Schwert gebeugt zu reden. Es klang, als wende sie sich an niemand bestimmten, allenfalls an sich selbst, wie alte Frauen es manchmal tun, doch sie war sicher, dass ihre Worte gehört wurden. »Das ist doch jetzt ein Anlass, mir weiter zu helfen, alter Freund, nicht wahr? Es ist nicht gerade dein Heiligtum, aber es gehört zur Familie, und du wirst es nicht verkommen lassen.« Ein zufriedenes Lächeln glitt über das Gesicht der Fürstin. »Das dachte ich mir. Denke nur, wie das deinen Ruhm mehrt, in den richtigen Kreisen …«

Dann stutzte sie und blickte fast anklagend zum sternenübersäten Himmel. »Du beliebst zu scherzen. Das hat es doch noch nie gegeben. Gut, ich könnte auch im hellen Tageslicht etwas für deinen Ruhm tun, schätze ich. Aber dennoch ...« Nun lächelte Sybia schicksalsergeben: »Wenn du so willst ... Vielleicht ist es wirklich an der Zeit, zu der Sache zu stehen. Geholfen hast du mir jedenfalls oft genug, das will ich zugeben – Herr.«

Kaum war die Übereinkunft geschlossen und bestätigt, erhob sich die alte Frau, den Zweihandsäbel eng an sich gepresst. Die Bewegung wurde von einer Gruppe Ferkinas erspäht, die nach der Verschwundenen suchten und nun eilig herübergerannt kamen.

Noch während sich die Söldlinge näherten, setzte bei Sybia eine eigenartige Veränderung ein: Ihr ganzer Körper verlor schnell jede Farbe, ihr rotblondes Haar wurde stumpf rauchgrau, die hellen braunen Augen verblassten zu einem matten Silber, ihre Haut nahm einen graublauen Ton an.

Das hinderte die Ferkinas jedoch nicht, sie weiter zu beobachten, und der Vorderste hob seinen Spieß, als die entflohene Gefangene ihre Rechte zum Himmel reckte. Er wollte die wichtige Persönlichkeit nicht töten, das hätte die Moghuli ihm schlecht gedankt, doch ein Spieß im Beinmuskel würde jede Flucht beenden.

Der Wurfspieß sauste durch die Luft, mit der scharfen Spitze eine gefährliche Waffe. Der Ferkina hatte gut gezielt und die scharfe Schneide des Spießes traf mitten auf den Oberschenkel der alten Frau. Und durchschlug ihn, mitsamt dem langen hölzernen Stiel. Und fiel ein, zwei Schritt weiter zu Boden, ohne Schaden angerichtet zu haben.

Fürstin Sybia nämlich, seit vielen Jahren eine heimliche Dienerin des Gottes der Nacht, der Diebe und der Listen, hatte sich und das Amethystschwert durch Seine Kraft in Nebel verwandelt, der unbeeindruckt von den Waffen der sterblichen Welt auf einem leichten Lufthauch aufstieg. Ihr Nebelleib wurde von der sanften Brise westwärts getragen, wie ein kleine Wolke, unangreifbar und sicher auf die Heimat zu.

Tarlisin aber nutzte das Durcheinander, das in ganz Keshal Taref herrschte, nachdem die Dämonin erwacht und aus der Kapelle ausgebrochen war, um unerkannt aus der Abtei zu schlüpfen. Ein langer, weiter Weg lag vor ihm.

# 40. Kapitel

*Zorgan,*
*am 5. Travia*
*des Jahres 29 Hal*

Kharim war hochzufrieden. In den Straßen der Hauptstadt herrschte aufgrund der Königsernennung dichtes Gedränge, und die meisten Besucher hatten sich in festliche Gewänder gehüllt, die dem Streuner einen guten Zugriff auf die Geldbeutel erlaubten. Über eine Stunde währte die Zeremonie schon, und er hatte mittlerweile auf dem großen Platz vor dem Spiegelpalast gute Beute gemacht, da alles hingerissen auf die Feierlichkeiten starrte. Er hingegen wandte sich wie ein Aal durch die Menschenmassen und erbeutete im Vorübergehen, was ihm vielleicht den Hals retten konnte.

Kharim glaubte nicht, dass Zorgan lange aushalten würde. Er hatte zu viele Geschichten über die Vorgänge im Elburischen gehört, um seiner Heimatstadt eine Überlebensaussicht einzuräumen. Gegen Dämonen und Dämonenbastarde hatten die Aranier wenig einzusetzen, und er würde nicht ausharren, um ihren Untergang mitzuerleben. Die Beute dieses Tages sollte ihm zu einer sicheren Reise und einem Neuanfang irgendwo in der Ferne verhelfen.

Da kümmerte ihn auch nicht, dass die da oben Durchhaltesprüche ausgaben. Während die meisten Zuschauer Palmwedel zum Winken bereithielten, hatte Kharim die Hände für das Diebeswerk frei. Als Fürstin Sybia – eigentlich eine Ehrfurcht gebietende Frau – vorbeigeritten war und Münzen ins jubelnde Volk warf, die eigens für diesen Tag geprägt worden waren, hatte er darauf verzichtet, nach den Gold- und Silberstücken zu schnappen. Das war unter seiner Würde, und wenn Phex es gut mit ihm meinte, woran er keinen Augenblick lang zweifelte, würde er ohnehin noch Börsen erbeuten, die auch eben diese Gedenkmünzen in Mengen enthielten.

Das bestätigte sich, als Arkos Shah und seine Gemahlin Eleonora zum Herrscherpaar gesalbt wurden und anschließend von der alten Kaiserin Alara aus dem fernen, kalten Gareth ein zerschlissenes Wappenbanner mit dem Bild einer wehrhaften goldenen Aranierkatze überreicht bekamen, um die neue Unabhängigkeit Araniens zu bestätigen. Kharim gab nichts auf große Gesten und staatliche Verhältnisse, doch auch heute fesselten die Vorgänge die Zuschauer genügend, um ihm vier fett gefüllte Geldbeutel in die Hände zu spielen. Damit hatte er so viel Beute gemacht, wie er tragen konnte, ohne aufzufallen, und trat nun vorsichtig den Rückzug an, nicht ohne sich immer wieder aufmerksam umzuschauen.

Als der Jubel der Menge leicht abgeklungen war, trat die bisherige Regentin, Fürstin Sybia, vor und sprach einige würdevolle Sätze, in denen sie sich für die Liebe bedankte, die das Volk ihr in den zurückliegenden Jahrzehnten entgegengebracht habe. Doch eines könne, ja müsse sie ihrem Sohne Arkos als Mutter noch mitgeben. Mit diesen Worten trat sie vor und schlang dem König eine Waffenschärpe um die Hüften, in deren Scheide ein Krummschwert steckte. Sofort zog der gesalbte Monarch die Waffe und reckte sie empor, sodass ihre Art einem jeden offenbar wurde.

Das Licht der abendlichen Sonne, das den Amethyst im Knauf traf, ließ ihn aufleuchten wie alten Raschtulswaller Rotwein, und mit diesem Licht strahlte auch eine Stimmung der Freude, der Eintracht und der Zuversicht auf die Umstehenden ab. Die Götter hatten das Land Aranien nicht vergessen.

Selbst Kharim fühlte, wie sein Entschluss wankte. Vielleicht war es noch zu früh, sich aus der Stadt zurückzuziehen. Andernorts musste er mühsam neue Beziehungen aufbauen, und wenn Zorgan dann doch nicht fiele, hätte er ein vertrautes Pflaster dem undankbaren Nachwuchs überlassen.

Am besten, er brachte erst einmal seine Beute ins sichere Versteck und kehrte anschließend hierher zurück, denn nachdem jetzt der förmliche Teil des Festes beendet war, ging das Feiern noch weiter.

Viele Lieder und Liebschaften, Tänze und Tändeleien genossen der Adel und das Volk an jenem Abend und in jener Nacht, da sich die Menschen ohne Rücksicht auf Stand und Herkunft vergnügten, den Liebesfreuden oder auch nur dem Wein zusprachen, den das Königspaar jedem Gast freigebig einschenken ließ.

Die Zeremonienmeisterin des aranischen Hofes war unsicher. In beruflicher Hinsicht war alles glänzend abgelaufen. Es hatte während der ganzen aufwendigen Zeremonie kaum eine Störung gegeben, die fremden Gäste hatten keinen Ärger gemacht, die unliebsamen Überraschungen waren auch ausgeblieben.

Als elburische und aranische Mutterlandsbegeisterte aber wusste sie nicht, was sie von der Angelegenheit halten sollte. Seit langem stand sie auf der Seite Dimionas, die einfach den begründeteren Anspruch auf den Thron hatte, und hätte sich längst offen zu ihr bekannt, wenn die Prinzessin nicht erst in einem Irrenhaus im Mittelreich eingesperrt worden wäre und es dann nicht eindeutige Weisungen der elburischen Gräfin gegeben hätte, ihre Stellung nicht zu gefährden und ihre wahre Überzeugung geheim zu halten.

Eigentlich hatte sie auf klare Befehle gewartet, diese lächerliche Krönung zu verhindern, doch aus Elburum war nur Schweigen gekommen. Aber vielleicht war das auch gut so – im Grunde ihres Herzens war sie eher eine Späherin, keine Verschwörerin, und deshalb störte es sie wenig, dass der Kelch noch einmal an ihr vorübergegangen war und sie weiter ihr friedliches Leben führen konnte.

Da jedoch bemerkte sie, dass sich gleich zehn bewaffnete Palastwachen um sie versammelt hatten. Viel zu viele für diesen Augenblick, in dem eigentlich die Gäste ihren Schutz genießen sollten. Aber die Miene der Anführerin verriet, dass mitnichten ein Irrtum vorlag. Schicksalsergeben wandte sich die Zeremonienmeisterin ihr zu, um sich gefangen nehmen zu lassen.

Dass die Hofdame anschließend urplötzlich herumschnellte und zu fliehen versuchte, überraschte die handverlesene Truppe wenig – sie war nicht die Erste, die das probierte. Eine Wurfleine brachte sie schnell und unzeremoniell zu Fall, und ohne weitere Umstände wurde sie gefesselt und fortgeschafft, ehe sich die Gruppe anderen Zielen zuwandte. Die Liste war lang und sie hatten erst einen Bruchteil davon abgearbeitet.

Alles in allem wurden an diesem Tag in ganz Aranien fast einhundert Leute festgenommen, die insgeheim für Oron gearbeitet hatten.

# 41. Kapitel

*Zorgan,*
*am 7. Travia*
*des Jahres 29 Hal*

Kharim genoss den Abend im Tempel des Phex. Es hatte viel Neues zu sehen gegeben und manche alte Erwartung war gründlich über den Haufen geworfen worden.

Er hatte die Weihe der neuen Mondsilbersultana Sybia miterlebt. Unter dem Licht des vollen Mondes war ein Ritus vollzogen worden, der in dieser Form noch nie zu sehen gewesen war. Im Gotteshaus neben dem Großen Basar im Zorganer Stadtteil Sulaminiah empfing die ehemalige Regentin Araniens vor einem Publikum aus Kaufherrinnen, Reedern und Karawanenführern die Weihen der Phexkirche. In der kurzen, aber eindrucksvollen Zeremonie, in der mehrmals auf ihre Herkunft als Kaufherrinnentochter aus dem Hause al-Nabab verwiesen wurde, hatte die frühere Monarchin ihren Willen erklärt, dem Herrn des Handels und des Glücks als Botschafterin und Statthalterin zu dienen. Und dem Gott der Diebe und Schnapphähne, wie Kharim nicht ohne Spott hinzufügen wollte. Erst hatte er sich geziert, lange Finger zu machen, und viel hatte es ihm auch nicht eingebracht, denn die meisten Gäste hielten ihre Wertsachen wohlverborgen, doch ein paar Schaulustige, die einfach nur dabei sein wollten, würden bald merken, dass sie es mit geradezu aufdringlicher Dummheit nicht weit bringen würden.

Vor einem unkenntlichen grau Verschleierten kniend, erhielt die Fürstin gerade von dessen behandschuhten Fingern den Segen und eine Zierbrosche aus Mondsilber und Türkis. Danach erhob sich die nunmehr offenkundig Geweihte und der Weihepriester trat in die Schatten und war nicht mehr zu sehen. Kharim hatte den Eindruck, dass unter dem Mantel des Verschleierten die buschige Rute eines Fuchses hervorgelugt habe, doch das war gewiss ein Kniff, die Leichtgläubigen zusätzlich zu beeindrucken.

Als aber Sybia nun ohne Umschweife erklärte, welche Folgen ihre Weihe für die Händler Araniens haben werde, merkte er auf: Als Fürsprecherin des selbst bestimmten, mutigen und entscheidungsfrohen Lebens der freien Händler wollte sie für deren Erfolg eintreten und eine phexgefällige Handelsgesellschaft schaffen, die das Erbe der ›Fürstlich Aranischen Handelscompagnie‹ antreten sollte.

Der Streuner pfiff durch die Zähne. Eine solche Gesellschaft, fast schon ein Laienorden, würde nicht nur Kaufleute, sondern auch Kundschafter, Späher und andere, hm, ›Handlungsbevollmächtigte‹ brauchen. Vielleicht sollte er sich einmal bewerben …

Während er noch diesem Gedanken nachhing, warf er die gestohlenen Geldbörsen der unvorsichtigen Zuschauer ungeöffnet in die Opferschale. An einem solchen Abend wollte er dem Herrn Phex alles geben, was ihm zukam.

# 42. Kapitel

*Keshal Taref,*
*am 10. Travia*
*des Jahres 29 Hal*

Das Geschöpf übertraf in seiner überderischen Schönheit selbst die Moghuli, doch Shaz-man-yat war schon immer die schönste Dienerin der Bel Khelel gewesen. Der makellose Leib war von obsidianschwarzer Farbe und ihre Augen glühten wie kostbare Edelsteine.

Sie war hungrig. Endlich war die Waffe verschwunden, die sie gequält hatte. Noch war sie nicht völlig frei, denn dieses sterbliche Weibchen besaß etwas von ungeheurer Macht, das selbst sie, die einstige Herrscherin dieses Ortes, zum Gehorsam zwang. So konnte sie sich auch nicht ihre gewohnte Nahrung nehmen, konnte nicht bedenkenlos in der Essenz der Sterblichen schwelgen. Einst hatte sie mit dem Namenlosen selbst gebuhlt, um auf Geheiß ihrer Herrin zu erlernen, wie man die kostbare Essenz stiehlt, die die Dämonen nicht erschaffen können. Seither gierte sie danach und der Hunger machte sie fast rasend.

Aber nun hatte die Sterbliche ihr angemessene Nahrung gebracht. Es war ihr gleichgültig, dass das Opfer einst ein Würdenträger gewesen war, den am Ende die herrscherliche Ungnade getroffen hatte. Es kümmerte sie nicht, was aus ihm wurde. Das Opfer würde sie mit seiner Essenz nähren, auch wenn das, was es zu bieten hatte, nicht annähernd genug war, um ihren jahrhundertealten Hunger zu stillen.

Der Sterbliche starrte sie aus weit aufgerissenen Augen an. Eine leichte Geste ihrer Hand zog ihn unwiderstehlich zu ihr hin. Die nackte Kreatur stand nun so nahe vor ihr, dass der Geruch seines Schweißes, seines Blutes, seines Lebens ihre Vorfreude weiter erhöhte.

Der makellose Leib der Dämonin umschlang den unvollkommenen Menschenkörper, der unter der Berührung hustete und Blut spie. Sie drückte ihre Lippen auf das weiche, atmende Fleisch seines Mundes, leckte das Blut auf, ließ ihre Zunge tief in den Rachen des Sterblichen gleiten, dessen Geschlecht sich pochend gegen den kalten Körper der Dämonin drängte.

Bei der Berührung durch das warme Menschenfleisch erwachte auch der Hunger in ihrem Unterleib aus schwarzen Vipern. Die schlangengestaltigen Tentakel schossen hervor, hungrig, durstig, erregt, umschlangen den zuckenden Körper des Menschen, hüllten ihn ein und schlugen ihre Zähne voller Gier in das warme Fleisch. Ihre Arme hielten die seinen fest, ihre Knospen schmiegten sich fordernd an seine Brust und öffneten ebenfalls ihre kleinen Schlünde mit den nadelspitzen Zähnen.

Das Opfer wollte vor Schmerzen schreien, doch ihre Zunge füllte seinen Rachen aus, leckte das Blut, das durch die krampfhaften Zuckungen seiner Lunge emporgetrieben wurde. Das bleiche, zitternde Fleisch wurde grau, als die letzten Funken seiner Essenz es verließen. Nach wenigen Augenblicken entließ die Shaz-man-yat den kalten, toten Körper aus ihrer Umklammerung.

So starb Adaon von Garlischgrötz-Veliris.

Dimiona beobachtete aufmerksam, wie der schlaffe Leichnam des unfähigen Magiers auf den Boden fiel. Sie hatte ihn für diesen Versuch ausgewählt, nachdem das großartige Scheitern seiner Pläne offenbar geworden war.

Nach dem Verschwinden seiner Dokumente war ein Spion nach dem anderen verhaftet worden, einige waren schon tot, viele andere würden folgen. Sein Spitzelnetz, dessen Aufbau so viel oronisches Gold gekostet hatte, war zerstört, und alle Vorhaben zunichte gemacht.

Die Shaz-man-yat schlängelte sich näher zur Moghuli hin. Sie wollte neue Nahrung, das konnte Dimiona spüren.

Die Herrscherin hob unwillig den Splitter an der Kette und wies sie zurück. Die Dämonin zischte enttäuscht und fügte sich.

Die Berührung des Splitters hatte neuen Groll in Dimiona geweckt. Dieser unfähige Mann hatte nicht einmal den Verräter an ihrer Seite enttarnen können. Nun war die Amethystlöwin geraubt und alle Hoffnungen zunichte gemacht, ein unvergleichliches Schwert der Bel Khelel zu schaffen.

Die Moghuli beugte sich über den Körper des Magiers, da inzwischen die ersten Veränderungen einsetzten. Der verkrümmte Leib begann sich zu entspannen, die graue Haut bekam einen satten hellen Ton, das greisenhafte Gesicht verjüngte sich zu einer ansehnlichen Form. Nach wenigen Augenblicken war die Verwandlung beendet – das Herz des Magiers würde nie wieder schlagen.

Als Adaon sich voller Anmut erhob, war von seiner alten Gebrechlichkeit nichts mehr zu sehen. Stattdessen stand ein gut aussehender Mann mit braunem Haar vor der Moghuli und verneigte sich. Der Versuch war erfolgreich verlaufen.

Dimiona war zufrieden. Die alten Geschichten hatten Recht. Wer sich der Shaz-man-yat hingab, wurde zu einem wunderschönen Untoten von besonderer Vornehmheit und Stärke. Die Kraft, die ihn ernährte, würde er anderen, lebenden Menschen durch seine

Umarmung stehlen müssen, doch Sklaven hatte sie genug.

Sie lächelte Adaon zu. »Du hast noch eine Gelegenheit, dich wieder beliebt zu machen: Bring mir den Verräter! Lebendig.«

# 43. Kapitel

*Narhuabad,*
*am 12. Travia*
*des Jahres 29 Hal*

Tarlisin rechnete zum wiederholten Male nach. Es wurde Abend, und wenn er es in den nächsten Tagen schaffte, mit dieser Geschwindigkeit weiterzuwandern, würde er noch gut zwei Tage benötigen, bis er die freien Gebiete erreichte. Doch es war mehr als fraglich, ob er das überhaupt schaffen konnte. Als er nach Oron gereist war, hatte er die Strecke von Zorgan nach Keshal Taref in nur fünf Tagen bewältigt, nun hingegen war er seit fast vierzehn Tagen unterwegs, und die noch ungefähr dreißig Meilen entfernte Hauptstadt schien ebenso fern wie das Güldenland.

Anfangs hatte er größere Wegstrecken zurückgelegt, doch es war nicht nur die Angst vor Verfolgern, die ihn immer wieder in Büschen und im Gestrüpp Deckung suchen ließ: Die Wunde an seiner Leiste hatte sich zu einer eiterschwärigen Scheußlichkeit entwickelt, die mittlerweile vom Nabel bis zum Knie angeschwollen und fleckig war. Er hatte sich schon oft genug die müßige Frage gestellt, ob das eine Folge seiner ungelenken Wundbehandlung war oder ob die Behandlung es ihm überhaupt erst ermöglicht hatte, so weit zu kommen. Heute jedenfalls konnte er froh sein, wenn er fünf Meilen am Tag schaffte.

Unterwegs war er mehrfach auf Untergebene gestoßen, die noch nicht wussten, dass er auf der Flucht war. Von Mal zu Mal war es ihm schwerer gefallen, sich seine Verletzung nicht anmerken zu lassen, aber der bodenlange blutrote Ledermantel verdeckte glücklicherweise den stinkenden Verband über der Wunde.

Es war an der Grenze zu Aufständen gekommen, seitdem der Prinz zum König gekrönt worden war, denn das Volk hoffte auf ein Eingreifen seiner Truppen. Es schien daher nur eine Frage von wenigen Tagen, bis Bewaffnete aus Keshal Taref hier im Grenzgebiet erscheinen würden, und in diesem Fall konnte der flüchtige Brabaker kaum auf einen schnellen Tod hoffen.

Auch jetzt konnte er von seinem Versteck aus in einiger Entfernung eine Gruppe Rotmäntel sehen, die eine Gefangene mitführten und eifrig etwas zu besprechen schienen. Tarlisin wusste nicht, ob diese Söldner von seinem Verrat unterrichtet waren. Daher beschloss er, wie so oft in den letzten Tagen, diese Bedrohung möglichst zu meiden.

Als er sie indes aus seinem Versteck beobachtete, wie sie auf der Straße näher kamen, trat einer der Männer zur Seite und gab den Blick auf ihre Gefangene frei. Die zornige rothaarige Kleine war unverkennbar Mara.

Der Brabaker straffte sich. Er musste es wagen. Entschlossen näherte er sich den Bewaffneten, bis er ihre Gespräche mit anhören konnte.

»Und wenn sie wirklich 'ne Adlige ist?« Der Sprecher kratzte sich am bärtigen Kinn.

»Vielleicht sollten wir sie einfach fragen, ob sie 'ne wichtige Person ist.« Der kleine Dicke schien stolz auf seinen Geistesblitz.

Der Anführer fuhr ihm barsch über den Mund: »Ich weiß nur, dass ich keine Adlige nehmen werde, die die Moghuli vermutlich für sich oder ihre Leute haben möchte.«

Dann verstummten die Gespräche, als die Söldner die hoch gewachsene Gestalt mit Mantel, Schleier und Spitzhelm erkannten. Zwar gehörten sie nicht zu einer Einheit, die Zakhaban iban Jhedrek unterstellt war, doch hatte jeder von ihnen den Gefolgsmann der Moghuli schon einmal zu Gesicht bekommen.

Auch Mara schaute dem Neuankömmling entgegen. Der groß gewachsene Rotmantel schien irgendein Anführer zu sein. Vermutlich würde sich ihre Lage durch sein Auftauchen noch einmal deutlich verschlechtern.

Sie war gemeinsam mit dem frisch gebackenen König Arkos und dessen Rittern in die Grenzgebiete der Grafschaft Elburum aufgebrochen, um sie für das freie Aranien zu sichern. Bald hatten sie einsehen müssen, dass das hoffnungslos war, zu groß und unberechenbar war die dämonische Macht nicht allein der Herrscherin, sondern des ganzen Landes: Widernatürliche Kreaturen trugen die Diener der Moghuli in den Kampf und dämonisch verzerrte Tiere und Pflanzen lauerten den zwölfgöttergläubigen Araniern geradezu auf. Also hatte der König schweren Herzens verfügt, vor allem den aufständischen Untertanen beizustehen und ihnen möglichst bei der Flucht ins Zorganer Land zu helfen. Eine Woche schon hatten die Ritter alle Hände voll zu tun, um Flüchtlingszüge zu schützen und ihre Verfolger abzuwehren, bis die Bauern in Sicherheit waren. Doch lange konnte das nicht mehr gut gehen, denn gewiss war es nur noch eine Sache von Tagen, bis weitere Verstärkungen aus Elburum eintrafen. Leider wusste man in Zorgan nur wenig vom inneren Wirken des abtrünnigen ›Moghulates‹, und war vor allem auf Vermutungen angewiesen, die unter den Angriffen der Daimoniden schnell durch Befürchtungen und Ängste ersetzt wurden.

Für Mara allerdings war der Krieg jetzt schon zu Ende. Am Vortag war die Kunde eingetroffen, dass sich in der Nähe von Narhuabad weitere Flüchtlinge aufhielten, und die Hexe hatte sich sogleich gemeldet, einen Trupp Reiter zu begleiten. Arkos hatte gar nicht erst versucht, dem Trotzkopf diesen Ritt zu untersagen – aber er hatte ja auch nicht wissen können, dass sie in den Tagen davor fast all ihre Zauberkraft beim Heilen verwundeter Flüchtlinge und in den zahlreichen Scharmützeln verbraucht hatte.

Hinter den feindlichen Linien waren sie schließlich in einen Hinterhalt geraten. Während die Rotmäntel ihre Begleiter gnadenlos abgeschlachtet hatten, war Mara selbst ›nur‹ gefangen genommen worden und wohl für einen langsameren Tod ausersehen – bislang hatten die Söldner sie lediglich herumgestoßen, während sie darüber berieten, ob sie ihre Gefangene wohl schänden durften oder unversehrt abliefern mussten.

Die Hexe versuchte krampfhaft, nicht an das Kind zu denken, das seit jener Liebesnacht unter dem Sphärenriss in ihr heranwuchs. Sie hatte bisher alle Überlegungen verdrängt, dass das Kleine vaterlos geboren werden würde – die Fürstin hatte ihr berichtet, dass Tarlisin irgendwo hier auf der Flucht war, wahrscheinlich längst tot. Und nun vermied sie jeden Gedanken daran, dass das Kind möglicherweise einer grausamen Misshandlung zum Opfer fallen oder mit ihr zusammen sterben würde. Was erst geschähe, wenn der kleine Wurm zur Welt kam, während sie in einem elburischen Kerker saß, wollte sie gar nicht erst überlegen.

Der fremde Offizier trat zu ihren Peinigern, die ihm achtungsvoll zunickten. »Der Einen und Einzigen zum Gruße.« Er nickte leutselig, dass der blutrote Pferdeschweif auf seinem Spitzhelm wippte. »Sie schütze die Moghuli, Männer. Was haben wir denn hier?«

Der ranghöchste unter Maras Wärtern meldete wichtigtuerisch, dass vermutlich eine Würdenträgerin des Feindes ergriffen worden sei, doch der Offizier lachte nur. »Würdenträgerin? Das ist allenfalls eine Bauerndirne.« Als sein Gegenüber noch einmal hervorhob, sie sei mit aranischen Rittern unterwegs gewesen, schnaubte der Offizier nur verächtlich: »Und ihr meint, die würden sich keine Huren nehmen? Glaubt ihr denn alles, was die von Göttergefälligkeit und Frömmigkeit faseln?« Ein unverhohlen drohender Tonfall hatte sich in seine Stimme geschlichen. Eilig schüttelten seine Untergebenen die Köpfe.

Der Neuankömmling schien versöhnt und wechselte unvermittelt den Gesprächsgegenstand: »Wisst ihr eigentlich nicht, dass in Keshal Taref höchste Aufregung herrscht? Die alte Fürstenvettel ist geflohen und die Moghuli hat alle Truppen zurückbeordert. Also auf mit euch!«

Die Männer blickten einander ratlos an. »Aber was sollen wir mit der da machen?« Ein schmutziger Finger deutete auf Mara.

Der Offizier lachte: »Um die kümmere ich mich schon! Seht ihr zu, dass ihr so schnell wie möglich ins Kloster kommt.«

Die Rotmäntel grinsten sich viel sagend an: »Wie Ihr befehlt. Viel Erfolg mit der Dirne!«

Der Offizier bestätigte lachend: »Den habe ich immer bei den Weibern.« Als die Söldner sich zügig davonmachten, sah er ihnen jedoch aufmerksam nach, bis sie verschwunden waren.

Mara konnte ihr Glück kaum fassen, als mit einem Mal statt sechs Quälgeistern nur noch ein Mann vor ihr stand. Selbstverständlich war dieser Kerl ebenfalls auf eine Vergewaltigung aus, und an Größe und Masse war er ihr deutlich überlegen, aber nun standen ihre Aussichten trotzdem weit günstiger. Und der Fremde schien gerade kultiviert genug zu sein, dass sie ihn als ›ergebene, willige Bauernmaid‹ würde in Sicherheit wiegen können. Bei einem tierhaften Barbaren hätte sie diesen Kniff nicht versucht.

Die Hexe schenkte dem Rotmantel ihr verführerischstes Lächeln: »Danke, mein Großer! Du hast mich vor diesen Ungeheuern gerettet.«

Der Fremde legte seinen Helm ab und der Schleier

vor dem narbenzerfressenen Gesicht verrutschte. Die Hexe hatte größte Mühe, nicht angewidert fortzuschauen und stattdessen munter weiterzuplaudern: »Was hältst du davon, wenn ich dich für meine Rettung belohne? Ich habe seit Ewigkeiten keinen richtigen Kerl mehr im Arm gehalten.«

Narbengesicht blickte erfreut und zögerlich zugleich drein. »Jetzt und hier?«

Mara wiegte verführerisch die Hüften. »Ja ... Oder hast du Angst, dass deine Männer zurückkommen?« Der Fremde schüttelte den Kopf: »Ich glaube wirklich nicht, dass jetzt der richtige Zeitpunkt dafür ist, mein Schätzchen. Aber in den Arm würde ich dich schon gerne nehmen.« Der Kerl griente sie an und kam mit ausgebreiteten Armen auf sie zu.

Die junge Hexe schmiegte sich an das Scheusal und riss dann ihr Knie hoch, bereit, im nächsten Augenblick ihre verborgene Waffe zu ziehen.

Narbengesicht schien die Gefahr zu spüren, denn er schaffte es, sich wegzudrehen, sodass Mara nur seine Leistengegend traf; dieser Tritt genügte dennoch, um den Kerl japsend in die Knie gehen zu lassen. Die Hexe griff nach dem flachen Wurfmesser in ihrem Stiefel und drückte es dem Mann an die Kehle.

»Chara! Mara, bist du verrückt geworden? Was habe ich dir bloß getan?«

Als Narbengesicht ihren Namen nannte, stutzte die Rothaarige. »Woher kennst du meinen Namen?« Sie zog die Dolchspitze ein wenig zurück.

Der Mann seufzte auf eine unverwechselbar selbstmitleidige Weise: »Challawalla, ich erkenne doch meine Frau. So sehr hast du dich nicht verändert, auch wenn du etwas runder geworden bist.«

Der Dolch entglitt Maras Hand. »Tar?! Was, im Namen der Götter, ist mit deinem Gesicht geschehen?«

Der Brabaker setzte sich auf. »Ein Kräutersud, um

nicht erkannt zu werden. Wenn nicht einmal dir das gelungen ist, hat es ja bestens gewirkt.« Es war zu hören, wie sehr er sich um einen lockeren Tonfall bemühte, während er sich mühsam aufrichtete.

Die Hexe wich seinem Blick aus. »Und was ist mit deinem Bein?«

Ihr Mann zuckte lässig mit den Schultern. »Nur eine Fleischwunde.«

Mara kannte ihren Mann gut genug, um nicht weiterzufragen. »Vielleicht sollten wir lieber für die Nacht rasten, Tar. Wir müssen zurück zur Truppe, aber die ist noch mindestens fünf Meilen entfernt. Ich schätze, dass du kaum vor Mitternacht dort sein kannst, und bei all den Kämpfen ringsumher weiß ich nicht, wie viele Umwege wir machen müssen.«

Der Brabaker nickte. »Suchen wir einen Lagerplatz.«

Allein schon, dass ihr Mann so schnell einwilligte, zeigte Mara, dass er deutlich angeschlagener sein musste, als er zugab. Aber auch ihr war nur noch ein letzter Rest Zauberkraft geblieben und so schwieg sie.

Als sie endlich in einer Erdhöhle saßen, blickte Tarlisin seine Frau an. »Ich denke, wir müssen einiges bereden, Schatz. Mara …«

Die Hexe legte ihm den Zeigefinger auf die Lippen. »Nicht jetzt, Tar. Wir brauchen beide jeden Augenblick der Ruhe, um den Morgen zu überleben. Leg dich jetzt hin, ich übernehme die erste Wache und wecke dich, wenn ich schlafen muss.«

Als der Morgen anbrach, wachte die Hexe noch immer über ihrem schlafenden Gemahl.

# 44. Kapitel

*Zwischen Narhuabad und Zorgan, am 13. Travia des Jahres 29 Hal*

Oh Tar, was im Namen der Zwölfe ist das?« Maras Stimme schwankte zwischen Unglauben und schierem Entsetzen.

Sie waren am frühen Morgen aufgebrochen und selbst Tarlisin war dank der ausgedehnten Nachtruhe erstaunlich gut vorangekommen. Zum ersten Mal seit fast zwei Wochen hatte er beruhigt durchschlafen können und dadurch neue Kraft gewonnen.

Zweimal hatten sie oronischen Söldnern ausweichen müssen, obgleich es ihnen beiden angesichts der Gefangenen, die diese mit sich führten, schwer gefallen war. Doch nun, da sie im eigentlichen Grenzgebiet angekommen waren, schien ihre Flucht zu Ende zu sein: So weit das Auge reichte, erstreckte sich vor ihnen eine über sechs Schritt hohe dichte Hecke aus tiefschwarzen Dornrosen, deren Dicke gar nicht abzuschätzen war.

Als sie sich der Sperre bis auf wenige Schritt genähert hatten, konnten sie nicht nur einzelne Ranken des Schwarzen Weins erkennen, sondern auch mindestens drei ausgezehrte Leichen, die eine im Gold und Türkis der aranischen Kämpfer, die anderen in der Tracht einer Bäuerin und eines Bauernknechtes.

Keine Tierspuren waren auf dem Boden zu sehen und kein einziger Vogel sang in der Nähe. Obwohl rings um die Leichen die Weinreben voller schwarz glänzender Trauben hingen, umschwärmten nicht einmal Bienen oder Schmetterlinge die reifen Früchte und die süß duftenden Rosenblüten.

Selbst die Pflanzen hielten sich fern, kein anderes

Dornwerk, kein Unkraut hatte in der Nähe des Walles überleben können.

Und dennoch schien es, als ginge ein unaufhörliches Wispern von der monströsen Hecke aus, als flüsterten unzählige Stimmen derbe Flüche gegen die, die sie erschaffen und mit einem solchen Dasein gestraft hatte. Hasserfüllt wandten sich die Rosen und Reben gegen all jene, die nicht durch die Laune einer Erzdämonin existierten.

Tarlisin hielt Mara am Arm fest und raunte ihr zu: »Geh bloß nicht näher heran. Wenn dich die Pflanzen mit ihren Ranken oder Dornen zu packen bekommen, bist du verloren.«

Die Hexe erwiderte scharf: »Glaub nicht, dass ich das nicht wüsste. Diesem ... Unheiligtum würde ich mich keinen Schritt weit nähern.« Der Blick, den sie ihrem Mann zuwarf, drückte jedoch Dankbarkeit aus. Dann zauste sie ihre langen Haare in einer Geste der Verzweiflung: »Aber wie sollen wir hier bloß hindurchkommen? Ich habe leider keine Axt bei mir, du etwa?«

Tarlisin schüttelte den Kopf. »Selbst wenn wir eine fänden, würde uns das nicht viel nützen. Wir könnten an der Hecke entlanggehen und nachschauen, wo sie endet.«

Mara hob die Schultern. »Uns wird nichts anderes übrig bleiben. Sofern sie überhaupt irgendwo endet.« Sie sprach den Gedanken nicht aus, aber derart unnatürlich schnell, wie die Hecke aus dem Boden geschossen war, gab es keinen Grund, warum sie nicht gleich die ganze Halbinsel absperren sollte.

Da hörten sie hinter sich die Stimme, träge und klebrig und nichtsdestotrotz erfüllt von brennendem Zorn: »Was für eine nette Überraschung! Komm her, Skorpion. Du hast etwas vergessen, ich will es dir unter deinen Mantel stopfen.«

Beim Klang dieser Worte fuhren Mara und Tarlisin

gleichzeitig herum. Der Sprecher war ein gut aussehender Stutzer von etwa dreißig Jahren mit schulterlangem, braunem Haar, das zu einem dicken Pferdeschwanz zusammengefasst war. Seine Tracht war rot und dunkelgrau gefärbt, beinahe schwarz, verziert mit dem schwarzen Dornrosenwahrzeichen Orons. Er hatte sich unhörbar leise herangeschlichen und wirbelte mit der Rechten scheinbar mühelos ein Zweihandschwert durch die Luft – Famerlîn.

Der Brabaker schob sich vor seine zierliche Frau. »Adaon …?«

Der eitle Geck nickte, dass sein Pferdeschwanz wippte: »Deroselbst. Die Moghuli weiß ihre wahrhaft treuen Diener zu belohnen.« Sein Blick richtete sich für einen Herzschlag in die Ferne, und es schien, als spiegele sich unsagbares Grauen darin, ehe der Liebfelder munter fortfuhr: »Du hast mir einige Scherereien bereitet, und ich verspreche dir, dass du dafür teuer bezahlen wirst.«

Dann wandte er seine haselnussbraunen Augen der begehrten Frau seines Feindes zu: »Nun, Mara, du hast die Wahl. Wer von uns ist der passendere Mann für dich? Diese scheußliche Gestalt da, ohne Magie und Ansehen – oder der persönliche Ratgeber der Königin?«

Die Hexe blickte von Adaon zu Tarlisin. Der Liebfelder sah blendend aus und erstrahlte förmlich im Lichte des Selbstbewusstseins und Stolzes auf seine neugewonnene Schönheit. Die ungezwungene Leichtigkeit, mit der er die schwere Waffe führte, verriet viel über das Ausmaß seiner zurückgekehrten Kraft.

Dagegen war der Südländer mit dem vernarbten Gesicht, dem stoppeligen, verfilzten Haar, der üblen Verletzung und dem Gestank nach Blut, Eiter und Urin nur noch ein Schatten seines früheren Selbst.

Die Hexe drückte hinter Tarlisins Rücken seine Hand.

Sie wünschte sich von ganzem Herzen, dass er verstand, warum sie tat, was sie tun musste.

Mara schenkte Adaon ihr gewinnendstes Lächeln, während sie langsam auf ihn zuging: »Ich habe meine Wahl getroffen. Aber wird die Moghuli nicht eifersüchtig, wenn du eine andere Frau mitbringst?«

Adaon warf Tarlisin ein hämisches Grinsen zu, als er antwortete: »Nein, Täubchen, ich kann so viele Frauen haben, wie ich nur will.«

Die Hexe näherte sich dem Liebfelder schnurrend: »Daran zweifle ich nicht, starker Mann.« Sie schmiegte sich eng an Adaon, der das Schwert zu Boden warf, um sie ungestüm an seine Brust zu ziehen.

Dankbar schaute sie zu ihm auf: »Willst du mich nicht küssen und mich diese Fratze vergessen lassen?«

Adaons Lippen näherten sich denen Maras. Sie begann, dem schmucken Liebfelder den Nacken zu kraulen.

In einiger Entfernung tauchten schwarz-rot gewandete Söldner auf. Sie musste jetzt schnell handeln. Bald würden die Söldner bei ihnen sein.

Die Hände der Rothaarigen glitten über den Rücken des Liebfelders und zausten zärtlich sein weiches Haar. Mara riss ihr Knie hoch und rammte es Adaon zwischen die Beine. »Und wenn du der letzte Mann auf Dere wärest, müsste die Menschheit eben aussterben!«

Die Wirkung auf den Liebfelder war unerwartet. Anstatt zusammenzubrechen, lachte er nur, höhnisch und hallend. »Du ahnst ja nicht einmal, mit wem du es zu tun hast, Frau!« Er versetzte Mara lässig einen Schlag, der sie wie eine Puppe durch die Luft schleuderte und in gefährlicher Nähe der Dornenhecke zu Boden stürzen ließ.

Die Kraft des Liebfelders war so übermenschlich, dass der Hexe schwarz vor Augen wurde. Als sie wieder sehen konnte, war er nur noch zwei Schrittweit von ihr entfernt, und sein Blick verriet ebenso wie seine Worte, dass ihm diesmal nicht der Sinn nach Zärtlichkeiten stand. »Du undankbare Schlampe! Du hättest an meiner Seite wie eine Fürstin leben können, doch wenn du es vorziehst, wirst du an seiner Seite wie eine Hündin sterben – nachdem ich der Einen und Einzigen deine Schmerzen zum Geschenk gemacht habe.«

In aller Hast kauerte sich Mara zusammen und murmelte die Worte: »SPINNENLAUF UND KRÖTENSPRUNG!« Im nächsten Moment nutze sie die Kraft ihrer verbliebenen astralen Energie, um flink wie eine Wildkatze über den Dornenwall zu klettern – so zumindest hatte sie es sich vorgestellt.

Stattdessen umschlangen sofort unzählige Ranken den Körper der jungen Frau. Während sie sich noch wehrte, fassten die Triebe immer fester zu, zogen sie gegen die nadelspitzen Dornen der Blutrosen und bohrten sich mit winzigen, ungezählten Saugmäulern in die zarte milchweiße Haut des hilflos gefesselten Opfers. Schmerzen strömten durch Maras zuckenden Leib, als würde ihr durch die Rankenmäuler reines Vitriol eingeflößt. Der Schwarze Wein indes schien sich an den Qualen seines Opfers zu weiden und zu wachsen. Seine Blätter gewannen an Größe und Glanz, sein Griff wurde noch stärker, und während er langsam der Schwangeren das Blut aus dem Leibe sog, wuchsen die ersten Knospen, die bald pralle Trauben sein würden.

Lachend trat Adaon auf die hilflose Hexe zu. »So hatte ich es mir nicht gedacht, doch wenn du das bevorzugst ... Frauenfleisch kann ich mir nehmen, so viel ich will, so aber werde ich deine Essenz als den köstlichsten Rausch genießen, den ich mir vorstellen kann. Du wirst einen ganz besonderen Tropfen abgeben, meine Liebe.« Um seine Worte zu unterstreichen, liebkoste er erst die Wange der Wehrlosen, dann eine der reifenden Trauben. Die Dämonenpflanzen hielten achtungsvoll Abstand vom Leib des Liebfelders. Neugierig zog er an einer Ranke und löste sie ohne Mühe von der Haut ihres Opfers, nur um sie an anderer Stelle wieder anzusetzen.

Währenddessen hatte er Tarlisin keine Beachtung geschenkt, bis dieser nun unmittelbar hinter ihm stand, den Säbel zum Stoß bereit. »Du wirst sie jetzt befreien, Verräter«, befahl der Brabaker.

Adaon musste kichern, als er das Kitzeln der Klinge an seiner Kehle fühlte. Betont langsam und doch viel zu schnell für das Auge des Brabakers wandte sich der Liebfelder um und nahm ihm die Waffe aus der Hand, indem er ganz einfach in die Klinge griff und sie an sich zog. »Du hast immer noch nichts verstanden, ›Skorpion‹.«

Der Verräter lachte nur, da die Waffe klaffende Wunden in seinen Händen hinterließ, während er sie mühelos verbog. Sofort schlossen sich die Schnitte wieder und er verlor nicht einen Tropfen Blut. Dann, so nachlässig, als wäre es ihm gerade erst eingefallen, bewegte er sich auf Tarlisin zu. Die übermenschliche Gewandtheit und Schnelligkeit des Untoten jedoch ließen es für das sterbliche Auge erscheinen, als sei er plötzlich aus dem Erdboden gewachsen. So konnte sich der Brabaker auch mit keiner Geste verteidigen, als ihn der Schlag des Feindes von den Beinen riss und zu Boden schmetterte.

Adaon schenkte dem Gestürzten keinen zweiten Blick, sondern wandte sich erneut der gequälten Hexe zu. Dadurch entging ihm auch, dass er den Brabaker geradewegs auf die am Boden liegende Drachenklinge Famerlîn geschleudert hatte, dass dessen Blut spritzte. Der Liebfelder hätte diese Ironie des Schicksals gewiss zu schätzen gewusst, doch er widmete sich hingebungsvoll der Folterung seiner früheren Angebeteten, indem er hier und da die Ranken löste und neu platzierte.

Während aus Tarlisins Wunden das Blut floss, wäre der Brabaker ein gutes Opfer für jeden Erzdämonen gewesen. Für einen Augenblick der Stärke, eine Gelegenheit zur Rache hätte der geschlagene Mann mit Freuden seine Seele feilgeboten. Doch es kam anders. Denn eine andere Wesenheit regte sich in seiner Nähe, eine Wesenheit, deren Name ihm unvermittelt vor Augen stand: Famerlîn, die Seele des magischen Drachenschwertes.

Tarlisin gab sich seinem Schicksal hin. Was hatte er noch zu verlieren? Der Verräter an Orden und Göttern hatte ihn geschlagen, er quälte und tötete seine Geliebte, was konnte ihn da ein schneller Tod durch Stahl noch schrecken? Stumm rief er nach der Seele der Waffe, forderte sie auf, sich ihm zu stellen. Aber das Schwert schwieg, so wie es von fünf Stein kaltem Stahl zu erwarten war. Stattdessen erfüllten fremde Gedanken den Kopf des Brabakers.

*Famerlîn erwachte nur langsam aus seinem jahrhundertelangen Schlummer. Manchmal hatte er sich im Schlaf gerührt, doch seit geraumer Zeit war er nicht mehr wirklich wach gewesen. Selbst für die jahrtausendealte Wesenheit war es ein langer Schlaf gewesen, und noch länger war es her, dass sie gekämpft hatte, wie es ihre Bestimmung war.*

*Famerlîn dachte nicht wie ein Mensch, er dachte in Bildern. Er sah vor sich die Zeit, als er geboren wurde in Feuer und Hitze, an seine Weihe im Namen des Hohen Drachen des Kampfes, an das erste Gefecht gegen den schuppenleibigen Diener des abtrünnigen Güldenen, der seine Geschwister verraten hatte. Andere Kämpfe waren gefolgt, gegen andere Drachenleibige, gegen Geflügelte und gegen Gehörnte. Auch ihre Bilder standen vor ihm, hell und leuchtend. Er kannte kein Vergessen. Was gewesen war, würde immer in ihm sein, fest gefügt wie Kristall.*

*Zuletzt hatten ihn kraftlose Sterbliche geweckt, die winzig und schwach waren gegen die mächtigen Hände, die ihn er-*

*zeugt und geführt hatten. Vor allem aber hatten sie nichts von seinem Wesen begriffen. Er war erwacht, um zu kämpfen, um in der Schlacht das Leben aller Feinde der Weltordnung zu trinken. Doch da war lediglich der schale Qualm des Weihrauchs gewesen, die Leier hohler Litaneien. Kein Kampfeswille und kein Gegner.*

*Famerlîn hatte sich nur geräkelt, hatte Leben und Blut genommen und war wieder eingeschlafen.*

*Dieser hier allerdings war anders. Was seine Kräfte anging, war er noch jämmerlicher als die letzten Sterblichen, die ihn geweckt hatten, doch in ihm loderte wie ein Feuer der Kampfeswille. Und da war noch mehr. Dieser Sterbliche hatte ein Ziel, er kämpfte um das Leben seiner Gefährtin.*

*Famerlîn verstand das nicht. Er war immer allein gewesen, sich selbst Gesellschaft genug. Wenn er nicht kämpfte, schlief er traumlos. Andererseits wusste er, wie der Kampf für ihre Gefährten die sterblichen Schwertträger erhitzte und beflügelte, sie über sich hinauswachsen ließ.*

*Famerlîn reckte sich. Nicht, wie ein Wesen aus Fleisch und Blut es täte, und dennoch lag er mit einem Mal in der Hand des Sterblichen. In den Händen, so klein und schwach. Aber sie würden ausreichen. Famerlîn nahm sich einen Teil davon, fühlte ihre Wärme, schmeckte das Blut, spürte ihrem Fleisch nach. Es gefiel ihm. Diesem Sterblichen konnte er ein treuer Begleiter sein, solange dessen kurzes Leben währte.*

Tarlisin zuckte zusammen, da die Drachenklinge förmlich in seine Hände sprang. Als der kurze, stechende Schmerz durch seine Linke fuhr, konnte er nur mit Mühe einen Schrei unterdrücken. Dann spürte er das Band, das zwischen ihnen bestand, wie er es früher nur zu seinem Magierstab gespürt hatte. Doch das war vorbei und diese Bindung an Famerlîn war älter, wilder und urtümlicher in ihrer Art. Sie griff nicht hinüber zur astralen Kraft, sie griff nach der schieren Lebenskraft. Blutmagie.

Er hatte das Wort kaum geflüstert, als ihm die Gegenwart schlagartig wieder bewusst wurde. Er schüttelte die Bilder aus fernen Zeiten ab und riss die Waffe gerade hoch, als Adaon zu ihm herumfuhr: »Was …?«

Er ließ den Feind nicht ausreden, sondern schlug zu. Drachenfeuer brauste durch seine Adern, lodernde Flammen sprangen aus der Klinge und hüllten den Kämpfer ein. Tarlisin wurde von der Hitze des Feuers hin- und hergewirbelt wie eine Rußflocke in heißer Luft, doch jede Bewegung seines wilden Schwerttanzes traf ihr Ziel. Er stieß zu, führte Streich um Streich, sprang nach rechts und links, vor und zurück, und jeder Sprung endete in einem zweihändigen Hieb gegen den Untoten, dessen Kleidung in hellen Flammen stand. Die Wunden in seinem Fleisch qualmten und schwelten und schlossen sich nur noch langsam.

Allmählich trieb Tarlisin den schreienden Verräter zurück. Die Ausweichbewegungen des Abtrünnigen wurden unsicherer, seine qualerfüllten Schreie leiser und bald drang nur mehr ein ersticktes Gurgeln aus seiner Kehle. Die Klinge war keinem Gott geheiligt, keinem Alveranier geweiht, und hatte nicht die Macht, einen untoten Diener Bel Khelels zu vernichten – doch verletzen und quälen konnte sie sehr wohl. Schließlich wirbelte Adaon mit letzter Anstrengung herum und floh.

Der Brabaker war gerade im Begriff, den Abtrünnigen zu verfolgen und endgültig zu vernichten, als ihn das klägliche Stöhnen seiner Frau in die Wirklichkeit zurückriss. Die Weinranken hatten sie schon fast getötet.

Mit hastigen Schlägen hieb er auf die Ranken ein, die durch das brennende Schwert abgetrennt wurden. Die Hecke lichtete sich, und nach viel zu vielen Schlägen, wie es ihm schien, hatte er Mara befreit und eine Schneise in den Wall geschlagen. Er packte die Hexe und trug sie auf seiner Schulter in Sicherheit, während sich hinter ihnen der Durchgang bereits wieder zu schließen begann.

Kaum war die Schranke überwunden, ließ Tarlisin die Waffe zu Boden sinken. Als die Flammen erloschen, kamen die Schmerzen.

Er versuchte, die Qualen nicht zu beachten, und zog seine blutende Frau in die Arme. »Es wird ja alles wieder gut, Kleines.«

Mara erwachte, als Tarlisin ihr über das Gesicht streichelte und es mit jeder Bewegung feuchter und klebriger machte. Die Stimme der Hexe klang schwach: »Tar, was ist mit deiner Hand geschehen?«

Erst die Frage brachte ihn dazu, seine Linke anzuschauen, als hätte er sie noch nie zuvor gesehen, und zu begreifen, was er sah: An seinem Handgelenk sprossen nur noch verloren, wie die zwei Zehen eines schmalen Straußenfußes, Daumen und Zeigefinger. Der Rest war fort und Blut strömte aus dem zerfetzten Stumpf. Als er verstand, was mit seiner guten Hand geschehen war, schwanden ihm die Sinne.

# Nachspiel

*Perricum,*
*am 17. Hesinde*
*des Jahres 29 Hal*

Tarlisin schreckte hoch. Vermutlich hatte er sich wieder nur eingebildet, dass sich Schritte näherten. Der Brabaker wusste nicht mehr genau, wie lange es her war, dass man ihn in die dunkle Höhle weit unter dem Meeresspiegel geleitet hatte. Es war dunkel und kühl, aber trocken, obgleich er die salzige See deutlich riechen konnte.

Er verdrängte den rauen Stein unter den bloßen Füßen aus seinem Bewusstsein und versenkte sich erneut in die Meditation. Er war ein Teil des Felsens, gegen den die Wellen anbrandeten. Die Wogen waren stark, aber er war stärker. Er war der Fels. Der Fels kannte keine Furcht. Der Fels fühlte keinen Schmerz.

Mit einem leisen Knirschen öffnete sich die Tür und das flackernde Licht einer Laterne erhellte den Raum. Tarlisin zwinkerte mit den Augen, doch Frau Nandoniella Yaladan schien ebenso wirklich wie der Gardist an ihrer Seite. Die blonde Almadanerin nickte ihm wortlos zu.

Der Brabaker hoffte inständig, dass seine zitternden Knie nicht nachgaben, während er sich erhob. Dass er wie Espenlaub bibberte, konnte man auf die Kälte schieben, in der er unbekleidet verharrt hatte.

Frau Nandoniella schlang kunstvoll die seidene Fessel um seine auf dem Rücken verschränkten Hände, um dann die seidene Augenbinde zu verknoten. Wie es der Brauch erforderte, hatte sie noch kein Wort an ihn gerichtet. In völliger Stille wurde er aus der Höhle geführt.

Siebenundneunzig Stufen ... Mittlerweile mussten sie die Höhe des Erdgeschosses erreicht haben. Tarlisins Magen erinnerte ihn daran, dass er seit etlichen Stunden nicht gegessen hatte, aber der Südländer konnte sich nicht vorstellen, dass er je wieder einen Bissen hinunterbringen würde. Weitere vierundzwanzig Stufen bis zum ersten Stock, wo der Geruch von Weihrauch und Duftölen schwer in der Luft lag. Der Brabaker war schweißgebadet.

Ein Lufthauch, als die Tür geöffnet wurde. Weiter ging es, vorbei an Feuerprasseln, dem Geruch von Kerzenwachs, dem Geräusch leiser Atemzüge auf beiden Seiten des Raumes. Die Hand auf seiner Schulter schob ihn sanft, aber beharrlich weiter. Mittlerweile konnte er die Hitze der Flammen spüren, den leichten Luftzug, den sie verursachten.

Die Almadanerin zog ihre Hand zurück und trat beiseite. Nun war er auf sich allein gestellt. Das Feuer roch erdig und metallisch zugleich.

»Frater Honorius et Spectabilis, der du glaubst, als Hochmeister seiest du berufen, wisse, dass nur der wahrhaft Würdige das Amt erlangen kann. Der aber, der begehret, was ihm nicht zugedacht, wird in Qualen sterben. Noch magst du entscheiden, dich mit dem zu begnügen, was du hast. So wähle deine Antwort mit Bedacht. Bist du bereit, dich dem Urteil zu stellen?« Die Stimme erklang direkt aus dem Feuer.

»Ich bin bereit.« Die Antwort kam schneller, als er erwartet hatte, wobei ihm seine Stimme völlig fremd erschien.

»Dann höre das Urteil: Sterben sollst du in den Flammen, erneut geboren werden, wenn du würdig bist.«

Nun gab es keinen Weg zurück. Tarlisin straffte sich und schritt nach vorn. Die Flammen umzüngelten seinen Leib, liebkosten ihn, lediglich die seidene

Fessel um die Hände wurde ebenso gnadenlos verzehrt wie die Augenbinde. Der Südländer spürte, wie die Hitze ihm fast den Atem raubte, dann umfasste er das auf dem Weihealtar liegende Drachenschwert Famerlîn.

Im gleichen Moment verloschen die Flammen im gesamten Raum. Tarlisin spürte, wie sich erneut Fleisch und Waffe verbanden. Blaue Flammen hüllten die Klinge und ihren Träger ein und schlugen bis zur Decke empor. Der Brabaker verspürte eine große Ruhe, und gleichzeitig war er wie berauscht, als seine Stimme den Eid leistete. Er schloss mit der uralten Formel: »Impero ut serviam – ich herrsche, um zu dienen.«

Erst als ein Ordensbruder an seine Seite trat, um den Zweihänder entgegenzunehmen, wurde Tarlisin bewusst, dass außer ihm noch andere Menschen im Raum anwesend waren. Immer noch entrückt, bemerkte er, wie hilfreiche Hände ihn ankleideten. Der schwere, weiche Samt war wohltuend und belastend zugleich. Wie die Bürde, die von jetzt an auf seinen Schultern lastete.

»Magnifizienz, Eure Rechte bitte.« Der Brabaker war einen Augenblick lang verstört, als die Almadanerin ihm diese Aufforderung zuraunte. Er legte die unversehrte Hand auf den Weihealtar. Das Hochmeistersiegel biss mit feuriger Schärfe in den Handrücken, doch der Schmerz währte nur kurz. Als Tarlisin seine Hand betrachtete, schien es ihm, als sei das Zeichen schon immer ein Teil von ihm gewesen.

Er blickte nach vorn. Nach alter Sitte gab es bei Ordensfeierlichkeiten vier Großmeistersessel und den Thron des Hochmeisters, der seit der Ordensspaltung vor Jahrhunderten immer unbesetzt geblieben war. Im vollen Bewusstsein des geschichtlich bedeutsamen Augenblicks nahm Tarlisin ehrfurchtsvoll darauf Platz.

Die vier Großmeister traten nach vorn und verneigten sich vor ihm. Die Vallusanerin Llezean von Ilsur machte als Rangälteste den Anfang, ihr folgte der Lowanger Großmeister Hagen Gerion.

Die beiden anderen Großmeister waren erst am Vortag eingesetzt worden – und während der Neethaner Dom Phedro ya Mezzani selbstbewusst auftrat, als hätte er das Amt schon immer innegehabt, musste sich Tarlisins Nachfolger in Anchopal erst noch an seine neue Würde gewöhnen: Da Thorstor ibn Thorwulf vor Tarlisin niederkniete und seinen Eid leistete, fügte er leise hinzu: »Dabei hatte ich Euch gebeten zurückzukommen!«

Sobald endlich der amtliche Teil mit seinen Verlautbarungen beendet war, trat Mara an Tarlisins Seite. Zuvor hatte sie schon den Dank Araniens überbracht und bestätigt, dass der Orden und die Graue Gilde in alle alten Rechte wieder eingesetzt würden, die ihnen nach den Magierkriegen genommen worden waren. Sie dachte nicht daran, vor dem neuen Ordenshochmeister niederzuknien, und außer ihrem Stolz hatte sie einen weiteren guten Grund: Der Leib der zierlichen Hexe war stark geschwollen, obwohl erst sieben Monde seit ihrer Nacht in der Gor vergangen waren, und Mara hatte bereits angedeutet, dass es wohl kein gewöhnliches Kind sein würde.

Sie strich Tarlisin über das geheilte Gesicht: »So siehst du wenigstens wieder menschlich aus, Tar.« In ernsterem Tonfall wies sie auf seine verstümmelte Linke: »Wie geht es dir, hast du dich daran gewöhnt?«

Tarlisin zuckte die Schultern. »Was soll ich sagen? Ich kann nur mit Mühe meinen Namen schreiben und muss mir mein Essen von Dienern klein schneiden lassen, aber ich werde versuchen, mir eine Prothese zu besorgen. Und wie geht es dir?«

Die Hexe lächelte. »Die Aussichten stehen gut, dass du diesmal in der Nähe bist, wenn es mit dem Kleinen so weit ist. Ich schätze, du wirst in Zukunft nicht mehr so viel umherreisen?«

Er schüttelte den Kopf. »Ich fürchte, nein. Als Ordensleiter habe ich meinen Platz hier, in der Hochburg.«

»Das sind ja gute Neuigkeiten.« Die Augen der Hexe strahlten. »Wir haben das Schlimmste hinter uns, und jetzt weiß ich wenigstens immer, wo ich dich finden kann.«

Tarlisin zauste seiner Frau die üppigen roten Locken und zog sie zu sich. O ja, sie wusste, wo man ihn finden konnte, aber das galt auch für seine Feinde. Nach wie vor regierte Dimiona grausam in ihrem ›Moghulat‹ und schuf sich eine Gefolgschaft aus untoten Succubi, obwohl ihre Machenschaften im übrigen Aranien heftige Rückschläge erlitten hatten. Noch immer schmiedete Adaon Rachepläne, und wenn er wirklich, wie es hieß, endgültig in Ungnade gefallen und vom Hofe verbannt worden war, trug er unbeherrschbaren Hass in sich. Auch die übrigen Erben des Dämonenmeisters waren nicht untätig, und in Rashdul schmiedete Sultan Hasrabal Pläne, sich ganz Gorien einzuverleiben. Nein, sie hatten noch gar nichts hinter sich, doch er wollte Mara nicht quälen, und so starrte er schweigend ins Leere, während er sie fest an sich drückte.

# Anhang

## Erklärung aventurischer Begriffe

*Die Götter und Monate*

1. Praios = Gott der Sonne und des Gesetzes – entspricht Juli
2. Rondra = Göttin des Krieges und des Sturmes – entspricht August
3. Efferd = Gott des Wassers, des Windes und der Seefahrt – entspricht September
4. Travia = Göttin des Herdfeuers, der Gastfreundschaft und der ehelichen Liebe – entspricht Oktober
5. Boron = Gott des Todes und des Schlafes – entspricht November
6. Hesinde = Göttin der Gelehrsamkeit, der Künste und der Magie – entspricht Dezember
7. Firun = Gott des Winters und der Jagd – entspricht Januar
8. Tsa = Göttin der Geburt und der Erneuerung – entspricht Februar
9. Phex = Gott der Diebe und Händler – entspricht März
10. Peraine = Göttin des Ackerbaus und der Heilkunde – entspricht April
11. Ingerimm = Gott des Feuers und des Handwerks – entspricht Mai
12. Rahja = Göttin des Weines, des Rausches und der Liebe – entspricht Juni

*Maße, Münzen und Gewichte*

1 Meile = 1 km
1 Schritt = 1 m
1 Spann = 20 cm
1 Finger = 2 cm

1 Unze = 25 g
1 Stein = 1 kg
1 Quader = 1 t

1 Dukat (Goldstück) = 10 Silbertaler = 100 Heller = 1000 Kreuzer

Die genaue Umrechnung ist unmöglich, doch liegt der Wert eines Dukaten etwa bei 200 bis 250 DM.

1 Dublone = schwere Goldmünze aus Al'Anfa, entspricht etwa 2 Dukaten

*Himmelsrichtungen*

Firun = Norden
Rahja = Osten
Praios = Süden
Efferd = Westen

*Begriffe, Namen, Orte*

Adept(us/a) = Titel eines Magiers, der erfolgreich seine Prüfung abgelegt hat

Al'Muktur = altes Schloss der Emire von Al'Mada, heute vor allem als Gefängnis bekannt

Alveran = die himmlische Wohnstatt der Zwölfgötter, in der Magiertheorie auch die Fünfte Sphäre genannt

Anchopal = Oasenstadt im Süden Araniens nahe der Gorischen Wüste, Sitz einer Ordensburg der Grauen Stäbe

Angroschim = Zwerge

Aphestadil = Trägheitsdämonin

Arange = kleine orangenähnliche Frucht

Aranien = ein tulamidisches (orientalisches) Königreich im Osten Aventuriens, nominell eine Provinz des Mittelreiches, obwohl seit langem Verhandlungen über die endgültige Unabhängigkeit geführt werden

Az'zawsha = im Ferkinadialekt des Tulamidischen ein Wort für Frau oder Dirne

Badilakaner = Traviaorden, der sich der Obdachlosen und Prostituierten annimmt

Bel Khelel, auch Belkelel = dämonische Gegenspielerin Rahjas
Ben Char-i-Sona = derbes Schimpfwort im Ferkinadialekt
Blutrosen = dämonisch entartete Wildrosen
Borbarad = halbgöttlicher Schwarzmagier, nach den Magierkriegen viele Jahrhunderte im Limbus gefangen, nun zurückgekehrt, um sich Aventurien zu unterwerfen
Borbra = aranischer Ort mit einem Heiligtum der Göttin Tsa
Brabaci = südlicher Dialekt des Garethi
Brabak = sehr weltoffene Stadt im Süden Aventuriens, bekannte Zuflucht für Schwarzmagier
Braggu = ein Niederer Dämon
Challawalla = tulamidischer Ausruf der Freude und Erregung (wörtl. ›Erhabene Stute!‹)
Chara = derber tulamidischer Fluch
Convocatus Primus = Leiter einer der drei Magiergilden
Convocatus = Mitglied eines der drei Gildenräte
Dämonenkrone = uraltes Artefakt, verleiht ihrem Träger (derzeit Borbarad) Macht über Dämonen
Dämonenmeister = Bezeichnung für Borbarad
Desiderat = Bosparano für ›das Begehrte‹, Tarnbezeichnung für den Sphärenschlüssel
Dschadra = tulamidische Stoßlanze
Elburum = oronische Hauptstadt
Exodus = die nach den Magierkriegen verfügte Vertreibung der meisten Magier aus dem Land Aranien
Famerlîn = uraltes Drachenschwert, Amtsabzeichen der Hochmeister der Grauen Stäbe
Ferkinas = barbarisches Bergvolk am Rande des Tulamidenlandes
Gareth = Hauptstadt des Mittelreiches
Garethi = Sprache des Mittelreiches und angrenzender Länder
Garetien = zentrale Provinz des Mittelreiches
Gargul = auch Wasserspeier genannt, besondere Abart der Golems
Ghala = reich besticktes und verziertes Obergewand, von Tulamiden als Ehrenzeichen vergeben
Gildensiegel = unvergängliches Zeichen, das Magiern nach bestandener Prüfung in die Hand tätowiert oder gebrannt wird

Golgari = der rabengestaltige Seelenbegleiter aus dem Gefolge des Boron

Golgariten = Kriegerorden innerhalb der Boronkirche

Gorische Wüste = lebensfeindlicher Tafelberg im Süden Araniens, Schauplatz der größten Schlacht der Magierkriege

Götterlauf = ein Jahr

Horasreich = Kaiserreich im Südwesten Aventuriens, auch Liebliches Feld oder Altes Reich genannt

Karakil = ein geflügelter Dämon, der manchen Schwarzmagiern als Reittier dient

Keshal Taref = Rahjakloster im östlichen Aranien (Grafschaft Elburum), errichtet an der Stelle, wo die mächtige Dämonin Shaz-man-yat seit über 700 Jahren durch die Rahjawaffe Szimitarra festgehalten wird

Keshu = ein tulamidisches Gericht aus Gemüse und Hühnerfleisch

Levthan = der widderhäuptige Sohn der Rahja, ein Halbgott der tierischen Begierden, von manchen auch als Dämon aufgefasst

Limbus = Gewebe zwischen den Sphären

Madamal = der aventurische Mond

Magierkriege = kriegerische Auseinandersetzung vor gut 400 Jahren, vor allem in Aranien und Gorien ausgefochten, bei der der Dämonenmeister Borbarad besiegt und in den Limbus verbannt wurde

Magnifizienz =Titel für Erzmagier und Personen in vergleichbarer Stellung

Mhaharani Shahi = tulamidisch für die Königin Araniens

Mhanadi = Strom im Land der Tulamiden

Moghuli = oronischer Königstitel

Moha = braunhäutiges Waldmenschenvolk, aus dem viele Sklaven stammen

Namenlose Tage = die fünf, keinem Monat zugerechneten, Tage am Jahresende; sie gelten als unheilvoll

Nepharr = niedere Dämonen, die einen Leichnam zu unheiligem Leben beseelen können

Oron = uralter Name des Landes, in dem heute Aranien liegt

Perricum = mittelreichische Hafenstadt in Ostaventurien

Rashdul = reiche Handelsstadt am Mhanadi, südlich der Gorischen Wüste

Reuther = aranischer Adelstitel im Rang zwischen Graf und Baron angesiedelt

Satrap = oronischer Grafentitel

Schwarzer Wein = dämonisch entarteter Wein, der durch Menschenopfer entsteht

Schwert der Schwerter = Oberste Geweihte der Rondrakirche

Shanja = Titel der Herrscherin von Rashdul

Sharizad = für ihre Kunstfertigkeit bekannte Tänzerin des aventurischen Südens

Shaz-man-yat = mächtige Dämonin aus dem Gefolge der Belkelel, seit über 700 Jahren durch die Macht der Rahjawaffe Szimitarra an dem Ort versteinert, wo später das Rahjakloster Keshal Taref errichtet wurde

Shliglûq = vulgäres Wort für weibliche Geschlechtsteile, aus der Ferkinasprache

Shulûrz = vulgäres Schimpfwort aus der Ferkinasprache

Skapulier = bodenlanger Überwurf über einer Robe, Teil vieler Magiertrachten

Spektabilität = Anrede für Akademieleiter und Personen in vergleichbarer Stellung in den Magiergilden

Sphärenschlüssel = uraltes Artefakt, das die Veränderung der magischen, kosmologischen und sphärologischen Weltordnung erlauben soll

Szimitarra = Rahja geweihter Säbel, mit dem die Dämonin Shaz-man-yat versteinert wurde

Tjoste = Königsdisziplin beim Ritterturnier

Tobrien = von Borbarads Horden bedrängte Reichsprovinz im Osten

Trollpforte = Engpass zwischen dem zentralen Mittelreich und den östlichen Provinzen um Tobrien

Urdas = strategisches Brettspiel

Vinsalt = Hauptstadt des Horasreiches

Zhayad = Kunstsprache der Magier mit eigenen Schriftzeichen

Zorgan = die altehrwürdige Hauptstadt Araniens

## *Vom aventurischen Magierwesen*

In Aventurien gibt es drei anerkannte Traditionen der akademischen Magie, die jeweils eine eigene Magiergilde bilden.

Die Weißmagier bilden den ›Bund des Weißen Pentagrammes‹. Sie fühlen sich von den Göttern, besonders von Hesinde, gesegnet und sehen sich als Vertreter der göttlichen Ordnung. Ein jeder soll an seinem ihm zugedachten Platze bleiben und die bestehenden Verhältnisse wahren. Die Weißmagier lehnen jegliche Beschwörung und Dämonologie auf das Schärfste ab und misstrauen allen anderen Richtungen der Zauberei.

Die Graumagier bilden die ›Große Graue Gilde des Geistes‹. Sie glauben an ein kosmisches Gleichgewicht von Ordnung und steter Neuschöpfung und lehren, daß ein jeder sein persönliches Gleichgewicht zwischen Freiheit und Verantwortung finden soll. Die Achtung angenommener Verantwortung ist ihnen ausgesprochen wichtig. Die Graue Gilde umfasst eine Reihe von sehr unterschiedlichen Denkgebänden.

Die Schwarzmagier bilden die ›Bruderschaft der Wissenden‹. Sie folgen dem Grundsatz ›Wissen ist Macht‹ und sind entweder entschiedene Einzelgänger oder bedenkenlose Forscher oder deren Anhänger. Sie dulden keine moralischen Beschränkungen ihrer Forschung. Auch untereinander achten sie ihre Eigenständigkeit, sodass die Schwarze Gilde ein sehr schwacher Verband mit vielen sehr starken Mitgliedern ist.

Jede Magiergilde umfasst mehrere Akademien, die von Spektabilitäten geführt werden. In der Regel sind es auch diese, die als Gildenräte die Angelegenheiten ihrer Gilde entscheiden. Der ›Allaventurische Magierkonvent‹ ist das wichtigste Beschlussgremium überhaupt, da es verbindliche Beschlüsse für alle drei Gilden treffen kann.

Der ›Orden der Wächter Rohals und Verteidiger der Lehre von den Grauen Stäben zu Perricum‹ war ein von Rohal dem Weisen 400 v.H. während der Magierkriege gegen den finsteren Borbarad angeregter Orden, der nach den Magierkriegen dafür eintrat, das Wissen um die Zauberei zu bewahren. Bei seiner Gründung bestand die Ordensleitung aus einem Hochmeister in der Zentralprovinz, der Rohals eigenen Magierstab erhielt, und vier Großmeistern der Randprovinzen, die die namensgebenden beseelten ›grauen Stäbe‹ trugen.

Zwischen der Garether, später Angbarer Führung, die der Weißen Magie zuneigte, und den Großmeistern, die die vom rohalschen Harmoniegedanken geprägte Graue Magie vertraten, wuchsen die Meinungsverschiedenheiten, und im Jahre 225 v. H., nach der Unabhängigkeit vieler Reichsprovinzen, spaltete sich der Orden in einen reichstreuen weißen und einen unabhängigen grauen Zweig, die beide beanspruchten, die wahren Erben des rohalschen Geistes zu sein.

Der ›Orden der Grauen Stäbe zu Perricum‹ (abgekürzt ODL für Ordo Defensores Lecturiae) dient der Grauen Gilde als Wächter und Verteidiger und nimmt die Aufgabe einer bewaffneten Garde an bedrohten Akademien wahr. Die vier Ordensprovinzen haben inzwischen ihre Hauptburgen in Neetha, Lowangen, Vallusa und Anchopal. Höchste beschlussfassende Körperschaft ist der Rat der vier Großmeister, die einen der ihren zum Ordenssprecher wählen. Nur dem Namen nach Hochmeister ist laut Satzung Rohal der Weise. Die Ordenstracht besteht aus einer grauen Robe und darüber einem roten Skapulier.

Der ›Orden der Wächter Rohals‹ (abgekürzt OCR für Ordo Custodis Rohalis) ist ein Teil der Weißen Gilde und bekannt für seine Unversöhnlichkeit und sein zeitweilig rücksichtsloses Eintreten für seine Sache, sodass er keine amtlichen Schutzfunktionen für die weiße Gilde ausübt (dies wird eher von den ›Pfeilen des Lichts‹ getan). Stattdessen widmet er sich der eigenmächtigen Verfolgung von Schwarzmagiern, Hexen, Druiden und sogar Graumagiern. Die meisten Anhänger dieser Gemeinschaft leben in strenger Askese.

# Das Schwarze Auge

1. Band: Ulrich Kiesow, *Der Scharlatan* · 06/6001
2. Band: Uschi Zietsch, *Túan der Wanderer* · 06/6002
3. Band: Björn Jagnow, *Die Zeit der Gräber* · 06/6003
4. Band: Ina Kramer, *Die Löwin von Neetha* · 06/6004
5. Band: Ina Kramer, *Thalionmels Opfer* · 06/6005
6. Band: Pamela Rumpel, *Feuerodem* · 06/6006
7. Band: Christel Scheja, *Katzenspuren* · 06/6007
8. Band: Uschi Zietsch, *Der Drachenkönig* · 06/6008
9. Band: Ulrich Kiesow (Hrsg.), *Der Göttergleiche* · 06/6009
10. Band: Jörg Raddatz, *Die Legende von Assarbad* · 06/6010
11. Band: Karl-Heinz Witzko, *Treibgut* · 06/6011
12. Band: Bernhard Hennen, *Der Tanz der Rose* · 06/6012
13. Band: Bernhard Hennen, *Die Ränke des Raben* · 06/6013
14. Band: Bernhard Hennen, *Das Reich der Rache* · 06/6014
15. Band: Hans Joachim Alpers, *Hinter der eisernen Maske* · 06/6015
16. Band: Ina Kramer, *Im Farindelwald* · 06/6016
17. Band: Ina Kramer, *Die Suche* · 06/6017
18. Band: Ulrich Kiesow, *Die Gabe der Amazone* · 06/6018
19. Band: Hans Joachim Alpers, *Flucht aus Ghurenia* · 06/6019
20. Band: Karl-Heinz Witzko, *Spuren im Schnee* · 06/6020
21. Band: Lena Falkenhagen, *Schlange und Schwert* · 06/6021
22. Band: Christian Jentzsch, *Der Spieler* · 06/6022
23. Band: Hans Joachim Alpers, *Das letzte Duell* · 06/6023
24. Band: Bernhard Hennen, *Das Gesicht am Fenster* · 06/6024
25. Band: Niels Gaul, *Steppenwind* · 06/6025
26. Band: Hadmar von Wieser, *Der Lichtvogel* · 06/6026
27. Band: Lena Falkenhagen, *Die Boroninsel* · 06/6027
28. Band: Barbara Büchner, *Aus dunkler Tiefe* · 06/6028
29. Band: Lena Falkenhagen, *Kinder der Nacht* · 06/6029
30. Band: Ina Kramer (Hrsg.), *Von Menschen und Monstern* ·06/6030
31. Band: Johan Kerk, *Heldenschwur* · 06/6031
32. Band: Gun-Britt Tödter, *Das letzte Lied* · 06/6032
33. Band: Barbara Büchner, *Das Galgenschloß* · 06/6033
34. Band: Karl-Heinz Witzko, *Tod eines Königs* · 06/6034
35. Band: Hadmar von Wieser, *Der Schwertkönig* · 06/6035
36. Band: Barbara Büchner, *Schatten aus dem Abgrund* · 06/6036
37. Band: Barbara Büchner, *Seelenwanderer* · 06/6037

## Das Schwarze Auge

38. Band: Hadmar von Wieser, *Der Dämonenmeister* · 06/6038
39. Band: Christel Scheja, *Das magische Erbe* · 06/6039
40. Band: Linda Budinger, *Der Geisterwolf* · 06/6040
41. Band: Momo Evers, *Und Altaia brannte* · 06/6041
42. Band: Barbara Büchner, *Blutopfer* · 06/6042
43. Band: Lena Falkenhagen, *Die Nebelgeister* · 06/6043
44. Band: Karl-Heinz Witzko, *Die beiden Herrscher* · 06/6044
45. Band: Bernhard Hennen, *Die Nacht der Schlange* · 06/6045 Hardcover
46. Band: Barbara Büchner, *Das Wirtshaus* Zum lachenden Henker · 06/6046
47. Band: Karl-Heinz Witzko, *Die Königslarve* · 06/6047
48. Band: Tobias Frischhut, *Geteiltes Herz* · 06/6048
49. Band: Hadmar von Wieser, *Erde und Eis* · 06/6049
50. Band: Britta Herz (Hrsg.), *Gassengeschichten* · 06/6050
51. Band: Jörg Raddatz & Heike Kamaris, *Sphärenschlüssel* · 06/6051
52. Band: Alexander Huiskes, *Die Hand der Finsternis* · 06/6052
53. Band: Martina Nöth, *Zwergenmaske* · 06/6053
54. Band: Gun-Britt Tödter, *Koboldgeschenk* · 06/6054
55. Band: Heike Kamaris & Jörg Raddatz, *Blutrosen* · 06/6055
56. Band: Ulrich Kiesow, *Das zerbrochene Rad: Dämmerung* · 06/6056 (in Vorb.)
57. Band: Ulrich Kiesow, *Das zerbrochene Rad: Nacht* · 06/6057 (in Vorb.)
58. Band: Jesco von Voss, *Der Letzte wird Inquisitor* · 06/6058 (in Vorb.)
59. Band: Olaf Flatergast, *Druiden-Rache* · 06/6059 (in Vorb.)
60. Band: Hans Joachim Alpers, *Die Piraten des Südmeers (15., 19. und 23. Roman in einem Band)* · 06/6060 (in Vorb.)
61. Band: Alexander Wichert & Christian Thon, *Blakharons Fluch* · 06/6061 (in Vorb.)
62. Band: Alexander Lohmann, *Die Mühle der Tränen* · 06/6062 (in Vorb.)
63. Band: Karl-Heinz Witzko, *Westwärts, Geschuppte!* · 06/6063 (in Vorb.)
64. Band: Thomas Finn, *Das Greifenopfer* · 06/6064 (in Vorb.)

*Weitere Bände in Vorbereitung*